我听见你的孤独

新月
The MIST

沈肯尼 著

北京联合出版公司
Beijing United Publishing Co., Ltd

图书在版编目（CIP）数据

我听见你的孤独：新月 / 沈肯尼著. —北京：北京联合出版公司，2019.8
ISBN 978-7-5596-3519-8

Ⅰ.①我… Ⅱ.①沈… Ⅲ.①长篇小说—中国—当代 Ⅳ.①I247.5

中国版本图书馆CIP数据核字（2019）第158147号

我听见你的孤独：新月

著　　者：沈肯尼
责任编辑：龚　将　夏应鹏

- -

北京联合出版公司出版
（北京市西城区德外大街83号楼9层　100088）
河北鹏润印刷有限公司印刷　新华书店经销
字数266千字　　880毫米×1230毫米　1/32　印张9.125
2019年8月第1版　　2019年8月第1次印刷
ISBN 978-7-5596-3519-8
定价：45.00元

- -

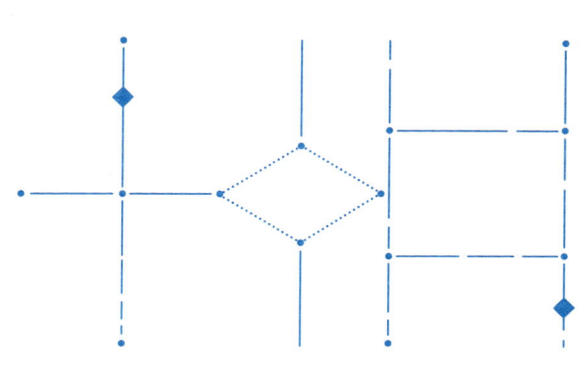

目录

我听见
新月
The
MIST

你的孤独

Chapter 01　一晃倾城　　　　　　　001

Chapter 02　世界最后的余晖下　　029

Chapter 03　溺水　　　　　　　　042

Chapter 04　我对于你 你对于我　　054

Chapter 05　陨落的理由　　　　　062

Chapter 06　永无乡　　　　　　　075

Chapter 07　你只是开枪走了火　　087

Chapter 08　消失的泪痕　　　　　102

我听见
你的孤独

新月
The
MIST

Chapter 09　有备而来 为时已晚　　　121

Chapter 10　烟花会演　　　133

Chapter 11　墨色汪洋　　　149

Chapter 12　如此漫长的别离　　　166

Chapter 13　瘀青　　　187

Chapter 14　名为你的那个人　　　203

Chapter 15　即使这样 也不要哭太久　223

Chapter 16　被遮住的天空　　　246

The

MIST

1

Chapter 01　一晃倾城

凡是过去，皆为序章。

——莎士比亚

八月末的伦敦，一晃眼便又送走了一场雨。

夜间十点，伦敦的天空依然发着幽蓝的微光，天空中没有一片云朵，像一个巨大的湖泊，星辰如深海水母一样散发着璀璨的光芒。

一闪一闪，星星点点，忽明忽灭。

这是我到英国的第一天，地点是在海德公园附近的王子广场。我身边是沉重的行李箱，它里面装着的是这么多年来，我唯一还能带走的一些东西。

刚刚那场疾驰而过的大雨把我浑身都打湿了，我身上修身的西裤和黑色的衬衫都贴在肌肤上，一阵冷风吹过，我不由得微微打了个冷战。

我在等待那个人的出现，今天，我终于又要见到他了。

许久以后，一辆白色 SUV 停在了我对面白色建筑旁边的停车位上，我看了看车牌，没错，就是这辆车，他一个月前刚到伦敦的时候买的，还在微博上发过照片。我关注着他的所有，他的生活点滴我从未错过一丝一毫。

接着，一位男子从车里迈出来，他穿着驼色的风衣、黑色的西裤、棕色的皮鞋，手上拿着一个易拉罐，他斜瞥了我一眼，沉默了数秒。

他身高一米九左右，五官立体，仪表堂堂，衣冠楚楚。

接着他朝我的方向缓缓走过来。他依旧星目剑眉，飘逸宁人，帅气俊朗，像福音，又像路西法。他每朝着我走一步，我的心就被攫紧一寸。在快要走到我眼前的时候，男子的脸突然变得模糊起来，我的泪水还是决堤了。

和他对视的瞬间，他微微张开了嘴，我不知道他有没有认出我来。在他或将发出问候之前，我快速低下头，眼泪夺眶而出，重重砸在地上。

然后，他顺手把手中的易拉罐扔进了我身旁的垃圾箱里，车里走出来一位女孩，手里提着大大小小的购物袋，她叫高逸欣，是他的女朋友。

男子走回女孩身边，女孩摘下墨镜打量了我一眼，接着他们径直朝旁边的白色别墅走去。两人有说有笑，光彩照人。

真好，除了浮华和虚荣，在冷酷这一点上，唐英豪果然也继承了父亲的所有。

看来，他没认出我，当然，他也不应该认出我，毕竟这辈子，我们从出生开始就注定了不能也不该相认。

他叫唐英豪，是我的"哥哥"，我们有着同一位父亲，不同的母亲。母亲总说爱到极致就会做出错误的决定，我体会不了"爱到极致"的状态，只知道那些年父亲和母亲大概半年见一次面，他们的爱永远藏在暗处——父亲家那边并不知道我和母亲的存在，而为了掩饰我们母子俩的身份，父亲甚至给母亲找了一位名义上的丈夫。

我对父亲的感情很复杂，从小时候每次见到他时的欣喜渐渐变成了后来每次见到时都会产生的抵触和厌恶。小时候母亲告诉我，父亲在远郊有一个大工厂，所以回家的时间很少，长大了我才知道父亲原来是位响当当的大人物，但一直用小人的方式与我和母亲保持着往来。

"抬头！"我的耳边响起再熟悉不过的唐英豪的声音。

我抬起头，直勾勾地盯着他，没有一丝一毫的表情。

三年前，海上花会展中心：

车驶入会展中心正门时，各路记者蜂拥而至将我们包围，我看到了各家媒体，南方时代、联合早报、CBS TV、SOHU NEWS、TOM WORLD、澳门奥广卫星、民视新闻综合、EURO NEWS HD、东森新闻台、KCTV NEWS、JTV SBS、THE ASIA ECONOMY DAILY TV、香港 HKS、NHK TV、THREE TV、中天新闻 HD、NBC TV、NEWSY……我继续目视着前方，手中的礼盒里装的是我给身边人的礼物——一把匕首和九部手机，我们的命运将在今晚被彻底改写。这种感觉就像上天给我们送来了一把长手柄 STRIDER MANTRACK 切割匕首，一颗加装了 500 颗钢珠的 HG85 手榴弹，或者是一枚 2.5 万吨 TNT 核弹，然后给我们发来消息说：你们谁也逃脱不掉！

在这之前，我错过了一场葬礼，接着被迫按照一个怪人的指示，在连曜大桥上蓄意撞坏了一辆型号是 FXX EVOLUZIONE 的黄色法拉利。之后，我收拾好了骨灰盒，预订好了去法兰克福的机票。

"你会放开我吗？"身边的人问道。我转过脸，审视着他，直至彼此的眼眶发红发胀。

在某种程度上，人属于社会性动物，总会因为此起彼伏的喧嚣和躁动的新闻而变得亢奋不已。在这一点上，我们是一类人，包括你，我知道你很兴奋。

我的脑子像电影默片一样开始放映起我们牵绊一生的开始，那是距离这场事故的又一年前，要从那个彤云密布的周末说起：那天是我十七岁生日。在那之前的很长一段时间里，妈妈和爸爸变得聚少离多，那也是爸爸第一次缺席我的生日。虽然对爸爸有些抱怨，但我却从来没往其他的方面想过，毕竟那是我无所不能的爸爸。那天，除了妈妈，万杰也参加了我的生日会，他是我最好的朋友，我俩从小学起就特能玩到一块儿。有一年，万杰的爸爸出了大事，所有人都疏远他一家人，民众甚至恨不得一把火烧了他们家，只有我一直和他保持着亲密的朋友关系。如果非要形容我们的关系，那也只能用"肝胆相照""八拜之交"这样的词了吧。

生日本来是一件值得庆祝的事情，但偏偏那天我去厨房拿餐具的时候，无意间在橱柜里翻到了几本杂志，本来也没在意，但想到有规整强迫症的妈妈是绝对不会把书放到厨房里这一点，我重新打开橱柜取出了杂志。只见最上面一本《当代商业精选》上赫然印着爸爸的照片，他身边站着一位端庄的阿姨，两人身前站着一个比我年长的男孩，而杂志封面的标题写着"唐建宁成立英皓全球教育慈善基金，全家盛装出席发布会"。

看完报道后，我恍然明白了爸爸这些日子的缺席并非偶然，那个"爸爸有了新的家庭、新的太太、新的孩子"的揣测原来不是假的。爸爸远离我们虽然是一个漫长的过程，但在十七岁这个有些敏感的年纪，我还是有了心理准备。因为是生日，朋友也在场，我还是像什么也没发生一样吹了蜡烛许了愿，那年的生日愿望只有一个，比起希望世界把爸爸还给我这种不切实际的想法，我的愿望要更加卑微一些：只希望妈妈不要是第三者。不然的话，我好像一瞬间失去了两个亲人。

我的愿望没能实现。

生日会结束后，万杰又急匆匆往医院赶去，因为那些时日，他妈妈一直病重住院。家里又只剩下我和妈妈两人。我不知道如何质问妈妈，只是从橱柜里把杂志取出来扔到她面前吃剩的蛋糕上。

"我知道不该瞒着你，但你还小……"没听妈妈说完，我就打断了她："你不会是电视上演的那什么第三者吧？"妈妈没再看我，头沉沉地垂了下去。其实看到照片中那个比我高出一个头来的大男孩时，我就知道先来后到的顺序了，我不需要她的解释，也明白多说无益，问出那样的一个问题，可能是因为这样或多或少地伤害到她，能把我的愤怒转嫁吧。你看，我那么小的年纪就已经善于搞这一套了。

那天之后，我和妈妈的对话变得很少，她总是对我絮絮叨叨地说许多无关痛痒的事情，除了和爸爸相关的，她总觉得无论说点儿什么都好，至少还能和我说上话。我们之间筑起了一道巨大的城墙，我紧锁大门，妈妈则在找寻一个突破口，我防守，她进攻。

我和爸爸之间的关系则彻彻底底地进入寒冰期，我不愿意见到他，不愿意提起他，最为糟糕的是，我再也没办法开口喊他"爸爸"。他是一个伪君子、一个骗子，一个全世界都公认的不耻之人，他找了一个情妇。伪君子和第三者生下了我，我为自己身上流着他们的血感到耻辱。所有的事情好像突然都说得通了：小时候的玩伴渐渐被我们疏远；过几年就要搬一次家；除了张阿姨，妈妈没有一个走得近的人，我们的社会关系好像一直以来都只有彼此。是啊，我们这样的人只能像老鼠一样生活，真希望能被人人喊打。

一个午夜，我听到妈妈在房间里给爸爸打电话，她那几声笑声彻底激怒了我，我一脚踹开妈妈的房门，对她说："你们！无耻！"她慌忙收起手机，神色慌张地望着我，像被当场逮捕的小偷。我从她放在桌上的皮夹里拿出一查钱，妈妈一看急忙上来阻止我，我甩开她的手。临出门时，我回头对她特冷静地说："以后别人指着我鼻子骂'真想知道什么样的父母教出你这样的人'的时候，我该怎么回答啊？我自己也想知道，究竟是什么样的父母啊！"

记忆里，妈妈的笑容像云淡风轻的天空，总能给予我最恰当的安慰，提醒我阴雨连绵过后的五彩斑斓是阴霾里的希望。但在那天后，天空彻底破了一个洞，再也晴朗不起来了，我从那个洞掉了下去，持续不断地往下坠，没有温度或声响，也没有尽头。

后来我见过父亲四次，每次见到他，他都一副愧疚至极的模样，有一次我实在受不了他那副受害者的样子，就对他说："郑艺玲比我妈漂亮，唐英豪比我出众，你的选择理所当然，我不怪你，只是，有时间我们清算一下，你具体给了我和我妈多少，究竟是我们拿多了还是你给少了，多退少补，就这样办吧，给钱就行。"他脸上突然没有一点儿表情，我对他说："不难的！那些东西我在二手网站都是以最优价格处理的，比如你给我的那块手表，成交价是十六万四千七百八十元，邮费是二十五元，所以总价是……"

"闭嘴！"他站起来，额头上、手臂上青筋暴起，握着拳浑身发抖。

"好！那什么，"我回过头轻描淡写地对妈妈说，"你们玩，我还有事！"说完我走出了家门。关门前，我听到爸爸用一种沉闷的声音对我喊道："那是你爷爷的遗物！"我把头探回去："谢谢你！第一次知道我还有个爷爷。"

那年，盛夏的天空不时传来一阵剧烈的打雷声，我走到露台上，看着眼前的整座城市陷入一种灰暗的朦胧里，四周一片静默，那是一种山雨欲来的死寂，也是那时成长的主题。

那个秋天，父亲的公司跻身世界百强，那一周，几乎所有商业类的报纸都报道了这件事情。我搜索了有关他、他妻子、他儿子的一切。他是很多人的"学习榜样"，除了商业上的成功，他还在大力推行慈善。他有着"完美"的家庭：妻子郑艺玲之前经营着各类全国连锁的教育机构，从幼儿教育到高等教育，从基础类到贵族分支，几乎囊括所有。但三年前，其公司下属的哈罗德幼儿园在本市远郊参观科学园时发生了重大意外，科学园内的工厂发生火灾，造成六名幼儿丧生火海的悲剧，一时间，口诛笔伐不断。郑艺玲自那时起关闭了所有教育类产业，进军酒店业。"恶人有恶报"的永恒主题只存在于电视剧中，郑艺玲的酒店很快在大中华地区突破一百家，并且成功并购了德国MIG在亚洲的全部业务，干得风生水起。他们的大儿子唐英豪长得仪表堂堂，在上高中时就创立了几个游戏和赛车联盟，研发的几款app也迅速在市场上占据很大份额。他有自己的贴吧，女人喜欢他、讨论他、崇拜他，男人嫉妒他，也讨论他，然后憎恨他。他们的小儿子唐英泓更是备受宠爱，从小就在美国接受精英教育。他们的家庭在外人眼中简直是标杆一样的存在：一双两好，父慈子孝，兄弟怡怡，其乐融融。

但我知道的事情当然不是这样，我知道爸爸的真实为人，尽管黑帖总能在一周内消失得无影无踪，但有心搜罗也能找到端倪。我知道他的两个儿子根本不是报道里写的那种青出于蓝的青年才俊。事实上，唐英豪很叛逆，他之前一直被禁足在家里，成年后才搬出来独住。在本市，人们都说安保水平排第一的不是四大银行和市政大楼，而是唐家本部，甚至有人说他们家地下第三层是环曜地区金融情报最为集中的地方，无论这些传闻有多少是来自民间百姓们一厢情愿的想象，都足以说明唐家成员有睥睨一切的资本。而唐英豪毫不客气地将其运用到极致，十分飞扬跋扈。唐英泓在三年前离开曜岛去美国上学也根本不是在接受"精英特训"，而是常年在治病，他已经不能依靠国内的医疗设备来维稳其病情，所以国内看到的"唐家少爷"才一向只有唐英豪一个人，那本解开我一切谜团的杂志封面上就是这样。

唐英豪自出生起就非池中之物，从小就经常陪着父亲出席各类商业活动。他长我三岁，可能因为出身显赫、外形俊朗，所以从高中开始，身边就时刻围绕着成群的狂蜂浪蝶和莺莺燕燕，他们有自己的圈子，沆瀣一气。

其实就算不去搜集我这位"哥哥"的资料，我也能对他想象出十之八九，父亲的每一篇采访稿里基本都谈到了唐英豪和唐英泓，显然，他们两兄弟是他最大的骄傲。自从我和父亲戳破了那层纸后，他就变得"开诚布公"起来，甚至还亲笔给我写了一封致歉书。在信里，他承诺他对我的爱和对他们两兄弟的爱是平等的，我和唐英豪、唐英泓并没有什么区别。我冷冷一笑，光是他们有个光明正大的父亲这一点，我们就不一样了，干吗要把和摩根士丹利谈合作时那副虚情假意用到我身上？那段时间，因为这件事，毫无意外地，我彻底变成了另外一个人。

在新学校里，我的社交圈突然变得很窄，因为家里有了秘密，所以我开始和所有人保持距离，我担心有一天他们会知道我爸爸是大名鼎鼎的唐建宁，这绝对不是好事，因为接着他们就会知道我是唐建宁和小三生的"野种"。万杰虽然和我一直走得很近，但很少见到我父亲，所以这件事连他也不知道。如果大家知道了，所有人都会谴责他们，或者会可怜我，但可怜比谴责更可怕，我可怜过别人，我知道我可怜的对象都是什么人，所以，我不能成为那样的人。

仿佛人世间所有的愁云萧森、郁郁寡欢、黯然神伤都需要由我来经手。那些日子里，我的人生似乎被蒙上了一层暗黑色的纱，总也看不清前路在哪里，就算我想给自己指明方向，迈出的步伐也总会偏离轨道。

我以为这样会好一些，但事情却变得越发糟糕，同学们还是疏远我了，他们开始认为我变得极难相处。老师开始开导我，但是因为我不愿意说出真实原因，老师便轻易把我划入了孤僻症者的范畴。学校出现心理咨询室的时候，我被班主任强行带进了咨询室，成了我们学校第一名进入咨询室的学生，心理老师认为我有社交恐惧症——心理疾病的范畴。我不愿意承认，但无能为力，与其说我改变了，倒不如说所有的一切改变了我。

第二周到学校之后，所有人都自动疏远我，大概就像所有人都会疏远精神分裂症患者一样。那天的雨很大，放学后，从教室窗户看出去，整座城市都被一层类似轻烟的水雾笼罩着，天色变得十分昏暗，全是没有边际的灰，目之所及一片冰凉，那是那一年最大的一场雨。

万杰在我身边说："很酷啊，以后估计没人敢惹你了！"

"你怎么来我们学校了？"我问。他摇了摇手上的雨伞说："我都听说了，如果我不来，估计得等你到七点了。你这么坚强，应该不需要安慰的哦！"我朝他笑："嗯，下学期转学吧！"说完，我和他朝校门口走去，他一边走一边若有所思地想着什么。

"怎么了，没地方住啊？今天我们去酒店住吧，我出钱！"我对他说。他愣神看了我一眼，我们停在雨中。这已经是第三年了，万杰的父亲三年前因为策划了一场邪教异端组织蓄谋已久的天祭而身败名裂，自己也葬身火海。可能你也想到了，没错，就是那场烧掉了郑艺玲教育产业的大火。那天，一同葬身火海的还有六名幼儿。在那之后，万杰一家几乎每年都在搬家，因为但凡人们知道了他们家的事，就会以各种理由滋事和驱赶他们，去年是小区物业出头赶走了他们一家，因为小区门口被摆满了花圈，而万杰也是从那时起变成了过街老鼠。可能我们真的有太多的无法选择和感同身受，这才让我们的凝聚力变得更强，我们真真切切信任和理解彼此。

幸运的是万杰没有被击垮，他每次都特别坚定地告诉我他爸爸是被诬陷的，根本没有邪教组织那一说，那只是一场意外，科学园为了转移注意力才散播了这样的消息，他爸爸只是受害者，他还对我说查明真相只是时间的问题。他性格比起我要强势许多，所以以前在学校里即使学生知道了，也不敢主动去激怒他，只是尽可能地避开他。

他对我说："不是，我只是想我妈的事情。不过说到酒店，今年你生日我们去赫伯亚吧！我今年没忘，也存到钱了，我订了位子。"

"这么早就预订？还有三个多月呢！"我说。

"小曦，最近我爸那边有了些进展，这是我唯一的机会，你会支持我吗？我妈现在的情况越来越不好了，我想在她去世前让她看到她最想看到的，那就是真相！"万杰说着把雨伞往我这边移了移。

我把雨伞往他那边推了推说："你别光顾着我，你自己也要淋湿了，别说支持你，只要有任何我可以做的，我都可以为你去做！万杰，我不是现在只有你这个朋友，而是一直以来，我只有你啊！"

我低下头无意间看到他今天穿着我送他的麦昆，他也低头看了眼，朝我默契地笑笑。我们走到车站路口的时候，他把雨伞递给我，对我说要去超市替他妈买点儿东西，让我等他，他说完还握了握我的手，然后才往一侧的小卖铺跑了过去。我站在路边屋檐下等他，但半个多小时过去了，我依然没看到他回来的身影。我拿出手机给他拨打电话，电话未接通。

天空电闪雷鸣，大雨倾盆，我继续在屋檐下等万杰。突然我的眼前一黑，一件衣服盖在了我的头上，接着我感觉到腰部被人重重地击了一下。我倒在了地上，一群人开始疯狂地殴打我。可能看我没有回击，他们踹得更加用力了，每一脚都是椎心的疼痛，但我却不能动弹，只能保护着肚子，他们就是一群躲在暗处的卑鄙小人。我抱着肚子，蜷缩在地上，咬着牙，告诉自己一定不要没出息地哭出来。

在我很小的时候，我便摘除了一个肾，如果剩下的这个肾再出问题，那我应该必死无疑了吧。雨水打在我身上，一阵大风刮过，我的身体开始瑟瑟发抖。在我刚刚支起身体的瞬间，突然有人重重地一脚踢在了我的眉骨上，这一脚让我彻底丧失了站起来的力气。我看到一大片猩红的颜色流进了我的右眼里，我知道我的眼睛在流血，我以为我要瞎了。血和泪水，混杂着头上流下的雨水，沾湿了那个无比沉重的秋天。

我趴在地上，左眼顺着地面能看到三米左右的距离，当我看清楚了踢我的人穿的是我送万杰的那双麦昆的时候，我突然再也发不出一点儿声音，甚至浑身都感觉不到一丝疼痛了。我使出全身的力气让自己安定下来，为什么？！究竟为什么？！

鞋是他去年生日的时候，我送他的生日礼物，当时，因为是特供限量，我特地托人从伦敦的哈罗德百货给他带的。那天也是淅淅沥沥地下着雨，只是那天他拥抱我致谢的情形我还记得，他说："我以后再难的路都不怕，因为感觉是你在陪我往下走，我对你，也是一样！"他的话让我有了生机，而今天的我没有了一点儿生气，只感觉整个人被迅速抽干了，没有半点儿复原的可能。在我觉得我的世界只有他之后，他狠狠地背叛了我。

后来，他们停了下来，彼此干笑了一阵后，迅速作鸟兽散。许久后，我开始不自然地发出呜咽声，这是在我能力控制范围之外的声音。我感觉到一阵尖锐的疼痛从心里传来，痛不欲生，足以致命。生活在那一刻被灌上了黑色沥青，我变成了一具干瘪的躯壳，万念俱灰。

几分钟后，掉在我耳边不远处的手机响了，我缓缓睁开眼，透过血污吃力地识别着屏幕上的文字。是万杰发来的短信："小曦，我还有事先回去了，你别等我了！"

我抱着腿，头上还盖着那件衣服，我连掀掉一块破布的力气都没有，只能看着地上的血迹，无能为力。许久后，我感觉到一只手搭在了我的肩膀上，骤然间，我又开始不自然地瑟瑟发抖起来，我不知道下一脚或者下一拳会来自哪个方向、哪个角度。

恍然间，我头上的衣服被掀开了，缓慢地，小心翼翼地。

我低着头，咬着牙，瑟瑟发抖。我看到又一双麦昆停在了我的眼前，只是刚才那双是白色，这一双是金色，上面有类似渐变的花纹，这是那款全球限量不超过十双的鞋。接着这个人突然蹲在了我的面前，他把手搭在我肩膀上急切地说："还击啊！为什么不还击？"见我不说话，他又问："你没事吧？我送你去医院。"

我顺着鞋子往上看，看到一条黑色棉质短裤，然后是白色运动卫衣，再接着看到的是他圆润饱满的下巴、微微上翘的嘴角、高挺的鼻梁、如黑色曜石一般的眼睛、微微凸起的眉骨上浮雕一样的眉毛，以及眉宇间微微皱起的幅度，这是一张我再熟悉不过的面容。我开始相信这是命运对我恶意的捉弄，因为在我最狼狈的时刻，站在我面前的不是别人，正是那个我羡慕甚至嫉妒着，又默默觉得亏欠和让我暗自愧疚着的"哥哥"——唐英豪。

他一把扯起我，伸手在我眉骨的地方扯了一下说："眼睛没事，只是眉骨要拍个片看看了。我经常打架，这方面很有经验，这帮孙子下手太重了，但应该不是想要你命，怎么，你抢了别人的女朋友啊？这是要和你彻底撇清关系的意思啊！"

我定睛看着他。他朝我饶有趣味地笑了笑，继续说道："走吧，我带你拍个片！"

一个身着西装的跟唐英豪年纪相仿的男子从我身后的黑色轿车驾驶室里走出来，和唐英豪一起搀扶着我，或者说钳制着我。我试图挣脱，但还是被他们用一种近乎粗暴的方式塞进了车后座里。我把脸转向窗外，只想待会儿车停到医院门口时就迅速逃出去，结束和唐英豪的相处。这种感觉别扭极了，我感觉自己就像一个偷东西未遂反而被户主搭救的小偷一样，我实在无脸面对唐英豪，也无法抬起头对他说一句简单到不能再简单的"谢谢"或者"对不起"。

车停稳后，我打开车门急忙下车往医院一侧走，但没等我走两步，唐英豪一只手扶着我肩膀，把我推进了医院大厅，刚刚的男子则以一种精确又恒定的距离跟在我们身后。我停下来，见唐英豪正注视着我，嘴角似笑非笑的，头顶上方透明钢架结构的屋顶让光透进来照在他层次分明的头发上，闪动着一圈毛茸茸的亮光，但即使是这样，他自身的优越感让他的眼神看起来依然凛冽。

我想，让他最快放过我的方法可能就是我快点儿处理好自己吧。在这点上，唐英豪和爸爸一点儿也不像，可能爸爸的责任感都投放到唐英豪身上去了吧。我暗自想着，坐到了一侧候诊区的椅子上。这一定是某种变异后的斯德哥尔摩综合征，我在这样的情况下对唐英豪产生了极大的理解和好感。

突然，他也坐了过来，一只手支着下巴，他离我的距离近到他轻微的呼吸声我都听得到。他歪着头用一种审视的眼神看着我，我闻到他身上有一股清淡的肥皂香气，特别清淡，混杂着一点点皮革和青春期男生特有的气味。

"是谁干的？"他一个字一个字缓慢地问着，脸上透出的却是一种与关怀相矛盾的不羁和痞气，他更想满足的可能不过是他自己的某种正义感需求而已。

我没回答他，我是真不知道该如何面对眼前的这个人，我并不恨他，也不讨厌他，他没有做错任何事情，但我不能接触他，不能认识他。如果要说唯一的感情，诚实地说，是我嫉妒他吧。因为在某种程度上，他一定是取代了一些我在爸爸心中的位置，不然，不会在那个隆冬后，爸爸就开始疏远我和妈妈，全身心回到他"自己的家庭"中去。想到这些，再加上今天学校发生的一切，还有万杰对我突如其来的打击，万念俱灰也不过如此吧。

　　"不会说话吗？"他指着自己的嘴巴画了一个圈，我继续缄默不语。

　　他干笑一声，叹了口气，缓缓抬起手，伸出右手食指晃了两下，身后的男子就像接收到遥控信号的机器人一样给了他一支钢笔和一张信纸。看来他确实把我当哑巴了，这也不奇怪，他不把我当傻子已经不错了。

　　"您好！唐先生，我们请了四位专家过来给您朋友检查，您看可以吗？"我循着声音看过去，只见一位护士站到了我们一侧，她身后跟着四位满头大汗的医生。我急忙站起身，唐英豪慢条斯理地站起来对我说："唉！每次都这么夸张，你别不好意思，医院是我家开的，你坐下吧。"他说完指着我"嗯"了一声，几个医生便手忙脚乱地开始对我进行检查。一番讨论后，一个医生用一种近乎卑躬屈膝的语气说："英豪少爷，跟您汇报下，您朋友并没有大碍，不需要拍片和住院，我同事这就去拿药并处理，您看您的意见是？"

　　"我能有什么意见，我又不是医生。"他说完不耐烦地摆了摆手。那个医生立刻消失得无影无踪。

　　接着，另一位医生气喘吁吁地跑过来，给我擦拭伤口，消毒，包扎了其中两个主要的伤口，然后给我开了两瓶跌打喷雾就完事了。

　　我抬起头看着院内六楼的肿瘤科，万杰的妈妈就住在那儿。我想起那时候，万杰因为排不上号急得到处找关系求援，最后是我妈给安排上的，这个世界哪里有公平可言？唐英豪对我说："好了，那没事了，回去吧。对了，我们留个电话吧？"我没理他，径直朝医院门厅处走去。走出医院，只见天空的乌云大多已经散去，一阵清冽的风刮了过来，残阳也挂上了西方的天边，我抬起头看着天，身体感觉越发疲倦。

唐英豪快速走过来挡在我面前，对我说："我救了你，你连声谢谢都没有吗？"

谢谢？仔细想来，自己也不是不懂感恩的人，那我来想想自己好像需要感激的人都有谁呢？在这个世界上，我从来都是被遗弃的对象，我的身世不能选择，我能选择的朋友也轻易和我划清界限，我不害怕一个人生存的模式，我只是切实觉得这种生活百无聊赖。

阳光从乌云金边处溢出，照在唐英豪肩膀上、我的脸上。一辆救护车从我们身边疾驰而过，我心里升腾起沉沉的厌倦，或者说，厌世！

我不想再这样活，或者说，我不想再活！明天起，能不能过不一样的人生？不，从现在起，我就要活得和之前都不一样。从小到大，我从来不犯规，安分守己地生活，换来的只是一次次背叛、遗弃和伤害。我低头看了看手中还沾有自己血迹的外套，把衣服朝不远处的垃圾筐一扔。唐英豪继续看着我，脸上一副满心期待的表情，像是他已经能预测到接下来会发生什么一样。

最后一缕日光照在他的身上，镂出一具立体清挺的身影，我看到他嘴角露出一丝近似微笑的幅度，这一秒的唐英豪看起来多像伟大的救世主。

在世界最后的余晖下，我朝他走了两步，停在比刚刚他离我还近的距离，对他说："请做我一天的朋友吧！你这样的生活，我也想过过看！"说完，我就感觉眼前的世界变成了一幅溶散中的油画，我是有多绝望，才会对唐英豪——这个世界上我最不应该说这句话的人开口说出这样的请求？应该说出口的不就是一句简单的"谢谢"吗？即使眼眶里全是泪水，我的嘴角竟然还扬起了扭曲的笑，对，就这样任性一次吧，从血缘关系上来说他确实是哥哥，就照顾我一天吧。明天，一切都会结束，我不会对他造成一丁点儿的伤害，所以，在觉得被世界孤立的今天，失无所失的今天，就放肆这么一次吧。

"啊？"他一定觉得我在说一句不着四六的呓语。

"你，还好吧？"他又确定了一次。

夕阳彻底沉落了，最后一丝残阳打在地上与暗黑色的夜空融为一体，橙色到浅蓝的渐变颜色彻底隐去，我的面前只留下唐英豪的高大身躯。

"如果非要说的话，爸爸是负心汉，妈妈是第三者，生下了我，我连争取的权利都没有，仿佛一下子失去了两个人！最好的朋友两个小时前彻底背叛了我。最后，今天我在学校里，大家都觉得我是一个怪物，这么说起来，真的一点儿都不好！"我对他说着，嘴角保持着一个僵硬的幅度。他的眼神和天色一起变得柔和了起来。

"你抽烟吗？我有烟……"唐英豪手足无措地把手伸进口袋里，摸索了半天后僵在那里，"我没带……"他说完有点儿尴尬地朝我咧嘴笑了笑，但又急忙上前两步，距离近到我能看到他的每一根睫毛。

"我带你去一个地方吧，我叫唐英豪，你叫什么名字？"他问完朝我讪讪地笑了笑。

"范，卓，曦。"我脸上的笑容越发扭曲，还是觉得有些可笑，来救我的人竟然是唐英豪。

"好，那叫你小曦吧，做我的朋友就得按我的方式，今天把你彻底交给我来负责，你需要完全按我说的做，同意吗？"他问我。

我朝他点头，当手里全是坏牌的时候，要赢牌的法则就是打破规则。

"我先带你去吃饭吧。"他说完，身后的车传来开门的声响，只见他的助理毕恭毕敬地开着车门，整个人眼睑下垂，用半鞠躬的姿势恭候着我们。

我们上了车，透过窗户我看见门口处刚才的几个医生和护士都在用眼神恭送我们。

"这种生活到底是什么样的啊？"我看着窗外，这时这辆上过热搜的灰蓝色劳斯莱斯升起了隔帘，"你家很有钱吧？"

暮色映照着他的轮廓，他侧过脸对我说："准确来说，是的，大多数人就只会按电视里有钱人的标准去幻想，其实我们的生活比电视剧里可好太多了，他们那充其量就是起步的生活而已。很多人会怀疑，觉得怎么会有这样的人过着这样的生活？这是因为他们没见过，这世界上就是有这样的人生啊！这种生活的感觉，如果只找一个词形容，孤单吧！"

我没再接话，一时间不知道说什么，孤单？这显然不是我预期的答案。

车停在了滨海疗养区一栋隐秘的别墅前面，门口的枫叶已经红了，暮色朦胧中还能闻到些许雨后泥土的气息，我跟着他走进别墅后，才发现这是一家日料会所。跟着四位身着和服的迎宾进到里屋后，我才发现这里是一个半开阔的自然庭院，这里只有木头、沙砾等最为贴近自然的元素和材料，却有种漫天霜色夜泊枫桥的苍凉之美。妈妈一直很向往日本，因为她说有至亲在那边生活，以前她生日时，我常竭尽全力为她找寻一家像样的日料店，可像这样的日料店显然是不对外接待的。接着，出现了一对双胞胎，她们恭敬地在我们的一侧布置了一张小桌给唐英豪的助理。

"一起坐吧。"我对他说。

他微微低下头，象征性朝我点头，唐英豪和服务员则用有些诧异的眼神看着我，唐英豪对助理说："我刺身过敏，按之前的准备吧，客人给时令全餐。"

不一会儿，我面前摆上了各类冰镇的刺身，唐英豪面前则是天妇罗一类的熟食。

"英豪少爷，蓝鳍吞拿是从京都运过来的，刚从机场送来。"唐英豪的助理说完后，亲自端着一盘小心翼翼地摆到我面前。接着他给我调了蘸料，我目不转睛地注视着眼前这个男子，如果不是因为认识，在街上碰到或许只会以为是面容出众的大学生一类的人，这样的年纪不在校园，却身着束身西装在唐英豪身边做贴身助理，还要像现在这样跪在我们面前照顾我们。我顺着往他身后看去，跪着的又岂止是这位助理，除开两位双胞胎，后面还有另外几个人，不过他们是谁我已经没有兴趣再知道了。

"李玉，你觉得客人还会喜欢什么？别让人觉得我招呼不周。"

唐英豪说完，这位叫李玉的助理转过脸和我四目相对。我盯着他的眼睛，他则用一种类似扫描的机制对我所有细胞进行着分析，我也来了兴致，这样目测就能看出我的口味吗？"英豪少爷，青羽太、九绘鱼我想客人会喜欢。"

唐英豪听他说完后嘴角微微上扬了一下说："真有意思！这不是你最爱的口味吗？怎么，你们是一类人？"李玉迅速退到了一边，就这样我面前又多出来两盘他说的那种刺身。我则是讶异地盯着眼前这个男孩，因为这两道确确实实是我最喜欢的，这到底是个什么局？

"这两道是他最喜欢的日料，这小子明显是在应付我。"唐英豪对我说完，自己笑了笑。

我尝了尝，回过头对李玉说："李玉，我很喜欢！"

唐英豪听完更觉得有意思了，他对我说："我没这口福，吃不了生的，你喜欢就多吃点儿吧！"

这时，我身后传来一阵稍急促的脚步声，一个女人端着托盘走过来，上面有两杯酒，她笑靥如花地急忙对我说："英泓少爷，您这是回国啦？这个会所是去年刚开的，所以大家估计还不认识您呢！"

"下去！"唐英豪说完把筷子往桌上一拍，所有人都为之一颤，女人则吓得离开了房间。

"可能看上去太像哥哥在照顾弟弟了吧。对了，我还真有个弟弟，应该和你差不多高，他今年十七岁，你多大？"他在尽全力让自己看上去镇定，因为他在不停地喝水。唐英泓的照片我一直没在网络上找到过，只知道他和我同岁，生日和我没差几天，所以可想而知，爸爸几乎是同时迎来了两个新生儿，只是他们的命运天差地别。

"十七岁，你叫他出来啊。"我故意说道。

他怔怔地看着我，重新拿起来的筷子举在空中没动，他看着我的眼神就像家人般宠溺，可能刚刚说起唐英泓让他触景生情了吧。

"哥哥！"我叫了声，对他笑笑。

"嗯！嗯啊，乖！"只见他下唇微微颤抖了下，整个人丢了魂一样。我继续补充说："呵呵，他会这样叫你吗？叫他出来啊。"

这时，李玉急忙上前给他递过去一杯清酒，像是在对他暗示什么。他清了清喉咙，有些尴尬地对我说："他在美国，不说这个了。"

"我如果说我今天很反常，其实平时很少这样，因为我很抵触和人接触，不善交际，你肯定不相信吧？"我对他说。

"行为变得反常，可能会有大事发生，你准备接下来要干什么呢？"他说。他不相信我也好，起码我没有负担。

"我们只有一天的时间做朋友，就像没有责任感那样相处吧。"我说。

"吃完饭想去哪儿？"他问。

"去你家吧。我今晚和你睡，你一个人住吧？"说完，我放下筷子，坐得笔直。

"嗯，啊？"唐英豪抬起头吞了口刚入口的清酒，有些不知所措。不远处两位双胞胎则陷入了不能自拔的尴尬或者期待中，她们一直不停地用诸如咳嗽或者清喉咙的方式来掩饰着，而接下来，李玉做了一个更让人充满遐想的举动，就是他居然对房间进行了清场，包括他自己在内的人都迅速消失得无影无踪，甚至之后房间的灯光也被调暗了许多。

在回唐英豪家的路上，沿海公路新修的霓虹灯亮了起来，街道变成了"火树银花不夜天"的景致，璀璨光亮的华灯闪烁着，渲染出浓烈的色彩，瞬间便燃遍了整座城。

"给我买那个吧！"我指了指不远处的棉花糖对他说。

"啊？哦，李玉，停车。"车停在一旁，李玉打开车门的一瞬间我说道："不用李玉，你给我买！"

"我……我不好意思去买那个，"他说这话的时候，低着头，眼睛往外面看了看说，"万一被别人拍了放到网上，我以后还怎么混？"

"买俩！我说了今天不想按正常的方式去活。"我反而觉得特别有趣。

两分钟后，他顺利地买到了棉花糖。他把两个棉花糖递给我说："快快！自己拿着吃！"

"我一个，你一个。"我接过一个对他说。

"我不要吃这种玩意儿，你见过玉皇大帝吃棉花糖的吗？这像话吗？"他有些气急败坏。

我咬了一大口棉花糖对他说："吃啊！"

他极不情愿地咬了一口，然后紧锁的眉头突然打开了，眼睛里闪烁着一片细小的火花，像是产生了化学反应一般："哇！好吃！"

"第一次吃吧？"我问他。

"不行啊？人生谁没有个第一次呢。"他说完伸出头朝棉花糖小贩的方向看了看，估计没吃够。不知道为什么，看到这样的唐英豪我竟然有一丝心疼，他是爸爸未来的继承人，是自幼就在温室里培养的幼苗，他的人生不能出现任何差池，所以没吃过这些路边的东西也不是什么太让人诧异的事情。

"我觉得，你的眼睛和我弟弟的很像！"他一边吃，一边对我说。我心想，像你弟弟？我就是你弟弟好吗？只不过你不知道我这个弟弟的存在罢了，但他说的人是唐英泓，我知道。

"是吗？你长得也很像我死去的哥哥。"我一边大口吃着棉花糖，一边打趣地对他说。

"啊？"他张大嘴看着我，"你的人生也太……对不起。"说完他转过头看着车窗外的天空，没有焦点。看他那副认真同情我的样子，我突然没忍住笑了出来，这都信？这都行？

午夜，将圆未圆的月亮升至最高空，一片朦胧的灰云从头顶飘过遮住了月光。长时间的驱车后，我们站在一条林荫大道前面，昏黄的路灯在风中微微地摇曳着，把地上的影子拉长又压短。周围没有一户人家，这里的一切都是寂静的，仿若一座被人遗忘的荒岛。我看了看周围的环境，我们应该是处在半山一带的地方，我甚至听到了几声类似夜枭的叫声，一阵风刮过来，我裹紧了衣服。

"明早再来接我们，你回去吧！"唐英豪对李玉说完，李玉对他鞠了个躬便驱车往回走了。

"这是哪儿啊？"我问唐英豪。

"跟着我，先别问，还怕我卖了你不成？"说完，他轻车熟路地走在了我的前面。他脸上没有了笑容，突然变得严肃起来。我们走到了一扇钢铁制成的大门前，我正疑惑的时候，唐英豪突然从口袋里摸出来一张卡，扫描了一下之后，门禁系统的屏幕亮了，他迅速地输入了密码，一瞬间，大门里的花园亮起了一排灯。

"进来吧！"

我跟在他身后，铁门关上的时候发出一阵长时间未使用的"咯吱"声。我看着眼前的唐英豪，他突然回过头，眼里满是审视的意味。两侧灯光除了让他五官更加深邃外，还能让我看到他额头和颈部发达的血管，我看不清他的瞳仁，但此刻没有一丝笑容的他看上去有一种被什么附身的感觉。

"范卓曦，我找你很久了！今天这里就是你的葬身之所。"他对我说道，那一秒钟他的眼睛里都是沼泽和地狱，他会毁灭我。现在看来，一切在那天就有了端倪。

"你、你想、怎么样？"我连连后退，难道这家伙早就知道了一切，今天是来报复我的？我突然都明白了，哪有这么多的巧合，这就是一场阴谋！

他逼视着我，继续往前："就是你认为的那样！"

我退到门栏边上，已经退无可退。手机在下午去医院之前就弄丢了，我也没办法求救。这是一场预谋，我进得来，却根本出不去。

"哈哈哈哈哈哈！"唐英豪突然拍手大笑起来，乐不可支，"你真会配合，很少有人可以这么配合我的，你去做演员吧，说不定还能拿个奥斯卡最佳男配角之类的。"

"这是……你家？"我说着环顾了一下四周。

"嗯，其中一个。"接下来，唐英豪带我走进了这座花园的深处——那栋别墅里。这是一座欧式宫廷风格的别墅，装修的主体颜色是白色、红色和金色，大厅高挂着层层幔帘，墙壁上挂着一幅巨大的油画——《拿破仑的加冕》，这根本就是一座藏在城市边缘的行宫。我从来不知道这一切，我不知道父亲还有多少事情瞒着我和妈妈，或许，我们确实也没资格知道这么多。

"爸爸说这房子会留给他最爱的人，所以，这房子不是留给我，就是留给我弟弟吧！"唐英豪说着，自己也仰起头饶有兴致地跟我一起欣赏起了穹顶。

"你那位眼睛长得像我的弟弟？"我故意问他。

"其实不光是眼睛，很多地方都很像，也因为这样我才会莫名地想亲近你吧。"

"你爸爸很偏心啊，你不嫉妒你弟弟吗？"我笑了笑，因为我还挺嫉妒唐英豪的。

"不会，只要我弟弟喜欢，我就会让给他！"说完，他从餐桌上拿起一瓶水递给我。

"你们兄弟感情这么好啊，很难得啊。"我接过水说，心里好像又多了个嫉妒的人，就是唐英泓。

"我弟弟自幼身体就不好，我和他就像白天和黑夜，我是黑夜，他是白天。我总是给爸爸惹麻烦，而他总是拿第一名。现在我什么都不想要，只想要他好起来。"唐英豪看着我笑了笑，笑里带着苦楚。

"你们家这么有钱，医院都是你家开的，一定能给你弟弟治好的。"我平时就不太会安慰别人，更何况眼前的这个人是唐英豪。

"只有美国有医生和设备能维持他的病情，我们分开已经三年了。我一直很想很想他，不知道那小子想不想哥哥我。"唐英豪说完陷入了沉思。

"你是这么好的哥哥，他一定也很想念你！"我安慰他。

唐英豪自顾自地笑了笑，开始往楼梯的方向走："上楼吧，我给你看他照片。"

"其实，没那个必要的！"我并不想再受到任何比较和刺激，何况这是一个毫无意义的比较，我早已经出局了，连竞争的资格都没有。

"看看吧！你们的眼睛一模一样，如果你头再小一点点，就更像了。"说完他自顾自地往楼上走，我只得跟着他上了楼。

他打开一间类似书房的房间，墙壁上挂着一张全家福。我看到了年轻时候的父亲，一副意气风发的样子，唐英豪的母亲穿着一件修身的墨绿色旗袍，像从上海外滩走出来的贤淑贵妇，他们前面的椅子上坐着他们这辈子最为骄傲的两个儿子。一头短寸、虎头虎脑的男孩是唐英豪，他身边坐着的男孩，面容清秀，肌肤白皙，浑身散发着一种病恹恹的气息，像住在幽幽深宫里的吸血鬼。和唐英豪的痞气张扬截然相反，男孩的眼神非常柔软，脸上的笑容浅淡，却形成了一种莫名的威慑力。两兄弟都身着黑色西装，给人带来了一种压迫的肃穆感。

"像吧？"唐英豪问我。

"不像！"我否认的时候心里生出了一团扭曲的类似嫉妒的情绪，但眼睛依然定在唐英泓脸上无法移开。这哪里是眼睛像，这根本就是我的模样啊！我的心里突然滑过一阵苍凉和失望，因为我清楚地知道，自己不过是个分文不值的赝品。

"连今天招待的下属都把你认成他了，这还不像啊？我们上天台吧！"唐英豪说完朝我招招手，我跟在他后面。

这次他带我到了三楼，打开门，是一片宽阔的露台。一抬头我便看到了满天星辉，天空深邃依旧，风轻轻地吹着，繁星忽明忽灭，为世界织就了一层柔软的纱网，把我们都笼罩其中。我竟不知道曜岛还有这样的地方。

"对了，今天欺负你的人是谁？他们为什么要找你麻烦？"唐英豪问我。

"没有为什么吧，就是单纯地想欺负我，觉得我是异类，所以多数欺负少数，这个社会不就是这样的吗？"

"就因为你说的心理咨询师的事情？那你为什么不把实情告诉他们？家里发生这么多事，大家知道了只会同情你，而不会觉得你心理有问题了。"他说完抬头看了看星空，若有所思的样子有些像年轻时的父亲。

"告诉他们因为我妈妈做了第三者，爸爸做了负心汉，所以我才心理出问题？我就这么点儿可怜的自尊心，所以认命吧！"

"我觉得你不是怕伤害到你的自尊心，你是怕伤害到你父母吧？"唐英豪点燃了一支烟，倚在扶手栏杆上。

"你经常抽烟吗？"我问。

"也不会，心情不好偶尔来一支。我已经是成年人了，所以可以光明正大地做这件事了。"他深深地吸了口烟，享受地朝空气中吐出了几个烟圈，故作成熟地继续说道，"所以，我要怎么和你说呢，你现在还小，等过几年，你长大了，看事情就不会这样片面了。"

"你还是小心些吧！就算你现在已经成年了，你爸爸那种脾气，如果知道你抽烟，一样会把你撕成碎片的。"

一阵温和的风吹过来，我隐约听到了身后传来了风铃的声音。

"嘿，有意思！你认识我爸爸吗？"唐英豪说着又深深地吸了口烟，脸上掠过一丝享受的表情，他斜看着我，笑容里有一种审视的意味，眼睛像深不见底的幽谷。

"啊？刚不是看了你爸爸的照片嘛，觉得应该是个严肃的人。"我赶紧辩解。

"你还真会看！你这一点和我爸爸很像，他看人也很准，那你看看我呢？觉得我是个什么样的人？"唐英豪把腿一缩，整个人蹦到楼顶的栏杆上，饶有兴致地问道。

"你小心啊！我可不想刚认识的朋友就坠楼身亡。"我还是被他这个生猛的举动给吓到了。

他转头看了看楼下说："这点高度摔不死我，你倒是说说看！"

"那我就说说看？从你的面相来看，你应该出生在一个幸福且富足的家庭里，你是你爸妈眼中的至宝，所以和父母关系应该很好，然后，你应该热爱运动，比如篮球、足球一类的。还有，因为还没遇到喜欢的人，所以眼睛里还没有受过伤的痕迹，大概就是这样吧，我说对了吗？"说完，我朝他点点头，我不能说更多我知道的，只能随便说几句，甚至装傻充愣，我怕他一不小心知道了什么后受到伤害。

唐英豪低头看了看自己的衣服和鞋，"嘿嘿"地笑了两声，从栏杆平台上蹦下来说："你说的这些不都是显而易见的吗？我想想看啊，家庭富足勉强算对，父母和我的关系是错误的，和你说的正相反，之前还好，现在我们之间的关系极度恶劣。眼睛里没有受过伤的痕迹，你是怎么看出来的？这点你也算错了，我喜欢一个女孩好多年了，她现在在英国，她回国后我会和她告白！"

"你和你父母关系不好？"我询问道，这并不是我预期的。

"和我妈挺好，但妈妈病了，和我爸的话，怎么说呢，对他，愤怒吧，暴怒！算了，等有机会我再和你好好说吧，你绝对不是这个世界上最悲惨的人好吗，虽然你爸妈也真挺极品的。"他朝我笑了笑，但很快就转过脸盯向远处的海洋。

"我可以那样说我父母，但我不喜欢别人这样说他们。"我严肃地对他说。

"哈哈哈哈哈，好啊，我收回。喜欢这样的生活吧？我可以给你一切。"他说完抱着手臂转过头和我一起欣赏起海岸线一带的夜景来。

"一切？比如说呢？"

"比如说钱，这辈子花不完的钱。"他回过头看着我说，"对你们这些人，应该很难拒绝吧？"

我朝他笑笑："怎么办？心动了呢，有一种想活下去的想法，无限地活下去。"

"你想去死？"他眼神轻慢地落在我的眼睛上。

"嗯……也不想死，但总觉得不想再这么活，所以，也不知道怎么办了。"

"遇到我之前，你想死可以理解，但我有信心，遇到我之后，你会想要活下去。"他说完朝我挤出个冷淡的笑容，点了点头，俨然是一副目无下尘的感觉，难怪他会孤单。

"那你出多少钱？"我往前一步逼近他。

他的眼睛里闪烁起一些细碎的火星，额头眉宇之间微微皱起一个别致的幅度，看得我心在发颤："全部的钱对你来说不够吧？再用上全部的关怀，再加上永远不会遗弃你和背叛你的忠诚，你觉得怎么样？"

"哈哈，你真逗！"我爽朗地大笑了几声，心里在默默地念叨：如果你不是唐英豪多好，如果你不是的话，从今天开始，我往后的生活可能会不一样吧……

他继续说："塞翁失马，焉知非福，你今天虽然失去了一个特卑鄙的朋友，但你收获了一个这辈子对你最好的我啊，你看我一眼！"他的眼神特别透彻，没有一丝杂质，我差点儿就相信了他。

"我现在相信你说的孤单了，你别灰心，好好珍惜你的一切吧！你有这么好的父母、弟弟、家世，还有一个值得你喜欢和等待的女朋友，我感觉全世界所有的好运好像都给了你，你说你是黑夜，其实你并不适合黑夜、星空、海洋、忧郁什么的，你应该是白昼、太阳、夏天的风什么的，而且，你真的很帅！"说完后，我才发现原来在他面前，我这么会称赞一个人。

"哈哈！是头发的关系吧，我头发如果这样弄，也不会太帅。"说完他把竖起的刘海按平了给我看，他自恋的样子让我"扑哧"就笑出声来，什么啊，那个高高在上、被恶魔化的混世大魔王唐英豪只不过是一个再简单不过的大男孩而已。

我朝他笑了笑，如果这个人真是我哥哥，明天一定会让今天的我更加神往吧。已经挺好的了，我不能再奢求更多，这辈子狭路相逢，无缘做兄弟，但今天的相遇也一定是生生世世的缘分所致。

"明天带你去一个私人的海滨浴场，我去你学校接你，保准以后不敢再有人为难你一句，顺便教育一下今天欺负你的这帮人。"他意犹未尽地说着，仿佛我已经是他认识多年的老友一样。

我听着他说这些话，心里悄无声息地升腾起一些从未有过的情绪，心旌摇曳，心慌肉跳，我以为的驻守坚固的心墙轰然倒塌了。我多想告诉他，你唐英豪就是我哥哥，我真的特别需你这样的一个人在我身边，只有这样，我才有可能重新站起来。但当然，我不可以告诉他，这会终结我们的所有可能，还会彻底毁了他，让他在失望和愤怒里变成下一个我。他暖得就像隆冬里午后两点的太阳，我哪里舍得让他裹上乌云失去光芒。因为你是唐英豪，我们连做朋友的可能也没有了吧。

"再说吧，你不上课吗？"我退后了两步。

"嗯，休养生息一年再去美国。至少一年，你先待在我身边怎么样？"他的笑容和煦得像春风一样，稍微放松，我心里最柔软的地方就能轻易被他击中。

"去美国找你弟弟吗？为什么一定要我待在你身边呢？你交朋友也一定要占有对方吗？"

"这些年来全世界都想靠近我，为了千万个理由或者梦想，我清楚地知道，他们想靠近的是唐英豪，而不是我这个人，所以，这么多年了，我从来没想靠近或者真正地接纳任何人，可是你不同，像城市传奇般遇见的经历，让我遇见了你，你还长得那么像我弟弟。"说到这儿，他的语调渐渐地缓慢下来，他骄横的个性让他连伸手扬起我的下巴这个举动都那么自然，我能看到他棱角分明的轮廓在月光下显得更加英气逼人，"这是命运！"

他冷冷的目光让我的心尖发颤，阴森的语气让人不寒而栗。

"以后别做朋友，做兄弟吧！我是哥哥，你是弟弟，这是天意。"他拉着我的胳膊，眼神让人无法拒绝。

后半夜，他开了两瓶酒，我们回到了一楼客厅聊天，听他说起唐英泓的各种往事，整夜他都神采飞扬。我从小没有兄弟姐妹，除了万杰，基本也没有什么朋友，所以我很难理解他嘴里的亲密，但换谁都会为之心驰神往。我第一次反反复复地抬头看时钟，我竟然也会有这么害怕时间流逝的时候，天亮以后，一天之约就到此为止，一切不会回到原点，但至少可以尘埃落定。

清晨六点多的时候，我和唐英豪还在聊天，他已经困得不行了，但还在硬撑着陪着我聊。

"唐英豪，今天谢谢你！"我躺在地毯上，看着吊顶上巨大的水晶吊灯，居然一丝怨怒也没有了，这一切的美好若能给唐英豪，我就一点儿都不嫉妒了。

"今天才是刚刚开始。"他躺在沙发上，支着头看着我笑了笑。

"你会记得今天吗？"

"你希望我记住吗？"他反问我。

我闭上眼睛佯装睡着的样子，不到一分钟的时间，他那边便开始传来沉重的鼻息声。

我坐起身，看着眼前的唐英豪，这就是我帅气非凡的哥哥，今天的一切就像一场梦，他开始入睡时，便是我梦醒之时，一阵难以形容的疲惫席卷而来，像是酥麻的破灭，又或者很肿很胀，沉甸甸的灰暗。

我站起身，往门廊方向走去，临出门时，突然觉得有些愧疚。我想起昨天遇到的唐英豪，他出现的时候，乌云散去，阳光洒在他身上，他的头发闪着像天神一样的光环，他如神祇般降临在我的身边，对我呵护有加，我实在不应该拒绝他纯真的关怀，更不能如此轻易地辜负他的信任。

门口的茶几上有一本小便笺本，上面有支铅笔，我把自己的电话号码写在上面，撕下便笺，重新回到客厅，把便笺放在唐英豪手里。我，不想死了……让他做选择吧，严格意义上来讲他确实是我的亲哥哥，我这样做也不算过分吧。楼梯口昏黄的灯光成了他黑色身躯的背景，他的五官被光线剪出俊朗的轮廓，镂刻在我心里，我甚至能看到唐英豪颈部发达的筋脉随着心跳跳动。这当然是我这辈子最美好的一天。

我站起身重新走向门口。在玄关处穿上鞋，准备关门离开的瞬间，我突然听到了唐英豪呢喃的声音，我吓得不敢拉上门，静止在门口不敢动弹。世界静止了，我也听清楚了他呢喃的话："哥哥会保护你……"听他这么呢喃着，我更加羡慕唐英泓，他可一定要知道他哥哥对他的牵挂啊。

我把门一拉，就在要关上门的刹那，耳膜里突然被三个字撞击到了，在唐英豪那句"哥哥会保护你"之后，他说的名字是"范卓曦"！

世界静止了，就这么一瞬间，所有之前对唐英豪有过的嫉妒、不理解，甚至偶尔的诅咒和怀疑都被抽空，荡然无存了，这世界一定不会再有唐英豪这般单纯美好的大男孩。我看着他心猿意马，魂不守舍。我的眼睛里迅速翻滚起滚烫的泪珠，我急忙重新推开门，跑回客厅，从他手里迅速抽走刚留下的联系方式。我刚才怎么可以那么自私，我顿时觉得自己越发可耻，和妈妈一样自私，我根本不配做唐英豪的弟弟。

　　离开前，我从地上捡起唐英豪的外套，把他的证件掏出来放在地上，然后带着皮夹里的钱和外套离开了。就这样吧，唐英豪，衣服就当给我的纪念品，与其以后缅怀今天，不如就彻底认定我是道德败坏的小偷，憎恶总比怀念好。我的离开或多或少会对他造成一些伤害吧，毕竟我给过他希望，也注定会给他带来绝望，但只有这样，我们的人生才不会再有任何交织，他才不会看到真相。

　　我迅速关上门，离开了别墅。此时，花园里弥漫着一层轻薄氤氲的晨雾，新生的太阳如约而至，修剪整齐的草坪上闪烁着露珠，一阵清凉的微风从我身上拂过，带走了未来所有美好的可能。但这依然是一个绚丽的清晨，至少这一秒，万籁俱寂，宛若仙境。

Chapter 02　世界最后的余晖下

每个人都有属于自己的一片森林，也许我们从来不曾去过，但它
一直在那里，总会在那里。迷失的人迷失了，相逢的人会再相逢。

——村上春树

回家路上，我依然在想着昨天发生的种种，各种怪诞的想法在脑子里幽然升起，如果真的是万杰，那他这么做的目的仅仅是和我划清界限吗？这并不合理。我看到城市广场附近的几个路口已经贴出来三年前幼儿园受害者的照片，万杰父亲那张大家嘴里"不配拥有马赛克"的脸又赫然被贴了出来。人们是不会忘记的，显然，他死一次也是远远不够的。我望着一座黑色玻璃建筑，那就是赫伯亚酒店，如被切割的黑钻般晶莹剔透的外立面正发出璀璨光辉，昨天万杰还说已经为我预订了今年生日晚宴的位子，但也是昨天，我好像就这样失去了他。小时候，每年生日他都会带我去他家的树屋上庆生，后来树屋年久失修，万杰说他会负责修好，那毕竟是我们的秘密基地，但搬了几次家后，人也大了，也开始向往起了不一样的东西。想到这里，我心里一阵怅然若失。

　　回到家时，妈妈正坐在客厅看新闻，她妆容姣好的模样，我现在看到就生厌，她每次和爸爸见面都会仔细收拾自己，看来今天也是一样。她见到我急忙站起来问："你去哪儿了？电话也不接！你不知道现在坏人很多吗？"我由上到下打量了她一眼说："最坏的人我都见过，我不怕坏人。"

　　"你脸怎么了？你打架啦？"她说着急忙伸出手来想看下我的伤口，"和什么人打的架？"她的眼睛里都是血丝，我了解她，她肯定等了我一整宿都没睡。

　　"跟你没关系，你今天是要去见那个人吗？"我冷冰冰地对妈妈说道。特别是在遇到唐英豪之后，我更加不理解妈妈，她怎么能做出这样伤害别人的事情来？

　　"范卓曦！你现在都学会打架了！你昨晚到底去哪儿了？是因为万杰家的事吧？每年这个时候他们都会闹，你管他们干吗？总有一天会水落石出的，交给警察去办不行吗？"妈妈突然嚷了起来。

　　"明明是无辜的人，为什么要承受不该承受的磨难和所谓的审判？先说万杰好了，他爸爸被误会这么多年，虽然死了，但也留下了这个烂摊子给他们母子，已经结案了，你要他怎么办？如果真能设身处地为别人想，你不用为我想，但你能不能也为郑艺玲、为唐英豪想一想，他们一样是无辜的，请你不要再伤害别人！还有，这几天我不想去学校了，你别烦我！"说完，我走进房间把门一摔，打开音乐。

那一周，我把所有的报纸都贴到了窗户上，再拉起窗帘，没日没夜地躲在家里、躺在床上，半夜才去厨房搬一些吃的。饭桌上的饭菜每次都是温热的，这是我和妈妈最后的默契。

一个雨夜，妈妈见我许多天也没打起精神来，便开始敲我的房门，或者说捶打我的房门，我突然觉得受够了。

我整理好行囊，执意要离家出走，因为那晚我听到了妈妈打电话向爸爸求救的内容，她说我不去学校，让爸爸管管他的儿子，这让我对她再一次产生了强烈的厌恶感。

于是那天夜里，我匆匆收拾完行李准备离开家。手机丢了，所以我需要钱，我从妈妈皮夹里拿钱的时候，她急忙进门制止我，但一切还是没来得及，从她的皮夹里掉出来一张年代久远的泛黄结婚照，照片里的女人我一眼就能认出来是妈妈，可是那个男的并不是爸爸。

我看着照片愣了神，妈妈急忙从我手上抢了过去。我问她："所以你们是彼此婚内出轨对吗？还是说那个人都不知道你结过婚啊？"她默不作声。我拖着行李箱走到门口时最后问了她一个问题："我爸是唐建宁没有错吧？"她猛然转过身，泪眼婆娑地问我："你真的这么看我吗？"

"你就告诉我，是不是？"我多希望，答案是否定的，但妈妈点了点头说："你爸以前也不是没做过 DNA 检测，你可以再做一次！"

"谢谢！"说完，我推门离开了。

我到 KTV 开了个包厢，也是那一晚，我在那儿又遇到了万杰。他戴着一顶鸭舌帽，手上提着一个大包。见到他，我本能地后退了两步，抱着手臂。他一看到我就焦急地跑过来询问："小曦，你这几天去哪儿了？你没去学校，电话也打不通，那天我不应该走开的！我后来才知道发生了那样的事情。"

他脚上依然穿着那双鞋。他看了一眼自己的鞋子继续对我说："对不起！都是因为我走开才会发生那样的事情，后来警察来了，我也去警局看了监控，打你的那群人是我们学校的，我已经收拾了他们。监控我录了一份，你一定要看看，这些人就是去年去我家泼油漆的人，他们肯定觉得你和我是一伙的才那样！"

听到万杰的这番话，我迅速地抬起头问他："这么说，那群人里没有你？"

"什么？你、你在想什么啊？还好警局有录像，你怎么会怀疑是我？"他被我问得一愣一愣的，用一种极其诧异的眼神看着我。

"我就知道！我说了，我就知道肯定不是你！这根本不合理！又到了九月，他们一定会做这些事的，因为我看到其中一个也穿了和我送你的一样的鞋！所以，我、我以为……"离开唐英豪后，这么多天来我终于第一次笑了。

"你想什么呢？你电话打不通，我也不敢去你家，怕被人跟踪以为你们是我家亲戚，给你们惹祸。你没事吧？我着急死了，你这几天都在家里吗？"他急切地询问着。

"你这是出来住吗？"我低头看了看他手上提着的那个大包，他看到我的行李箱，朝我默契地笑笑。

"嗯！这几天肯定回不去了，过街老鼠一样，街上都是我爸的照片。"他说完眼睛里还是那样无奈。

"到里面说吧，我开了个包厢，我一个人，放心吧！"说完我把万杰带到了我的包厢。

"你这是离家出走呢？带这么个大箱子。"万杰问我。

"嗯。"

"那正好，我可以把这个包放你箱子里吗？这密码箱看着挺结实呀。我今晚陪你通宵，我们好好聊聊吧！"

我打开了箱子，除了几件衣服和唐英豪的外套外，我什么都没带。万杰把他的包放进我箱子里。幸好今天遇到了万杰，解开了那个误会。我正准备叫一些饮料的时候，一个服务员刚好进来了，我们点了果盘和饮料，服务员把我的行李箱拖出去寄存。我对万杰打开了话匣子，把这些日子我知道的和发生的一切都告诉了万杰。

他听完许久后，对我说："第一，你们家经常搬家原来是因为这个，这就能说通了；第二，你是个富家少爷，迟早会继承一笔巨额的遗产；第三，你的后妈是郑艺玲对吗？"

"后妈？我妈又没死，哪来的后妈？"

"所以这件事我是第一个知道的吗？"

"嗯，和唐英豪也说了父母的事，但他不知道他爸爸就是我爸爸，其他人都不知道。别人知道了，我还好，我妈估计就没法活了。"我说完问万杰，"你这边呢？你不是一直在调查你爸爸当年那件意外的始末吗？能证明那是场意外了吗？有什么我可以帮你的吗？"

"小曦，我跟你说件事，你千万冷静啊！"万杰转过身，一只手扶着我的胳膊，他眉头紧锁，像是要解开什么巨大的谜题一样。

我深深吸了口气："你说！"

"那时幼儿园游园项目发生火灾的工厂，就是我爸任职的工厂，和幼儿园是一个老板！"万杰说完，我只感觉一只巨大的手攫住了我的心脏，许多不堪入目的想象和阴谋让我的手指不自然地微微颤动起来。

"你是说，都是郑艺玲干的吗？"我清晰地说出每一个字，生怕自己说错一个字让他有误解。

"她是集团老板，现在还不能证明这事她是主谋，因为确实就是意外，只是她把事故包装成了邪教和天祭，让社会各界把注意力全落在了我爸身上。我爸根本就是受害者，你知道的！我妈现在情况越来越不好，我也没有那么多的时间了，我需要给我妈一个交代，还给我爸清白，让她安心离开。"

"好！无论是谁，犯了错就要负责，就该受到制裁，你需要我做什么？"我问万杰。

"什么都不用，小曦，我只想告诉你，如果有一天发生了你无法想象的意外，在以后的日子里，如果你和我失联了，或者我死了，请你一定要帮我进行下去，不光是为了我父母、为了我，也为了所有受害儿童和他们的家人，哪怕为了这世界最后仅存的一点点正义和尊严。我现在已经追查到了当日的电工和我爸的两个老兄弟。我在整理证据，到时候，一切就能水落石出了！"他激动地说着。我看着他，才注意到他这些时日瘦了许多，如果换作是我，真的无法想象这些年要怎么撑过来。

"阿姨那边情况很不好吗？"我还是试着问他。

"我妈现在住在以前家里的一个地下室里，大家又查到我妈住的医院去医院闹事了。医院也不敢收我妈，把我们劝退了。我知道我妈快不行了，但我只想她走得不那么痛苦，所以，我现在必须争取一切可能的机会，比起止疼针，我知道我妈更需要的是真相！"万杰说到这里打了个冷战，但眼里又是与之格格不入的坚定。

"明天你要回去吧？你放心，我会和你一直保持联系的。"我对他说完，他递给我一部手机说："号码是匿名买的新号，你先用这部手机，我可以随时联络你。"

"嗯！"我接过来对他说，"万杰，你知道阿姨住的医院是唐英豪家开的吗？我可以找唐英豪，让他把阿姨送回医院，现在能让阿姨舒服点儿不好吗？"尽管已经下定决心不再去打扰唐英豪，但是万杰的事我不能坐视不管。

"回去那里，给别人一次就能扎进去的针，护士会给我妈扎上十次。是啊，恶魔的妻子，她们当然会伸张正义，所有人都会，在医院更不安全。"万杰说完倚在沙发上绝望地望着天花板。

后半夜，我和他都睡熟了。等我再醒来时已经下午了，万杰不见了踪迹，我洗了把脸后接到了万杰的电话，他急急忙忙地对我说："现在离开KTV！有危险！别拿箱子，我在KTV对面，稍后和你解释！"

"啊？"我有点儿不知所措，但还是急急忙忙就往KTV门口跑了过去，但我刚跑到门口就听到一个尖锐的女声大喊起来："还跑！警察，抓住他！"万杰怔在不远处，张大了嘴。我冲万杰大喊："快跑！"

没等我反应过来，两个警察就迅速地钳制住了我，另外几个警察则往万杰的方向跑了过去。我好像害了他，没两分钟万杰也被逮了过来，我问他："你没事吧？别怕！他们是警察，不是坏人！"

万杰没说话，面色铁青。一群看热闹的人围了上来，一个警察开口问："这个箱子是你的吧？密码？"

"我可以给你们打开，先松开我！"我试图挣脱，但被钳制得更紧了，我发出疼痛的呜咽声。

"放开他！他都说了可以打开箱子让你们看了！"人群中出现了一个熟悉的声音，我抬头一看，是唐英豪，他对我点点头。但看到他的瞬间我再也不愿看那个方向，因为在唐英豪身边还有一个人，是我们的爸爸——唐建宁。他幽怨地盯着我，在人群中不作声。

"你告诉我密码就行，我替你开！"拎着我箱子的警察继续说。

"7731。"我说完又转头对万杰说，"没事！肯定是误会！"

我看了爸爸一眼，他的眼睛像两把冰冷锋利的匕首一样，直愣愣地扎在我的心里。箱子打开后，所有人都围了过来。唐英豪突然推开人群站到了我前面。警察把我箱子里的东西全倒了出来，唐英豪的外套也被倒出来了，几个人踩到了上面。

"不要踩这件衣服！"我几乎是怒吼出来的，结果被按着整个跪到了地上。

唐英豪一把抓起我的胳膊，对警察说："你们就这么办案的吗？已经证明这是罪犯了吗？你知道我是谁吗？"

"你给我过来，唐英豪！没看到别人在录像吗？"人群里，爸爸朝唐英豪呵斥道。

箱子里什么都没有找到，但还有一个带着锁的包打不开。

"把包打开，一定在包里！"周围的人跟着起哄。

"包给他们打开，万杰！"我急忙对万杰说道。

"小曦，你说什么呢？你的包，我怎么会有钥匙？"万杰用一种讶异的表情看着我。接着昨晚那个女服务员直接用一把美工刀划开了包，满满当当一包手机、手表和首饰撒了一地。警察把众人清开，并对女服务员训斥道："谁准你这么做了？"

"不！这不是我的！"我对唐英豪说完这句话，眼睛就红了。他的脸变得有些僵硬起来。我看了看万杰说："万杰，你……"

"警察，昨晚就是这个人拖着这个箱子到我们KTV的，是我帮他寄存的箱子，全程没有其他任何人碰过，我确定！因为听到了很多手机在响铃，最近KTV很多客人都遭遇了偷盗，我起了疑心才报的警。"女服务员气定神闲地说着。

"让队里派个车，送派出所去。"一个警察对另外一个警察说道。

"这些东西加起来没有几十万也有十几万吧？这是数额特别巨大的偷窃，你下半辈子在监狱里度过吧！"一个像是大堂经理的男人嘲讽地朝我笑了笑。

"万杰，你不解释一下吗？肯定有人对我们做了手脚，你告诉他们，是有人在报复你才换了你的包，你肯定不会偷这些东西的啊！"我说完后，他缄默着不说话，也不看我，只是眼泪砸在地上。

"小曦，你承认了吧！"万杰的语气听上去像是请求。

我往人群里一看，唐建宁正怒不可遏地瞪着我，他的眼睛里都是血丝，额头上是因暴怒突起的青筋，他不相信我。与其说我让他失望了，倒不如说他让我绝望了。这里的所有人都可以不相信我，但你唐建宁绝对不可以！

"唐英豪，真的不是我！"我摇着头对唐英豪说。

"小偷吗？呵呵。"一个比我们年纪稍长的人走到我们面前，逼视着我问道。

我觉得眼前的男子的声音在哪里听过，他是那天在路口一起群殴我的人之一，那两声略带沙哑的"呵呵"声和今天的一模一样，那么，他和万杰是一伙的？我目不转睛地看着唐英豪，我只想看到他。

眼神变得涣散，精神变得松散，我放弃了。这时候，周围几个女人拥向了我，对我拳打脚踢，我身上几处刚刚愈合的伤口又被撕裂了。最后的几秒钟，我抬起头在人群中找寻着爸爸的身影，他冷眼看着我，一言不发，他当然不能认我，这会毁了他。为了避免意外，警察把我和万杰带进了三楼的一间小包厢里等警车到来。

"对不起，小曦，我现在不能进去，我妈就这两天的事了……"万杰刚哭过的眼睛又红了。

"我只问你一句，万杰。那天在路口，那群人里面，到底有没有你？"我拉了拉被扯烂了的衬衫，其实根本不该问，这不是明摆着自己找虐吗？

他盯着我看了半晌，我听到他急促的呼吸声和吞口水的声音，他低下了头，叹了口气，对我说："对不起！"

几乎在他说出对不起的同时，我听到自己急忙说了一句："算了，我不想知道了！"但我还是听到了。我走到包厢的角落，倚在墙上缓缓地蹲了下去。

"万杰，你没有对不起我，我范卓曦活到今天，光明磊落。我不像你，连欺负一个人都怕被人看到，你生活的世界不能见光，你可能擅长这个世界上所有龌龊的勾当，但你永远学不会勇敢和承担！就你这样的人还想伸张正义？你有没有想过，如果按基因学的逻辑，你爸爸或许跟你一样，连你也受骗了？他或许本来就是凶手。"我哽咽着对他说。

万杰从口袋里掏出了一支录音笔，他把录音笔放到嘴边说："今天发生的一切我都录下来了，包括刚刚我说的每一句话，还有现在说的。这件事和范卓曦一点儿关系都没有，是我和其他几个人一起干的，范卓曦是无辜的。"

那一秒，我突然回想起了这些年和万杰的种种过往。刚上小学的时候，我家第一次搬家，我和三个小时候形影不离的小伙伴彻底失去了联系，那时候，我一个朋友都没有，上课经常忘记带铅笔，万杰的书包里永远替我准备着一支备用铅笔，从那以后我就养成了不带铅笔上学的坏习惯。四年级，我第一次离家出走，无处可去，万杰收留了我一周。那一周，我和他住在他家树屋里，夏天，都是蚊虫，他把花露水洒得整屋都是。我们讲着不存在的外星故事，他说长大后会把屋顶换成玻璃的，那样，我们就能枕着整片星光入眠。那时，他爸爸还没出事，我们形影不离。六年级，在回家的路上我们第一次被高年级学生抢劫，他捂着我的嘴躲在巷子里，他那天对我说："我们共同进退，一切都有可能。"

所以，万杰不应该是会这样对我的人？所以，我今天应该相信万杰是有苦衷的？所以，我应该再尝试去相信他一次？说不定，事情真的是这样的呢？

"小曦，你就信我一次，我说到做到！"他的眼眶里含着泪水。

世界安静了许久后，我抬起头对他说："傻 × 才会再相信你！"

他听完便一动不动地愣在了原地，任由眼泪滑落，他叹了口气，似笑非笑地看着我。

我的人生彻底失败了，被自己唯一的朋友这样出卖，自己的妈妈做了第三者，基本可以算是没有爸爸，所以我只能永远躲在暗处不敢出声，已经忘记了上一次笑是什么时候和什么感觉……我常常在夜里没有缘由地哭泣，苟且地期望着有一天醒来后发现这一切都是一场梦，所有的灰暗、丑陋、颓丧全都会过去。可是今天我看明白了，在未来等着我的是一场接着一场的万劫不复和分崩离析。

这些事情给我带来的最大益处可能就是在今天做出残忍但正确的判断，我可能不会再相信任何人了，但也可能有意外，比如这时候一位神仙突然降临在我面前把我拯救出去，那我一定会对他回馈以信仰和崇拜。人或许真的应该许愿，因为这时候，我身后传来了石子砸在玻璃上的声音，我赶紧打开了窗户，于是，这个阳光满城的午后，在暖暖铺洒的无数条金光瀑布里，我又一次看到了唐英豪。

他在对面二楼的平台上冲我露出了笑脸，两栋楼之间隔着一条小巷，阳光从他的身后照射过来，他的身形被剪成一个深刻的影像，他就是上天派来的神祇。他朝我笑了笑，那是我这段时间以来第一次触及温暖的时刻，那是我依赖和信任彻底产生的日子。

我就知道，他一定会相信我的，在我最危难的时刻他总是这样突然出现。在世界最后的余晖下，他展开手臂，眼睛笑成了一条精致的弧线，今天的他，一身黑色装束，西装革履，他的头发在阳光下反射出熠熠光泽。

"快！跳下来，我相信你，到我这儿来，我知道不是你，范卓曦！"

我的眼睛湿润了，他那句"我相信你"才是拯救我的最好良方。我爬到窗户上，脚却开始有些发软。

"你别冲动！范卓曦，这里是三楼，会死人的。"万杰神色慌张地对我说。

"你以为我还会怕死吗？"我回头对万杰笑了笑，视线却开始模糊了。

"你别冲动！你下来，我现在就和大家说清楚情况，范卓曦！你最后相信我一次！"我回头看到万杰惊恐中带着哀求的表情，我当然不会再相信他，因为即使是这一刻的万杰，在我看来，眼里依然都是虚伪和狰狞。站在这个位置正好就能看到那天我等他的学校路口，我对他说："路口根本没有监控，你一直在骗我！"

"别跳！你听我解释，你会死的！"万杰冲我喊了起来。

"那就当作我被你谋杀了吧，只有死了这一次，我才能开始新的人生，而你，就永远带着这份愧疚生活吧！"我看着不远处唐英豪的脸，那张干净到纯粹的面容，才是我人生该靠近的方向。

我朝万杰轻轻一笑，竭尽所有力气朝着对面二楼天台跳了过去。不知道为什么，今天唐英豪的眼里没有了往日的骄纵和不可一世，我百感交集，离他越来越近，他伸出手臂的时候，胸大肌凸起，血脉偾张，眼神炙热，像收集了全宇宙的星光一样。

落到天台上的时候，我整个人扑到了他的身上，接着我也听到脚踝处传来了清脆的响声。

"快！走！"唐英豪搀扶起我，我对他气喘吁吁地笑了笑。

"笑什么？快走啊！"他拉起了我，脸上也都是笑意。我看到他额头上一排细密的汗珠，看把他紧张的。

"没事，我高兴！"我笑着说。

"从沿海公路离开，不要往市区去！"身后传来了万杰的声音，我没回头。

"先离开再说，你脚受伤了吧？我背你，上来！"唐英豪蹲到了前面，我利索地扑到他的背上，突然想起了小时候父亲背我的样子。

"你还真不轻，比我弟弟还重。"唐英豪一边说一边背着我朝楼下跑。

到了一楼，他就急忙把我塞进了一辆的士里。我诧异地看着他，这时候还坐的士，安全吗？

我还在恍惚中的时候，的士已经像外星人驾驶的飞碟一样疾速驶离了。唐英豪转过脸看了看我，小声地对我说："出了路口那边那就到处都是探头了，待会儿你趴下，过了这个区，你再坐直。"

"我们这是去哪儿？"我蜷缩着身子问唐英豪。

"带你回家！"

"啊？我不能去那儿，唐建宁会报警的！"我条件反射地说出了唐建宁的名字。

唐英豪诧异地眨了眨眼睛，我正想着该怎么和他解释的时候，他却朝我讪讪地笑了笑说："你看出来了吧？他确实就是我爸，今天我爸没出来替你解围，你肯定记恨他了吧，毕竟你们通过媒体所认识的他是宅心仁厚的企业家、慈善家之类的，失望了吧？"

我听唐英豪说完，才松了口气。

"唐英豪，我不能去你家！"我直起身对他说。

"你放心，就是上次你去的那个远郊的别墅，那不是我父母住的地方，你放心吧，我难道会害你吗？"唐英豪说完又一把把我推倒在车后座上，"藏好了。"

一个多小时后，的士把我们带到了上次唐英豪带我去的远郊别墅。除了的士费，唐英豪又从口袋里掏了一把钱塞到了司机手里。司机接过钱，看了看我们，一溜烟儿消失在了公路上。

下了车，四周迎来一阵和煦的风，周围安静得只剩下风吹树叶的声音，残阳的暖黄倔强地从斑驳树影中穿透而过。他把我带进屋里，我找到了一丝安全感。

"我现在成了通缉犯吧？"我想了想觉得生活真有意思。

"你还笑得出来，急死我了，你脚没事吧？"他搀扶着我，仔细地看了看窗外，发现没有什么异常后，便急忙过来把我的鞋脱了。

"唐英豪。"

"嗯？"

"那天我拿了你的钱和你的外套突然走了，你不怀疑我是小偷吗？"

"谁没有个急事呢，你如果真是能被钱打动，这一切反而简单了，我就是好奇你是怎么回去的，这里也打不到车啊。"

"我走了半小时，找到了一个工厂坐班车的地方，就浑水摸鱼地装成他们的员工，跟着上车了。"我把那天离开的经过一五一十告诉了他。

"你都不用冒充，那里只有一家工厂，平时鬼影都找不到。"他冲我挑挑眉毛笑了笑，我也笑了。这时候我又听到了一声清脆的骨头声响，他趁我不注意把我的脚给正了过来。

"痛，痛，痛！痛死了！"我痛出了一身汗。

"现在好了，我给你找些药酒。"他放下我的脚。

这时候的天空半灰半红，被一抹美丽的晚霞装点着。唐英豪从冰箱里找些方便面和罐头给我，房子里实在没有其他食物，但可能是因为我们都饿坏了，所以那一顿两个人吃得都特别香。

"你吃相可真不好看，饿死鬼转世吗？"唐英豪说完，朝我眨了眨眼。

说完，他把面前的盘子给我推了过来。我两口吃完后，对他点头表示感谢。

吃完后，我和唐英豪呈"大"字形躺在客厅的地毯上，可能是因为还有他的陪伴，所以我觉得自己也不是太凄凉。

我侧过脸，借着窗户透进来的最后一丝天光，看着沉沉睡去的唐英豪，那天也是这样，他在梦里告诉我他会守护我，他叫我范卓曦。

起风了，窗外传来一阵树叶摇曳的声音。月安静地悬在空中，突然，一片巨大的黑云朝它涌去。没人知道天亮后剧情会如何反转，但我知道未来的路还很远，有彼此陪伴，总不至于太过孤独。

Chapter 03　溺水

人们生来就不会应付生活中的逆境，更别说应付不可能的事情。

人们毫无准备时悲剧往往降临，这就是每个人的悲剧。

——菲利普·罗斯

德国哲学家叔本华说过："一定量的忧愁、痛苦或者烦恼，对每一个人都是必要的。悲伤就像船上的压舱物，没有了它，船将不能朝着目的地前进。"而美国作家福克纳也在获得诺贝尔文学奖的时候对悲伤大肆赞扬。在人类发展的历史进程中，悲伤无时无刻不在影响着我们。希腊人把悲伤解释为理解哲学的天赋，悲伤变成了一种另类的才能。所以有时候我会想，我是不是应该对世界心怀感激，因为我身边的大多数人在这方面都是天赋异禀的。

在鳞次栉比的高楼大厦中，有一栋这座城市地标性的建筑物，在这栋建筑物的顶端有一座巨大的时钟，每天都会有无数人仰起头注视这座时钟，它主宰和见证着整座城市的发展。所有人看到这栋大厦就会想起这座城市，它是城市的金字塔顶端，世界五百强企业有许多都坐落在这座大厦内，这座大厦在开盘的两个小时四十分钟内，所有不动产单位就被罗掘一空，它注定是一个传奇。与其说这座城市的世界精英都集中于此，倒不如说这座大厦是这座城市数一数二的敛财宝地，父亲唐建宁的公司便坐落于此。

凌晨两点，清冷的月光倾洒在这座玻璃大厦上，爸爸的公司里只剩下他一个人，他从办公室的酒柜里拿出一瓶伏特加，这已经不是他今晚开的第一瓶酒，他早醉了，只是还没来得及倒下。他解开衬衫的两颗纽扣，点燃了一支烟，眼睛里闪过一阵火光，此刻的他像一只困兽一样焦躁。

几个小时前，他弄丢了两个儿子，大儿子唐英豪在车子疾驰的状况下打开了车门，他还没来得及停稳，唐英豪就消失在了巷口，这不是唐英豪第一次用这种方式逃走，但他总感觉这一次和以前每一次都不一样。而再往前几分钟，他的小儿子因为"偷盗"被监禁了，他当然会动用所有的力量在暗处替小儿子"解决"一切，所以他必须得快速离开现场。但在他还来不及操作这一切的时候，他的小儿子又逃脱了，事情变得更加复杂，开始朝"罪犯畏罪潜逃"的方向发展。而他最懊恼的事情是，当时没能站出来保护小儿子，小儿子和他目光交接的那几秒，他知道小儿子再也不会原谅他了。

他开始动用所有的势力在这座城市搜寻这两个儿子，他想不到的是此时两个儿子正在一块儿，而更出乎他意料的是，他们还在他远郊的别墅里。他矛盾、自责、压抑，最后他拿起酒瓶朝墙上自己巨大的油画肖像扔了过去，从胸腔里传出了一声剧烈的闷吼。

而距他脚下二十三层高度的地下停车场里，他的妻子郑艺玲正在房车的床上躺着，即使这样，她的妆发依旧动人。她的眼睛像一湾宁静的湖水，湖水荡漾起涟漪，打在红色的湖床上。两位看护守在她一旁，每六个小时就要服下几粒精神类镇静药，两位便装医生在一侧的轿车里随时待命，这根本是一所流动医院。是的，没人知道这一切。郑艺玲已经有些时日没出现在公司会议上，她的精神状况在过去的时日里出现了巨大的问题，在她遭遇了真正的命运冲击后，她被拉下了神坛，变得和常人无异。她已经走在命运的边缘，如果外力不足以撼动他们的家业、地位甚至情绪的话，那无非就是与人类这般低级的七情六欲有关了。

郑艺玲除了事业，还拥有了这辈子挚爱的三个男人，她的丈夫和两个儿子。她幻想过无数次今天的生活，但一定不是现在这样——已经拥有了巨大的财富，却活得痛不欲生。二儿子唐英泓自幼身体不好，器官发育遇到功能性障碍（MOF），加上家族里的血液病，使本来就棘手的病情往更加不可预知的方向发展着，幼年便开始出现部分器官衰竭的倾向，他肾衰过一次，移植手术后活了过来。他们尽全力地救治二儿子。从那次手术后，他的健康状况更加难以控制，一开始还是每年住在医院疗养一段时间，后来，病情之外附加了抑郁折磨，他整个人走到了崩溃的边缘。唐家连夜把他送到了美国诊治，外界很少人知道这件事，基本上都以为唐英泓正在美国接受贵族精英教育。

镜头切回今天，在离这栋玻璃大厦二十五个街区之外的公园旁边有一栋公寓楼。月光柔和地透过窗户，映照在一张惨淡的脸上，这个人是我的妈妈，她无助地望着黑色的森林公园，除了些许的夜枭声，四周一片死寂。两个小时前，她接到了我爸爸的电话，我爸爸把在 KTV 发生的一幕告诉了她。这是她人生中最绝望的时刻之一，因为她已经意识到她正在渐渐失去我的事实，她最担心的事情始终还是发生了——我犯了罪。

顺着她的目光，穿过公园，穿透千篇一律的城市钢筋水泥结构，再穿越一大片荒凉且没有生机的城市郊区之后，你会看到一座巍然屹立的山峰，山峰之上，森林葱郁，清风阵阵。

在这片森林之中，暗藏着一栋不为人知的别墅，别墅里没有开灯，但窗帘是拉开的，月光和漫天的星辉都洒在木地板和羊绒地毯上。唐英豪慵懒地坐在地毯上，脱了鞋，一只脚支着地，另一只脚伸直朝着我，双手撑在身后的羊毛地毯上。他手里滑动着打火机，火光闪现时他问我："脚还疼吗？"

我坐在地上抱着手臂，后背靠在柱子上，看着他的眼睛摇了摇头。过去几个小时发生的一切太过突然，事实上，在这一刻，如果不是脚踝在隐隐作痛，我一定以为这一切只是一场无法无天的白日梦。

"你相信我吗？"他歪着头看着我，舔了舔嘴唇问我。月光让他的脸色看起来像吸血鬼一样苍白。

我反问他："那你相信我吗？"

"如果我不相信你，为什么会去救你？"他朝我笑了笑，嘴角有一个别致的弧度。

"你甚至在这之前只见过我一次，你为什么相信我？"我问他。

"我不知道，我就是相信你，第一眼看到你就相信你，第一眼看到你被人欺负，我就想保护你。"他又幽幽地问了我一次我刚刚没回答的问题，"范卓曦，你相信我吗？"

"相信！"我的回答几乎是在他提问的一瞬间迸出来的。他看着我，嘴角微微上扬了一下。我对他点点头，他揉了揉我的头发。

他站起身，拉上了窗帘，四周变得没有一点儿光亮，然后火光一闪，他的脸又骤然出现在我的身边，黑暗里我只看得见他的脸和举着打火机的手。他对我说："范卓曦，你听着，在那小子承认是他嫁祸给你的之前，你都要躲在这栋房子里，你不能联系任何人，你没有选择的余地。我知道他们把你带走对你来说意味着什么，以后就算案件侦破了，你也被毁得差不多了。少管所、派出所、甚至监狱，我都去过，那都不是人待的地儿！你既然是无辜的就不要怕，至少，我会保护你的！你现在要做的就是相信我，待在我身边就行，其他的，都交给我。"

可能是因为太过恐惧，可能是因为无路可选，唐英豪说的每一个字都清晰有力地撞在我的耳膜上，我感觉得到自己过于掩饰的恐惧，因为即使我竭尽全力地抱着自己的膝盖，我还是能感觉得到自己的身体在不受控制地瑟瑟发抖。

"可是，就算最后万杰承认了一切，我是不是还是会背上畏罪潜逃的罪名？"我感觉到一丝剧烈的疼痛划过心脏，我害怕极了。

"我说，你是吓糊涂了吧？你如果是清白的，警察不但不会抓你，相反，说不定还会给你一笔巨大的精神抚慰金呢！你只要是清白的，就什么事情都不需要担心，知道吗？就算到时候那小子不承认，我也会尽我所能去帮助你的。晚安。"说完唐英豪松开了手中的打火机，整个世界陷入了一片无边无际的黑暗之中。

我站起身在黑暗里对唐英豪说："我想洗澡，可以吗？"

"可以，屋里二十四小时都有热水循环，二楼走道尽头右转是我的房间，衣柜里有我的衣服，你去洗洗吧。但我们最好待在一楼客厅，万一有个什么突发情况，离开也方便些。"接着我听到他躺倒在沙发上的声音。

我在黑暗里摸索着向他说的房间走去。等我洗完澡回到客厅时，周围除了他的呼吸声一片死寂。许久后，我自顾自地说了句："万杰不会有事吧？"

"他如果是无辜的就没事，但我看他可不像无辜的人。"唐英豪还没睡着。

那一晚，我彻底失眠了，这些天的际遇轻而易举地推翻了我从前许多固有的认知，我认为对的都是错的，我排斥的却在温暖呵护我。

"唐英豪，你能帮我个忙吗？我妈妈还不知道我出了事，我联系她也不方便，但想见她，你能办到吗？"别人我肯定不会问，因为这事对于普通人来说实在比登天还难，但他是唐英豪，这对他应该不难。

"可以！"他干脆利落地回答了一句，转了个身，鼻息变沉。到了天色发灰的时候，我才渐渐睡去。

第二天醒来的时候，唐英豪已经不在客厅了。我环视了屋内一圈，依然没有找到他，我打开门，看到他正拿着一把修枝剪，在花园里观察一棵树，接着，他拿修枝剪对准了小树一根强枝的根部。

"往上一些，强枝最多只能剪掉三分之二，你剪太多了。"我一瘸一拐地走到他旁边。

"你还对盆栽有研究啊？看不出来。不过你怎么出来了，快进去吧！"他说完环顾了四周一圈。

"如果连这道门都不能出来，那现在和在监狱里也没有什么区别。"我说。

接着唐英豪靠近我一些，压低声音对我说："好消息！你不是想和你妈妈联系吗？我今晚就能让你见到你妈妈。我已经把你手机关了，你这两天就别使用手机了，也别用电话主动联系你妈，知道吗？"

"真的吗？靠谱吗？今晚？在哪里？"我感激地抓着唐英豪的胳膊一个劲儿地发问，甚至急切地从他手中抢过了修枝剪。

"靠谱，待会儿你就知道了。"唐英豪突然充满意味地朝我笑了笑，"你小子就是个妈宝啊，你这不挺在意你妈的吗？"

"那个女人依然是这个世界上我最爱最珍惜的人，我不想她担心，她也不能有事。没人再能像她那样在意我、忍受我。"我边说边低头拿着修枝剪随便摆弄了几下。

"当哥我是透明的吗？我可是冒着生命危险去救你的，小白眼狼！"唐英豪不屑地朝我笑了笑，抢过我手上的修枝剪，叹了口气。

"我一定会记得，也会报答你的。"我急忙补充道。

"怎么报答？如果你是个女的，还可以以身相许，但你是个男的，所以只能用钱，但我家太有钱了，难道说用命啊？"他说完从上到下打量了我一眼。

"如果有一天，需要用命来拯救你，我一定会奋不顾身！我的所有都可以给你！"我和他四目相对。

唐英豪听完，转过脸继续修剪枝叶，他的笑保持在一个僵硬的弧度，他若有所思，眼神漫无目的地落在枝叶上："你总是这么容易相信一个人吗？你这样，你的对手都会不好意思伤害你。"

"什么？"我有些不明白。

"没什么，总之以后我来守护你，像亲人、像朋友一样的好兄弟！"

"嗯！好兄弟！"恍惚中，我真的差点儿忘记了我和唐英豪本来就是兄弟的事实。

唐英豪伸出一只手放在我的肩膀上，嘴角微微上扬，另一只手指了指花园角落的一排树说："看到那一排树了吗？每年春天，花就会开得满园都是，粉色、白色，风一吹就散落在整个花园里。听我姥姥说，这些樱花树是德国人带来的，他们刚到这座城市的时候，把这栋房子翻修过……"

天空飞过一些海鸟，刺骨的海风吹向了城市，而在海风吹来的方向——离我们不远的海岸边则卷起了巨浪，它们强劲地拍打在海岸上，海浪之下是不可测的黑色力量，它们随时随地地、永无休止地密谋着下一次能让一切分崩离析的巨大海啸。

黄昏的时候，我和唐英豪坐在客厅里，他歪着头看着窗外渐渐下沉的夕阳，我则看着日光从他身上一寸寸地移走。不知道唐英豪此刻在想什么，但我一定是在焦虑地计算着时间，焦虑的因素有很多，比如，唐英豪怎么样让我见到我妈？或者再过几个小时，我就要见到我妈妈了，我该怎么样向她解释现在的情况？再如，万杰到底有没有顺利地离开警察局？

一阵急促刺耳的手机铃声打乱了我的思绪，唐英豪走到房间一角接起电话："事情怎么样了？"

不知道对方说了些什么，我只听到唐英豪吼了一句："谁问你那小子的事啊！我说的是范卓曦的妈妈，你和她联系好了吗？怎么联系的？别给人找到了。"

过了一会儿，唐英豪挂断电话走回来，他朝我露出鼓励的笑容说："出发，我们去见你妈妈，日暮云公园门口。"然后，他把手机递给我看上面的邮件，居然是妈妈发给我的见面时间和地址：今晚十点，日暮云公园门口。

"谢谢你！"我看到确实是妈妈的邮箱地址，眼眶有些发热，不知道要说些什么，只能简简单单地吐出这几个字。

事情总算在朝着一个不算太坏的方向发展。

"客气什么啊？我可是说过要当你哥哥的，这不是应该的吗？"

我低下头，揉了揉自己的头发。

晚上九点多的时候，唐英豪驱车把我带到了日暮云公园，虽然一侧就是滨海疗养区，但这时候的公园门口安静得有些不同寻常。唐英豪手上拿着一个望远镜，穿着一件宽松的黑色外套，弄得气氛越发紧张起来。

十点的时候，唐英豪转过脸对我说："范卓曦，时间到了，我陪你过去，但一定不要聊太久知道吗？李玉在路口给我们把风，他在另外一辆车里。"他说完打开了车门。我站在他面前，呼吸开始有些急促起来，我感觉自己在不自觉地瑟瑟发抖。

"你怎么跟只小兔子一样啊？不怕！"唐英豪说完揉了揉我的头发。

我看了看四周，低着头朝公园门口跑去。我刚走到公园门口，就看到我妈了。她一看到我便捂住了嘴，唐英豪松开我退到了马路的一边。我妈一直对我点头，然后对我伸出手。我拥抱了她，她一只手抱着我，另一只手一直抚摸我的后脑勺。除了我身后的唐英豪，周围没有一个人。我哭了，那时候我觉得什么都不用解释，我妈都明白。我太委屈了，所以把妈妈抱得更紧了，我听得到自己发出沉闷的哭泣声。

然后我妈对我说："我都知道了，没事，妈在这儿呢！孩子，咱从头开始，你说在这个世界上谁不会犯错误呢。"

我一听就猛地抬起头，往后退了一步："妈，你不会不相信我吧？真不是我偷的！"

"你犯错，妈妈也有责任，但你不能一错再错了啊孩子！你爸都和我说了，你说你没钱和我说啊，你怎么会去做这种事呢？"

"妈，我说了不是我，我虽然平时不听话，但我还不至于这么坏！我真没偷那些东西，我发誓，事情根本不是这样的！难道你不相信我吗？你宁可相信他说的也不信我说的？"我无助地往黑暗里又退了两步，希望借着黑暗的夜色掩盖自己绝望的表情。

"你听妈一句，去和警察说清楚，我们都不会害你。我和你爸已经商量好了，我们有能力替你解决好这件事，但前提是你得先出来认罪，我们才有进行下一步的方法。现在有几件赃物的主人出了命案，如果你不配合，会更严重！"我妈说着走到了我的身边，接着我听到了嘹亮的警笛声。

我妈紧紧地抓着我的衣服，她的情绪从难过转成了愤怒，她咬着牙，逼视着我，下巴在颤颤发抖。

"妈，你这是要逼死我吗？我既然没做，就不需要向任何人自首！真是没想到，最后把我推向深渊的人是你！你可是我在这个世界上最后可以依赖的人啊！"我听到自己哭了出来。

"快跑！范卓曦！"我听到身后传来唐英豪的声音。

我还来不及反应，唐英豪就已经一把抓着我往公园里跑去。我几乎忘记了脚踝的疼痛，一边哭，一边跟着唐英豪朝公园里跑去，我根本分不清楚我们跑的方向，身后不停地传来叫喊声。

最后，唐英豪把我拉进一片矮树丛里，他双手捧着我的脸对我说："范卓曦，你看着我！看着我！"我抬起头，眼神绝望地看着他，抽泣声则根本停不下来。

"范卓曦，我现在说的你一定要认真听着！刚刚你和你妈说的我都听到了，像你说的，你既然没做就不需要向任何人自首，那么，你现在就不该为这件事流一滴眼泪，你在这个世界上最后可以依赖的人里还有我呢！"唐英豪焦急地看着我，但我却怎么也止不住哭声，可能走到这里才是真正近似绝望的炼狱吧。

无尽的黑暗中，没有一丝光明，没有一丝温度，质问指责言犹在耳，恐惧迷惘在脑海中盘旋呻吟，在这片黑暗的领域里，悲怆穿透黑暗，蚕食着我最后的希望。

他把我的脸紧紧地按在他的肩膀上。我怎么也没想到，有一天我会在我同父异母的哥哥肩膀上这样哭泣，我不想被抓到，也不想再发出哭声，可我就是控制不了。透过树丛，我看到好几个警察拿着手电筒在四处寻找着我们的踪影。唐英豪最后对我说："我不是说你长得像英泓吗？我这辈子最遗憾的事情就是没能陪着英泓长大，那家伙以前每次哭的时候，只要我像这样护着他，就一定能止住他的哭声。所以，相信我一次吧，不要再哭了，我只想救你，没别的！"我深深地吸了口气，尽全力不发出一点儿声音，世界渐渐安静了，只听得到唐英豪的呼吸声。

几分钟后，警察离开了，我刚准备站起身，唐英豪就重重地拽着我说："再等会儿，别起来！"果然过了几分钟，一个警察回来了，他身边站着我妈，我妈用手指了指我们的方向。我已经抑制住的眼泪又开始泛滥了，为什么要这样？她可是我妈妈啊！

"别哭，不能哭！"唐英豪开始拍我的背。我看着他的眼睛，他的眼睛也已经红了，后来他告诉我，他那一天是彻底心疼了，不是因为恐惧。

警察朝我们缓缓地走了过来，唐英豪趴在地上对我说："嘘，小声点儿，我现在先跑开，去引开他们的注意，你一定要躲好了等我回来。就算被他们抓住了，我大不了撒个谎说我离家出走，而你不一样！范卓曦，你记住，你还有我，我会一直陪着你，不会让任何人伤害你。这是我的手机，已经静音了，你拿着等我联系你，就算我被抓了，也一定会找人来接你，只有这个办法了！记得往你身后的小径跑，千万别往其他方向，都是摄像头和警察！"

我的一只手紧紧地抓住了唐英豪的一根手指，他抓起我的手对我说："我、我带你去美国！你一定要没事，范卓曦！必须没事，知道吗？"

夜间温度已经降至很低，我看得到唐英豪说话时哈出的白气。月光为大地附上了一层白色的霜，让荒寂的草丛显得越发清冷惨淡，树叶萧瑟，在月色的映照下生出无数斑驳诡异的暗影，犹如森然的亡灵火焰，时明时暗。昨晚，也是在这样的月光下，他坐在我的对面，问我："你相信我吗？"我当时说的是："相信。"

他递给我一个打火机说："这个，帮哥哥保管，待会儿我来接你的时候再还给我。"接着，他猛然站起身迅速地朝相反方向跑了出去，他跑得非常快，我周围的警察也都迅速跟着他跑了过去。我蹲在原地抱着膝盖，等着唐英豪回来带我离开。

半晌后，整个公园都没有动静了，手机屏幕突然亮了，我听到了唐英豪的声音，这声音宛若天籁："我现在回来接你！"

我急忙站起身。

这时候，突然一束强烈的光照在了我的脸上，我吓得不自然地喊出了声，我根本看不清楚对方的脸："你是谁？"

"你到底是谁？"我站起身，踮着脚往身后一直退。

"你别跑了，小曦，我是妈妈！"

"啊！你走开！不要过来！我求你了！"我听到了自己声嘶力竭的哭号声，就像碰到了鬼一样。

让我如此恐惧的人，居然是我的妈妈。

"你听话！"

我没再理会我妈，发了疯似的往身后的树丛小径跑去，我紧紧地握着手机，听筒里一直传来唐英豪的声音："怎么了？到底怎么了？你在哪儿？范卓曦！范卓曦！说话！"

我妈则一直跟在我身后，我已经不相信她了。警笛声又响彻在整个公园上方，我跑到了一个很深的正在抢修的下水道口，因为是在一个小山丘上，所以大概有五米深。在这个山丘上，我甚至看得到整片海洋，月光安静，星光稀疏，零零散散地坠落于海面。

我想起了小时候经常和父母到这个公园的情景，那时候，我们说好了，如果有一天我们走散了，一定要到这里会合。所以今天唐英豪和我说我妈让我在这里等她的时候，我就已经确定这个人一定是妈妈了，只是我没想到，这里才是我和父母彻底走散的地方。

手中的电话里依然传出唐英豪的声音："你要急死我吗，范卓曦？求你了！你说一句话！"

"你不是问我相不相信你吗？你听好了，唐英豪，我相信你！如果真的有下辈子，就真的做我哥哥吧！"

"不，我不要下辈子，我要这辈子！"

听唐英豪说完，我突然笑了，这应该是我这辈子笑得最开心的一次吧，我把手机扔进了下水道口，湍急的水流瞬时就把手机冲走了。

那一秒，我突然不害怕了，也终于止住了哭声。

整个世界变得万籁俱寂，我颤颤巍巍地往前试探性地走了一小步，又赶紧把脚缩了回来。我越想越觉得好笑，于是转过身走远了几步。

结束吗？

下一分钟，我铆足了浑身的劲儿重新朝下水道口跑去，然后跳了下去，我知道，最后我一定不会给自己留有任何余地的。

结束吧。

Chapter 04 我对于你 你对于我

黎明孵出的芳香，

永远躺卧在晨星麦草上的黎明，

如同白昼因纯洁而透亮，

世界取决于你的明目，

我的血液在你的波光中流淌。

——保尔·艾吕雅

我已经不记得那纵身一跃之后发生了什么事情，我只能对你说，我好像走过了一条深不见底的隧道，我听到了许多奇怪的声音，水流声、哭喊声、笑声、气泡声、呕吐声和一些说不上名字的生物的声音，我好像还听到了老鼠的声音。

　　有一些声音来自外界，一些则是我自己发出的。我把它当作一场异常真实的梦，因为我总觉得，如果我范卓曦真经历了这一切，那我现在应该正在和地狱冥王争执着该把我分到第几层地狱，毕竟，有谁在经历了这一切后还能活下来才是活见鬼了吧？

　　但我还是很快就彻底意识到了这不是一场梦的事实，我清晰地感觉到剧烈的疼痛从手臂和脚踝处传来，那是一种略带瘙痒的疼痛，就像有很多人拿着无数厚度是 0.08 毫米的刀片在你身上飞速地划来划去一样。我听到耳边传来了熟悉的声音，是唐英豪。最后，我用尽浑身力气睁开了眼睛，我总还是要靠向温暖的。

　　我清晰地记得，那晚我醒来的第一反应就是抓着唐英豪问："我妈呢？我爸呢？万杰他们不在这儿吧？"

　　房间里，唐英豪的下巴微微颤抖了几下，估计被我的问题吓到了，他后来告诉我，他想破脑袋也没想到我醒来后和他讲的第一句话居然是这一句。

　　"他们不会来这儿。"

　　听到唐英豪这么说，我才意识到自己问的问题是多么可悲，我也终于畅快地哭出声来。

　　唐英豪刚把手搭到我肩膀上，我就感觉到一阵强烈的刺痛，于是，我眼睁睁地看着自己一拳打在了唐英豪的颧骨上，我也听到了自己发出来的从未听到过的嘶吼声。我已经不是我了，从我跳进下水道那刻开始，我就不是范卓曦了。

　　我恐惧地抱紧自己的膝盖，身体不受控制地发着抖，我闻到自己身上有股浓烈的恶臭味。唐英豪诧异地看着我，没说一句话，迟疑了一会儿后，他试图再次伸出手接近我，就像缴械投降的驯兽师一样，而我在那一刻无疑正是头不可理喻的野兽。

　　"出去！"我咬了咬牙对他说，一阵如腐尸一样的气息迎面袭来，我不受控制地哆嗦了一阵，我无法解释自己现在的行为，我很愤怒，一种源于自己认清了自己的无能的愤怒。

他见我情绪激动，便退后几步走到窗边拉开了窗帘，米色阳光照进来一整片，他顺着光线慢慢踱步到我旁边，坐到床上："对不起……"

"出去！我求你了！闻不到我多臭吗？"我小声抽泣着看着唐英豪，我在恳求他。

"别弄到伤口，衣柜里给你放了些我的衣服，如果不舒服，一定要叫我。"

唐英豪站起身接着说："从今天开始，或者说从几天前开始，我就是你哥哥了，这件事情我负全责，真的对不起。"

说完，他从床头柜上捡起一颗白色纽扣递给我，对我说："你的。"

我看了看纽扣，又看了看此刻他衬衣上少了纽扣的位置。他继续说："这两天你一直握着这颗纽扣，这是我抱你回来时从我身上扯下来的，你休息吧。"

我急忙伸出手接过纽扣，攥紧在手里。临走前，他问了我一句："我能问一句吗？你相信我吗？"

我永远忘不了他那天的脸，他的双唇微微颤抖着，红肿的眼眶和紧锁的眉头像是在渴望一个他等待许久的答案。

"不相信！"在备受折磨之后，在犹豫惶恐之后，在万念俱灰之后，他像救世主一样给我带来了一片澄明，他是真的光辉，而我的答案居然是"不相信"！那时看来只是一个情绪化的答案，在今天回忆起来太过讽刺。

"有意思，很好！"他说完后关上门离开了。

这是我醒过来后的第一个黑夜，对我来说，它的意义变得更加隐晦难懂和深沉。它更像是一个湿漉漉的极夜，能吞噬掉我所有的感官，甚至可以轻而易举地将我毁灭，任由我再怎么呼唤，也只能被迫沉入寂静的恐慌中，直至完全被泯灭，堕入无边深渊。我不敢多想，只能等待拂晓的到来，去接触那一瞬的光芒。

一整夜，我都听到门外有人走动的声音，那个人来来回回地游荡，就像迷失的候鸟。我完全可以想象得到门外的情景：唐英豪正在我门口徘徊，皱着眉头或者表情疏离。他一定准备了一大段安慰的话，但这次他却不知道该从哪一句开口，因为对于此刻敏感至极的我而言，稍有不慎就会给我带来又一次灭顶之灾。

黑暗的房间里，我手上拿着那个他让我代为保管的打火机。我滑动着打火机，每次火光一闪都让我想起唐英豪那张脸，我的目光依然能长时间地停驻在黑暗里的某个地方。这种暗夜里，视野里不停涌动起的海浪正一层层拍击在我的眼眶上，直至眼眶发红发肿。

每次我抽泣，就能听到他轻轻敲门的声音，他不是要进来，只是告诉我，他一直在，那阵敲门声"咚——咚咚咚——咚——咚咚咚"，成了那个深秋里我的安魂曲，他胸口的纽扣和他说会拿回去的打火机成了我的护身符。那个深秋，他走动的声音总是持续到后半夜，他可能不知道，正是这样的守候和陪伴，让我迅速地找回某种生机，看到生存下去的可能和信心。

又过了些时日，细微的伤口已经没有了踪迹，但我还是能闻到一阵阵奇怪的腐臭味道。一个夜里，我揭开几块结痂的地方，凑近闻了闻，依然闻到一股近似腐烂的气味。我不自觉地发出呜咽，这时，墙壁响起那个节奏熟悉的声音："咚——咚咚咚——咚——咚咚咚……"我伸出手应和着敲击出一样的节奏。这成了我们之间的暗号，许多年过去后，依旧如此。

窗户的颜色从漆黑变作了白色，我起身，踮着脚，一瘸一拐地走到床边，猛然拉开了整个窗帘，一抹深蓝跋扈地铺满了整片天空，树梢的枫叶没了踪迹，秋天已经彻底过去了。

某个清早，日光照进房间的时候，卧室的门也被打开了。我条件反射一样地坐起身，只见唐英豪穿着一件运动卫衣，手上端着一个托盘站在门口，阳光照在他的脸上，他诧异地看看窗户的方向，又看看满室金黄里蜷缩在床角的我，对我露出一个熟悉的笑容，那个笑容比阳光还要温暖和灿烂。

他朝我床头走了过来，在他还来不及把托盘放在床头柜上的时候，我唐突至极地推了他的手一把，把托盘上的牛奶和煎蛋都打翻在床上和他的腿上。我抬起眼睛和他对视了几秒钟，感觉到了他眼神里的诧异，但我对自己这个举动才更加诧异，这让我想起了小时候捡回家的流浪猫，它整整一周都躲在沙发下面，即使我给它喂食，它也会对我发出防备的叫声，我现在应该就无异于一只这样的流浪猫了吧。

唐英豪并没有站起身清理身上的奶渍，他问我："要不，你告诉我你想吃什么？"

我缩回了手，懊恼极了，不知道如何回应，但至少我没再哭了，我在复原，我只是还需要一点点时间，一点点就好。

"还是说我帮你决定？"他继续试探性地问我，我没回答。

"说话啊，总不能……只吃罐头吧？"这么一句简单的话，他顿了好几次，他的耐心几乎被耗尽，这个世界上没人敢这样消遣他这位唐家大少爷。

窗上的金色光斑纵横交错，织就成层层纱网，空气里只有对峙。唐英豪果然没了耐性，他突兀且用力地扯了一下我的被子，我顿时跟触电一样把被子裹得更紧了。他非但没有停下来的打算，反而更用力地扯着被子。

"你这样能有抵抗力吗？你知道你感染了多少细菌吗？你又知道我用了多少精力才让你体温降下来，让你一切体征平稳下来吗？你范卓曦就这点儿能耐吗？你要恨我就打起精神来！"唐英豪的手依然抓在我身上的被子上，没有松开的意思。

我紧抓着被子的手渐渐放松了下来，即使我现在有无数理由迁怒这个世界，但我怎么可能会恨你唐英豪呢？而他则在我陷入思绪时猝不及防地把我身上的被子扯掉了，房间里瞬间弥漫起一股刺鼻的酒精气味。空气中腾飞起许多不易察觉的细小粉尘，在日光里较量着，摩擦着，碰撞着，纠缠着，向着有阳光的地方。

我看着他的眼睛，第一次知道，原来一个人的眼神可以锐利到不需要一言一语就把你彻底击溃的程度。我们眼神交会的一瞬，他额头上突然出现了两道凸起的青筋，见我的神色中有了妥协后，他的脸色才渐渐恢复了平静。他垂下眼盯着我的伤口，云淡风轻地对我说："好了很多，让我帮你擦拭一下伤口吧。"这语气温和得就像什么都没有发生一样，他永远不可捉摸，永远喜怒无常，唐英豪最大的可预见性就是不可预见。

我点了点头对他说："麻烦你了。"

唐英豪听了后，靠近我身上嗅了嗅，满意地点点头对我说："去把自己洗干净。"

我走进卫生间，把浴缸的水放满了之后，把浴缸上面的两大盒花药浴盐都倒进了浴缸里，顿时，整个浴室变得芬芳四溢。我躺进浴缸的时候，一阵阵持续不断的、椎心的疼痛从身体四处传来，我感觉自己真的很像是被遗弃的小猫，在臭水沟里被主人捡回家之后做的第一件事就是体外驱虫。

我在浴缸里泡了将近二十分钟的时候，卫生间门口传来了唐英豪的声音："别洗太久，冲干净就可以了，伤口会被感染的。"我没吱声，继续泡在浴缸里，我总觉得可能需要上千吨的次氯酸钠才能把我身上的微生物细菌给冲干净。

"范卓曦，你在里面吗？"因为我没回应，卫生间外的敲门声变重了。

我站起身，在浴室柜子里翻出一套白色浴袍，穿上非常合身。我打开了门，唐英豪的手停留在空中，有些诧异地看着我说："这是我之前送英泓的，当时买大了。"

"就穿这身。"我绕开唐英豪走出了房门。

"你忍着点儿。"唐英豪找出医药箱，一边说，一边往我手臂上涂药。涂完药后，他递给我一大把五颜六色的药片，我接过来嚼碎后全吃了。

"不苦吗，以前都这样吃药的吗？"他问我。

"苦才会记得今天的滋味。"从今天起，我不想再像活在遮天蔽日的下水道里那样，死过几次已经免疫了，没杀死我的过去造就了今天的我，以后我很想像游走于光明和黑暗中的强者那样去活。

"你还没醒的时候，为了预防先给你打了针，不过如果你没被不明生物袭击，就不用再打了，还有哪里不舒服吗？"他说完递给了我一支体温计，我接过来夹在了腋下。

"那麻烦你把注射器和注射液给我吧。"我站起身对他说。

"你被什么咬了？"他一下子从凳子上弹了起来。

"老鼠，好像还有水蛭，但应该没有蛇。"我冷静地说。他叹了口气说："手掌上还有个伤口，把手打开。"我松开了手。

唐英豪讶异地看着我掌心的纽扣说："准备一直这么攥着吗？"

"当礼物给我吧。"说完，我把纽扣放进胸前的口袋里。

"你妈那边我能联系上，我这次先让李玉去处理好，保证万无一失。"唐英豪试探性地说着。

"不需要，我也不想再见她。我能提要求吗？"我问。

"我什么都答应你，范卓曦。"他的声音很沉稳，却让人不寒而栗。

"被遗弃了太多次，最后这次是我自己放弃了自己，但既然你说了不会放弃我，未来发生什么事都请你不要放开我。"

唐英豪在给我涂药的手顿了顿，说："你记住你今天说过的话，以后只要我不放开你，你就不能离开我。"

有天夜里，我听见一楼有响动，便起身往一楼走去，刚下楼梯，就看见了一个满脸泪水的唐英豪。他幽怨地看着我，浑身酒气，对我说："我想英泓……"我蹲在他前面，接过他手上的酒杯，晃了晃一饮而尽。我朝他缓缓张开双臂，拥抱他："你不是说我很像他吗？今晚，把我当英泓吧。"

"那你叫我一声哥哥。"

"哥哥。"

天亮后，我站起身，拉开了窗帘，阳光照了进来，打在此刻正躺在我床上的唐英豪的身上，他赤裸着的上身肌肉线条在阳光下更加清晰，我从椅子上扯了条毯子，打开后扔到他身上。

窗外，远处是此起彼伏的山峦和没有边际的海岸线，这个季节的曦岛仍旧漂亮，尽管从窗口往下看，许多花枝都只剩下枯枝，因为夜里的气温越来越低。

很多天前，唐英豪还穿着白色 T 恤，手拿着修枝剪，一脸灿烂笑容地指着几棵樱花树预想着花期的绚丽多彩。

再几天前，他展开手臂挡在我的前面，日光镂出他深刻的剪影，我对他说："请做我一天的朋友吧！你这样的生活，我也想过过看！"

这个人，是我的哥哥，他叫唐英豪。你看，今天的阳光这么好，这次假期就要结束了，虽然短暂，但我会记住和你的所有时光，在凶险世界里用尽心思都未必能活下去的我，在和你在一起时，只想用心生活，所以，哥，不要遗弃我，请成为我永恒追寻的恒星吧！

我穿上浴袍，他则支起头看着我笑。我一个人下了楼，径直朝门口走去。我刚走进花园，唐英豪就追了出来，我们绕着不大的花园喷泉悠闲地踱着步子，他随手捡起一个不知道从哪里找来的网球朝我扔了过来，我接到手里扔回给了他，如此往复……

后来的日子，我们的神经都没一开始那么紧绷了，每天日落前，他几乎都会带着我穿越几条荒无人烟的林间小道走去海边。他时常停在一个没有人的海岸边上，凝望天空，发着呆。我会顺着他的视线找寻他时常发呆的原因，只是那时候我年纪还小，还不能看明白。许多年后才知道，我欠他一句感谢，我该谢谢他那些时日的犹豫不决，谢谢他给了我们一段值得终生守护的最好时光。

在那片未被开发的海滩上，四处都是礁石，礁石前方，惊涛拍岸。他总喜欢躺在一块特定的还算平坦的礁石上，我会跟上去，坐在一旁，不说话，默契十足。我对他笑，他脸上立刻涌现出笑容。

他还是喜欢游戏，那么他期待已久的游戏，始终是要开始的。

"别再让我一个人吧！"

Chapter 05　陨落的理由

我要对世上犯下的一切罪恶负责，除非我已经竭尽所能，甚至牺牲生命来阻止它。

——卡尔·雅斯贝尔斯

黎明时分，唐英豪走进我的房间，在桌上放了个托盘，托盘上有车厘子、蓝莓、一个煎蛋、一杯牛奶。阳光下的空气中飞舞着细微的杂尘，晨曦洒落满屋，我看到他细碎的发丝挡在黑色浮雕一样的浓眉上，一件黑色衬衫包裹着他高挑修长的身躯，衬着肌肉的轮廓若隐若现，而衬衫的腰部位置则有一只用金线手工缝制的小蜜蜂。他走到我窗前，弯下腰，伸出食指摸了摸我的伤口说："真是条漂亮的疤痕，坏消息你之前应该听说了吧？赃物牵涉了命案，万杰那小子像是有备而来，他和你有仇吗？"

　　"之前没有吧？现在是有了，但我想他现在肯定也不好过，你知道万杰他妈妈怎么样了吗？"我推开他的手。

　　他的手重新落在我伤口上，脸上依然是凝重的神色："怎么，这事和他妈还有关系？"

　　"他妈就是在那几天下的病危通知。"

　　"哦。"他若有所思，但接着又说，"但无论什么理由，都不值得同情！"

　　"你知道万杰的爸爸是万能吗？"

　　唐英豪的视线从我的疤痕处转移到我眼睛上，问："哪个万能？那个邪教首领万能？"

　　"那只是意外，他爸爸不是什么邪教首领，他这些日子就是在调查这件事。"我替万杰辩解道。

　　唐英豪就像听到一只蚂蚁被踩死般，表情波澜不惊，他用气定神闲的语调对我说："在这个世界上，公众想看到什么，什么就是真相。况且，他爸爸不本来就是邪教组织成员吗？现场都是祭祀用品，这个他翻不了案的。"他的手指停在我的肩膀上点了点说："你这里缺个文身。"我想起了那天夜里在唐英豪肩膀上见到的那个文身　　，转移了话题。

　　"祭祀用品？"我有些讶异。

　　"对，具体我不是很清楚，好像听说有眼镜蛇、六芒星之类的图案，现场还多了根食指。那个幼儿园是我家的，但我们还不至于找个小市民去顶罪，他如果没做错事，为什么畏罪自杀呢？他明明可以跑出来。再说了，那已经是属于我们家子集团的子子子公司的事情了，一般我们听不到这类消息。"他分析了几句后朝我果断地点点头。

"是因为牵涉了你们家，所以就没有改变的可能了吗？"我有些气急败坏。

"如果这么问，我只能说，基本上是。"唐英豪说完，不缓不急地伸手把热牛奶递给我。他看着我的眼神让我的眼睛没半点儿游移，我第一次觉得万杰选择的路难于上青天。

"你觉得和你妈有关系吗？"我失去了耐性，坐起身，躲开了他的手指。

他缓缓眨了下眼，手停在空中，极不耐烦地叹了口气说："这种事情，钱就能解决，我们不需要做到这么卑劣。"

"在你眼里，钱能解决一切？"

他听完，用一种诡异的表情反问我："不能吗？"

我没说话，他看着我像是突然意识到了什么，接着说："当然，除了你！"说完，他像是没了兴致一样，朝门口走去。我补充道："不，我只是和你确定一下答案，钱真的是万能的吗？"

"是！"他语气坚定。

"我可以依附你吗？"

"当然！"

午夜，月亮穿过乌云，银晃晃地挂在天空上，清冷的月光和房间微乳色的灯光交相辉映着，互诉着人间浮华若梦，车辆的喧嚣和霓虹的耀眼早被郊区的夜晚遗忘。我没再说话，迷迷糊糊地睡睡醒醒，脑子里也闪过许多熟悉又陌生的片段。

妈妈举着手机，在阳台上扶着额头发出撕心裂肺的和人交涉的声音，那是几年前我最常看到的妈妈的样子。那个夏天，妈妈和爸爸每天都在争吵，我倒希望他们能一直保持那个样子，至少那样的话，我们彼此还有某些诡异的命运联系牵引着，而随后的日子，他们通电话的时间越来越短，最后变得不了了之，直到今天，爸爸把我们完全地遗弃了。

我也想起了万杰在夏日炎炎的体育课上，每次投球入篮后，在大家为他欢呼时朝我露出得意至极的笑容。那时候，太阳永远那么耀眼和炙热，他的汗珠在他细密的黑色刘海上晶莹剔透，年少轻狂的岁月因为彼此的陪伴而变得不再寻常。

最后，我做了一个短促的梦：唐英豪在落日前举起胳膊，我站在窗台上，一阵慌乱的声响后，我纵身一跃扑到了唐英豪的身上，我们一直跑，跑到了日暮云公园。这时候，母亲出现了，我用尽全力朝母亲跑过去，在我就要触及母亲手掌的瞬间，她的手势突然变了，她指着我大声地叫喊着："他在这儿！快抓住他！"我无法动弹，突然一只手拉住我纵身一跃，世界变得一团漆黑。

我吓得从梦中惊醒过来，醒来时，唐英豪躺在我一侧："你做噩梦了吗？"

我坐起身急切地在枕头边四处摸索着什么。唐英豪说："哟，小兔子找胡萝卜呢？"我不顾他说的，继续寻找着，像中毒的人在找寻解药一样。最后，我终于摸到了什么，整个人才安静下来。见我停了下来，唐英豪扯过我的手，打开我手心，看到了从下水道被他救上来时我紧握着的那颗纽扣。他若有所思地想着什么，接着，他拉开床头柜的抽屉，拿出一个黑色小瓶对我说："这个是我妈以前留下的药，如果你有睡眠障碍，试试看。"我接过药的瞬间，他突然凑到我脸旁，很小声地对我说："嘘！好像有人。"

我竖起耳朵仔细聆听，没听到任何声响，但紧接着我们同时听到了一声类似什么东西坠落在地的闷响。唐英豪急忙关了灯。我和他站起身朝窗外看去，只见几个黑影正从铁门处蹑手蹑脚地进入，他们的形象就像我们小时候在电影里看到的那些黑巾蒙面特工一样，而他们的出现往往意味着会把其他人杀得片甲不留。

我有些慌张和不知所措，唐英豪一把扯住我跑出卧室，往楼顶方向去。跑到楼顶后，他用力握着我的胳膊对我说："肯定是我爸发现了。小曦，你先跑出去！"

月光下，他的轮廓变得明朗起来。我对他猛地摇摇头："我不走！你不走，我就不走！"

他接着对我说："我认识他们，肯定没事！"

见我纹丝不动，唐英豪面色铁青，额头青筋暴起："你不是要依附我吗？那就听我的！"接着，他猛地俯下身打开了一个铁盖，一个圆口出现在我们面前，它像极了那天公园里的下水道井口，我的耳边顿时传来阵阵水声和老鼠发出的"吱吱"声。

我们身后的铁门发出一声巨响，唐英豪没再发出声音，只用嘴形对我说了句"相信我"。我急忙从口袋里掏出那个当日在公园被追捕时唐英豪给我的打火机，递给他说："打火机我已经当是我自己的了，你待会儿还给我！"之后，我的世界再一次变成一片黑暗。

我最后坠落的地方是地下二层的泳池里，这时我才明白这是从楼顶连接下来的滑梯。我小心地从泳池里爬出来，浑身湿漉漉的，但不敢发出太大的声响。我谨慎地走到地下室一楼的楼梯口，却不敢再往上攀爬，最后，我找到了一个角落，里面有一扇紧锁的窗户。

楼上突然传来一阵唐英豪斥责别人的怒吼声，具体是什么内容我听不清楚，这阵声音也似乎在催促我赶紧离开。我急忙把椅子放到窗下的桌子上，打开窗户，顺利爬到了一楼的花园一角，然后我哆嗦着、匍匐着向前门爬去。大门还是敞开的，门口没有一个人，只是停着一辆车，我想他们应该是全跑进别墅里逮我去了。我往门外跑去，一跑出去，我就躲进了一旁的树丛里。我看着亮着灯的房间里偶尔晃动着几个黑影，父亲这么久才找到我们大概是绞尽心思也没想到我们躲在这儿……等等，他们真的是父亲派来的吗？

突然别墅里所有的灯都被打开了，包括花园里的路灯，我急忙往更深的地方埋伏起来。在昏暗的灯光下，我看到了停在门口的汽车上印有的标志：BOOST 建筑。看清楚后，我才长长舒了口气，这家建筑公司是父亲地产公司下的子公司。

唐英豪只让我离开却没诉我接下来去哪儿，我只能等待这些人一无所获后失望离开，然后再回到别墅里和唐英豪会合，又或者，他们带着唐英豪离开，我只身一人回到别墅里去。我要活下去，我要相信唐英豪，无论最后走到哪一步，我都需要向所有人证明我的清白。后来，别墅里的灯突然全灭了，很久都没有一个人从别墅里走出来。

月亮明晃晃地挂在天空上，银色的光华洒在眼前的别墅上，让它看上去像一座冥界的黑色城堡，四周山峦隐约可见，树影婆娑，时不时传来风摇晃树枝的"沙沙"声。突然，一个人从别墅里快步走出来启动了汽车，在把汽车开到别墅车库里停稳并反锁了别墅大门后，这个人又迅速消失在夜色里。

我开始觉得惴惴不安，又想起刚刚听到的唐英豪的怒吼声，那似乎不是在斥责，那种暴怒是只有在极其震惊的情况下才会发出来的。借着月光，我绕行到别墅后面的围墙边，高高筑起的围墙似乎没有任何翻越过去的可能，原来营救从来都困难重重。请你一定平安，我愿意投案自首，坐牢都没问题，但你一定不能有事。

我发现在别墅侧面有一棵大槐树，树的顶端有一段往围墙方向倾斜的树杈。我急忙往树上爬，也不知道是怎么回事，我居然很顺利地爬上了树。我不敢往下看，只一股脑地往最高的树杈爬去。到达树杈末梢后，我只往下看了一眼便有些发晕了。这距离地面很高，如果我不能安全落到围墙上，那和自杀没什么区别，而我要降落的围墙区域又偏偏被树荫遮住了月光，我只能大致估摸出围墙的位置。这个场景让我想起那天唐英豪对我张开双臂从KTV带走我的情形，他确实是最后还值得我信任的人。

突然我听到别墅里传来一声恼怒意味的呻吟声，我已经没有更多犹豫的时间了。我铆足劲儿纵身一跃，最后不偏不倚地落在了围墙上。围墙很高，所以上面没有什么防盗装置，但稍往下的地方都是尖锐的钢筋条，我感觉到自己右腿上侧划出一条长长的口子，但幸好伤口不深，没伤及大动脉。我急忙从围墙上向着花园里一片密集的冬青跳下去。落地的瞬间，我就看到了一个黑影出现在我正对面的窗口，我迅速趴了下去，但在看到黑影一直朝我点头没有别的动作时，我突然明白了什么，起身往窗口跑去。

在微弱的光线下，我看清楚了唐英豪的脸，他的嘴被堵上了黑色布条，像口中衔枚的暗地战士，他的身上被缠上了铁丝，裸露的脖颈处凸起夸张的青筋，我开始意识到事态的严重性。他盯着我，我看着紧锁的窗户无能为力，正门我走不进去。我急忙朝刚刚我爬出来的地下一层窗户口走去。但刚走过去，我就看到三个戴面具的男人围在一起拿着手机部署着什么，其中一位红色的长发非常扎眼，他走路一瘸一拐的样子也异常讽刺，现在连跛子都可以绑架一个人了吗？

现在唯一能出别墅的地方只有正门，因为每一扇窗户都是由内紧锁的。我重新回到能看到唐英豪的窗户前，看了看唐英豪在屋内的情形，他身体被彻底捆绑住了，椅子旁边是几把钳子还有唐英豪的手机。已经没有别的方法了，我找了块石头，唐英豪一直朝我摇头。我举起石头朝窗户砸去，并迅速把手伸进去打开窗户。爬进去的一瞬间，我抓起钳子就往铁丝上胡乱剪了一通。很快我就听到喧哗声，花园的灯也迅速点亮了。唐英豪一把扯掉嘴上的布条，抓起手机，把我推出窗口，接着扔出来两双鞋，他在爬出来后对我说："跑！往正门！"

"正门？"我犹豫道。

"相信我！"他说完就一把抓起我的手臂，我和他各自提着一双鞋往正门方向跑去。

我跟在他身后跑到门口，发现门被锁住了。我诧异地看着他，他把鞋扔到我怀里，伸手够到门口的密码器熟练地按了几下，门开了。我们刚出门就看到从别墅里出来的几个人朝我们跑来。唐英豪反手把门一锁，重重一拳打在密码器上，顿时，整栋别墅的墙上亮起警戒灯，门禁系统全部失控崩溃了。我吓得蹲在地上，哪怕再晚一步，这一切都会重新变成噩梦。唐英豪一把扯起我往对面的森林里跑去，也不知道跑了多远，我们终于跑不动了，在一条蜿蜒的小河边，他扶着一棵树不停地喘息着，我也蹲坐在地上差点儿背过气去。

"范卓曦，你知道刚刚那样有多危险吗？"他侧过脸，表情异常凌厉。

"为了救你，我不觉得有什么更危险的。"我说完从地上捡起一双鞋就往自己脚上套。

"他们只是绑票，只是要钱，你不怕被他们抓了吗？"他从我手上抢过一只鞋，"你穿那双，这双是我穿过的。"

"我不介意！我现在什么都不怕！"我穿上鞋后，站起来对他继续说，"不要有负担，这只是我自私的自我营救，我就是这样自私的人。"

"范卓曦，你最好像你说的一样是那么自私的人，那样一切才会按本该发展的方向去发展。"说完他穿上鞋。我已经自顾自地顺着河流往下游方向走去。

他跟了上来，一把拉住我问："你腿上怎么会有这么大的口子？"

月光里，我能看得清楚他的瞳仁因恐惧或者其他情绪而变大。"皮外伤而已。"说完，我继续往前走。他跟在我身后对我小声说了句："出去立刻给你找医生。那什么，谢谢你。"这句话特别微弱，如果不竖起耳朵去听或者稍不留神，就一定听不清楚。

我大声地对他说："不客气！"他吓得往后退了一步，大叫道："知道了，知道了！这都听得到，你是顺风耳吧。"

又走了许久后，我们走到了一片再也没有树林的荒野区，他环顾周围一圈问我："你知道我们往哪儿去吗？这是哪儿？"

我叹了口气摇摇头："鬼知道。"

他急忙往我身边一躲说："什么鬼不鬼的，我是问你这里是什么地方，我们往哪儿去？！"

我低头看了看蜷缩在自己身侧的唐英豪，忍不住调侃他："顺着河走，你这么个大男人，还怕鬼啊？"

"喂！你们这些野孩子怎么总喜欢说些鬼不鬼的！"他猛地贴近我，有些恼羞成怒，但从他眼神四处飘忽的样子能看出来我确实吓到他了。啊？唐家大少爷居然怕鬼？

天色开始灰蒙蒙地亮起来，我看了看前面漫无边际的平地，两侧都是山峦，一旁的河流已经变得非常宽广，河面异常平静，但水流是往前涌动着的。地面变得异常松软，都是泥泞。我往前看了看，对唐英豪说："看来要找一块干燥的地方睡觉了，我们不能再往前走了，我觉得前面是沼泽。"

"沼泽？"接着他像认命了一样找到一片松软的芦苇，往旁边一压对我喊，"过来，睡觉！"

我躺了下来，他蓬头垢面地侧着脸看着我。我看了他一眼，无奈地说："这个地势不合理！"

谁知道他"扑哧"笑了出来对我说："你是不知道你刚说往下游走那个得意的样子，跟《国家地理》杂志的野外救生队员一样，很丢人吧！哈哈哈哈哈。"

我侧过脸没再理会他，他没说几句就发出沉沉的气息声，我也渐渐睡沉了。等我醒来时已经是一片夕阳的光景，我睁开眼就看到唐英豪正拿着手机飞速地打着字，我没吱声，看着他的轮廓发起了呆。我们真的还有路可走吗？如果现在都已经牵涉了命案，唐英豪是不是也因为我成了共犯？真的还要走下去吗？暮色中，一大片浓云渐渐遮蔽了远处的夕阳，我继续定睛看着他的脸。

"有这么好看吗？"他一边打字一边问我，嘴角露出一抹坏笑。

"谁看你了！你怎么都不叫我啊？这一天都要过去了。"我躺平，看着天空。

"我都安排好了，你什么都不用管。这附近有条早年林场开辟出的路，我让李玉联系了个农民给我们送物资，我们过河到对岸就安全了。那边再走三公里左右就是公路，李玉会来接我们到另外一个安全的地方，到NEVERLAND（永无乡）去，那儿是我们家另外一个别墅，在山崖边的木屋，没试过吧？"

我坐起身。他继续说："你腿有伤口，出去也不安全。"说完，他站起身把外套脱了扔到我身上说："我用跑的，最多两小时。"

最后，他把打火机递给我说："给你，等我回来还是还给我！还有，你听我说，我说的是万一，万一我今晚没回来，一定不是我放弃了你，而是发生了什么事情。如果是那样，你保管好我的手机，一定会有人联系你，手机密码是1231，是我弟弟唐英泓的生日，是我这辈子最在意的人的生日。以前就怕万一哪天发生意外，他需要破解我手机密码时能够第一时间破解开。今天的你，范卓曦，对我来说也是一样的……天快黑了，你怕吗？"

我接过打火机和手机，接着急忙掏出口袋里那颗纽扣递给他："我说过，除了失去你，我没有怕的，这是护身符，它一定会带你回来！"

他接过纽扣对我说："以后也要这样，知道吗？"

他离开不久后，天色就暗了下来，我听到附近有泉水的声音，和这条平静宽广的河不同，是"叮咚"的声音。我朝声响处走去，看到一个下陷的洞穴，水流正往里面流淌。我急忙用手捧起水往嘴里送，那些水混合着一股泥土的苦涩味道。河对岸的山头亮起几盏零星的灯，我如获至宝，旷野无人，人有时候需要的就是这么一点点光亮。

一层薄雾横在了河面上，四周枯草在惨淡月光下好似长出闪亮的黑色尖刺。我披着唐英豪的外套，闻到他身上的熟悉气味。漆黑的郊外，刚一入夜就能听到各种夜枭的声音，一时间把周围弄得怪凄凉的，好在天上有一轮巨大的月亮，月光透过雾气，虽暗淡却也聊胜于无，映着芦苇在寒风中孤单摇曳着，影影绰绰。

我看了看手机，已经过去了好几个小时，唐英豪还没有回来，也没有任何消息弹出来。一种难以言说的情绪席卷上我的心头，担忧、焦急，又像是深深的想念，我第一次有一种着了魔的感觉，就像你明知会引火烧身、粉身碎骨，但还是招架不住地被吸引。这种魔怔超过了罂粟的作用，更像小说中天山雪莲、冥界彼岸花之类的逆天灵药，它不但能替我止疼，还能让我起死回生，重新燃起希望，并对未来深信不疑。

我拿出手机，反复地确认信号。信号没有任何问题，那究竟出了什么事呢？再过十分钟，如果他没联系我，我就自首，我愿意承担一切，只要能确保他的平安。这时手机屏幕终于闪动起信息提示，我连忙点开。

爸爸："唐英豪，你跑不远的！你最好现在回头，那小子不光是小偷，现在可能还是杀人犯，你是被他威胁了吗？他绑架你，你还信他那套！你和他继续在一起，那么你会成为共犯，要承担责任的！媒体那边现在一直在做追踪报道，你现在回头还来得及。我答应你，只要你回头，我这就送你去美国！"

读完短信，我整个人便无法动弹了。小偷？杀人犯？唐建宁，我在你眼里真的就是这样吗？这时，一束光亮从远处照到了我脸上，我对这种光依然有强烈的抵触心理，上次也是在类似的环境里，有这样的光线朝我投过来，他们一边吹响哨子，一边不停地重复着那句："就是他！别让他跑了！抓住他！"

光线过于强烈，周围的一切霎时陷入了一团无限的黑暗，我看不到任何东西。地上的枯叶干枝被踩到而发出声响，有个人在急速靠近着。我闭上眼睛，准备接受一切。那个人越走越近，最后那个声音说："先跟我走，没时间解释了！"

我只觉得头脑发蒙，唐英豪拉着我朝更远的岸边急速跑去。我们停下来的时候，我看清了他的脸，他浓密眉毛下的那双眼睛从冷峻变得柔软起来，他从背包里掏出一根绳子说："很冷吧？出了点儿状况，我爸部署了很大的网络在找我，我们现在就得到对岸去。"

我满脑子依然是那条信息的内容，那么继妈妈之后，我在唐建宁心里也成为这样不堪的存在吗？所以一开始对我的厌恶也是认真的，他对我的假设让我觉得自始至终我都是一个不应该的存在，他恨我，这是真的。

微风轻拂，平静的河面荡起阵阵涟漪，迷离的月光和天空微微破晓的白光把周围的一切映照得越发冷寂。唐英豪的脸上没有一丝血色，他走到岸边伸手搅了搅河水，对我说："水很凉，小心些，只有到那边生火取暖了。"

"我用绳子系着你，发生意外的话，你记得松开绳子，别管我！还有，如果走散了，我会在对岸生火，你记得往火光和炊烟的方向找我。这只是最坏的打算，趁天还没亮，我们抓紧时间吧！"

说完，他把绳子系在了我的腰部。他走进河水里问我："准备好了吗？"

……

唐英豪："小曦？"

……

唐英豪："小曦，想什么呢？"

……

唐英豪："范卓曦！"

"答应我几件事！"我走到他面前，在河水里我感觉不到一点儿温度。

"你说……"他转过身面对我展开手臂，尽量让自己保持平衡。

"如果发生了什么意外，就让你爸爸觉得我是小偷、绑架犯或者杀人犯吧，那样，他会好受些。还有，我妈妈那边，如果可以，还是每年帮我去看一眼，给她一些生活上的资助。"

听完后，他脸色一沉，对我坚定地说："范——卓——曦，你不会有事！我不允许你有事！"

天色又亮了一些，我已经能看清楚唐英豪眼睛里布满了红血丝的模样，他血脉凸起，眼神却越发坚定。我这辈子都无法忘记那个清晨，自己曾被如此深切地、认真地在意着，如果这是真的。

"来不及了，我在前面探路，你跟着我！"说完，他往水里一沉，往更深的地方游过去。我跟了上去。

河水刺骨的寒意侵蚀着我的全身。他不时回过头看我，游了许久我们才发现河面比我们预想的宽广许多。我开始觉得浑身乏力，才想起我很久没进食了。唐英豪回头看了我一眼。我盯着他的眼睛，许多话可能再也没办法和他说，只希望他将来在某天能体会我今天的选择而不至于太过遗憾。短短数日，生活就发生了如此巨大的改变，我最终还是不能苟且存在于世上。

"再坚持几分钟！"唐英豪回头冲我喊道。

在确定唐英豪接下来能安全渡岸后，我终于闭上眼往水里一沉。一片黑暗中，我把手伸向腰腹部解开绳索，系得这么紧，看来是真的想让我好好活下去啊，但我不能让你成为共犯啊。我解开绳子，彻底松开了手，转身顺着水流方向猛一蹬水。最后，我想起了唐英豪的脸，那张脸有过太多神情，许多是我这辈子都没见过的，我们的距离就这么一点儿，但却是无法再靠近的距离。这种距离最好的诠释可能就是光明与黑暗、温暖与寒冷，还有……生与死。

我最后一次抬起头看着唐英豪的身影，太多的话没能说明白，太多的感激堆积在胸口，而我只能用无尽的凝望告诉他：

"多谢关照，唐英豪。后会无期！"

我猛地一回头，往更深的地方潜了下去。

世界终于得以安宁，黑暗里，不会再有任何光明作祟。一片无边无际的寒冷里，我回到我最初的起点，我这样的人从一开始就不应该存在。我感觉到从未有过的孤独，像一片在高空中飘浮的羽毛，但我又感觉到无比自在和舒服。

我，终于可以死了。

"你啊，还是放开我吧！"

Chapter 06 永无乡

目的虽有，却无路可循；我们称之为路的，无非是踌躇。

——弗兰兹·卡夫卡

万籁俱寂的黑暗里，我看到了一团毛茸茸的白色光芒，光芒的尽头有一个高大的背影，我拼命向他的方向游过去，他转过脸时神色凝重的样子和这几年里每一次我见到的都一样。我已经忘记了有多久没再见过爸爸的笑容，但小时候我常常见到爸爸笑逐颜开的样子。那些年，我拥有过全世界最好的爸爸，他是我的良师益友，对我从未有过任何不耐烦，而今天，爸爸已经对我这些年的疑惑做了最好的解答——他早就已经放弃我了。

如果说那天在众人面前被当作小偷而爸爸没给我任何援助的时候，我还存有一丝侥幸的话，那今天这条短信已经把我对他那唯一一点点的惦念和期望全部粉碎了。男人的脸越发冷漠，接着开始变形、拉长、扭曲，可能这就是濒死前大脑对过去记忆的消除吧。

我感觉到身体在不自然地挣扎着，湍急的水流还有一些枯木、顽石之类的东西撞击着我的身体，但并不疼。可紧接着，我明显能感觉到右腿被用力地扯了一下，但很快就被释放了，没几秒，右腿再一次被扯住了，然后，一只手环绕在我的颈部，我被猛地提出了水面。

"范卓曦！范卓曦！"我听到有人在我耳边大声呼喊我的名字。几个巴掌冷不防地打在我的脸上，我睁开眼看到了唐英豪面目狰狞的模样。恢复意识的瞬间，我做的第一件事就是拼尽全力从唐英豪身上挣脱，但他就像一块吸铁石一样，无论我怎样拳打脚踢都紧紧粘在我身上，我感受得到他的眼神和呼吸。

"松手！"我用最后微弱的气息对他说道。

"不可能！"他的嘴唇瑟瑟地发抖，额头青筋暴起，语气坚定，像是在对我发号某种命令。他掐着我的脖子对我说："我要疯了！你要我的命吗？"我那时候还听不明白他那句话背后疯狂的意味。

"让我死。"说完我听到自己胸口发出一阵闷响。他把我一把抱紧，在我耳边掷地有声地说："做梦去吧，我不允许！"

整个天空是像葬礼一样肃穆的蓝色，太阳即将升起，唐英豪的脸色则变得如死灰般苍白，他的嘴唇一直哆嗦着，但眼睛直勾勾地盯着我，没有一丝退让的意味。我们随着河水漂浮了一阵后，体温已经骤降到了身体承受的极限，我感觉到自己的身体变得越发麻木，我用尽最后一点儿力气试图挣脱他。当他感觉到我依然试图挣脱后，便把我抱得更紧说："好，那就一起去死吧！范卓曦，你记住了，今天我这条命就是为你丢的，如果这都不值得你活下去的话，那就一起去死！"我的嘴角微微抽了下，和他四目相对，视线交会着，不再说话。

僵持了许久后，我看到唐英豪的呼吸开始变得越来越急促，好几次他都恍神松开了我，但瞬间便会再回过神来抱紧我。太阳终于冉冉升起，他则开始缓缓闭上眼，呼吸变得慢而均匀，脸上没有了任何挣狞和不适的表情，他出事了。

"唐英豪！"我拍了拍他的脸，他没有任何清醒的迹象。

接下来，水流在分水岭的地方开始变得急促起来。那一秒，我再也没有任何杂念，猛地带着唐英豪往最近的岸边游过去。在我带着他上岸的一瞬间，他的嘴角露出一丝浅浅的笑容。他睁开一只眼偷偷看了我一眼，笑得前仰后合地对我说："小兔崽子，你就这么舍不得我死啊？"

"你知道你在玩命吗？"我可能是被唐英豪这损招给激着了，整个人突然有了精神。

"你这么怕死，刚刚还想自杀啊？你拉倒吧！"说完他把裤子一脱，往旁边一扔，整个人往沙滩上一躺。阳光直射在他身上，散发出麦色的光芒。他对我说："去找点儿能喝的水给我，最好再来点儿野果什么的。"

"自己去！"我不想应付他，于是也躺了下来不再动弹。

再醒来的时候已是正午，他不知道上哪儿找了个红薯递给我说："给。"

我有种"这些日子都是寄居在遮天蔽日的黑暗里"的错觉，这仿佛是我未来人生的启示录，唐英豪是黑暗里照进来的唯一光束，只是很久很久以后，我才知道，这是一道黑暗之光。

"边走边吃。"说完，他拉了我一把，接着拿着一根不知道从哪儿找来的棍子，走到我前面开路。路上，他一开始还对我念叨几句，后来，他只是吹着口哨，不时地回过头对我说着"小心""跟紧了""别四处乱看，小心有鬼"。每次说完这最后一句，他一定会自己把自己吓到，往后几步紧挨在我身边。

走了几个小时路程，他喘了口气对我说："先休息一下，你们这些野孩子还真走得惯这些野路，如果不是你今天……唉，算了，你也休息会儿吧。"我坐在他身边，安静地发着呆。

我看着眼前这个男人深刻的五官轮廓想，他从来不会害我，他只想我活下去，他是这个世界上唯一还会在意我的人，是啊，命是人家的，我不要了。

"你真知道往哪儿走吗？"我问他。

"当然！往南走就对了，越过那座山！如果不是你，我们就不会被水冲这么远，那么走直线早到了！"

我们休息够了，爬起来继续赶路。唐英豪仍旧走在我前面，可能因为是在河堤上走，即使是荒地，也比对面的泥泞地好走了许多。他越走越快，最后我们俩小跑了起来，倒不是赶时间，就是觉得这样会让我们感觉暖和一些。身体的暖意渐渐让我们的精神也振奋了许多，之后的路途也显得容易起来，很快我们就到了山下。

唐英豪找了根棍子递给我说："遇到不确定的路，用这个探一下，最怕的就是出现什么意外，这是最后一程路，也是最辛苦的一段路，越过山丘就一切都好了。"

我接过棍子，和他并行着往前走。走到最崎岖的山路的时候，我们几乎是摸着石头上山的——没有任何道路，只能艰难地往更高的地方攀爬。他走在我前面，确定道路安全后就会对我发出"跟上"的指令。天色已经彻底暗了下来，走到一个地势稍微平坦的地方后，我们决定休息一会儿再继续赶路。唐英豪建议我们在附近找一些水补充体力。

在一片湿润的灌木丛旁边，我们听到了清脆的滴水声，他急忙往前跑了几步，发现前面有一个洞穴，滴水声就是从里面传来的。他朝洞穴扔了块石头后兴奋地对我说："还好不深，你等我，洞口只能进一个人。"

"我来吧。"我说完往前走了一步。他急忙把腿往洞口一伸，对我说："你知道里面是什么吗就你来？"

他往下试探着，突然，黑漆漆的洞穴里传来一阵落石的声音。唐英豪先是发出一阵急促的叫声，接着是低沉的呻吟声。我听到他长长吸了几口气后对我说:"我好像……好像脚踝被卡死了,没法动弹了。"

"什么?你别着急,我拉你出来!"说完我急忙伸手拉他。

"别!这里都是落石,你这样很危险!"唐英豪急忙制止了我。

"那怎么办?你的手能够得到你的脚吗?"我急得一时间不知道如何是好,别说在夜里的荒郊野外,就算是在市区遇到这样的问题,除了报警求救,我也不知道该怎么帮助唐英豪,而且我们还在河里弄丢了所有的通信设备,身上没有任何能量补给品和急救药物。

他犹豫了一下继续说:"我的脚被卡死了,好像不能再陪你走剩下的路了。"

我一听变得更加着急:"你说什么呢!不行,你不能有事!"

"你听我说,我一定会没事的,你现在继续往山上爬,一定要坚持!爬到山顶,你就会看到一条马路,你只要在有电线杆的地方停留等待救援就行。山顶有十一根电线杆,任何一根都行。李玉会来接应你,然后,他会送你到安全的地方。你告诉他我在这里被卡住了,就一定会有人来救我,你一定、一定不要再回来了!"唐英豪说这些话的样子是我从来没见过的严肃,就像一个在发号施令的将领。

"做不到!我不可能让你一个人在这个地方!你等我,我找找这里有没有别的入口。如果没有,就算挖一个洞我也要下去救你!"我急得四处摸索,希望附近能有什么救援工具。

"范卓曦,你听好!我现在没有更多力气再和你争执,你听我这一次,因为只有这样,我们才可以都没事,你明白吗?不光是为了你,也为了我!还有,你必须按我说的做,绝对、绝对不可以擅自找其他人帮忙或者报警!"

我没再理会他,把耳朵凑近洞口仔细聆听,发现不但有滴水的声音,还有水流的声音,那说明这个洞穴一定有出口,也一定有可以进入的地方,但我环顾四周后发现附近的地面全是岩石,没法开凿任何入口。

"唐英豪,你不要乱动,等着我!"

"范卓曦,你这算什么!"他更加生气地朝我喊道。

我急忙顺着下坡的方向走去。我坚信一定可以在附近找到水流或者湿地,一定有别的入口。深夜里，除了不知名的动物嚎叫声就是我急促的呼吸声，但就算远方有恶鬼在嚎叫，我也要走一次鬼门关。

一整夜，我都在反复地找寻着洞穴的新入口，几次经过洞口，我都能听到唐英豪的呼叫声。我没再回应他一个字，只是反复地把耳朵贴在附近的地面上，希望能找寻一点点线索。我知道这很可能是在做无用功，但就算没有希望，我也要找到一个希望，就像唐英豪为我找到希望一样。

天色渐亮，迎来了又一个黎明，我筋疲力尽地跪倒在洞口处。破晓的光线带着些微迷离的杏黄色落在唐英豪脸上。他安静了许多，但这反而让我觉得有些害怕，他的额头都是汗，呼吸一直很急促。我摸了摸他额头问："你身上是不是有伤口？"

他不说话，急促地喘了几口气后，终于算是服了软，用微弱的气息对我说："刚才一直使劲儿，好像脚骨折了……水……"

我飞似的往山下跑，山里除了一些密布的树木之外，没有一块青翠的草地，全是坚硬的岩石和碎石。我看到有片灌木丛，急忙拔起灌木后拼命往下刨土，锋利细小的石子瞬间布满我的指甲缝。当我看到自己有血还能流出来时，我甚至荒诞地想到他可以喝我的血止渴。但现在不是我发泄情绪和盲目求生的时候，唐英豪现在危在旦夕，我必须立刻找到能营救他的办法。

这两座山之间似乎有一个很长的峡谷，而远处有一条蜿蜒的水流。我急忙往峡谷方向跑去，我已经没有更多的时间。当听到前方有小鸟清脆的叫声并看到一层薄雾的时候，我即刻闻到了泥土的味道，我的方向没有走错。徒步了许久后，终于看到一条清澈的溪流，我急忙俯下身喝足了水，之后开始沿着小溪找装水的容器，最后，我找到一件类似雨衣的东西。这里山清水静，应该会有野外探险的人像我一样来附近取水，说不定我能在附近找到人，这样，唐英豪就可以获救了。

我在那儿大喊了几声，但久久没有回应，于是我只得急忙拿着水往回跑。天无绝人之路，我竟然在河堤上找到了荠菜一类的野菜，我拔了些拼命往嘴里塞，但随即便意识到野菜并不充裕。我带着泥土吃了些菜根，然后把菜叶带上，继续往回赶。

赶回洞穴时，唐英豪明显已经更虚弱了，他甚至连睁眼看我都有些吃力。我把水给他，把野菜塞到他嘴里。他看着我迟疑了一下，还是张开嘴嚼了嚼，但随即露出狰狞的表情。我对他鼓励地点点头，他使劲儿吞了下去。我继续喂他，他也继续吃，中途发出几声作呕的声音，但好歹吃完了我带回来的所有野菜。接着他很吃力地呻吟了几声对我说："你听我说……"

"我什么都不听，你等我！"我说完发现他正盯着我手指上的血渍看。

"对不起，我后悔了。"他对我说道。

我一听有些气急败坏，这都什么时候了，他一定是糊涂了，在这个世界上只有我对不起他，怎么会轮得到他对我说对不起呢？

"你等我！"说完我急忙把头往回缩，离开洞穴。

"我不是个好人！"他朝我喊了句。

我想起刚刚的小溪和现在洞穴的入口，大概能估测出水流的方向了。

我又喂了唐英豪一些水，他比之前有了精神，见我完全没有放弃的意思，恢复了一些体力的他开始帮我分析附近的情况。最后，他告诉我这洞穴的水流还不小，提议我不要只往下走，应该往上找找看，水是往下走的没错，但也得上方有入口才能汇集起这不小的水流。

我起身往山上走，一来一回又是大半天，但一无所获。

他难得朝我露出笑容说："还是没有入口？"我对他无奈地点点头。他深吸一口气对我说："目前只有最后一个办法了。我感觉这个洞穴今天往下掉了不少石头，现在往上是一定出不来了，所以，你把我侧面这几块石头推一下。我忍耐一下，等口子足够大，我就能顺利掉进去。我们再把这个口子弄大些，我应该就可以出来了。"

"对，你说得对，可是……"我突然想到了唐英豪的脚被卡住的情形，如果这块石头是完整相连的，那这一系列动作后非但不能增大口径，还很有可能对他的脚造成不可逆转的巨大伤害。

"没有可是，我知道自己什么情况。快，这个鬼地方我一秒也不想待！"说完他咬紧牙，试着扭动了下自己的身体，但瞬间他就发出哀号声。我急忙把刚伸出的手收回来。

"范卓曦，你如果想让哥哥我好受点儿，就必须按我说的做！"他嗓音提高了，又变成了那个发号施令的将领。我咬紧牙，把手搭在他肩膀上使劲儿往下推了把，除了把他卡得更紧之外，石头没有任何松动的迹象。他对我说："再推！"在确定他已经不能再往下后，他喘着粗气对我说："现在往外拉，使劲儿拉！"

我瞬间明白了他的意思，立刻使劲儿把他往外拽。他盯着我，咬着牙，不停地冲我喊："你就这点劲儿吗？弱爆了！"我一听，立刻使出全身力气。就这样一直推拉，几次后，他身后不停传来石头落下的声响，石头确实松动了许多。他把手撑起来朝我露出那个再熟悉不过的笑容。每每他露出这个笑容的时候，我们的人生好像就能遇到转折，他的笑容邪魅，但又像地狱冥王一样，法力无边，无所不能。

"你往后退，我数到三，你最后尽全力再推我一把！"他说完我点点头。

我按他说的退到洞口，然后借着自身重力加所有力气往他肩膀扑过去，重重推了他一把，瞬时感觉山崩地裂。我抓紧他的手臂，两个人坠落到了一个潮湿的隧道里。他踮着脚对我说："看吧！我说了可以！"

借着洞穴照射进的最后一点儿微光，我看到洞穴不深，但周围全是潮湿的泥土，洞内乱石嶙峋重叠堆砌，隧道曲曲折折、阴森可怕，洞穴口仿若地狱判官张着的血盆大口，但最多允许一个人做梯子架着另外一个人出去。

"我们都闯了这么多关，还怕这个吗？"唐英豪乐观地对我说，然后打量了一下隧道，"往下走！"

他一瘸一拐地往下走了几步，我却站在原地不动。一片黑暗里，我已经看不到他任何踪迹。又是一条这样的隧道，这让我想起了妈妈帮警察逮捕我那天，我纵身跳下的下水道，那里都是污水、老鼠，还充满着尸体腐烂的气味。我抱紧手臂，突然失控地蹲在地上瑟瑟发抖起来。

唐英豪急忙走了回来，估计他看出了我在想什么，他拉起我的手说："这次，我在！"我看着他，想起这些日夜，有他相伴，一切就可以逢凶化吉，他才不是地狱冥王，他是神，是无所不能的天神。

我顺着他的方向走了一步，他也往前走了一步，世界霎时陷入一团没有边际的黑暗里。我跟着他一直往前走，耳边一次次传来他的声音，那个声音一直在告诉我："往前！""没事！""会好的！""一定没事！"后半程，他把胳膊架在我身上对我说："脚有点儿吃不消，借个胳膊。"

就这样一直往前走了许久后，他指了指不远处一个光点对我说："看，出口！"我们顿时有了希望，也因为这突如其来的目标加快了步伐。等我们走到洞口时，却发现洞口并不大，他弯着腰把手往上伸出去摸了摸对我说："看好，我要变魔术了。"然后他猛地站直腰，我们面前立刻出现了一个巨大的出口。我走过去一看，周围都是草地，我急忙和他爬到草地上，躺在草地上大口大口呼吸着清冽的空气。

天又黑了，月光却明亮。他侧过来朝我笑，我只觉得浑身发晕，朝他吃力地挤出个笑容。我们站起身，看到面前再一次出现一条宽广的河的时候，两个人也再一次陷入了郁闷的情绪中。我低头看到了他肿胀的脚上还有血渍，便打起精神说："接着往哪儿走？"他环顾了四周一圈，又看了看河水流淌的方向对我说："得往回再爬一次山。"

我没说话，一时间觉得第一次遇到了一座我可能翻越不了的高山。就在这时，河对岸突然急速地闪过一道亮光！我和唐英豪对望了一秒，我刚准备喊，他就用手捂住我的嘴对我小声念叨："你找死啊。"

我掀开他的手："虽然不知道这是哪儿，但对面、对面就是马路，是马路！我们可以找人求救，你的腿现在已经不能再走动了，你必须去医院！"

他低头看了看自己的脚对我说："我可能会拖你后腿，不能送你去山顶了。"

"那我们就过河，你去医院，我去自首！"我声泪俱下。

"你无辜的，自首个屁。"他说完耸了耸肩。

"唐英豪，你要好起来，我才依附于你！"我固执己见，又一辆汽车疾驰而过。

他打量了我一眼，看拿我没辙，问我："你不死了？"

"不死了！"

"你听我的吗？"

"听！"

月色下，他满意地朝我点点头，对我说："等我。"

我一个劲儿点头，也露出了笑容。他往河里走去，一瘸一拐的。我站起身看着他往河里走去的背影，感觉他的身影陡增了许多不应该有的负担。他往水里一沉一个伸展，开始往河对岸游去，可能是因为伤了腿，也可能是这两天的劳碌奔波，眼前一条平静的小河也让他游得有些吃力，几乎没有怎么移动。

我急忙跟了上去，往水里一潜，月光下，能在清澈的水底看到唐英豪不协调地划动着手脚的身影。我在水底推着他缓缓向前，他估计知道是我，没有半点儿挣扎就配合着我往前面游。我把他送上岸，他回过头看着我没说话，只是嘴角露出浅浅的笑意。他意有所指地摸了摸他衣领的纽扣，我对他点头。

看到一束光打过来的瞬间，我急忙沉到河里。唐英豪朝车灯举起手臂。车停下来，唐英豪上了车。我游回对岸，重新躺在一片灌木丛后面的草地上，这才开始瑟瑟发抖起来。

第二天，天刚蒙蒙亮，我就听到有人在呼喊我的名字。我翻起身，看到河对岸站着个硬朗的男生，他戴着黑色的鸭舌帽和口罩，见到我便纵身往河里一跃，朝我这边游了过来。他走上岸，因为尚未确认他的身份，我还是惯性地往后退了两步。他的眼神蒙着一层说不清楚的东西，像这些天蒙在我生活中的薄雾一样。

"走吧。"他语气冷淡，即使只看那双深不可测的眼睛，我也知道他的脸上没有一丝一毫的表情。我总觉得之前在哪儿听过这个声音，犹疑地站起身问他："你是谁？是唐英豪派来的吗？他怎么样？他在哪儿？"

"先走再说。"说完他转身径直走回河里。我犹豫了一下，最终跟了上去。

上车前，突然一辆车停在了我们前面，车门打开，我的噩梦再一次开始了——万杰出现在我前面。我一看急忙躲到男子身后。

"你跟踪我？"男子对万杰说道。万杰没有理会他，缴械式举起双手，一只手拿着录音笔对我说："小曦，这是你要的证据。我妈已经死了，但我爸那边案子正在关键时刻，我还有重要的事要做！我这些日子到处找你，好不容易有了线索！"

"你带了警察吗？"男子问万杰，万杰摇了摇头。这时远处传来了警笛声，男子对我发号施令："不要相信他！上车！现在！"

我一听，急忙跑进车里，男子也跟着跳上车。万杰一直敲我的车窗说："你相信我，小曦！"

"开车！快！快开车啊！"我对男子喊道。

车子急速行驶过了几个路口，我回头看了一眼，他们没有跟上来。

"我见过你对不对？你是谁？你要带我去哪儿？"我问他。他没回答我，只是从后视镜不耐烦地扫了我一眼，继续加快了车速。我试图打开车门，发现车门已经被他锁了，他把一只手从方向盘上拿下来。我警惕地往一侧偏了偏身体，但他只是打开了热风空调，顿时，一阵热风萦绕在车里，我感觉到了前所未有的舒适。接着，他把车前座的毛毯扔给我，依旧目视前方，对着凝结的空气说了句："书包里有衣服和吃的。"

我打量了他一阵，心想，就算死，也先吃一顿好的吧，这些天的经历已经够我死好几回了。就这人对我的这架势，也不像是打算要我命的样子，而且我这条命除了正被通缉之外，对谁也不值钱。我打开书包，换上了衣服、裤子，啃着面包，喝着纯净水，继续从后视镜里观察他。他眉目清秀，一看就是电视剧里那种正派人，难道是便衣警察？我有些被自己的这个想法逗笑了，如果不是唐英豪找来接应我的人，那这个人最好是警察，起码，一切还不至于往最坏的结果发展。我没再说话，蜷缩在车后座上，盖上毯子，一切等我休息过后再看下一步吧。

等我醒来的时候，车里只有我一个人。我急忙坐起身往四周看了看，周围只有一栋孤零零的洋房木屋，没有任何人。我试图扣动车门把手，发现车门这次没上锁，我急忙从车里逃了出去，然后看到了这栋房子的所在位置——一座悬崖峭壁。从悬崖向远处望去，即使已经是黄昏时分，也依然能清晰地看到山峦起伏，许多条小河贯穿其中。我所在的这座山应该是周围最高的山峰，我突然想起唐英豪和我说的目的地，没错，就是这个地方。

身后一阵碎石响动的声音，我回头看见了男子，他摘掉了帽子和口罩，露出白皙的肌肤和俊秀的五官，松软的黑色头发在夕阳照耀下发出温润光泽——是李玉，如果这里刚好是唐英豪和我说的目的地，那他当然不是坏人。

"唐英豪现在怎么样了？他在哪儿？"我走到他面前问。

他眼神幽森地盯着我看了会儿，我竟觉得有些压迫感。他没说话，绕开我，打开后备厢，拿出两个箱子往屋子走去。我追了上去，挡在门口喋喋不休："你只要告诉我他平安了吗，我就再也不烦你！"

他眼神飘忽不定地看了四周一圈后，停在了我的身上。他上下打量着我，突然伸出手猛推了我一把。我猝不及防地摔在地上，他又微微侧过脸用眼睛的余光不痛不痒地扫了我一眼，充满了警告的意味，然后拖着箱子走进了屋内。

夕阳悬在半空，用最后微弱的光辉给世界披上一层光彩，世界即将再一次陷入一片黑暗之中，即使还有许多期许过的未来，也幽浮在昨日望不见的那一端，变得再也无法捉摸。

7

Chapter 07　你只是开枪走了火

无限临近的事物

也有温厚的本性

就像从苗圃出来

背着枪

满面笑容

——顾城

李玉站在我前面，用一种近似审视的眼光看着我。我已经在这个屋子里换了好几个地方，但无论我去哪儿，他都寸步不离地跟着我。其他房间都是紧锁的，只有客厅和一个公用的卫生间可以使用。此刻，我真宁愿是被警察逮捕的，那样的话绝对会比现在舒适得多。

我看着时钟，和唐英豪分开已经快二十四小时，而眼前这个人不告诉我任何情况。我环顾着四周的环境，几个窗户都被他锁住了，我暗自思忖：唐英豪让他营救我的任务也算是顺利完成了，我应该是可以离开的吧，他应该也不会限制我的人身自由吧？

我盯着茶几上的车钥匙，他则继续盯着我的眼睛。我弯腰准备拿车钥匙，他以迅雷不及掩耳之势把钥匙塞进了裤子口袋里。我站起身，往门口走去，他起身挡在我面前，我实在忍受不了这种无形的监禁。

"我可以配合你，但起码你得告诉我你要干什么？！"我怒不可遏。

"坐下！"他用手指着一侧的沙发对我说。

我拿他没辙，只好坐了过去。桌上堆积着各种速食和饮料，让这种无声的禁锢看上去更加诡异，而我每分每秒都在盯着墙上的时钟，我想象着唐英豪出现在门口的样子。三天过去了，除了睡觉、吃饭之外，李玉和我之间没有任何交流，这三天比我和唐英豪的那场泅渡还要折磨人。

一天中午，我听到了敲门声，立刻兴奋地站起身准备去开门，此时就算打开门看到的是要取我性命的阎王爷，我也会欢迎他光临，毕竟死也比这种日子舒坦。李玉一把将我按在沙发上，挺直了身体朝门口走了过去。门打开的一瞬间，一个逆光的黑影站在我们面前。

这绝对是我这些日子以来最开心的时刻，没错，这是再熟悉不过的轮廓，我急忙跑了过去，只见唐英豪露出痞痞的笑容，意气风发地站在门口。他穿着崭新的黑色风衣，头发松软地垂在前额上，凌乱里透着光泽，阳光照在他肩膀上，他浑身都是阳光的味道。他的脚包扎着，挂着两根拐杖，对我语气柔和地说了句："小曦，几天不见了。"

我一直点头，随即也跟着笑了出来，说："我就知道你肯定没事，你肯定会回来！"我乐不可支的样子让李玉也看得愣了神。唐英豪对李玉说："李玉，你有按我吩咐的照顾我的客人吗？"我转过脸看着李玉，甚至有一种腰板变得硬气了的感觉。

李玉并没有回避我的眼神，依然冷冷地瞪着我说道："一直按少爷吩咐的那样贴身保护着，没透露您任何行踪和消息。"

唐英豪满意地点点头，对李玉说："山里冷，你去拿些柴火把壁炉生起来吧。"

李玉恭敬地给唐英豪鞠了个躬后就朝地下室走去了。

唐英豪坐到沙发上朝我伸出手："小曦，过来。"

"你的脚没事吧？你去了哪儿？你不知道，这个李玉都不和我多说一句话，连我问你去哪儿他都不和我说。"我难掩欣喜，边说边递了瓶可乐给唐英豪。

"啊，我的错！我怕你知道我在哪儿会来找我，那样很危险。我后来直接去了医院，折腾休养了三天才缓过来。万杰那边马上就有结果了，他妈妈死了，他现在住外面去了。"他说完接过我手上的可乐冲我笑了笑，"那几天如果不是你不离不弃地守着我，我现在指不定在哪儿做孤魂野鬼呢。"

"如果没有你，我现在才是游魂野鬼呢，总之，你平安就好了。哈哈，太好了！"

"我没事能让你这么开心啊？"他打趣地说着，眼神停在我脸上，若有所思。

"我这几天都想了，如果真的发展到那一步，我也不怕了，反正我问心无愧，就算让我坐几年牢我也不怕。他们说监狱里也有图书馆什么的，我就在里面学点儿东西，等我出狱了，正是我最好的年华，那样，我又可以和你生活在一起。有你在，我什么都不怕的。"我说。

这时我身后传来几声清喉咙的声音，我回头一看，李玉看着我的样子比之前更加让人不寒而栗，他为什么这么讨厌我？

唐英豪打开可乐递给我说："我怎么听着感觉你这么期待去坐牢呢？哈哈。"

我到现在还记得那个下午，唐英豪脱了外套，把脚搭在茶几上，我在他对面手舞足蹈地和他讲着我对未来的所有规划。正午日光尤其热烈，大摇大摆地穿透庭院里的树枝，一团团照在浅色地毯上，细小的尘埃萦绕在我们周围，空气里弥漫着唐英豪身上带着海洋气息的香水味。在经历过阴影之后，我终于见到了阳光，只是那时我还未能意识到，正午阳光也势必会带来最为强烈深沉的暗影。

接下来的日子，我听从唐英豪的安排，准备先在NEVERLAND（永无乡）这个地方住一段时间，等事情解决了，我们就一起回曜岛。那些夜里，我常常梦见妈妈，梦见小时候爸爸不再来看望我和妈妈后，我常常夜里闹情绪不睡觉，我妈就会让我躺在她的腿上，一直挠我的耳朵，这可以让我很快入睡。那是我这辈子最怀念的时光，只是这一切看上去就像梦一样不真实。

如果说认识了唐英豪之后所经历的一切就像一场场梦境，那梦境的前半程大多数都是噩梦，接下来的日子依然是梦境，只是变成了虚幻缥缈的美梦。比如这些日子里，唐英豪在看到我每天穿着他那些宽松不合身的衣服四处上蹿下跳后，直接叫了一辆房车到我们住的地方。车门打开后，我发现这居然是个巨大的"衣柜"，我们俩的衣服按尺码分布在两侧，基本上都是同款衣服两个尺码。在看到我极其诧异且欣喜的表情后，他满意地表示这就是他的日常生活而已，不用太大惊小怪。我急忙配合着他，把他的生活吹得天花乱坠，结果惹得他越发夸张起来：南太平洋的进口水果，带着冰柜的冷盘西餐，带全套服务员的正宗重庆火锅……当有一天，我看到李玉带着几个工人在后院组装一个临时健身房的时候，我打趣地对唐英豪说："接下来你不会还能变出健身教练来吧？"他气定神闲地对我说："以后每天下午的四点到六点，健身房有教练，水疗的话每晚九点后有。"

"你说的教练和按摩师是真人吗？"我难以置信地问道。

他严肃地思索了几秒后，放下手中最新几季的时装周目录表，认真地对我说："现在的人工智能技术还达不到真人的体验感，但真人却可以达到完美机器人的效果，那肯定是真人好用！"说完，他的眼神停在了不远处正目不转睛盯着他，等待他发号施令的李玉身上。唐英豪伸出两根手指指了下自己的眼睛，只见李玉立刻健步如飞地跑进了屋里。再回到我们面前的时候，李玉手里拿着几副擦得锃亮的太阳镜。唐英豪递给我一副，自己也拿了一副后，李玉又像是被启动了某种开关的智能勘探器一样，回到他刚刚待命的地方去了，他站的位置甚至依然是刚刚站立的那两个脚印的位置。我诧异地看着唐英豪，他戴着墨镜朝我微微扬起了嘴角，我能想象得到此刻他眉飞色舞的模样。

认识李玉后的一切都太让我震惊，这世界上还真有这样训练有素的"职业人"。没得到唐英豪的应允，他不会多回答我一个字，他能让唐英豪一伸手就有免洗洗手液挤在手上，每次用餐结束就有一杯类似鸡尾酒的漱口水摆在面前，无论唐英豪用不用，永远没有意外。唐英豪横躺在沙发上双手忙着玩手机游戏的时候，李玉会在一旁以一种"不存在"的方式，以固定频率把切割精细的牛小排一小块一小块地送到唐英豪的嘴里。我甚至看到过唐英豪回来刚脱了皮鞋，李玉就快速把他的黑色棉袜脱了折好，又拿着备好的湿毛巾擦干净他的脚后，给他换上一双白袜的情形。他知道唐英豪所有的生活习惯和口味偏好，清早起床要听丹尼·诺伯里的歌；换衣服前十五分钟准时往衬衣六个不同的地方喷洒香水；睡不着觉时会让李玉念诵最新一期的《经济学人》杂志，因为唐英豪只喜欢有温度的人声。让我百思不得其解的是，李玉从来都专供唐英豪用同一套餐具，我有一次去厨房拿沙拉，不小心用了一个盘子后，他直接利落地把盘子扔进了健身教练的车里并对健身教练说："够你买部新手机了。"我想了想，我和唐英豪在半山别墅时，我甚至都用过他的牙刷，他从来不介意我和他共用任何东西。如此看来，李玉的职业素养可不是一般高了。

唐英豪脚伤痊愈后，开始隔三岔五地往市区跑，每次回来他都特别神秘地告诉我，我们距离离开这里的时间已经越来越近。他眉飞色舞地告诉我他在曜岛又发现了什么新鲜的地方可以在我们回去后带我去，但我却反而有些期望事情的进展不要太快，这里的一切对于我来说都是我这辈子不曾有过的，这里是我从来不相信会存在的天堂。

一个清早，我的卧室传来一阵急促的敲门声，没等我爬起来，唐英豪已经迫不及待地打开门，扯着我跑到了院子里。在悬崖围栏处，他兴奋地指着山谷对我说："快看！"我揉了揉眼睛，看着一片白色苍茫的雾气萦绕着整个山谷，顿时有种置身仙境的错觉。"你穿我的，等我下。"说完，他把身上的羽绒服扔到我身上，自己跑进了屋里。

李玉不知道什么时候已经站在了我身边，这并没有什么好意外的，他的目光停留在没有目的的远方，不知道心里在想什么。虽然从未见这张清新俊逸的脸上露出过笑容，但我总觉得他笑起来一定很好看。他不言不语，但从他的眼角眉梢处能感觉得到他是个心思细腻的男生，他可能也在牵挂着某个人，那个人远在天边，或者近在眼前，又或许他在想念着某个地方，近处或是远方，只是从不言说。

我走到他身边，对他说："就是这片山谷，那时候差点儿杀死了我和唐英豪，后来你救了我。他们说自私的人把痛苦挂在脸上，无私的人把痛苦写在心里。"说到这儿，我侧过脸，看到他幽怨的眼神依然落在远处的山谷间，但眼睛迅速眨了一下。

我朝他笑笑："虽然和你的相处一开始很不愉快，但后来听唐英豪说完就觉得对你没有任何误会了，你只是在做你的工作。这些天，我也没做什么太出格的事情，所以我想，我应该不会是你讨厌和憎恶的对象吧？这个世界上憎恶我的人实在太多了，遇到唐英豪之后，我才感觉到自己的人生转运了，而你是我在遇到唐英豪之后遇到的第一个人，如果你讨厌我的话，会让我觉得自己依然没走出以前的生活。"李玉不说话，缓慢地眨着眼睛，像没有听见一样。

这时，唐英豪穿上了一件灰色羊驼绒风衣，对我招了招手说："过来，带你去个地方！"李玉回过头看了他一眼，又看了我一眼，微妙至极。

我朝唐英豪走过去，他神秘地小声说："今天雾这么大，我们可以去旁边的小镇转转，估计这些天你也闷坏了。"我也小声地说："这里也没别人，你干吗这么小声？"他突然大笑了几声对我说："这不是在干亏心事嘛！"我也乐了："你这样说，感觉我真的是个逃犯似的。"

然后唐英豪拿着车钥匙要带我上车。李玉的视线停在我身上，不知道他此时是一种什么样的情绪，但让我顿时有了一种怜悯的心情，我对唐英豪说："带上李玉吧，他一个人在这儿挺孤单的。"

唐英豪扫了他一眼，伸出右手食指朝他勾了勾，李玉立刻朝我们跑了过来。不知道是不是我的错觉，我感觉依旧面无表情的李玉，这一刻像是在笑。

唐英豪把车钥匙扔给他，对他说了句："去旁边小镇转转。"李玉急忙给他打开车门，我跟着唐英豪坐到了车后座，李玉绕到驾驶位，启动车子出发。

顺着蜿蜒的盘山公路转了许多圈以后，车行驶到了一条平坦的马路上，我们两侧顿时多了路灯和监控，我把头低下来，握紧了拳。唐英豪估计看出了我在想什么，他揉了下我后脑勺的头发对我说："没事的，马上就到了。我们就在这儿吃顿饭，溜达一会儿就走。"我朝他笑笑说："我没事。"他揉了揉我的头发，不再说话。

车停在一条人潮涌动的路边，唐英豪对我说："人多更安全些，附近有家不错的火锅店，你不是嫌家里火锅没有餐厅味吗？"我坐在车里支支吾吾地对唐英豪说："我……能不能……戴个帽子和口罩，像李玉上次那样？"唐英豪朝我点点头，然后朝车里的李玉说："给他！"李玉像变魔术一样从他大衣内侧口袋里掏出了口罩和帽子递给我。

接下来，我们三个人坐在了小镇中心的火锅店里。唐英豪见我一直戴着口罩的样子忍俊不禁，我瞪了他一眼。老板娘是个东北人，从进门开始眼睛就一直停留在唐英豪身上，还在假装自拍的时候偷偷拍了几次唐英豪。唐英豪回头看了眼，没在意，这种生活对于他而言就是日常。他站起身走过去跟老板娘聊了起来，不一会儿来了两个服务员招呼我们去里屋。进了里屋我才发现，这哪是什么里屋，根本就是老板家的客厅！但唐英豪就是有这个能耐，不但把火锅搬了进来，还能让老板娘给我们送来一盘时令水果和几个农家自制的小菜，最后老板娘又跑进来递给唐英豪一杯热枸杞，然后面红耳赤地朝门口走去。

我摘了口罩，问唐英豪："给了多少钱，这都行？"

他笑了笑，气定神闲地对我说："一张合照而已。"

"啊？"李玉在不合时宜地发出了一声惊叹后，迅速坐直身板，清了清喉咙。

我笑了起来。唐英豪把几盘肉往锅里一倒说："快！这些日子可苦了你，今天放开大吃一顿吧！"然后，我们就没再说话。唐英豪只顾着拼命往我碗里夹菜，李玉则把牛肉夹起来，规整地摆放在唐英豪的盘子里。唐英豪瞪了他一眼："小曦想吃才带他来，我在你眼里是吃这种民食的人吗？这像话吗？你见过玉皇大帝落入凡尘在农村吃火锅的吗？是你见我在兰博基尼里听单口相声给你灵感了，还是你见我在阿斯顿·马丁里听孙悦唱《祝你平安》了？"

李玉急忙把牛肉全夹到自己碗里，这时老板娘边嗑瓜子边递了个盘子给唐英豪说："我更喜欢 NCT U 的《BOSS》。"

我一听急忙转过身子对老板娘说："《BOSS》？我也喜欢啊！"

唐英豪一听急忙回过头对老板娘说："什么 NCT、NOT 的，出去出去！拿你家最好的酒来！"老板娘则急忙拿手机屏保给我说："你看这张，绝杀！"她完全没有听到唐英豪在说什么。唐英豪气急败坏地说："真让人龙颜震怒！我说，酒！"老板娘依然没有理会。

唐英豪："我给你一万块钱！"我看了唐英豪一眼，简直是个疯子，等我再一回头老板娘已经从房间里消失了。

酒来了，李玉因为待会儿还要开车，只能坐在一旁替我们倒酒。酒足饭饱后，老板娘进门收拾了桌子，李玉跟着出去结账。唐英豪涨红着脸打着酒嗝，揉了揉自己的脸朝我挤出个笑容。我可能是喝大了，顺其自然地说了句："我突然觉得上天一点儿都不亏待我了。"说完之后，我急忙喝了口冰水，怕唐英豪听出什么弦外之音。

他突然怔住了，给自己倒了杯冰水，然后站起身打开窗户，一阵刺骨的冷风吹了进来。他把手搭在窗台上，看着屋外几间旧房子。那一秒钟，他看上去难过极了，但又像是在组织什么重要的语言。

许久后，他坐到了我身边，比刚刚近了一些。他把手放在膝盖上，整个人深沉得一塌糊涂。一股熟悉的清香扑鼻而来，我把手插进口袋里有些不自在，我又一次摸到了那颗纽扣，他回来的当天就还给了我。

然后，他猛地侧过脸对我说："等事情解决完了，回曜岛和我住吧。"

身后传来关门的声音，我回过头一看，玻璃门上透出李玉的身影，他透过玻璃冷冷地扫了我一眼，我哑然失笑，接着，酸楚、悲伤、遗憾，或者身不由己的无奈层层堆积起来，凝聚成一团浓烈的委屈。

我永远记得和自己的约定，我知道底线在哪儿，如果我住进唐英豪家，估计我爸妈会气得把我重新扔进下水道无数次。但听到唐英豪这么说，我突然意识到自己犯了一个无法被原谅的错误，那就是让本应该憎恶我的人现在对我推心置腹、全力给予，这让我觉得自己更加无耻。而尽管变得更加无耻了，我仍然感觉到自己被感动得一塌糊涂。

可以肯定的一件事是，无论接下来命运的真相会不会被揭开，我和眼前这个全世界最好的哥哥的结局只有两个：要么，我彻底消失在他的世界里，他在我未能完成的誓言里接受我的背叛；要么，他知道真相后杀了我，或者我杀了我自己。但无论何种结局，今天的诚心诚意、情深义重、锲而不舍都不能改变后来令我们悔不当初的选择。

一阵凛冽的风刮进来，瞬时冻结了我纷乱的思绪，窗口也发出尖厉刺耳的呼啸声，屋外传来一声树枝折断的声音。我看着他的眼睛，从来没有这样害怕失去过。我必须拒绝他，不然这对他来说太惨无人道。他的嘴微微张开，在等一个他势在必得的答案，然后我听见自己响亮地回答了一个"好"字。

我觉得，我已经不是我了。他高兴地站起来，拍了拍我的肩。我起身去洗手间，这时我看到镜子中的自己已经哭得一塌糊涂，我从来没有这么想得到一件东西，而现在我还得硬生生把这件已经在我手中的奇珍异宝给扔到浩瀚汪洋里。

李玉突然走了进来，我急忙扑了把冷水。我问他："你讨厌我吗？"他没回答我，只是洗了洗手就转身离开了。

上车前，我们听见了一只小猫的呻吟声，我低头一看，发现车轮上正趴着一只绒毛雪白的小猫，看上去像一团隆冬的雪。我把它捧起来朝它"哈哈"笑了两声。小猫个头还很小，应该刚刚断奶，估计天气冷，在车底下取暖呢。

"喜欢？"唐英豪问我。

我点点头："嗯！"

"带回家吧，我们一起照顾它！"唐英豪说完，李玉打开了车门，唐英豪往车后座一蹦，我跟了上去。接着我的眼神就没再离开过小猫。唐英豪也饶有兴致地看着小猫问："这小东西不会到处乱拉吧？它吃什么？"我看了唐英豪一眼说："买猫砂啊，它吃猫粮！"

"那，李玉，去把猫买下，多少钱都买！"唐英豪朝李玉发号施令。李玉恭敬地鞠了一下躬后，"嗖"的一下从车里消失。

"它不会想家乱叫吧？"唐英豪用手指了指小猫问我。小猫用爪子钩了一下唐英豪的手指，然后伸出舌头舔了起来，唐英豪像触电一样急忙把手缩回去喊道："它要干吗？！"我在一旁笑了起来问："你没养过猫啊？"

他一本正经地和我说："你见过玉皇大帝养猫的吗？要养，我也只想养你。"突然小猫从我手上一下挣脱了，爬到了唐英豪敞开外套的怀里，他吓得指着小猫朝我大喊大叫。我第一次见这么失态的唐英豪，便笑着对他说："你抱着它，它怕冷。"唐英豪把手往怀里一掏，小猫便老老实实地躺在了他的手心里。他把脸凑近，像观察一个外星生物一样仔细注视着小猫。突然，他侧过脸看着我，露出纯真的笑容，接着，他就不愿意再把猫递给我了，一直抱着小猫模仿着它"喵喵喵"地叫唤着。

李玉开车的时候，听到唐英豪抱着猫的叫唤声，吓得把油门当成了刹车。唐英豪顿时对李玉发出一声严厉的斥责："你以为这是快报废的那辆布加迪吗？"但不到一秒，他又跟小猫说起话来："宝宝是不是吓到了？哎哟喂，心疼死我了！"李玉又一脚油门，车子一溜烟儿闯进了薄雾里。

回去后，唐英豪的眼睛就没有再离开过小猫，每天各种观察尾随，小猫也开始跟我们变得亲密，每天晚上都要蜷缩在唐英豪肚子上才能酣然入睡。

那些日子，唐英豪常常带我环绕着悬崖边一圈一圈地走，有时候会发现条悬崖小径，确定安全后，我们便去一探究竟。

天气变得越发寒冷，房间的壁炉开始全天燃着木柴。大雪时令的那天，唐英豪让我给猫咪取个名字。我想了想，我们住的地方是 NEVERLAND（永无乡），我又看了看唐英豪手中捧着的书《彼得·潘》，说就叫它"潘"吧，希望它永远生活在无忧无虑的童年世界，永远用纯真和懵懂看待这个世界。我说这些话的时候，唐英豪看着我愣了神，最后，他点点头，伸手抚摸潘。

唐英豪躺了下来。壁炉里发出"啪啪"的声响，火星顿时从火苗顶端喷发出来，它们飘得很高，红色火焰发出的光从侧面投在他雕塑般俊朗的五官上，发达的血管在他躺平后显得更加明显，火光在他耀眼双眸里闪动着的样子像漫天星辰，他的浓眉像黑色天鹅绒一样闪动着光泽，却也像黑暗中的荆棘般透着锋芒。任何时候，他只要一沉默便能形成巨大的威慑力，他嘴唇微微张开发出一个字："潘！"

十二月十三日，是唐英豪在 NEVERLAND（永无乡）最后的日子，那本来是一个稀松平常的日子，我和唐英豪在院子里聊着天，空气异常寒冷，我觉得我闻到了风雪的气味。远处的山顶依然是雾气缭绕的状态，天空从阴霾满满的灰蒙蒙过渡成了一种通透的灰白，像一池发光的湖水。

唐英豪一边哆嗦着，一边催促着我回屋。一阵疾驰的大风刮了过来，一些细微的冰晶一样的东西撞击在我们的脸上。唐英豪仰起头对我说："下雪了。"

我抬起头，和他一起望着天空。风突然停了，雪花纷纷扬扬地出现在了我们面前，它们轻柔地飘落下来，世界仿佛静止了。雪花落在屋顶上，落在枯草地上，落在唐英豪黑色软绵绵的头发和围巾上，看上去闪闪发亮。他一边像个孩子一样朝我大喊大叫，一边朝李玉不停地招手。李玉快步跑到他身边等他的指令。他兴奋地对李玉喊："看哪儿呢，看雪啊！"李玉嘴角快速地上扬了不到一秒的工夫，仰起头，看着风雪飘落在我们四周。

唐英豪一只手拉着我，一只手拉着李玉往悬崖方向跑去，让我们朝着山谷呼喊。我第一次见他笑得那么开心，撒野似的四处乱跑。我想：如果他是我"亲哥哥"，我们从小一块儿长大，现在我记忆里一定收集了关于唐英豪的所有时刻；如果他是我"亲哥哥"，我们一定会有更多的共同回忆。

雪开始在他发梢上融化，李玉急忙往屋内跑，去给唐英豪拿新的外套和毛巾。唐英豪看着越来越大的雪对我说："过去的都会被这层白雪覆盖，都会过去的……"我朝他点头说："这么多年，我最好的生日礼物就是这场意义非凡的大雪了。"他的视线突然定格在我脸上，然后快速转动了一圈眼珠，对我说："今天是我们小曦的生日啊？你看我这哥哥当的，不合格不合格，你跟我来！"

我跟着他越过篱笆。他带着我朝悬崖的小径走去，我跟在他身后。地面还没有积雪，但已经变得湿滑，我们没再像平日里那样疯跑。这是我们走得最久的一次。

眼看雪越下越大，我怕会再遇到什么意外，就一直劝唐英豪往回走，但他却固执地让我跟着他。我问他去哪儿，他也不说。他眼神像不停地在搜寻着什么，突然他往悬崖上的一条小径跑了过去。我跟在他身后生怕他不小心有个闪失，但这已经是最后的日子了，所以他怎么开心，我就陪他怎么疯吧。

他停了下来，踮着脚往岩石上够着什么。我顺着往上一看，发现了一株奇怪的花。他猛地把花扯了下来，朝我笑了笑，然后踱步过来把花递给我说："生日快乐！"

我接过花对他说："谢谢！你就是来找这个？"

他甩了甩已经湿透的头发对我说："嗯，这个鬼地方也买不到什么礼物给你。这种花叫赫伯亚，只在初雪天开放，今天才突然听你说是你生日，我会记住的，十二月十三日。十八岁的第一天可以看见初雪，结束是开始，悲剧的尽头是喜剧，多好的日子啊！"

我低头看着手上的花，它的枝干上有一层细微的白色茸毛，半透明的白色花瓣中央是鲜血一样朱红的花蕊，像一朵塑料假花，惊艳中全是诡异。它不像是一株植物，倒像是某种暗黑世界里的精灵。我看到唐英豪的手上也沾上了它鲜血一样的叶浆。

"赫伯亚？好美的名字啊！我一定会小心收好。我们还能在这里待几天？"这是我一直在逃避的问题，以前我无比期望着离开，现在离别将至，之后我将会遭遇前所未有的绝望。

"你不喜欢这里吗？"说完，他把手搭在我肩膀上。

"当然不是！我很喜欢这里，以后一直在这儿不回曦岛的话就更好了！"我说完，朝他笑着。

"嗯！我们回去吧，我有很重要的话想对你说，小曦！"我朝他点点头，然后我们重新回到了 NEVERLAND（永无乡）。进门前，他反复深呼吸了几次。我问他："你怎么这么紧张？你要跟我说什么？"

"小曦啊，以后我们不知道会走到哪一步，但我是真的在意你，我还是希望，你能冷静地听我说完。"这时，李玉猛然打开了门，满头大汗地拿着两把雨伞正准备出门。唐英豪问他："去哪儿？"

李玉急忙站直对唐英豪说："少爷，借一步说话！大事！"

"今天还有什么比我们小曦生日重要的？"说完，他朝我笑了笑。我的心也提到了嗓子眼，然后，他和李玉到了院子里。

不到一分钟的工夫，唐英豪便急忙跑到我面前对神色凝重的我说："小曦，我必须先回去一趟，不能陪你过生日了，家里有急事。你收拾下东西，最迟，我明天下午来接你！"然后他把脸转过去对着跟他身后的李玉说："小曦这边如果有任何差池，我唯你是问！"李玉毕恭毕敬地鞠了一个九十度的躬。

唐英豪拍了拍我的胳膊转身离去。我追上去说道："下雪了，开车慢点儿，我一点儿都不着急。"唐英豪却对我笑笑说："都什么时候了，还替我着想呢！"

我静止在空气中。我知道他再回来时如果带来了好消息，那也就是我和他彻底分离的时候。我左顾右盼，不知道如何开口说出那句藏在心里许久的"我不想走！我一点儿都不想走"。

然而最后，听到他启动汽车的声音后，我说出口的是："带上李玉！我没事，我一定没事，但你不行！万一出了什么问题，这荒郊野外的，也有个照应。"

他看着我愣了几秒后，对我说："不行！那样没人看着你，万一你跑了呢？"我僵在空气中，把他口误说出口的实情当成了他的玩笑话，当然，这是我很久以后才意识到的。接着，他问李玉："这种车的油门、刹车是一样的吗？"

我一听，吓得浑身冷汗："你不叫李玉开车，那我就陪你一起去！"我坐到了副驾驶座。他审视了我许久许久，才幽然问了句："范卓曦，都到这儿了，你不会跑的，对吧？"我急忙摇头："不会！我一定一定等你回来，我哪儿也不去！"

他打开车门走下驾驶位，对李玉说："出发，没时间了！"

李玉急忙坐到了驾驶位。唐英豪坐到后座瞪了我一眼，脸上没有笑容。我下车跟了几步，看着车离开了 NEVERLAND（永无乡）。许久后，我才回到屋子里，把房子都仔细打扫了一遍。唐英豪让我收拾东西，我却发现，我一件可以收拾和带走的东西都没有，我从来都不属于这里，我什么也带不走。明天以后，我会回到我从前的生活，是的，从前那种觉得活下去需要莫大勇气的生活，不用去坐牢，但也没有了唐英豪。突然，我脚边有个小爪子挠了我一下，我一看，是潘，它抓了抓我的裤腿，我蹲下去抱着它，"哇"的一声哭了出来。

雪越下越大，世界变成了白茫茫的一片，周围所有的山丘都覆盖上一层雪白，世界变得熠熠生辉。离我几十公里开外的黑色轿车上，唐英豪坐在车后座上，直直地盯着后视镜里李玉的眼睛，语速极快地说着什么，像是在部署一场重大战役的司令官，也像是在决定许多人生死的阎罗王。李玉一边开车，一边也语速飞快地和唐英豪交谈着。

白雪覆盖了大地，整个世界被装点成粉妆玉砌的童话世界，连暗夜里的罪孽也发出璀璨的光，所有的冰凉被这一层浮华掩盖。或许像唐英豪说的，这场大雪后我们可以向过去告别，可是未来呢？太阳的光芒定能穿透白雪，让一切回归原样，我到今天都记得我这位天赋异禀的哥哥在我生日这天对我说的——"结束是开始，悲剧的尽头是喜剧。"

我听懂了祝福，但听不懂唐英豪的心声，这句话他是对自己说的，他人生的喜剧即将开始了。如果一定要把这句话当作对我的祝福，那我就应该反应过来这句话的下一句是："开始便是结束，喜剧是悲剧永恒的开头。"

我在屋里把唐英豪送我的花小心地装进一个玻璃罐子里，而几十公里外，唐英豪在车里接过李玉手中的湿巾，利落地擦干净手上的泥土和植物渍迹，然后打开车窗轻轻一抛，手上没有了任何痕迹。

再远一些的海岸线外，万杰把手里一把血淋淋的匕首放进了老家隐蔽的壁橱里，关上门，没有了任何踪迹。

　　宿醉那夜，壁炉前：

　　"小曦，如果我对你开枪了呢？"

　　"那一定是哥哥的枪走火了。"

Chapter 08　消失的泪痕

有时候真实比小说更加荒诞，因为虚构是在一定逻辑下进行的，

而现实往往毫无逻辑可言。

——马克·吐温

在 NEVERLAND（永无乡）等待的那一晚，潘一直叫唤着，像是已经预感到这突如其来的离别一样。和潘相处的这些日子，我感觉人生里又增添了一份被需要的责任，这种责任就是我一直在寻找的和世界的联系之一。

第二天中午，天空仍飘着雪花，只是相较于前一天小了许多。我一直等到晚上也未见唐英豪和李玉归来，不知道是不是大雪让通信设施出了故障。要是通信已经完全阻断了，大雪不会导致封路吧？不会有什么意外吧？如果要联系上他们，看来我只有回到曜岛才可以。

那一晚，我辗转难眠，一整夜都在回想和唐英豪穿越丛林时遇到的各种意外和艰难险阻。我总觉得他一定是遇到了什么巨大的无法抗拒的意外，不然，他是绝对不会把我一个人留在这里的。又或者，他只是这些天太累了，在家里休息两天，事情如果得以安全解决了，明天天亮他就会回来告诉我好消息。再或者，有的路段大雪封路，他现在暂时没法回到 NEVERLAND（永无乡）。思来想去我才发现，人的习惯是一件多么可怕的事情，在这些时刻都准备告别的日日夜夜里，我的生活、我的习惯、我的心都已经无法和他告别了。

雪停了，除了草地上还有一些冰雪的痕迹，路上已经找不到任何积雪，他们依然未归。潘每天都习惯性地爬到我腿上，用一种无法形容的眼神看着我愣神，可能它也在想念唐英豪温暖的怀抱吧。

下午，薄雾散去，我背起书包，带上潘，拿上几件衣物和唐英豪送的生日礼物，离开了 NEVERLAND（永无乡）。没有任何交通工具，我只能步行下山，如果幸运，天黑前我可以到达山脚，在那儿我便可以搭乘交通工具回到曜岛。无论现在的情况如何，事情进展到了哪一步，我接下来会被带到什么地方，又将经历何种境遇，都不重要了。现在对于我而言，重要的事情只有一件，就是我日夜牵念的唐英豪是否一切平安。书包里不停传来潘因不安而发出的呜咽声，每走一段路，我就会把它抱出来给它吃些零食、补充一下水分，然后我们继续赶路。

虽然眼前晴空万里，但树梢上的雪水还是一阵阵随风散落在我脸上、身上。冷风过境，天凉如冰，寂寥的风在叹息中淅淅飒飒。我想，这世界上或许没有我能到达的南方。天黑后，我才到达山脚。走到一个蜿蜒的路口，我停下来看了看周围的环境，小路傍着山谷，在茂密的树林里纵横交错，构成了盘盘曲曲的山地脉络，而对面那条潺潺流动的溪流，不正是当日我和唐英豪分别的地方吗？我站在路边耐心等待着车辆经过，或许是因为这几日下了雪，出行的人变少了，中途有几辆车经过，都没为我停车，它们跑得比寒风还要快。

午夜，月色都隐没在巨大的丛林里，一点儿微光若隐若现。正当我彷徨无措时，一辆黑色吉普停了下来。司机是一位中年男人，我还没拦车，他的车便缓缓停在我一侧，他摇下车窗："小青年，你这是去哪儿？需要我捎你一程吗？"

我看着他："曜岛！"

"你叫什么名字？"他问我。

"范卓曦。"我回答。

"没事，上车吧，我也去曜岛。"他打开车门，我急忙蹦到副驾驶位子上。

之后我们进行了简单的交谈，我说自己和伙伴走散了，需要回到曜岛去。他告诉我他有一个和我年纪相仿的儿子，一路上他一直和我讲儿子给他带来的骄傲，还有他作为父亲可以为他儿子牺牲多少。我听着听着就入了神，心想，原来这世界上真的有这样爱自己儿子的父亲。我爸爸应该也是这样的父亲吧，在面对唐英豪和唐英泓的时候一定是这样的，他可以阻断一切可能会给他们带去伤害的因素，包括我和我妈。但现在，我已经没有以前那种满是嫉妒和愤愤不平的情绪，因为只要唐英豪能有这样的父亲，我没有全世界最好的父亲也没关系了。

天亮了，开车的大叔在进曜岛前开得越来越慢，他反复看手机，像是在等待或确定什么指令一样，最后，他把车停在了市郊，许久后打开车门对我说："你先走吧，我家就在附近了。"我和他道谢，把潘又一次从我怀里放进了书包里，不知道它是习惯了奔波，还是突然适应了，这次它安静地躺在了书包里不再叫唤。

我打车到了爸爸公司楼下。除了这儿，我不知道其他任何关于唐英豪的线索。在我要进写字楼时，保安把我拦了下来。我让前台联系爸爸，告诉他我是范卓曦。很快保安就把我放行了，我鼓足勇气朝爸爸办公室走去，我心想，就算他马上把我送警局法办，我也要从他口中问出唐英豪现在的下落和情况。只要他平安无事，这都不算什么。

我推开他办公室的门。他站在办公桌前，呼吸很快，脸上一阵青一阵白，眼眶隐隐发红，像一位真的在担心自己儿子安全与否的普通父亲。但想到过去的种种，他这一套在我面前就失去了所有的信服力，或许他只是愤怒，我又犯了妄想症的老毛病。

"唐英豪在哪儿？"我直接表明了我的来意。我说这几个字的时候没有任何语气可言。

"你这些日子去哪儿了？你知道我在到处找你吗？他又在哪儿？你找他做什么？"他的表情先是一阵诧异，之后马上转了愤怒，"范卓曦，那好歹是你半个哥哥，你要做什么？！你要告诉他他爸爸在外面还有你这个儿子吗？他是无辜的！"他的语气变得严厉起来，这还是让我愤怒，但我已经不在意他对我的看法了。

我抬起头盯着他的眼睛："你放心！我不会告诉唐英豪你的事。但，我需要确保他现在安全！"他扯了扯领带，额头上冒出密集的汗珠。这时候，办公室的门又一次被推开了，一位女士带着几位西装革履的中年男人走了进来。爸爸脸色一变说："行，作为资助方我们一定会全额赞助游艇会的慈善活动，好吗？我们这边还有个会议，剩下的事我们过两天再说。"几个人听他说完整齐划一地对爸爸各种感谢，并且放了两份合同在爸爸桌上说："上次贵公司提的西海岸开发计划通过了，合同就先给您带过来了。"接着，他们快步消失在了办公室里。

我看着爸爸瞬息变化的脸色，最后压着嗓子又问了一次："唐英豪在哪儿？"

爸爸无奈地朝我摇摇头："为什么非要找他？有什么事你找我就行。"

我盯着他，没说话。他咬紧了牙，接着又泄气了一般："小曦，别胡闹了，你回去和你妈妈准备一下，过几天我送你们去新加坡，那边……"这时门口传来一阵急促的敲门声："唐总！"他大声斥责："我说了，我在开会！"

"是夫人！夫人抢救回来了，还有，英豪少爷也安全回了自己公寓！"秘书说道。

"什么？送我去医院，我去看夫人。"爸爸说完，快速地离开了房间。

我一听，像失魂的人突然回魂了一样，急急忙忙地跑到大厅。在那儿，我居然见到了李玉，他走到我面前，一个字都没说，只是紧紧地抓着我的手臂把我硬生生地带往公司北出口。

我问他："唐英豪在哪儿？郑艺玲又怎么了？"他眼睛平视前方，像第一次见面那天一样木然，但我实在是失去了耐性。我在出玻璃旋转门前一把推开他，把他重重按在墙上："我只问一句，他在哪儿？！"李玉脸上波澜不惊，像一个雕塑一样静默地看着我，平静地呼吸着。

这时，旋转门又到了我们这面，他又一次抓起我的胳膊把我推了进去。我用尽最后一点儿耐心问他："你就对我点个头也行，他好吗？"他在我耳边用一种类似威胁的语气小声说了句："离开曦岛！"说完，他转身匆忙地朝电梯方向跑了过去。

我停在门口纹丝不动，没明白李玉的意思。这时，一位接待朝我小跑过来，点头哈腰地对我说："要给您备车吗？"我看了他一眼，接着远处的六个保安一起跑了过来，他们见到我全部九十度鞠躬，更远处的一些西装革履的人看到后，也急忙对我点头鞠躬示意。我试探性地对保安问道："谁准许你们鞠躬了？"

保安吓得急忙一个深鞠躬对我说："英泓少爷，夫人这么多年都是这样要求的。另外，我们新来的保安没能第一时间认出您，都不知道您回国了，都以为您还在美国治病……不，是、是疗养，实在是抱歉，是我们的错！"

这就错了？怎么感觉唐英泓比唐英豪还要更让人害怕？不过命运还真是够精彩纷呈的，我微微颤抖了一下，将计就计地对保安说："送我去找我哥。"

保安急忙对远处的保安打了个手势，只见两个路口迅速被封锁，很快四辆黑色宾利朝我缓缓驶来，一辆停在我面前，司机下来鞠躬，保安打开车门，对司机小声说道："送泓少到本家六部。"

司机急忙朝我点头，眼神里有恐惧也有惊讶，估计所有人都在想唐英泓怎么突然从美国回来了，但谁也不敢多言。我坐在车里问司机："本家六部？是哪里？"

司机从后视镜里看了我一眼，又立刻把眼神收回去对我恭敬地说："英泓少爷，是大少爷住的赫伯亚酒店，可能您之前在国外，所以不知道本家又多了两部。"

"现在家里有几部？"我问道。钱真是可怕的东西。

"报告少爷，我们也是临时被通知，目前知道的就这么多。少爷这次回来待多久呢？还是用之前的玛莎拉蒂总裁接送还是说……"司机询问到这里估计意识到自己说错话了。

"这个我不需要告诉你。"我说道。

"是是是！我多嘴了！"司机不敢再搭腔。车子停到酒店门口后，他急忙下车给我打开车门，替我拿着书包，又和大堂经理说了几句。大堂经理也赶忙过来和我问好。

经理恭敬地递给我一张卡："少爷，这是家里新开的酒店，您还是第一次过来吧？"我没说话，他急忙小跑到电梯前面。我走过去，前台全体起立对我鞠了躬，经理替我按开了电梯，司机把书包递给我，两人一齐鞠躬。电梯门一关，我松了口气，但他们都没告诉我唐英豪住哪个房间。我刷了下电梯卡，液晶屏幕上闪动着四十四楼，电梯突然就启动了。

电梯门打开后，我走出通道，发现这部电梯只服务走廊尽头的一间房。浅卡其色和黑色搭配的实木门上只有一个金色的 K&Q 的标志，Q 是唐英豪英文名的缩写，那么 K 应该是唐英泓？我走到门前，试着刷了下门卡，门没有任何反应，我才意识到，唐家保安那边肯定是不会拥有唐英豪房间的房卡的。我触摸了下电子锁，锁上弹出让我输入密码的指令。完了，我根本进不去，就算是输入密码也只有三次机会。

突然间，我想起唐英豪和我说过他的手机密码。"……1231，是我弟弟唐英泓的生日，是我这辈子最在意的人的生日……"我吸了口气，在密码锁上输入了 1，2，3，1，锁上闪动了一下绿灯，门居然就这样又简单又困难地被打开了。

我小心地走进门里，脱了鞋，放下书包，只见巨大承重柱一侧的墙上是一幅大卫雕塑的黑色画像，正对面是一个宽阔的客厅，连接着一条将近百米长的走道，走道的木墙上挂着一朵巨大的赫伯亚，与白色的赫伯亚不同的是，这朵被涂成了显眼的红色。全屋均是颜色介于卡其色和驼色之间的木墙装修，灰木色的实木地板、灰色的地毯、铅灰色的巨大框架结构的落地窗……这和我预想的唐英豪的住所基本没有太大的偏差。我一直走到走廊的尽头，发现又出现了一个巨大的开放式厨房，餐厅和客厅几个功能区连在一起，三百六十度全是落地玻璃。在这个将近千平方米的顶层豪华公寓里，我找寻不到唐英豪的踪迹。我开始往相反方向跑去，经过了几间或者说几套房之后，走廊尽头出现了一扇半开着的玻璃门，这门通向巨大的空中露台。

　　我走到露台上，只见阳光穿透云层散落在桑拿板上。向上走了几个台阶后，我看到了从未见过的城市风貌，之前，我一直以为这样的露台一定是这个酒店的特色酒吧，但其实不是，本该用作公众区域的平台却只为唐英豪一人服务，寒冬里清洌的香气在空中舞动穿梭着。这世界本来就不公平。

　　等我走到露台前端往左侧一看，看到了建筑之外还连着一个露台。在那个连廊的露台里，我看到了这个世界上我最熟悉不过的人——唐英豪。他正背对我，坐在一条长椅上，但他对面的那张脸则彻底把我吓坏了。那张脸是我这辈子永远无法再次凝视的，他曾经像天使一样美好，但是有一天，面具被撕开，下面却露出撒旦的模样，但这位撒旦又时常落泪，愁苦起来像是受难的美好天神，于是每一面都能成立，每一面又都不能成立。万杰的样子一点儿都没变，甚至脚上也依然是那双我送给他的麦昆。

　　在万杰抬起眼看到我的瞬间，我条件反射一样迅速展开手臂挡在了唐英豪前面，直视着万杰："你要对我哥做什么？"万杰平静地看了看我，视线最后落在了我身后的唐英豪身上。我回过头看了看唐英豪："哥哥没事吧？抱歉，我来晚了。"唐英豪脸上没有一丝一毫的表情，他冷漠地看向万杰，没有看我一眼。

　　"你可真厉害啊唐英豪！小曦，录音笔我已经交给唐英豪了，你的好哥哥可真是煞费苦心呢！"万杰似笑非笑地说。

　　"你要做什么？万杰，这件事从来都是我和你两个人的事！"我对万杰呵斥道。

万杰突然用一种很柔软的眼神看着我，他深深吸了口气，走到我跟前。我甚至能听到他呼吸的频率，我的呼吸也变得急促起来。他在我耳边小声地说："小曦，以后都请你不要原谅我。"他说完，眼眶已经全红了。

"树屋的屋顶被我换成了玻璃的，记得回去看星星。"眼泪急速从他的眼眶涌出，像一阵海啸迎面而来。我伸在空中的手臂缓缓垂了下去。我不知道接下来该对他说什么。他退后了两步，把脚上的鞋脱了放到我怀里，对我说："以后的路，我自己走了……"

他头垂下去，眼泪"滴答滴答"地砸在地上。他微微笑着，像是有一些话在犹豫着要不要讲。我盯着他，眼泪也开始止不住地流，我只有一个感觉，就是心疼，无论发生过什么都已经不再重要了，眼前的万杰依然是这些年我认识的万杰，那个难过时会大滴大滴流眼泪的万杰。他很坚强，只会在我面前这样。我看到了他头低下来时露出的那块清晰的疤痕，那是初中时有一次为我打抱不平的时候被人打的。那天，他的头上脸上全是血，我吓得哆嗦着扶着他一直往医院方向跑。那天我对我自己说，就算颠倒世界，也一定彼此守护，可是后来我都忘记了。

我朝他靠近一步，他却迅速往后退了一步。他的胸腔好似在发出巨大的悲鸣声，我的手止不住地颤抖："万杰啊……"接着我听见他发出几声闷笑，朝我挤出一个极其扭曲的笑容，像是用尽了他浑身的力气。

阳光落在他的身上，为他铺上了恬静安然的瑰色，他突然回过头看了看身后的风景，阳光弥漫散开，灼热闪亮，天边掠过几只鸥鸟，勾勒着冬天难得的和谐景象。然后他满眼泪水，冲我爽朗地笑了起来，这一次，他一下就笑开了，这次是真的笑容，没有一丝一毫的伪装和为难："我说了你生日的时候带你来赫伯亚酒店，这次是你迟到了，但还是算我做到了吧！"

说完，他猛地朝露台边缘跑去。他站在露台极窄的水泥围栏上，面对着我说："生日快乐！"我急忙朝他跑去，但我的手刚刚触摸到他身上的时候，一只手从背后紧紧地拽住我。万杰整个人往后倒了下去，我只能眼睁睁地看着他的身体迅速朝地面砸了下去，即使是四十多层楼的高度，我仿佛还是听到一声巨大的闷响。

我似乎听到了胸口被狠狠撕裂的声音，趴在围栏上拼命地颤抖，大口喘息起来，但唐英豪没给我时间驻停，他用更大的力气握着我的肩膀，拉着我或者说是扯着我往露台一侧走去。我试图挣脱他的手，但他丝毫未有松手的意思。我一使劲儿，他没了耐性，一个反手钳制住我，把我推到了露台的逃生门前，冷冰冰地说："开门！用自己的手！"我打开门，他把我推进去，我重重跪在地上抬着脸看着他，久久不能平复。唐英豪脸上依然没有一丝一毫的表情，他缓慢地蹲了下来，慢条斯理地从裤子口袋里掏出一块手帕擦了擦他额头上那层细密的汗珠，然后擦了擦我脸上的眼泪，最后把手帕塞回口袋里。他对我做了一个"嘘"的手势，说："再坚持一下就好。"接着他站起身环顾四周，仔细检查着什么，然后看了看手表像是在等待着什么一样。除了两边各一扇的逃生门和刚从露台进来的逃生门外，这个密闭的空间里只有一些有英文标识的巨大管道。

我依然无法缓过神来，不受控制地哭喊着。唐英豪重新走过来，蹲到我面前，歪着头仔细观察着我的脸，半天后冷淡地说："张嘴！"见我没有动，他说："不听哥哥话了吗？"

我张开嘴，他又一次从裤子口袋里掏出那块手帕，塞进了我嘴里，然后说："会有点儿疼，稍微忍耐一下。"说完他又掏出一包类似湿巾的东西。我闻到一股丙酮或者酒精一类的刺鼻气味。他擦了擦我的手掌、脸颊，然后把湿巾塞进了裤子口袋里。他扯掉我嘴里的手帕，站起身打开门走了出去。关上门之前他对我说："乖。"

门关了起来，估计是有些缺氧，我开始感觉一阵头晕目眩。一声尖锐的爆破声从一侧管道传了过来，我闻到一股巨大的异味。我急忙站起身去开两侧的逃生门，却发现门被反锁了，那么只有唐英豪离开的那扇门可以逃出去，结果我一拉发现门也被反锁了。气味越来越浓，是瓦斯的气味，我重重地捶打这扇铁门："唐英豪！唐英豪！"但依然未见任何动静。

"唐英豪！唐英豪！"

"嗯？"门口有了动静。

我因为缺氧浑身一阵发软，只觉得恶心和乏力。我用尽最后的力气朝他喊："哥，快逃！快跑啊……跑……"断断续续的昏迷中，我看到门被打开了，几个警察、保安跟着唐英豪跑了进来，他一把抱着我："英泓！你醒醒！"我用尽力气对他呢喃："我没事，哥，走啊……"

我意识到自己被送到了酒店大堂，隔着玻璃，我隐约看到几个身着制服的人围在万杰出事的区域在确认着什么。透过围栏，隐约能看到一条白色的床单盖在他身上，很快，血迹浸透了床单。在那个雪后初晴的日子里，我感觉不到阳光的温度，只有寒风萧瑟。

第二天上午，我和唐英豪在警局被分开做笔录，我把自己经历的情况一五一十地告诉了警察。警察做完笔录后问我："你说明白了吗，还有别的要补充的吗？你到现场的时候，他就跳楼了，这之前唐英豪和他的对话你一概不知是吗？"

我急忙解释说："这件事和唐英豪没有任何关系，他之前甚至都不认识万杰，这都是因为我，因为我，他们才认识的。之前我和万杰产生了误会，唐英豪他只是想帮我，我敢保证，万杰的死和唐英豪没有关系！"

警察站起身对我说："你的这部分已经说得够明白了，唐英豪那边自然会有他自己的说法。"我也站起身对警察说："那我可以去和负责他笔录的警察说几句吗？这件事本身就和唐英豪没有任何关系。"警察没理我，打开门时，我看到了坐在正对面房间的唐英豪和给他做笔录的警察。

我急忙推开门对警察解释："这件事和唐英豪没有任何关系，你们千万不要为难他，他什么都不知道，他和万杰没有任何恩怨。如果万杰自杀必定有原因的话，那也一定只和我有关系。"

我说完后，唐英豪目光落到桌面上。警察回过头说："我们笔录已经做完了，唐英豪确实是清白的，只是你还有一些事情要处理。"说完，他又回头对唐英豪说："你等下他，他还得和我补一份笔录。"

我听完总算松了口气，对唐英豪点点头，他面色铁青。接着两个没见过的警察朝我走来，朝我比画了个手势，我被带进了另外一间审讯室。两个警察都走了进来，他们把手上的文件夹扔在桌上对我说："之前有过偷盗、潜逃和私闯民宅的记录是吗？"

"这些我都有证据能证明自己的清白。偷盗的事情，是因为万杰以前和我有误会，今天万杰给的录音笔就是证据。而说起私闯民宅，事情也不是你们想的那样，我是为了去救唐英豪。"我一直没坐下来，说这些话的时候异常平静，因为这都已经是板上钉钉的事情。

"那我们会继续调查的，但现在我们要问你的是，你听好了，范卓曦，是你因为个人恩怨，把万杰从楼上推下去的吗？"一个警察说完后，两道眉毛蹙在了一起。我张大嘴，眼神空洞，一时间不知道怎么回答。

另一个警察把我重重按在椅子上，我坐了下来，依然震惊地看着问话的警察。他把手搭在桌上，俯下身盯着我说："万杰和你分赃不均还害你顶锅，所以你们起了争执，接着，你们因为情绪激动发生了撕扯，最后造成了惨剧。你从逃生门逃走，结果瓦斯泄漏，你昏倒在了现场，后来是警察到现场发现了你。而万杰母亲刚刚过世，父亲也在三年前就去世了，所以现在他们家没人可以和你对峙，所以你才这么嚣张，是吗，范卓曦？"

我拼命地摇头，对警察解释："不是的，不是这样的！万杰嫁祸给我，唐英豪救了我，我一直在等万杰自首，结果这次回来刚见到他，他就自杀了。我和他是有误会，可是最后我们之间已经解开了，他给了唐英豪一支录音笔，里面记录了所有的内容。"

警察朝我身后的警察使了个眼色，我身后的警察便急忙出去了，不久唐英豪被带了进来，他低着头不看我。我眼前的警察回过头看着他时，他抬起眼对我说："录音笔？"

"万杰给你的录音笔！"我站起身对他说。

"他没给过我。"他表情疏淡。

"你杀了人后想从逃生门逃走，结果遇到瓦斯泄漏，这你怎么解释？"另一个警察拍了下桌子对我大声呵斥道。

"那是我当时情绪太过激动，过度呼吸，唐英豪带我去最近的密闭空间进行救助。"我也有些情绪失控了。

"那还把你塞进没有氧气的地方？"说完一个警察气得站起来跺了跺脚。

"他当时呼吸过快，我把他送到密闭空间增加呼吸中枢的二氧化碳含量，让他平复下来，并且，他当时激动到血管膨胀、体温升高，我还用酒精给他进行了擦拭降温。我当时确实有些慌乱，出门准备就万杰自杀的事情报警时发现门锁打不开了，后来你们就来了，飞速地到来了。"唐英豪的眼神这次终于停在了我脸上，他慢条斯理地说完，然后转身离开了房间。我看向警察连连点头。

我听见眼前的警察发出不耐烦的叹气声，他对我摇摇头说："好，就算这条成立，之前你的偷盗行径呢？你们这种惯犯我们见得多了！我再跟你说一次，别给我耍花招！天网恢恢，疏而不漏，你以为你这种小聪明能逃脱得了法律的制裁？你进来之前我们就调取了你所有的资料，如果你是清白的，这几个月你躲什么？"

"我，我没有，没做过！"我急切地解释着，你可以说我之前案子的证据不足以证明我的清白，你甚至可以说我今天有嫌疑杀了任何一个人，但不可以说我会杀害万杰、陷害唐英豪，因为，我不会这样伤害他们。

"你可能累了，人太劳累就会胡言乱语，这是可以理解的，你休息会儿。"说完，警察打开门，又进来了另外两个年轻警察坐到我对面，他们不说话，只是抱着手臂看着我。

我想着刚刚唐英豪对我说的话，心里想，万杰为什么到死还要撒谎？他是要对我们报复吗？这根本不合理，他甚至想要用自己的生命来报复我们，就因为唐英豪是郑艺玲的儿子？我身上有唐建宁的血液？

没过多久，我隐约听到了屋外有类似吵闹的声音，两位警察中的一位接了个电话后，站起身对我说："我们上二楼去吧，王警官临时通知换到二楼审讯室。"我站起身，跟着他们出了房间。刚出房间，我就看到几个警察围在楼梯口处，像是发生了什么争执。

"我们已经通知王警官了，请您耐心等一下。"我听到一个警察的声音，接着，我看到那位王警官从二楼楼梯走了下来，他冲人群中喊道："谁要见我？什么事？"

"这就是证据！"我听到这个声音的时候，整个人一软蹲在了地上，浑身失控地发着抖。两个警察把我架起来，我知道在他们看来这又是惯犯的把戏。那个声音继续说着："把我儿子放了！"

我一点点抬起头，看到所有人的目光都定格在了我的身上，包括那张我这辈子再熟悉不过、满是风霜、慈爱又严厉、像天使又似撒旦的脸。她看上去年轻了许多，妆容精致、滴粉搓酥，她的头发盘了起来，身上披着一条瑰丽的披肩，但无论她怎么变，我都认得她，我都爱她，我都恨她，她就是我的妈妈。

一片死一般的寂静里，只剩下王警官下楼发出的脚步声，他走到我妈面前接过一支跟万杰给唐英豪的一模一样的录音笔，这笔怎么会在我妈妈手里？王警官对几个警察说："小陈、小张，你们陪着去，再把人带回来。"

架着我的警察手上的力度明显小了许多，或者说变成了像在搀扶着我一样。我妈朝我走过来，突然哭得梨花带雨，她伸出手对我说："小曦，妈妈错了，妈妈不该怀疑你的。"我急忙往后退了几步，蹲在角落失控地尖叫了起来。王警官让两个警察把我带回了刚刚的房间，我妈被王警官带到了其他房间。

我像见了鬼一样，进了房间后就蜷缩在一个角落里。两个警察给我倒来热水，把空调热风打开。我感觉他们突然间信任我了，我的真实反应不再是他们刚刚所说的"小把戏"。后来，房间里只剩下了我偶尔的抽泣声和时钟"嘀嗒"的声响。

黄昏时分，王警官走进了我的审讯室，他朝我露出友善的笑容，一进来就对我说："你坐着啊，别蹲着。不好意思，因为好几件事要确定，所以花了很多时间。"我依然不动，盯着他的眼睛，迫切地想知道接下来还可以怎么样。

他对我说："我一件一件说，录音文件已经鉴定过，是万杰的声音，而且有录制时间，所以，这不是后期被强迫伪造的证据，你既不是小偷，也不是同伙。第二件事，万杰的死亡，确实有人看到了你们的争执，还有他的身上确实有你们的接触痕迹，我们才会起了疑心。但刚刚有位叫李玉的市民提供了监控，能看清楚你当时是去救万杰的，不是别人误会的你推他下楼。最后一件事，唐建宁先生说明了当时你闯入别墅是为了救唐英豪。抱歉，后续我们会按法规跟进，我代表公安机关向你道歉。"

我听完，整个人像被抽空了一样没有了力气。王警官走到我旁边看了看我，叹了口气说："对不起，让你受惊吃苦了。孩子，快回家吧。"我不说话。这时候，门口出现了唐英豪的声音，他故意把声音抬高说："王警官，怎么，还要再审讯一遍吗？"

王警官回头看了他一眼说："我知道自己在做什么、该做什么，希望以后别再有在警局碰面的机会。"

唐英豪走进来对我说："走吧。"我抬起疲惫的眼睛看着他，他拉了我一把。我跟着他朝门口走去，其间我左顾右盼，就怕见到王警官口中刚说的那两个人：我爸和我妈。

走出警局，昏黄的灯光下，街道像风平浪静的河面，蜿蜒在树影里，我果然见到了他们。如果小时候能看到他们这样在一起，我得多开心，可今天在唐英豪面前我却无地自容了，我恨不得挖个洞钻进去，什么都不管不顾不问，再也不出来，就这样一了百了算了。

他们看着我，我妈朝我走过来，我惯性地躲到唐英豪身后。唐英豪和母亲四目相对，有一种类似警告的意味，他对我妈说："小曦只想回家。"我妈听了，反应了半天后说："孩子，我是他妈妈，你是不是误会了？"

"没误会，我记得您，之前咱们在公园见过一次，那一次没打招呼。今天，正式介绍下我自己，我叫唐英豪，你身后的男士是我爸爸。"唐英豪说完后，微微扬起后脑勺。唐建宁颤颤巍巍移动了两步，扶住了身后的围栏。

我妈看着眼前这个桀骜的男孩，嘴角微微颤抖着，用一种类似较量的眼神瞪着唐英豪，然后白了唐英豪一眼，退后了一步。

唐建宁终于说话了，他对我妈说："我看可能俩孩子最近经历了太多的事情。孩子可以先送到我那儿。您可以放心，我是唐英豪的父亲，叫唐建宁，我给您留个联系方式。如果不放心，您随时可以过来看孩子。您不能硬把他带回去，这要再出个什么岔子就不好了。"

现在看来，那天的唐建宁依然在为唐英豪做着最后的守护，但他委曲求全的样子已经打动不了在场的任何人，自己妻子刚抢救过来，他就带着情人来警局接两个儿子，完了还得和情人装出一副第一次见面的样子。

我妈朝唐建宁挤出个笑容，发出一声冷笑："初次见面，你好，唐建宁先生！"

"没我的允许，谁也不许到赫伯亚。你不去照顾妈妈吗，那个你最爱的女人？"唐英豪冷冷甩出这句话后，回过头对我说，"走吧。"唐英豪自始至终就没给爸爸和我妈妈好脸色。冲我妈，他讨厌她对我做的一切；冲我爸，不对，冲他爸，他还在为他爸不送他去美国念书怄气，这是一场旷日持久的战役。

我回头用眼睛的余光扫了我爸妈一眼后，就跟着唐英豪走了。我其实不敢抬眼看他们，但最后那一眼是有明显的警告意味的，他们肯定明白我的意思。我不希望他们再有任何牵扯，即使他们只是在我和唐英豪离开后单纯地讨论这件事都不行。站在唐英豪的立场，我不允许。

我跟着唐英豪上了车。李玉从后视镜和我目光相接的时候，我第一次觉得他的眼神不再像从前那样凌厉，但里面依然有责备的意味，好像在问我为什么不听他的话离开曜岛。

唐英豪看着窗外冷不丁说了句："隔帘！"李玉按动按钮，灰蓝色劳斯莱斯升起了隔帘。我想起我们第一次见面那天的情景。唐英豪降下窗户，冷风吹进车里，我望着哥哥的侧脸，微风吹拂着他细碎凌乱的头发，不知道该从哪一句安慰他。从再见到他开始，我感觉他完完全全变了个人，不苟言笑、面若冰雪，像当时时令气候下的气温。

车驶入了酒店北侧专为赫伯亚酒店修建的长桥。在桥中央时，唐英豪按了下手边的按钮："停车！"车停到一侧。此刻，海面风平浪静，李玉停好车后，恭而有礼地对唐英豪说："少爷，连桥和北门都关闭了，本家六部现在的气温是八摄氏度，南风一级，请注意保暖，我在北门 C 口等您，祝您晚安。"

暗夜里，微弱的海风混杂着赫伯亚酒店花园的香气，轻轻拂动着海面。两年前，这座桥的照明获得了 IES 照明奖。当时远看没明白特别之处，此刻一团光晕正不偏不倚地落在唐英豪身上，我甚至感觉他的四周包围着一层薄雾，让他看上去盛气凌人，照明设计的精妙之处或许就在这些我难以形容的美学氛围里吧。他盯着墨色沉沉的海面，像在思考一件百思不得其解的事情一样，专注中又尽是失落。

"今晚先放我们一个假吧，所有的事情明早再继续。"唐英豪冷淡地说着。我完全理解他现在的疲惫和感受，但我还是想安慰他，哪怕只是告诉他，我会一直一直陪着他，请他不要像第一次见面那天那样，告诉我在他这样的世界里生活的感受是：孤单。

"哥，很抱歉，我回到曜岛才知道发生了什么事，要不你去看你妈妈吧，我没关系的。"我总归要说些什么的。

他很用力地闭上眼，叹了口气。我顿时明白这不是一个他现在愿意聊的话题。他说道："我就算见到她，事情也没有任何再改变的可能。"然后他缓缓睁开眼，转过脸看看我说："恭喜你，范卓曦。"

"恭喜我？"

他不说话，就那样看着我，后来，他想了想，轻描淡写地说："现在不是一切都水落石出了吗？你已经获得了你最想要的清白。"

"如果不是哥哥，我也等不到这天，所以以后，我会按之前约定的那样，你要我做什么，我就做什么！我这条命不早就是哥哥的了吗？"我说完，定睛看着他，满是心疼，我第一次见到这样的唐英豪，我完全理解他现在经历的一切，别说他和他母亲关系那么亲密，就算那个和我万般隔阂的妈妈自杀未遂，我的世界也一定会变成满是桎梏的牢笼。

"很好，那就容易多了，你记住你说过的话！"他说完双手插进裤袋里，朝我走了两步，几乎碰到我的额头。我看到他眼睛里布满了血丝。我再也控制不住自己，伸出手一把抓住他，一种近似心力交瘁的情绪突然袭来，我等这个结果等了那么久，这本应该是值得庆祝的事情，但看着这样的唐英豪，实在太让我心疼。

"我很在意你。"我说着，噙着眼泪，就是不敢落下来。持续了许久，他都无动于衷，但即使是这样，我也不在乎。

"英豪少爷！"身后传来熟悉的声音，我回过头看到了气喘吁吁的李玉。他看到我抓着唐英豪后，急忙低下头装作没有看到一样，但即使是那么 0.01 秒钟，我还是感觉到那个眼神里有风雪凛冽的意味。我没有松开手，反而抓得更紧。

唐英豪扯开我的手，对李玉应答："嗯？"

"是夫人！在酒店大堂！"

"什么？！"唐英豪诧异地问道。

"是的，就是现在，在酒店大堂，包括客梯在内的酒店所有电梯已经停运，八个出入口全封锁了，不会有媒体进入，暂时能保证不会有风声传出去。"李玉说完做了个请的手势。

唐英豪急速朝酒店大堂跑去。虽然我完全听不懂他们在说些什么，但我还是跟了上去。

刚跑进大堂，就见一圈酒店的职员围着郑艺玲和她身后的两个看护，像是在隔离着她们一样。唐英豪冲进去朝两个看护呵斥："怎么会让妈妈过来的？你们别干了，现在就给我滚！"

突然郑艺玲跟癫狂了一样扑向我："英泓！英泓！你真的在这里！"所有人的目光都投向我，我瑟瑟发抖，望着唐英豪，不知所措。而郑艺玲一步步靠近我，声音从声嘶力竭变成了唯唯诺诺。

众人用一种讶异的眼神看着我，他们惊奇的是为什么郑艺玲不知道唐英泓回国了，而不是为什么郑艺玲把我认成了她小儿子。唐英豪跟了上来，有些恼羞成怒地回头对着一群人命令道："备车！送夫人回去！"

郑艺玲拉我的手臂："英泓！英泓！你这次不走了吧？妈妈都听你的……"

唐英豪上来搀扶起郑艺玲："妈妈，我们回家。"郑艺玲像没听见一样，手颤颤巍巍摸到我脸上说："英泓！我的英泓！你真的好了吗？你回来，妈妈就不死了，妈妈能见到你就一定会好好活，再也不死了。你叫妈妈一声啊，叫声妈妈！"她的眼泪簌簌落下。我盯着唐英豪不知道该怎么办。唐英豪沉默了许久后，对我轻轻点了下头。

"妈妈……"我听到自己喉咙里发出声音，只见两个人迅速过来扶起郑艺玲。唐英豪拉着她往大堂门口走去，其余的工作人员都在现场待命，只是他们都不敢看着我，像犯了弥天大错一样。

几分钟后，唐英豪重新回到大堂，他对众人说道："这几天酒店发生了太多事，我不希望再有人讨论。还有，夫人今天没来过这里。电梯、通道、出入口全部恢复，给所有受到影响的客人升级套房，套房不足的话免除当晚费用，大家晚安吧。"李玉一听，急忙上前对唐英豪说道："少爷，因为本家六部是对外开放的，所以当时没有安装信号干扰器，所以，你看手机要不要检查一下？"

一旁的大堂经理急忙上前说道："一定挨个检查，请少爷放心！"

唐英豪："不用检查，手机全部销毁。"

众人一听开始交头接耳起来，一个身着制服的男服务员抬起头说："那个，少爷，我的……不能销毁，我的资料……"唐英豪不耐烦地对他说："'不能'这两个字我还是第一次听说，是什么意思？我听不懂，去给我按电梯。"

经理急忙鞠躬："我会处理！"

"手机我赔，型号任选，年关将至，这个月按三薪给大家发奖金吧！"即刻，人群里除了刚刚那位男服务员很小的抽泣声外，没有一点儿声音。

"英泓。"唐英豪叫了我一声，朝电梯走去。我跟在他身后，经理快速且小声地在那个男服务员面前说了句什么，那个男服务员极不情愿地到电梯前面给唐英豪按了电梯。

我们上了电梯后，看到那个男服务员仍旧在流眼泪，甚至有些失控地发起抖来。在他的眼泪滴在地上的瞬间，唐英豪看了他一眼对经理说："让他把地擦干净再解聘。"经理鞠躬："是！"男服务员开始失声大哭起来，电梯门"嗖"一下关了。

电梯停在四十四楼。电梯门刚打开，我就看到四个身着西装的男士戴着白色手套在小心翼翼地摸着地毯，像是在检查或者寻找什么一样。见到唐英豪，他们急忙站起身："您回来了！"唐英豪没理会，带着我和李玉进了房间。进门前，他们异口同声地说道："晚安，英豪少爷、英泓少爷。"

门关上后，李玉急忙先进屋准备着什么。我看到屋内各个地方的灯亮了起来，唐英豪则回过头，伸出手摸着我的头，那是一种我从来没有见过的眼神，这是我这些天来第一次见他笑，但他的眼睛里又满是泪水。空气变成了寒流，我的心跳"怦、怦、怦"越来越剧烈，一种难以平复的呼吸频率让一切变得更加毛骨悚然。

"今天起，你做英泓吧。"他说这句话的时候，完全没有了刚刚的疾言厉色，像是一种哀求，又伴随着一种巨大的妥协和绝望。

李玉出现在他身后："客房准备好了。"

"不，今晚，英泓和我聊聊。"

Chapter 09　有备而来 为时已晚

生命如横越的大海，我们相聚在这条小船上，死时，便到了岸，各去各的世界。

——泰戈尔

我伸出手按动了一下印着"D-MODE"的按钮，只见全屋台灯、落地灯、顶灯和各处隐藏的光源都缓缓变暗，所有窗帘都徐徐打开，和煦的阳光从巨大的落地窗照进来，照在前面的地毯和迷你吧台上，我的影子也映照在光面的玻璃上。唐英豪的卧室紧挨着露台，我看到他在露台上背对着我操作些什么，李玉则在一侧笔挺地站着。我看了看时钟，已经将近正午十二点，这是这些日子以来我真正睡得最好的一个觉，毕竟许多事情已经真的结束了。

　　我站起身，往一侧宽敞的卫生间走去。这是一个开放式的卫生间，所有墙面、地面都铺着白色灰纹的大理石，而卫生间背面则是一个巨大的衣帽间。我简单洗漱了一下，穿了件浴袍走出卧室，朝露台走去。

　　柔和的光线从开放式厨房的金属光面操作台折射到正在准备咖啡的唐英豪的脸上，他此刻正把几个不同颜色的咖啡胶囊塞进咖啡机里。只见他伸出手指轻轻按动了一下咖啡机按钮，接着咖啡机发出一声"吱——"的悠长声音，他拿起咖啡杯凑到鼻间轻嗅了一下，抬起眼睛看了我一眼，朝我笑了笑说："Ristretto?"

　　"好，谢谢！"我回答。

　　李玉的眼神还停在海天相接处。唐英豪做好咖啡后，我伸出手准备接过来，他没给我，而是继续端着咖啡说："小心烫！"接着他绕过露天的操作台走到餐桌前，弯下腰把咖啡放在餐桌上，转过脸笑笑说："快过来喝咖啡吧！"说完，他把我按到了椅子上。

　　我一听有些没反应过来。他朝我点点头后，我才算松了口气，他脸上的愁云已经没有了踪迹。他坐到我对面，对我说："我这两天不太好，因为我妈妈的事情，你也都看到了，吓到你了吧？"

　　我急忙说："不会，不会！发生这么大的事情，如果换作是我，估计更糟糕。而且，我看你妈妈现在恢复过来了，你也不要这么担心了。"他抬起眼睛看了我几秒后，说道："我妈妈的情绪现在还是不太稳定，以后，可能还有需要你帮忙的地方，你能帮我吗？"

　　"随时都可以！什么都可以！"我对他说完朝他粲然一笑。

他满意地点点头，然后，转过头对一侧的李玉说："我让你给万杰葬礼送的东西，你现在去安排一下吧。"

"是，我现在就出发。"李玉说完，看了我一眼，像是在迟疑什么，接着消失在了露台上。

我站起身："今天是万杰的葬礼吗？"虽然之前我一直不愿意去想这个问题，但我确实应该冷静下来接受这一切了。

"嗯，法医那边通过了，也该办了。我正想问你，你想不想……"没等他说完，我就急切地说："我想去！"

午餐后，唐英豪带着我走进一个很大的更衣室，对我说："找两件你能穿的衣服吧。"

我环顾了一圈后对他说："这些都是你的衣服啊，我穿不了吧？"

他走到一个衣柜旁扯了两套衣服扔给我，慢条斯理地说："我三年前的，不是新的了，所以……"

"我不介意！"我接过衣服换上。他饶有兴致地在试衣镜后面看着我说了句："以后经常这样穿吧。"

上了一辆黑色的宾利后，我才注意到司机是前些日子从父亲公司送我到赫伯亚的那位，他像之前一样毕恭毕敬地问候我们，当他询问"请问英泓少爷，您的备车决定好了吗？是之前的玛莎拉蒂总裁吗"时，我没作声，唐英豪冷冷地"嗯"了一声。

到达殡仪馆的时候，唐英豪先下了车，我跟在他身后。我们一下车就看见了李玉，他站在那儿一动不动，甚至都没有朝我们打招呼。不过正是因为这样，他才是李玉，那个临危不乱、泰然自若，随时都可以像个精密仪器一样处事的李玉。

这是我第一次到殡仪馆，这里完全没有我想象中那种压抑灰暗的气氛，反而凉风习习，四处布满了各种植物，有葱郁的大树，也有矮小的花丛，几栋古旧洋房上爬满了已经干枯的青藤。这里也没有刺鼻的气息，只有一些泥土和树木吐纳的清新的气息，可能这就是大家理想中的人生的最后一站吧！

我们走进殡仪馆里面，刚看到万杰那张遗照，我的眼泪就止不住了，那是我们去年夏天一起拍的证件照。那时候，我们一起去办了护照，准备着我们的第一次出国旅行，这才不到一年的光景，那张硬挺的证件照上干净爽朗的笑容就成了他留给这个世界最后的笑容。我们还有很多约定没有完成，还没有等到这次误会结束后，围炉夜话，相互指责，然后再带着满脸泪痕嘲笑对方哭得难看的样子。

一侧的几个长辈站起来和我们行礼，一个阿姨突然过来一把抓着我问："你就是范卓曦吗？"唐英豪甩开她的手，挡在我前面问："万杰的死和他没关系，你们想干吗？"

阿姨眼眶霎时红了，她对我说："我是他姨妈，前些日子才刚送走万杰的母亲，今天又来参加他的葬礼，谢谢你这时候还能来看他，他做的事情警察和我们说了，当时可能有什么不得已的苦衷。后来，估计是因为他爸妈都没了，一时看不开，我们也和你们赔个不是！"

唐英豪听完松了口气，坐到一旁的椅子上，跷起腿对我说："有事就叫我。"

印象里，万杰只和他母亲相依为命，平日里和我走得最近，也没听他说有什么别的亲戚，所以，我一时间也不知道该对这突如其来的"姨妈"说些什么，不过，现在说什么也都已经太晚了，一切都已经没有意义。我早已经原谅了万杰，而万杰，也是真真切切地、永远地离开了我们。

"事情已经过去了，那就让它过去吧。我今天过来就是和他告别的，我想送他最后一程。"我说完感觉到自己开始不受控制地瑟瑟发抖，我从未想过有一天会以这样的方式来参加万杰的葬礼。

"小曦。"我循着声音回过头，看到了我妈。我后退了一步，唐英豪见势急忙朝我们走了过来，他拉了我一把说："走吧！"我盯着我妈，比起之前的恐惧，现在对她更多的是发自内心的不理解和轻视。今天的她没有了平日里的艳丽妆容和五彩斑斓的衣饰，一身黑色的装束下，她的脸色看起来有些苍白。我突然觉得她老了，又或者像是生病了一样。

旁边的阿姨急忙上去向我妈行礼，我妈也回了礼，接着万杰的亲属们继续忙碌了起来。这时我妈走到我们身边，有些鄙夷地看着唐英豪说："昨天都没来得及和你聊几句，万杰这些日子也一直在找小曦，结果一直没找到。昨天在局里给警察的录音笔就是万杰给我的备份，他告诉我还给了你一份，看来这中间有人撒谎了啊。"

"所以，我也不觉得他的死有什么值得可怜的。"说完，唐英豪戴上墨镜，带着我准备离开。我妈追上来说道："小曦，你真的不跟我回家吗？"

"家？以后有我的地方才是他的家。"唐英豪回头对我妈说。虽然看不到他的眼睛，但我仿佛能看到此刻他锐利的眼神。

"家永远只有一个，他迟早都是要回家的，你就这么有信心吗？"我妈说完，脸上露出一种近似扭曲的笑容，又像是自鸣得意一般。

唐英豪松开我的手，对我妈说道："你对他做过什么，这就忘记了吗？我都不用费一点点力气，范卓曦就会跟着我走，你信不信？"

"小曦，跟妈妈走！"我妈拉起我的手，却被我一把甩开了。她怔怔地看着我。我拉起唐英豪的手说："走吧！"唐英豪满意地大笑起来："哈哈，你又忘记了，是不是该对我有个称呼啊，小曦？"

"哥哥。"我说完，唐英豪满意地摸了摸我的头，脸上露出有些狰狞的笑容。我拉着唐英豪说："哥哥，走吧！"

我妈气急败坏地对唐英豪喊道："你现在算是以其人之道还治其人之身吗？！"唐英豪没听明白，吸了口气。我急忙拉着他："我求你了，走吧！我求求你，哥哥，哥哥！走吧！"唐英豪没再回头。

妈妈到底有什么立场对唐英豪说这样的话？自己差点儿就做了拆散别人家庭、夺走别人幸福的罪魁祸首，在我想着赎罪的时候，她还在想着伤害别人，我身上究竟为什么要流着这种人的血液？！

唐英豪站在一侧抱着手臂，我在灵堂对万杰鞠了个躬，然后走到台前，擦了擦他照片的镜框。万杰，你最后也已经交出了证据，一切都有了答案，你为什么还要这么决绝地离开这个世界？这个世界真的就没有一点儿值得你眷恋的地方了吗？

万杰的尸体火化之后，他姨妈捧着骨灰坛对我们说："三天后，到万杰的老家来吧，我们找了个大师给他做法事，不然，他回不了家。"

道别后，我和唐英豪朝停车场走着。李玉走在最前面，全程都离我们很远，他一直都没进灵堂。他总是以这种忽远忽近、若有似无的方式守护着、保护着我们，只是我们总选择看不到，可能等他哪天突然消失了，我们才会记起他存在过的身影吧。

海风阵阵吹在耳边，澎湃的海浪连绵汹涌，虽然是个大晴天，天气却寒冷得刺骨，那个冬天就那样冻裂了本应该平淡安宁的生活。我停了下来，看向远处，大地和天空依然静谧得出奇，丝丝浮云静悄悄地流淌着。唐英豪冷不丁问了句："你不会去那个女人那里吧？"

"不会。"我说完，他回头看了灵堂一眼，表情冷漠地对李玉说："你送他回赫伯亚，我坐刘司机的车去我妈那里，看好他。"他说完，一直在停车场等候的刘司机打开车门对他做了个"请"的手势。

直至深夜，唐英豪也没回来，我侧躺在床上，看着月亮安静地沉入汪洋。城市远离了喧嚣，睡眠长出了翅膀，飞得无影无踪。我起身，朝露台走去，夜里的海风特别冷冽，它裹挟着我的头发、肌肤。滔滔白浪像从天边而来，然后小心翼翼地触摸着海岸线，奔流不息，悠长温情，只是，海水终不能感动大地，世界便永恒地有了海和陆地。

这时，我听到旁边有几声玻璃瓶响动的声音，走过去一看，李玉正坐在长椅上，手里拿着一个酒杯和一瓶伏特加。他见有人来急忙站起身，身上依然是白天穿的那套黑色西装，白色衬衫、黑色领带，永远是随时待命的状态。看清是我之后，他又缓缓坐了下去，脸上一副森然的表情，可能是我打扰了他的好兴致。他本就不需要臣服于我，所以他在我面前没有拘束反倒让我舒服。

我走过去坐到他旁边。他并没有打算往旁边移动，对我还是一副漠然审视的样子。

"给我一口吧。"我对他说完，没等他回应就伸手把他手里的杯子抢了过来，把他喝剩下的一小口酒清空了，然后从他另一只手上把酒瓶抢了过来。

"谢谢你找到了监控，替我洗脱了谋杀万杰的嫌疑！"我对他说。他目视着远处的海洋不言不语，他是不会和我说话的，于是我自顾自地说："就算是唐英豪让你去找证据的，那也是你找来的，这一点真的很谢谢你！你不用觉得有负担，我没想让你对我改观，也不觉得自己需要向你证明什么。"

李玉迟疑了几秒后，站起身准备离开，没打算和我聊。我又倒了一大杯喝下去说："但我是个人啊。"他听到这句话，回过头看着我，虽然他的表情依然冷峻，但可能是我喝了酒的缘故，总感觉他至少也因为我那时的真情实感动容了 0.01 秒。

我喃喃道："我也会想倾诉。"他眼神飘忽不定地晃了一下。我站起身走到围栏边："我害怕给唐英豪带去伤害，很害怕！"说完这句话后，我颤抖着蹲到了地上，我想起我妈今天在殡仪馆差一点儿就说出些什么的情景。久久地，我只听到自己闷声哭泣的声音，四周没有一点儿声音、一丝安慰，我抬起头看着李玉，他打量着我，眼神落在我身上就像一把匕首，我朝他笑："就一晚，陪我聊一晚，我一定可以好起来，我在唐英豪面前不能这样，就一晚！"李玉听到这里，转身走回椅子那儿捡起酒瓶和杯子放到了我前面，然后利索地消失在了我面前。

三天后，我、唐英豪和李玉如约到了万杰家里送他最后一程。我们到达的时候，屋子里除了万杰的姨妈和姨父，还有两个穿着奇异的神婆，其中一个画了特别细的眉毛，脸两侧各点了一颗痣，穿着一身朱红色的袍子，另一个人脸上蒙着一层黑纱，嘴里正振振有词地念叨着什么。

桌子中央是万杰的骨灰坛，旁边依次放着茶酒饭菜，地上是一个六芒星的图案，每个三角形里都有一条已经干枯了的眼镜蛇，一侧的小桌上摆着万杰的一件球衣。

我有些害怕。唐英豪拉了我一把，我躲到了他身后。几分钟后，其中一个神婆走过来对唐英豪说："你们是最后见到逝者的人吗？"

"是！"唐英豪和我异口同声地说道。

"好，跪下吧！"神婆说道。

"跪下？你知道你在说什么吗？"唐英豪大声呵斥道。我急忙跪下，并安抚他说："这只是个纪念仪式，哥哥，你就让万杰安心地走吧！"然后我又转头对神婆说："我跪，我是最后见到他的人！"

唐英豪拉了我一把："这是邪教祭祀吗？起来，范卓曦！"我叹了口气，站起身。唐英豪的脸一阵铁青，他瞪着邀请我们过来的万杰的姨妈。她急忙解释："不是的，不是的！这只是我们乡下的一个习俗，哪里来的邪教啊，不是你们想的那样！还有，你们应该都知道万杰爸爸是无辜的吧？"

"李玉，她们再不走就报警！"唐英豪发号施令，只见两个神婆一溜烟儿从屋里消失了。万杰的姨妈叹了口气说："可见那个公司有多厉害啊，让所有人都相信那是一个邪教活动，其实那根本就只是一个意外！"说完，她朝以前万杰的房间走去。万杰的姨父走到我身边说："你们真的误会了，但我们不强求你们相信我们，你们也别在意，我们没有恶意，只是想小杰走得安心些。"

突然，万杰屋子里传来一声尖叫，我们急忙跑进去看，顿时被眼前的景象给吓住了。我整个人吓得跪在了地上，万杰房间的一角是一具已经开始腐烂的男尸。唐英豪也吓得往后退了几步。我吓得捂住嘴，尽管我已经尽全力让自己克制，但还是感觉到一阵恶心。万杰姨妈声嘶力竭地叫着，吓得躲在她丈夫怀里。

这时唐英豪对李玉喊道："报警！报警！"李玉急忙把唐英豪扶出了房间，他对唐英豪说："那个人，好像是张大川！"我跟了出去，所有人都下到一楼，等警察到来。

在警局做了笔录之后，我们一行人依然是惊魂未定的样子，最近发生的所有事情好像都没有尽头一样。

后来我了解到，死在万杰家里的那个人曾经是唐英豪家里的司机，但那已经是许多年前的事情了，他曾经偷过唐英豪家不少东西，被开除后便在社会上四处坑蒙拐骗，专做缺德事。

回到家，我就和唐英豪不约而同地脱了所有的衣服，跑去卫生间冲了个澡。从房间走出来后，我见李玉也换了衣服，而我们脱下的那些衣服全不见了踪迹，刚刚经历的一切就像从来都没有发生过一样。我和唐英豪坐在沙发上，久久不能平静。

接下来的几天，全市都因为这个案子把之前有关万杰父亲邪教祭祀的报道重新翻了出来，这次的口诛笔伐在全国蔓延开来。我每天都在等调查的最新进展，失眠开始越来越严重。

有天傍晚，我听到客厅传来唐英豪的呵斥声，走近后，看到背对着我的唐英豪狠狠给了李玉一记耳光。李玉嘴角有一丝血，双手背在身后。我停在门口，没敢再继续往里走。唐英豪把双手合在一起，活动了一下关节对李玉说："抬头！"李玉听话地抬起头，端正地看着唐英豪的脸。唐英豪猛地扬起手，又是一记响亮的耳光，最后，他伸出手一把扯住李玉的头发把他的头往餐桌上一按。李玉那张精致的脸重重磕在了桌子上。李玉尽管已经满是伤痕，脸上却没有半点儿委屈或者不满，连眼角都没有一丝泛红的迹象。

"敢私自去找监控！李玉，你现在胆子真不是一般地大啊！"唐英豪再一次伸手提起李玉的衣领。我急忙跑上去拉住唐英豪："别打了！为什么要打李玉？！"

唐英豪回过头看到我，若无其事地喘着气。我把李玉拉到一边，唐英豪瞪了我一眼，朝李玉说了一个字："滚！"说完，他气喘吁吁地朝自己房间走去。李玉恭敬地给唐英豪鞠着九十度的躬。

我坐在另一边的大客厅里，想到唐英豪面目狰狞地打李玉的样子，觉得后背发凉，我不知道他们说的监控是什么，我谁也帮不上，但我总感觉，从我这次回曜岛后，一切不但没有好起来，反而在往更严重的方向发展。

天黑后，在我注视着窗外的夜色发呆时，听见了唐英豪从走廊远处走过来的声音，从他的步调我能听出来他有些愧疚。他走到我身后，把下巴放在我肩膀上，玻璃窗上是我们的倒影，此刻他正冲我笑着说："告诉哥哥，你晚上想吃什么？"

"我没胃口。"说完，我站起身离开。他抓着我的手臂往后重重一拧，对我说："你这是什么态度？！"

"态度？我从什么时候开始和你说话需要用态度了？"我试图挣脱，但无济于事。

"我不许你这样和我说话！"他用了更大的力气。

"痛！你放手啊！"我对他喊道，但他没有松手的意思。我用力顶开他，他才松开了手。他瞪着我，呼吸变得很不平静，颈部和额头的青筋都凸了起来，他的手臂在握紧拳头后显露出更加清晰的肌肉线条。我看着他，突然觉得他好陌生。我站起身，从他身边快步经过，往门口跑去。在我气冲冲地准备离开他的住所的时候，潘突然跑出来挡在我前面，就像突然能懂我的委屈一样，舔了舔我的裤脚。

我想起在 NEVERLAND（永无乡）的日子，那时候，我们想尽一切办法回曜岛，逃离那个地方，现在回到曜岛了，我却开始无限怀念那段时光。唐英豪快速走到我前面，挡住出口："不早了，去洗澡，睡觉！"

"我不走，我只想下楼走走都不可以吗？"我失控地哭了出来，几乎是哀求他。

"不可以！"他额头上浮现出一道道青筋，眉毛甚至一根根竖了起来。他的眼睛瞪得很大，瞳仁抽动着。那一秒，我相信，他真的可以轻而易举地杀了任何一个人。我绕开他朝房间跑去，然后听见了他在我身后反锁房门的声音。

夜里，唐英豪睡得很沉，我一直没睡着。我从床上起来，穿着浴袍朝露台走去。唐英豪在的夜里，李玉是不敢到露台来的，但今天却不一样，此刻，李玉像那晚一样一个人坐在长椅上，身边依然是一瓶伏特加和一个玻璃杯。斑驳夜色里，我依然能看清他布满伤痕的脸。他见到我急忙站起来，我立马伸手拦住他说："别走！你等我！"

接着我跑回屋内，急急忙忙从储藏室的药箱里翻出了消毒药水和医用止痛药，回到李玉面前："哥哥这些天因为他妈妈的事才会这样，你别怪他！"李玉抬起眼愣愣地看着我。我把酒精棉球往他眉骨的地方擦了一下，他发出"嘶"的一声。

就在这时，整个露台的灯亮了起来，我回头一看，唐英豪正站在我面前。

李玉吓得急忙站了起来，朝他颔首致意。我缓缓站起身看着他。他抬起头，闭着眼睛深深地吸了口气，然后缓缓低下头。那晚，我第一次见到他那么锐利的黑眸，深不见底，他浑身散发着一种傲视天地的气息，悠然地踱着步子朝我走过来，我的呼吸变得急促起来。

他朝我鬼魅一笑，接着，我突然感觉到自己脸上一阵刺痛，他的手在空中甩了甩说："混蛋！"

我看着他，完全没反应过来，也不知所措。他没等我说话，极不耐烦地叹了口气说："不用这样看我，是你逼我的！还瞪我是吧？"

"少爷！明早九点警方就会公布案件侦破结果！"李玉急忙上前对他快速地说道。

"你去卧室，我和李玉有话说！"这次唐英豪停在空中的手在我脸上轻轻拍了拍。

我回到客厅，一把把潘抱起来，找到那个从 NEVERLAND（永无乡）带来的书包，准备离开赫伯亚。我不是离开，只是想透透气。我不会放开你，我说过我不会放开你，就不会离开。我刚走出房门，唐英豪就跑了过来，他一把把潘抢了过去，接着另一只手抢走我的包，对我说："我允许你走了吗？"

我拼尽全力从他手上抢包，他把包扔了出去，我听到一声清脆的响声，急忙跑过去打开包，装着花的玻璃罐子碎了，唐英豪送我的纽扣和打火机都被摔了出来，我发疯似的用手扒拉开碎玻璃，小心翼翼地捡起那株赫伯亚。那是在 NEVERLAND（永无乡）的时候唐英豪送我的花，那天是我的生日，我们等来了初雪，他告诉我生活会出现转机，一切都会好起来。我的视野变得模糊起来，眼泪滴在我手上，不是因为我看到了自己满手的血迹，而是觉得有些东西就这样永远被摔碎了。我把它们放进包里，潘已经从我们视野里消失跑到里屋去了。

唐英豪突然急忙从身后拉住我："对不起，你打我一耳光，我们扯平，好不好？"我感觉到几滴滚烫的液体，或许是眼泪吧。

我全力挣脱他："我过几天就会回来！我以前说过，我这条命都是你的，只要你要，我随时可以给你！但现在，至少现在，求你让我离开！"

我站起身，朝门口走去。他定在原地，没有再追上来。我关门离开前，他冲我喊了一句："你要带走的宝贝就是这破烂玩意儿吗？李玉！"

电梯口，李玉急忙帮我按了电梯。电梯到达后，我走进去，关门前，他猛地一只手挡住电梯门叫了声我的名字："小曦！"

我朝李玉摇摇头："求你！别说了！"

接着电梯门关上，我随着电梯降到了一楼，大堂经理见到我，急忙帮我安排套房，估计他已经接到了唐英豪的电话。我拒绝了，让李玉把车开到我家，无论去哪儿我都得有一个能过安检、能住酒店、能离开的证件。

家里的指纹锁没换，寒凉的月光照进房间，静静地流泻一地，形成一道道斑驳陆离的痕迹，那隐藏在暗夜里的东西也被袒露在这银白之下。

我打开抽屉开始翻我的东西，证件不出意外地被妈妈收起来了，我不耐烦地去叩她的房门。半天没听见动静，我便推开了房门，结果看到我妈倒在地上，我脑子里"轰"的一声，继而慌张地跑进去跪倒在地上，失措地晃动着她的身体："妈！妈！你醒醒！你怎么了？妈！"这时，李玉跑了进来，一把抱起我妈就往车里跑去。

车子以极快的速度朝医院赶去。我拉着妈妈的手，泣不可仰，痛得椎心滴血，五内俱崩。

Chapter 10　烟花会演

人，就像寒冬里的刺猬，靠得太近会痛，离得太远会冷。

——叔本华

那年的冬天特别寒冷，即使是阳光普照的日子，也会在霎时间乌云蔽日，随即一场寒冷的风扬起，吹断残枝，凛冽驰骋。

妈妈醒过来后，医生暂时还无法确诊妈妈的病情，只告诉我们，还需要看好几个科室，才能一一排除。第一个要去的是呼吸科，接着是内科、疼痛科。那段时间，她没日没夜地咳嗽，浑身疼痛，一开始我对妈妈有一种抗拒的心理，妈妈则尽其所能，或者说本能地把她所有的精力都放在了我的身上，即使生病了，也全天候地对我嘘寒问暖。我态度依然有些冷淡，我们从不会聊起唐英豪、父亲，那是禁忌，是两个人心中无法逾越的冷山，直至有一夜，妈妈突然对我说："我以后不会再和你爸联系了！"我们之间才迎来了真正的冰释前嫌。

那些日子，我从没见过父亲到医院里探视妈妈，可能她也从来没有告诉过他她生病的实情。我庆幸妈妈终于理解了生活的本意，毕竟我们才是会永远守护彼此的人。

有几天深夜，在妈妈睡着后，我一个人站在窗户边上望着外面。偶尔天空会下一阵阵小雨，我看着雨丝阵阵飞舞在空气中，润湿着整座城市。赫伯亚那边一切都还是原样吗？有时，月朗星稀，我看到月亮挂在空中明晃晃的样子，就会想起那些和唐英豪一起穿越丛林的日夜，想起那些广漠荒原、白雾横江的时光，想起那些被我们急切说出的这辈子可能都无法兑现的誓言。

打开窗户，会有细小冰冷的雨水落在皮肤上，让人有种被冰晶刺痛的感觉。寒冷的空气并不能让人冷却下来，我的心里始终有一丝炙热的东西升腾着，诚实地说，我想念唐英豪，想念潘，也想念李玉。

几次检查也未能确诊妈妈的病症。春节前夕，妈妈坚持要回家过春节。医生建议我们做一次详尽的 PET-CT 时，妈妈终于失去了耐性，她对主治医师说："你这是非要给我查出点儿什么才满意是吧？再这么下去，我好好一个人都被折腾出病了，给我开些药，我自己回家调养吧！"

主治医师看拿我妈没办法便对我说："那么三周后再看一次呼吸科吧，再确定一次，那样会更安全些。"

我知道妈妈的心思，这些年，她对医院一直有着巨大的心理阴影，原因就是我在医院里做过一次肾脏摘除手术，那次险些要了我的命。她告诉我如果那时候我没能活过来，那世界上消失的将会是我和她两条人命。后来的日子，妈妈的情况好转了许多，基本可以正常入睡了，夜里也很少会再醒过来。

有一次，我到医院给妈妈拿药，刚进医院就闻到了一股熟悉的香气，那是只有唐英豪身上才会有的特殊的清淡的香气。这让我想起唐英豪第一次带我来这个医院的情形，那天，我唐突地对他说："你这样的生活，我也想过过看！"我条件反射一样往当时的候诊区跑了过去，结果没见到他的任何踪迹。我站在大厅怅然若失，我这是在干吗？对，肯定只是想远远看他一眼而已，确定他一切如旧，还是那样飞扬跋扈、不可一世就好，起码那样的他看上去是健康的，是快乐的，是大家所认识的唐英豪。

走出医院的时候，我的心里有一阵莫名的失落。天空下起了雨，纷纷扬扬，万千银丝。我在路边打车，一只手突然落在了我的肩膀上，这种感觉太过熟悉，我倒吸了一口气。

"是我。"我循着声音回过头，看到了那张戴着口罩和鸭舌帽的清秀脸庞。他看上去没有一丝变化，黑色西装让他的肌肤看上去更加白皙，像NEVERLAND（永无乡）那一场初雪。

"李玉？"我有些吃惊。

他摘下口罩。我问道："你怎么会在这儿，哪儿不舒服吗？"他朝我摇摇头。他还是老样子，不喜欢说话，这倒也算是个好消息。我对他迟疑了一下说道："我妈没事了，过些日子我就会回赫伯亚。"他没吭声，只是就那么看着我。

最后，我朝他挥手告别。他突然想起了什么，对我说："等我！"接着他飞快往医院停车场方向跑去。我站在原地等他。他跑回来时，手上多了一把雨伞，走到我面前，突然用双手把雨伞递给我。我看了看雨伞，又看了看他说："你用吧，我叫的车再过两个路口……"没等我说完，就见他迅速把雨伞打开，抓起我的手，把雨伞塞到了我的手里。我没再拒绝。

见车还没到，我问李玉："唐英豪挺好的吧？"

"他很好！"那个再熟悉不过的声音出现在了我身后，我深深吸了口气，其实我早该想到的，李玉怎么可能会独自行动，即使他今天真的需要看医生。我没敢回头看。唐英豪悠然地走到了我面前，停在我和李玉之间。李玉看见唐英豪，急忙往远处的停车场跑了过去。

他穿着一身驼色的风衣，风衣领口上依旧是一只别致的金色小蜜蜂，黑色的高领羊绒毛衣上沾着一层细微的水汽，浓密的眉毛下，那双深邃的眼眸还是那样让人捉摸不定，微微上扬的嘴角透露着笑意。至美的脸庞，英挺的身姿，但即使这样如诗如烟、帅气非凡的模样，他整个人看上去依旧是那副冰冷孤傲的样子。

他很自然地从我手中拿过雨伞说："什么时候回家？"

"你们怎么会在这里？"我问他。

他笑了笑："你这么关心我啊？我妈妈今天复诊。"接着，他又朝我走了一步，在我耳边用一种森然的语调说道："你还没消气呢？处理好你妈的事情就该回家了，知道吗？"我往后退了一步。

这时，只见一辆黑色的宾利停在我们一侧，李玉急忙下车打开车门，做鞠躬状。唐英豪转头冷冷地看了他一眼，把雨伞塞回我手里，嘴角带着一丝笑意说："我等你。"接着，他转身上了车，没有回头。车迅速驶入匝道，快速朝海滨路行驶过去。

后来的一周，我在和妈妈的相互陪伴中度过。每天妈妈都换着法地给我做各种各样好吃的，忙得不亦乐乎。她做起了年轻时学过的简单日料，甚至还有像五星级酒店西餐厅那样专配的果盘，偶尔，还会在草莓奶昔上插一把小雨伞做装饰。人可能都得在失去后去寻找另外一些新的寄托，不然，身躯里的灵魂会被彻底抽空吧。

在一个月色皎洁的夜晚，窗棂镂刻出星星点点的迷离光线，黑夜寄情于蟾光，如水般倾泻而下，大地沉睡，清冷的光辉与凉风徘徊缠绵。夜里，我一个人走在家附近的街道上，突然觉得异常陌生，我想起万杰每次和我一起走过街道的情形，人可能往往都是抵达了绝境才知道那到底是何种境地。

和妈妈去医院那天，汽车经过了赫伯亚酒店，修剪整齐的冬青上装上了银色的灯饰，即使是白天，它们依然不停地闪烁着，一片永恒璀璨、火树银花的景象。环岛中央新修的喷泉也开启了，偶尔有几个行人举起手机对着这座今年拿下全亚洲最奢华酒店奖的黑色玻璃建筑物拍照，它成了新的城市地标。

除夕那晚，天空突然飘起了一阵纷纷扬扬的小雪，让节日的气氛异常浓厚。整座城市流光溢彩，窗外鞭炮声阵阵，天空中不时就会绽开绮丽的花。不经意间，这一年就这样过去了。我和妈妈吃着年夜饭的时候，电视里开始直播赫伯亚今年的烟花会演，这是继台北 101 大楼、香港国际金融中心二期、沙特阿拉伯费萨尔塔大厦后，全球第四座大规模燃放烟火的摩天大楼，今天二十六万人聚集在一起观赏赫伯亚带来的视觉盛典。我拿起遥控准备切换频道。

这时，唐英豪出现在了屏幕上。除夕夜，他身上是一件黑色天鹅绒西装，白色衬衣领口在微风中晃动着，他的身材在电视上看起来更加高大，英朗的脸庞在雪花的映衬下显得更加俊美。只见他浅浅地笑着，伸出手，用修长的手指按动了一下遥控器后，整座城市沸腾了起来。我这才反应过来，急忙按下遥控按钮，关了电视机。窗外传来烟火的声音，我妈抬起头对我说："你关得了电视机，关不上这片夜空啊，这座城市没人能逃脱得了唐家，从出生的医院到去世的墓园，从衣食到住行，甚至是这片天空。"

我没说话，转过脸看着窗外此刻绚丽的烟花会演，妈妈意有所指地说了句："这么漂亮的烟火，怎么让人拒绝啊？！"

妈妈复诊那天，上帝显然觉得生活不够精彩，于是，就有了我、父亲、母亲和唐英豪这个让人大跌眼镜、怪诞至极、肉跳心惊的见面场景。清早，我和妈妈刚进入医院大厅就看到有两个护士在等我们。她们见到妈妈就对我们说一切检查都已经为我妈安排妥当，并且这次特意找了客座教授和主任医师一起为妈妈检查。我知道这肯定是父亲知道了妈妈的情况后特意给妈妈安排的，可是这些日子，也没见妈妈和父亲联系过，为什么医院会对妈妈有特别关照呢？

当我们随着护士进入像酒店高级酒吧一样豪华的 VVIP 诊疗室时，一切疑惑便迅速揭晓了，只见爸爸一个人在会客区等着我们。护士转身离开去请医生。我朝父亲走过去，对他质问道："你为什么在这里？"他没理会我，转头看着妈妈说："你生病得告诉我，和我你还见外吗？"

"唐建宁，是你太不见外了吧？这里是医院，唐英豪和他妈妈前几天还在这里复诊，你就这么不知道差耻吗？！"我越说越大声，妈妈急忙对我做了个"嘘——"的手势。唐建宁瞪了我一眼，冷哼一声，对妈妈继续说："昨晚我家里这边也发生了大事，但你身体要紧，我还是得过来，你的留言我都看到了，但春节我实在过不去，今天检查完我陪你和小曦吃饭，就当作弥补吧！"

我一听，整个人诧异到冷笑了出来，转身瞪着我妈问道："你不是说你再也不和这个男人联系了吗？事情发展到现在还不够吗？不是要求你替我考虑，而是人生总不能一直处于无耻的那一面吧，你就那么离不开唐建宁吗？你这样做人到底有什么立场来教育我？你这是要我继续轻视、鄙视和蔑视你吗？我问你，你知道什么叫恬不知耻吗？！"我越说越激动，到了后面几乎是呵斥。

这时，父亲反手给了我一个响亮的耳光，但我感觉不到疼，我现在所有的注意力都在接下来我妈会怎么回答我这件事上，我不明白，她怎么可以还和父亲联系，甚至学会了信口开河、大言不惭，就这么厚颜无耻地对我撒谎。

我依然期待地看着她，我多希望她能说出一个让我信服的理由，那么天就一定还没塌。

"对不起！"我妈捂着脸几乎是用哭腔说出了这一句足以把我推到地狱的话。我整个人身体一沉，往后退了两步，感觉到脸上一阵灼热，不是疼痛，是害臊。我伸手摸了摸脸颊，发现还有眼泪的痕迹，在我还没想到接下来怎么做的时候，我的双脚就已经带着我转身离开了诊疗室。

我走到通道转角处，斜靠在墙上，整个人像灵魂出窍一般，只觉得整个躯壳是无人认领的状态。你还记得吗？每每人生遇到这样令我不知所措的事情的时候，我就会遇见唐英豪，他每一次都能带我脱离困境，这次，也不例外。

一只手突然捂住了我的嘴，唐英豪对我做了一个噤声的手势。我看清是他后，把他的手从我嘴上扯开。"你怎么会在这里？"我问完就急忙扯住他的手臂。他不可以上楼，他不可以看到那足以把他毁灭的亿万年难遇的"宇宙大爆炸"。

"这应该是我问你吧！"他把我往楼道下面拉了几步。我准备顺势拉着他往下走的时候，他停了下来。

"我、我舅妈得了绝症，要死了！所以，来看她最后一面。"

唐英豪听完，整个人怔住了，愣了几秒对我说："那你节哀顺变吧。我还有事，你早点儿回家。"

"你送我！"我拉住他。

他闪躲几次不成功后无奈地对我说："那你等我会儿，我怀疑我爸在外面有别的女人。医院的人告诉我，他在这儿和一个女的在一起。我这就去找那个女的！"

我一听，把他拉得更紧了，第一次感觉到彻底窒息的感觉，我知道接下来会发生多么严重的事情，所有人都疯了、都死了、都着魔了也没关系，但一定不能是全世界最最无辜的唐英豪。

"唐英豪，你现在先送我上车，我很不舒服！"我实在不知道此时能用什么理由拦住他。

他回头看了我一眼说："你乖，我马上回来，你小声点儿。"

我已经没有任何能制止他的办法，说什么都没用了。我回头看了眼身后，那里是深不见底的楼梯通道。在这件事之后我才明白，我和他的牵绊岂止是"坚固"可以诠释的。我说过，唐英豪是这世界上我见到的最后的美好、最后的闪亮。

在他甩开我手的一瞬间，我顺势松开，往后一倒，整个人重重地砸在了台阶上，然后磕磕碰碰一直到了下一个楼层才停下来。我听到自己的惨叫声，这不是可以假装的，是真的椎心一般的疼痛才让我发出来的，只是这椎心的疼痛到底来自哪儿，谁也不得而知。

朦胧的视线里，唐英豪朝我大步跨来，最后，在我看清他的脸的时候，他扶着我的头一直问我："你怎么样，范卓曦？"

我抓着他的胳膊说："我好像骨折了，送我去急诊！"他思索了几秒后，一把把我抱起来，急忙往一楼跑去。全程我都以各种各样的理由拖着他，在确定除了肘关节脱臼其他并无大碍后，他坐在床前和我眼瞪眼。他愧疚地对我说："对不起，都怪我，我太急了，没注意。"

"没事，但你现在能不能送我回赫伯亚？"

他看了看我的伤，对我点头说："可以，过来我背你！"我趴在他的背上，问他："李玉呢？要不，你叫他来？"

"我来捉奸的，你觉得我带着李玉合适吗？都说家丑不可外扬，我还丢不起这个脸呢！"他一边说，一边背起我往大厅走去。几个护士急忙给他开路。

"那你还告诉我？"

他回过头看了我一眼："你是我弟弟，我们现在得一致对外，懂吗？"

"哥，前面那个人……"我本能地说着，心脏已经提到了嗓子眼，随时都会跳出来，刚刚那个人让我妈不要对他见外，而现在背着我的这个人却要我和他一致对外。唐英豪把我慢慢放了下来，对唐建宁说道："爸，您这是遛弯儿路过呢，还是说来医院视察呢？"唐建宁面部不自然地抽搐了几下，嘴唇变得苍白，而他身后的我妈正朝我们走过来，她此刻举着小化妆镜，一边走一边给自己抹着口红。

"妈！"我大声喊道。我妈抬起头，脸色迅速变得蜡白，她的口红随着她迅速下垂的手画了下来，在下巴上留下一个异常明显的痕迹，她的腿开始微微颤抖起来，感觉迅速就会没有力气支撑她的身体。我急忙上前一步，挡在唐英豪前面对我妈说："妈，舅妈怎么了？度过危险期了吗？"

"啊？"我妈愣了一下，看了唐建宁一眼，急忙说道，"嗯，我看能度过危险期吧，能度过！"唐英豪悠然地朝我们走了两步，对我妈说道："没到最后，能不能度过危险期都说得为时尚早。我看，得好好加强监护才行！"我急忙对唐建宁鞠躬问候："叔叔好！上次在警局您提供了证据，还没好好谢谢您呢！"

唐英豪转过身看着我，嘴角是似笑非笑的笑容，他摸了摸我的头对我妈说道："您看小曦太见外了，他和我住了那么久，我们现在就是一家人，这方面您得教育教育他了。"我的心跳声响彻耳际，我妈则神色慌张，欲言又止，半天都没说出话来。我急忙拉了一把唐英豪说："带我回家！"只见他停在那儿，把我往回拉了一下问："回哪个家？"

我妈和唐建宁都屏气敛息地站在原地一动不动，像生怕舵轮滑掉一样。我的心沉沉一坠，闭上眼说道："赫伯亚！"

"很好，哥哥这就带你回家！"说完，他轻车熟路地拉着我往侧门的停车场走去。

坐到车里，我整个人像泄了气的皮球，没有任何生气，我感觉自己的心脏在刚刚已经蹦了出去，落在了医院大厅里。他没再说话，只是带着我迅速离开了医院。只见他一脚踩下那辆 6362cc 排量的红色跑车的油门，时间开始变慢，引擎巨大的轰鸣声像厉鬼在我耳边磨牙饮血，我们急速驶向了下一个暗无天日、寒风呼啸的地狱中。

回到赫伯亚套房，潘一见到我就跑了过来。我俯下身，它就蹦到了我怀里。它长大了许多。唐英豪伸出手摸了摸它的头对我说："你看看你多残忍，儿子都不要了。"我们坐到沙发上，李玉从走廊过来，见到我后停了停，朝我们走过来，但即使是那么 0.01 秒，我还是能确定，他笑了。

李玉接过唐英豪的外套，帮他解开鞋带，脱了鞋，又帮他脱了袜子，换上拖鞋，一如往常。我装作没刻意关注的样子。李玉收拾好东西后，走到我身边放了一双拖鞋给我，我穿上后发现是自己的鞋码，抬头对他说："谢谢。"他轻微地点点头，迅速走到了唐英豪的一侧。

唐英豪整个人倚到沙发靠背上，把脚搭在黑色茶几上，转过脸看了看我脚上的拖鞋，又看了看李玉说道："除了我和英泓，你这是第一次给别人准备拖鞋吧？"李玉不置可否。

"怎么感觉你情绪不高啊？回去这么久和你妈没解开心结吗？"唐英豪问我。

"没有，也不可能再解开了！"我想起今天在医院的种种，许多情绪依然如鲠在喉。

"那你以后还回去吗？"他说这句话时，刻意朝我靠了靠。

"我知道我这样说不合适，但是只要你不赶我走，我就不会离开这里，我不想再回那个家，不想再见到我妈，不想再回到那个世界里去。"我说的都是心里话。

他听完，顿时有了兴致似的，嘴角往上一扬，整个人从沙发上坐起来，把我拉向他，对我说："接着说！"

"你救了我很多次，我们也约定过，以后我都听你的，之前和你闹情绪时我自己跑了，这很不应该，以后我不会再这样。"我说完，他想了想后满意地对李玉说："还愣着呢！开酒！庆祝！大杯满上！"

李玉急忙转身朝吧台走去，拿出两瓶红酒放在桌上，接着，他娴熟地倒了两杯酒放在我和唐英豪之间。唐英豪不耐烦地抬起头对李玉说："你不是人吗？再倒一杯！"李玉一听，急忙给自己也拿了个杯子倒了一杯，脸上露出窃喜的笑容，也是那么一闪而过。但当李玉端着酒过来时，唐英豪对他伸手，把他那杯接过来也放到我面前说："我今天胃不舒服，不能喝酒了，你喝吧，这三杯都是你的！"我的眼神从酒杯上抬起，落在他脸上。他若无其事地朝我笑了笑，然后对我点点头："怎么？为了我，这么点儿事你都做不到吗？"

李玉突然发出声音："英豪少爷，有件事和您报备……"没等他说完，唐英豪缓缓说了句："还记得万杰从哪儿掉下去的吗？"李玉没再吭声。唐英豪又把几杯酒往我面前推了推。

我看了看李玉，只见他站在离我不到两米的地方，注视着地面，脸上依然没有任何表情，只是眨了眨眼睛，我就感觉心头一阵酸麻。我不想看到这样的李玉，也不想看到这样的唐英豪，于是，我抓起酒杯，跟喝纯净水一样"咕噜咕噜"喝了起来。我喝完两大杯后，只感觉恶心，倒不是因为酒，而是感觉肚子装不了这么多。只见李玉又往前一小步对唐英豪快速说道："夫人昨晚再次自杀未遂的消息，媒体那边基本都不会做报道，但联合聚力传媒那边的意思是想要一些媒体赞助……"我一听吓得整个人站了起来，问李玉："你说什么？再次？自、自杀？"唐英豪抓起桌上剩的那杯红酒整杯砸在了李玉的头上，因为是薄壁红酒杯，虽然没有划伤李玉的脸，但还是让他陷入了狼狈中。

"什么时候这种屁大点儿事也需要向我汇报了？公司公关部不都会处理好的

吗？你这是要干吗？"唐英豪呵斥完，整个人的呼吸都变得无法平静，他指着我，或者说用食指戳着我太阳穴责问李玉，"你是不想让他喝是吧？你今天是要反了我吗？"我一听急忙抓起桌上的红酒瓶往嘴里倒进去。

唐英豪见我喝完酒后，冷笑一声对李玉说了句："有你的啊，小子！"接着，他转过脸指着我，用一种让人不寒而栗的语气说："范卓曦，从今天起，你哪儿也不许去！我今天还有事情要调查，李玉跟我出去。"说完，他转身怒不可遏地朝门口走了过去，李玉连头发都没理顺就跟了上去。

他走那么几步路都已经让人胆战心惊，就像寒风过境般让人骨寒毛竖。我想到了妈妈，赶紧跟上去："唐英豪，到底怎么回事？你别冲动！"

他回过头用凌厉的眼神看着我，极不耐烦地说："是啊，我妈因为收到了那个女人的短信，昨晚又一次自杀了，但所幸被及时制止了。就因为你，不然我早就在医院动手了！"

我听完，愣在门口。巨大的关门声后，世界又陷入了一片安静之中，我急忙掏出手机给我妈打电话，但迟迟没有人接。抱着最后的一点儿侥幸，我打开门，一边打电话，一边等电梯，最后，电话终于接通了。

"喂？"电话那边传来我妈的声音。

"你们现在马上分开，唐英豪过去了！"我没时间和我妈解释什么，只迫切地希望她没事。

"小曦？什么唐英豪？他去哪儿？"我妈问道。

"你和唐建宁分开！现在！没时间了！"我几乎像发号施令一样对我妈吼道。

"我们没在一起！"我妈有些气急败坏。

"妈，你这几天先找个地方躲一下。唐英豪现在正在查这件事，你一定不要再和唐建宁见面了！我现在先去找他，你今天就不要回家了！我先挂了，你一定要注意接我电话，我等下再和你说！"说完，我急急忙忙跑进电梯。到了大堂后，我一直给唐英豪打电话，但他一直拒绝接听，接着，我打了李玉电话，还是没有人接，他现在肯定在开车，此时此刻在这个世界上，他只会接听唐英豪一个人的电话。

我待在大堂不知所措。这时，四个保安朝我跑过来，我还没来得及说话，另一侧就跑过来一位经理对我说："英泓少爷，您还是回屋吧！您这样，我们都会没工作的！"

"唐英豪去哪儿了？"我问道。他愣了一下说："英豪少爷的去向只有李秘书那边知道。"

"李玉？"

"是！"他说道。这时又有两个人聚到我们周围，对我鞠了个躬说道："少爷好！我们是公关部代表，我们联系不上李秘书。"我没理他们，继续问经理："我如果一定要知道唐英豪现在去哪儿了的话，需要怎么做？他现在很危险！"

"这个估计要问本家一部安保处那边了……"他支支吾吾地说着。

"会不会是去圣玛丽医院了？"一个保安灵机一动说道。

我急忙问："为什么？"

经理瞪了保安一眼，保安唯唯诺诺地说道："今早看到一条推送，说夫人昨晚……"

"夫人昨晚自杀的消息？"我一下子失去了耐性。

众人都把头低了下去。我不敢再想，但依然控制不住地向公关部代表问道："消息不是封锁了吗？公关部现在连这么点儿小事都处理不好吗？"

他急忙道歉："本来妥当了，但今早突然有家报社说……"

"给联合聚力赞助，按他们的条件给！"我说完，一位公关部代表急忙到一侧开始打电话。我对他补充道："录音！如果他们敢加条件，把录音发给JTV！"这位代表一听急忙开始录音，并且故意在对话里多次提及"资金赞助"等敏感的字眼。

接着，我对另外一位代表说："夫人那边的事情如果曝光了，你应该知道对BOOST旗下刚进A股市场的CONSTANTINE，还有西海岸生物开发项目有什么影响吧？这件事从现在起按我说的做，事发时，所有人的通信设备仔细检查一遍后全部销毁！最后，没有实质证据，让媒体包装成是其他集团的恶意竞争行为。我很好奇的是，联合聚力还没有发布新闻，这件事怎么就会走漏风声了？"

代表说道："事情发生在本家一部，那里除了几个老用人和保安外，没有其他人，所以我们怀疑是另外一方当事人蓄意把消息泄露给了网络上的娱乐百家号。虽然娱乐百家号是低劣媒体，但他们很善于捕风捉影、故弄玄虚、偷换概念，再加上控号者往往文化程度较低，法律知识浅薄，没有正规媒体背景，就很容易把这件事推向不可挽回的境地。"

听完他的话，我对他说："你说的也只是揣测，如果真的是娱乐号爆出来的，给他们钱！如果不删，发律师函，我要的不是撤掉新闻，是注销这个娱乐号！你说的另外一位当事人是什么意思？"

"安保处郑代表那边只是隐晦地暗示夫人在自杀前曾收到了短信恐吓，但因为涉及隐私，唐总那边不让追查这件事，所以，我们只是怀疑会不会是发短信的人在和夫人交涉后，把消息放了出去。这是唯一的可能。"他镇定自若地分析着。

我面红耳赤："事情既然还没有定论，就不要擅自揣测，快去处理吧。"我说完刚准备往门口走，几个保安挡在我前面鞠着躬："英泓少爷，您如果再往前一步，我们就很难做了！"我看了经理一眼，他为难地对我说："不如您先回房间休息，我这边全力联系安保处，随时跟您汇报进度。而且您就是走出大厅，今天也不会有车送您，即使有，出入口那边的保安也不会放您出去的！"我无奈极了，转身朝电梯走去，几个人急忙上前给我按电梯。虽然喝了很多酒，但我还是预料到了结果。

我走进卧室，整个人跪倒在床边，失控地哆嗦起来，妈妈一定还不至于恶劣到这般境地，事情一定还有挽回的余地。妈，请你一定要给我救赎的机会，只要这次你没做，我们就一定还回得去，一定会回得去。

"小曦？"电话那端妈妈的声音再熟悉不过。

"妈，"我深深吸了两口气，尽全力克制自己抽泣的声音，让眼泪安静地滴落在地毯上，"我只问你一次……你给郑艺玲发了短信对吗？"我听到电话那端传来受到惊吓的气息声，但久久没有人回答我。我颤抖得越来越不受控制，咬着嘴唇直到咬出血，但一点儿也不疼，我哆嗦着继续问道："郑艺玲本应该死在昨晚，然后你把这个消息昭告天下，接着今早你就可以和唐建宁真正意义地双宿双飞，再也没有任何一个人可以拆散你们，整个计划应该这样进展对不对？"

电话那端不置可否，只剩下细密的呼吸声，我突然受够了，挂掉了电话。在我挂掉电话不到五分钟的时间里，我妈给我发来了短信："我对你爸的爱不比郑艺玲少，我既然爱一个人，就有追求幸福的权利。你爸如果不爱我，也不会在这个时候还愿意陪着我。你有没有想过，在这个世界上，只有不被爱的人才是第三者？我和你爸最终走到一起是迟早的事情。小曦，你要看到积极面。我现在如果是处在郑艺玲的位置，那你就是真正的唐英豪！在这个世界上善意没有半点儿作用，我们需要的是金钱和权力！你认真想想我说的话！"

我突然没有了一丝反抗的力气，我彻底认输，妈妈赢了。如果不能救赎妈妈，那我也要尽全力保护好郑艺玲和唐英豪，我急忙在网络上再次搜索郑艺玲的相关消息，结果终于像以前一样只有各类商业和慈善相关的报道了。我点开图片看到了她许多期杂志封面的照片，在各类高定的造型装扮下，我第一次觉得她比妈妈要漂亮许多许多。

我爬到电视柜前，拿出遥控，打开电视机，看了一天也没见到任何这件事的相关报道，所以，钱啊，就是变魔术的关键，可以无中生有，也可以有归于无，就像唐英豪说的："钱啊，万能的！"

后来，我不知不觉睡着了，等我再醒来时，已经是暮色时分。此时唐英豪正抱着手臂闭着眼睛发出沉重的呼吸声，他和我一样坐靠在床边，应该从昨晚到今天都没休息。斜阳最后的光芒铺洒在整个公寓里，镂刻出他俊逸的五官和英挺的身躯，浅浅淡淡的光线也为他披上了盔甲。

我缓缓靠近他，他倒在了我的肩膀上。这是我最后一次这样和哥哥靠近，让我们好好享受世界最后的余晖吧，我们曾在那里开始，今天就在这里结束吧！

夜幕降临，天空上星星点点，唐英豪依旧睡得很沉。我走出房间，朝露台走去。这时，手机有一条新的信息提示，发件人是妈妈。我没点开信息，顺势把手机朝天边扔去，就像能扔掉我和妈妈所有的联系和牵念一样。

随即而来的情景是，我的手机落在了酒店海滨上。听唐英豪说当时就是因为这一小块酒店专属海滨，酒店的地价被抬高了好几倍。当时唐家赌了一局，酒店建成后，为了快速回本，把房价也抬高了许多，但房客很少，后来没辙，唐家只得把房间的定价恢复到和市场上五星级酒店差不多的价位，之后这里才一跃成为曜岛最受欢迎的奢华酒店。

唐英豪笃定这块海滨一定会给他们家回报，可是将会怎么回报呢？没错，你已经猜到了，在手机从我手中脱落，沿着抛物线轨迹落在沙滩上之后，酒店的保洁工人把手机捡起来送到了礼宾部。新来的礼宾部工作人员看到了手机壳上有个醒目的符号，这是他们入职培训的内容之一——牢牢记住唐家的私人LOGO。如果不被发现还好，但只要有人发现了这个LOGO，那他一定会迅速把手机送回到四十四楼去！

这个新来的员工注视着电梯液晶屏等待电梯的到来，只要有客人走出来，他一定会点头微笑，打招呼问候，这同样是他被考核的项目之一。随着清脆的"叮"的一声响起，在确定没有客人在电梯里后，他立刻走进电梯，对着镜面门练习起了微笑。或许，待会儿开门的会是唐英豪少爷呢？或许，能因为这样的机会得到什么职位的晋升呢？他暗暗揣测着，走到门口时特意拉了拉衣领，按动门铃，按动三次未见人来开门后，他居然敲了敲门。唐英豪向来最讨厌听到敲门声，光这一点，他就足以被开除。

门打开了，门内是唐英豪森然的脸色，他睥睨着敲门的礼宾部员工，今天没爆炸纯粹是因为他很累。这时，礼宾部员工清了清喉咙，露出标准笑容，鞠躬，双手递上手机说道："英豪少爷，刚才工作人员在海滨浴场捡到了这部手机。"

唐英豪一把抢了过来，滑动着屏幕，他看到手机桌面是一张他和范卓曦的合照，想起来这是他前些时日给范卓曦使用的手机。他点开那条未读短信，那条发件人署名是"妈妈"的短信上写的是："小曦，你别感情用事，妈妈这么做不光是为了自己。郑艺玲就算这次被救活，迟早也会再次自杀。唐英豪的弟弟唐英泓也快不行了。我和你爸在一起后，你是完完全全的受益人，你再好好考虑一下吧！"唐英豪随即往上看了几条妈妈给我发的信息，他抬起头，微眯着眼看着礼宾部员工问道："还有事吗？"

礼宾部员工有些不知所措，鞠了个躬说了句："少爷晚安！如果您还有什么需要……"

"滚！"

Chapter 11　墨色汪洋

我的生活像钟里的布谷，对林中的鸟儿并不羡慕。上好发条我就
鸣叫，你知道，这种命运，我想只有我的敌人才应承接。

——阿赫玛托娃

那天晚上，当我从露台回到屋内时，唐英豪已经不见了踪迹。我一个人坐在客厅的沙发上望着远处的墨色汪洋，那难得风平浪静的模样反倒更让我觉得惶惶不安，像是蛰伏着什么深不可测的幽暗力量，魅惑着你，审视着你，按兵不动却又虎视眈眈。桌上还有一瓶喝剩的酒，我给自己倒了一整杯，我真的不想醒过来。从卧室看出去，露台上空荡荡的，我想起了万杰从那儿纵身一跃时的情形，那天，阳光落在他的身上，为他铺上了恬静安然的瑰色，他没有眷顾地回过头看着身后的风景，然后没有任何眷恋地离开了这个世界。如果万杰今天还活着，一定也会选择放开我这样的人吧？

我看着露台一角，突然希望时间变得再慢一些，等唐英豪回来，他或许会带回来坏消息，但无论是什么消息，我都需要和他摊牌。他查到那个第三者是我妈妈这件事只是时间问题罢了，而且如果他现在真的那么想知道，那我就告诉他真相吧！我会告诉他一切，告诉他我妈所有的计划和她的所作所为，我或许不能减少他受到的伤害，但至少，坏人应该为自己的所作所为承担后果。

我看着窗户玻璃上自己的倒影，竟发现其实我的脸部轮廓还是有一丝像哥哥的，光这一点，就已经是荣幸至极的嘉奖。这之后，如果还有可能，那么我会带着妈妈离开曜岛，去过我们这种人该过的生活，这辈子都不会再和唐家任何一个人见面。那天夜里，又一次，我打心里羡慕唐英泓。

我想起了在半山别墅那次，唐英豪和我说起小时候有他妈妈和唐英泓陪伴在他身边的那段日子，他对我说，每年春天，他们都会举行一次家庭春游，去的地方一成不变，永远是海底世界，而他们总能在这些时刻找到最平凡的幸福。他告诉我，他们每次走到海底隧道时，唐英泓都会用双手做出各种模仿鱼翔海中的手势，吸引那些豹纹鲨、日本须鲨游到他身边来，而他每次都能得逞。那是他们最好的时光，而这一切在唐英泓去美国治病后就戛然而止了，没有人再提起春游的事情，不是大家不记得了，而是这已经成了一道大家都知道但无法止疼的伤口。

他经常和我说着相同的故事，重复地说着他最怀念的那几年时光。我知道，他是真的非常非常想念远在美国的唐英泓，他妈妈也是，爸爸也是，所有人都想念唐英泓，但唐英泓却只有在那边接受长时间治疗才有可能生存下去。我清晰地记得，在半山别墅的某天夜里，他喝得烂醉后告诉我："我想英泓。"

唐英豪的床头柜上一直有一本黑色相簿，可能今晚我真的太过思念唐英豪，没忍住打开了它。里面许多都是唐英豪参加各种活动时的照片，有一些我之前在网络上搜索他时就已经看到过，还有一些是他的硬照，这些照片看上去像一张张从奢侈品杂志里裁下来的概念模特照一样，右下角有一些品牌的注解：MONCLER（盟可睐）、BRUNELLO CUCINELLI（布内罗·古奇拉利）、KITON（齐敦）、LOEWE（罗意威）、TOM FORD（汤姆·福特）、PHILIPP PLEIN（菲利浦·普莱因）……我仔细看了那两行英文的注解才发现，原来唐英豪还真的在英国的贝尔法斯特为品牌慈善活动做过模特。如果不知道他的家世背景，估计众人只会觉得他是一位五官深刻的新人模特。你知道的，这些品牌每年都能找到这么几个气质非凡的模特，等他们穿上这些衣服后，品牌就有了质感与灵魂，屡试不爽，没有意外。

我看照片看得出神，心里全是不可思议的惊叹号，而接下来，在翻开下一页之后我就没能再让我的视线移开过，即使是一些简单的孩童时期的照片，我也觉得这个男孩太过熟悉，我一定在哪里见到过，而越往后翻，我越认定我对这个人不只是熟悉这么简单。

许多照片里他都穿着衬衣、西装或风衣，几乎全是千篇一律的正装，他的眼神阴郁，但透着难以言说的凌厉，仿佛他只是站在花园一侧就这么淡淡地看着镜头，也能给人一种傲雪凌霜的感觉。他的每一个眼神都像是一种警告，这和我想象中那个弱不禁风、不堪一击的唐英泓完全不是一个形象。

我急忙拿着相簿走进卫生间，照着镜子对比我和照片里的唐英泓的长相，如果说之前只是听唐英豪形容过和被几个人认错过，那现在连我也不得不承认，虽然在某些部位上还是有一些略微的不同，但他长得和我也实在是太像了，这可真够讽刺！

我回到床边继续往后翻相册，然后看到了一张唐英泓站在一座陈旧的哥特式建筑物后院的照片。照片里，他的眼神幽幽地注视着一侧相对明显的光，院子的另一侧，仔细看能看到一块类似墓碑的石碑。照片其他地方有着一片片蛊惑性的黑色氤氲，衬托出他的肌肤像吸血鬼一样苍白，而他笑得异常悲伤。

　　再往后翻了一页，我看到两个男孩的背影，他们的肩膀上都有一样的文身，我一下就能辨认出这是更加年少时的唐英豪和唐英泓。照片里的他们正面对着一幅巨大的油画。油画色调阴暗，两个中古世纪的西方少年像死尸一样依偎在一起，一个身处暗影已经死亡，后化身为死神；另一个处于亮处的少年则成了掌管睡眠的睡眠之神，他们永远生死相隔，却长成了彼此的形态——死亡是永恒的睡眠，睡眠是死亡的表现形式，彼此成就也彼此牵制。后来我知道了，这幅画是约翰·威廉姆·沃特豪斯的《睡眠与死亡》，而它现在正挂在赫伯亚那间一直未被开启的唐英泓的卧室里。

　　我跪坐在柔软的地毯上，新开的红酒在高脚杯里打着晃，在灯光下折射出迷人的光，那如血液一般猩红的液体无声地撞击着阻隔自由的杯壁，窗外的海洋也涌起一层层波浪，似乎是对这股力量的温柔应和，它们一开始便被摆在两个完全不同的世界，尽管这是并无本质区别的二者。我举杯，将剩下的酒一饮而尽，又转过头注视着远处的广阔，那里暗潮汹涌，没有暄和。

　　清早我被房间外面高谈阔论的声音吵醒，发现自己正趴在唐英豪的床尾处。此时阳光正透过云层倾泻而出，不远处的几栋玻璃高楼将反射的光线照在灰色的地毯上，打出一圈圈轻轻摇曳的光环，暗黑的屋子被照得透亮。我急忙站起身打开卧室门，唐英豪听到声音后朝我看过来，他上下打量了我一阵后对身后三个穿着奇异的男子说："你们先到客厅等我，我待会儿叫你们！"三人听后仔细端详了我的脸一番后才离开，像是在计划着什么。唐英豪走到我面前，脸色依旧冷淡的同时，还伴随着一丝让人不易察觉的轻视。

　　"你昨晚到哪儿去了？"我有些着急。

　　他没回答我，只是将一只手落在我一侧的肩膀上，把我紧紧控制住，然后钳制着我朝那扇一直紧锁的卧室门走去。他一边走一边对我说:"我看你这肩膀的宽度,37码的衬衣应该没有问题,每年管家都会给英泓收集他喜欢的品牌的衣服,看来今天能用上了。"走到门口时,他的手机弹出了一条请求确认的弹框,他点击了一下,这扇门发出一声"Welcome"的语音提示后便打开了。

偌大的房间里,柚木的护墙板包裹着整面墙壁,巨大的落地窗隔绝了整座城市的喧嚣,再往里走是连通着衣帽间的半开放卫生间,一股清新的橙花香味扑面而来。这是我在赫伯亚看到的第二间面积如此大的套房,而里面竟然没有一丝灰尘,或许一直都有人在打扫吧,只是我从来没有遇到过。

刚进房间,唐英豪便转成半推着我的架势,一边走一边说:"裤子在右边的衣柜,鞋子在门口的鞋柜,都选黑色。"

我停在衣帽间入口,转过身对唐英豪说:"我有话对你说。"他经过我,打开衣柜门就开始选衬衫,没有任何要听我说话的意思,他一边选一边对我说:"再有两小时,我妈就到了,先做好你该做的事吧。"说完,他从衣柜里抽出一件黑色衬衣确认了一下领口的尺码,然后扔到了一侧的皮质长凳上。

"你说什么?你妈要来这里?"我上前一步。

"嗯,怎么了?"他转过脸看了我一眼,继续说道,"我妈来赫伯亚有什么奇怪的,又不是你妈来。"

我有些语塞:"那、那我要离开吗?"

他打开右侧的一个柜子选起了裤子:"范卓曦,你的做事风格真不知道遗传了谁。'人生的第一所学校是家庭'这个说法还真没错,你忘了你之前喊过我妈一声'妈'吗?你不知道什么叫善始善终吗?我们这种家庭,像你们这种人应该很想融入进来才对啊!"这些话像一把匕首,一刀一刀扎在我心脏最柔软的地方,但一想到那样的父亲和妈妈,我无话可说,也无可辩解。

他随手把一条裤子扔向长凳,裤子滑到了地毯上:"你们应该很善于捡东西啊,发什么愣?"我急忙俯身把裤子捡起来,小心地放在长凳上。我的视线开始模糊起来,泪腺不受控制地分泌出液体。

他转过身缓缓走来,端详了我一阵后用手背拍了拍我的脸,笑盈盈地对我说："别哭，你做得好的话，我会给你钱的。"他说完猛推了我一下，把我推进了卫生间里，语气倏忽冷淡："洗干净，换衣服，你有十分钟的时间。"说完，他关上门。我捂着嘴蹲在地上哭了出来，既然我妈妈恶劣到让郑艺玲自杀，那他就算对我做再过分的事情都不算过分，可是为什么我现在这么难过？去偿还吧，承担自己该承担的后果，范卓曦！

等我换好衣服走出卫生间时，三位陌生男子已经站在了唐英豪身边，同时，我注意到试衣镜前面多了一把椅子。唐英豪嘴角露出一丝不易令人察觉的笑容，满意地朝我点了点头。

"到这边来吧！"站在试衣镜前面的那位个子最高的男子对我说道。

我走过去，唐英豪捏了捏我的发梢，对身后另外一位稍胖的男子说："能做成我要的样子吗？"

"可以，唐先生，您放心！先剪发，虽然您家那位也是中长发，但不像他这样完全杂乱无章，头发剪了以后，打理一下就能变成一样的发型。然后呢，这位的肤色不如您家那位白皙，而且眉毛多了许多杂毛，再就是感觉脸盘子也大了一些！怎么说呢，我觉得最主要是气质的问题吧，说不上来，我们尽全力弄吧！对了，让我看下你的牙。"他说着把手伸了过来，扯了下我的嘴唇。我不想看自己，眼神落在镜中唐英豪的脸上。他对眼前的男子说了句："差不多就行了。"那人赶紧附和："是是是，牙的话也来不及了！"

第三位男子听他说完后拿出一个箱子，打开后升起了一层层托盘，里面是各种各样的化妆品，他问那位稍胖的男子："Tony，那粉底色号是 1.5 号吗？"Tony 回过头看了看我，说："不行，还得再白，1 号！再给我松下电动修眉刀，还有，眉笔用植村秀 HARD 9 号，眼影的话，应该是那种裸色的感觉，就那个芭比波朗 NUDE ON NUDE 盘吧。"我没再看任何人，只是垂着眼不言不语。那是我第一次被打扮成唐英泓的日子，也是为所有人的分崩离析埋下炸弹的日子，我们本可以不这样的。

我从椅子上站起来，看到镜中的自己时，内心有一种奇怪的恐惧感升腾起来。眼前这个人是我没错，但又像是一个彻头彻尾的陌生人，我在哪里见过来着？对，那本唐英豪床头的相册上。本来我就跟唐英泓很像，再经过这一番改造后，简直都能以假乱真了。我转过身，抬起头看了唐英豪一眼。他吞咽了一下口水。我第一次感觉到他的手足无措，他往后退了两步，避开我的眼神，对三人说道："你们刚给他用过的东西都给他送两套新的过来，这段时间他都会用得到！"三人齐声说了声"是"以后，就从房间里消失了。接着，李玉出现在了门口，他看到我时先是不由自主地张大了嘴，接着有些手忙脚乱地说道："英豪少爷，小曦，不，不是，英泓少爷，夫人到了！"

唐英豪有些不自在地走到我前面，朝我回了一下头，却依然不敢看我，只是说了句："记住，你是唐英泓！"我跟在他身后，经过走廊，朝尽头的客厅走去。

我们刚走进客厅，坐在沙发上的郑艺玲就一下子站了起来。她穿着一套白色衣裙，没有化妆，跟杂志写真上正颜厉色的样子相比，此时她显得慈眉善目。她看到我时，自胸口发出不能控制的呜咽声。没等我走过去，她就扑向我，把我一把抱进了怀里，失控地一直喊："英泓，英泓，你这段时间又去哪儿了？不要再离开妈妈，知道吗？"她声音颤抖，哭声里混杂着呢喃，整个人悲痛欲绝，就像受到了极大的委屈并且长时间被某种思念折磨一般。接着她抚摸着我的脸问我："你想妈妈吗？嗯？想妈妈吗？"我视线停在落地窗上，和映在上面的唐英豪的眼神交会在一起，他朝我皱了皱眉，象征性地点了点头。我机械地"嗯"了一声，郑艺玲听到后哭得更加厉害了。现在的郑艺玲不是那个报纸上、电视里雷厉风行的女魔头，而是一个想念儿子的母亲，这让我想起了我妈，如果我妈也这样把我抱在怀里问我"你想妈妈吗"的话，我该怎么回答或者面对她呢？

接着，郑艺玲把我拉到沙发上坐了下来。唐英豪也坐到了我们对面，他一直在观察郑艺玲的举动。李玉跟在他身后笔挺地站着。郑艺玲握着我的手一直朝我的手哈气，她突然对我说："和你说了今天不要去滑雪吧，你偏不听妈妈的，你看现在，冻坏了吧？你哥也真是的，怎么能让你一个人去滑雪呢？最近我周围都是杀手，你要小心，不要相信任何人！"说完她回头责怪地瞪了唐英豪一眼，但眼角眉梢都是那种母亲对儿子的慈爱。而我几乎不敢相信我听到的，滑雪？杀手？郑艺玲到底在说什么？

后来，我们一起吃了午餐，郑艺玲全程都在说她是怎么察觉到她身边有杀手存在的。她表情狰狞，语气兴奋，说着说着就会靠近我在我耳边小声地说："你只要告诉杀手们隧道的位置，他们就会离开。"接着，她突然坐直身子像是想到了什么，对唐英豪大声斥责道："特别是你！你还杀了人！你更要小心，说不定是仇家！"我一听，不小心打翻了一个水杯。李玉急忙过来帮我收拾。

"妈，你先去休息吧，让英泓也好好休息。我说了他在我这儿，你现在看到也该放心了，周末我会再让李玉过去接你和爸爸，回去记得按时吃药，知道吗？不然的话，英泓又要回美国去了。"唐英豪说完回过头，对李玉说："把夫人带到客房休息吧。"郑艺玲一听，急忙站起身跑到门口说："好好好，我去吃药，我现在就走！英泓不要走，不要走知道吗？一直在这里！"没等我们再说什么，她已经打开门急急忙忙跑了出去。李玉急忙追了上去，房间里只剩下我和唐英豪两个人面面相觑。

唐英豪叹了口气，走到窗边静静地看着外面，和煦的光洒在他的身上，柔和了他的表情。他还是那么耀眼，以至于可以轻易让人短暂忽略掉他身后拖着的暗长的阴影。

"你已经看到了，你现在多重要，从今天起你就是唐英泓。"他语气平缓，像是做出了某种妥协一般。

"你说什么？"我实在没法相信自己的耳朵。

他背对着我继续说道："关于我妈妈，我只说一次。几个月前，她因为知道了第三者的存在，整个人精神失常了，后来，她自杀过两次，第一次是我从NEVERLAND（永无乡）赶回来那天，第二次就是前两天晚上她收到那个女人的短信后。现在她人是活过来了，但魂没了！除了说起英泓能让她情绪平复外，没有任何办法。昨晚她又要死要活的，我过去照顾了她一晚上，她死活要找英泓，所以现在你就按我要求的去做吧！"

"你说什么？几个月前就开始这样了吗？都是因为……因为第三者？"我知道了妈妈前两天的所作所为，但不知道在更早前就发生了这么多事情。这件事最主要的责任人就是妈妈和爸爸。想起刚刚的郑艺玲，再想起妈妈给我发的那条不堪入目的短信，我感觉我们这样的人真的就是活在阴沟里的蛆虫，人怎么可以这样活啊？！但是，我现在还不可以告诉唐英豪真相，在郑艺玲恢复健康之前，我不可以再让事情更加恶化。

"去洗洗吧，把衣服换了！她不在的时候，你就不要再装成英泓的样子了！"他越说越激动，最后都有了一种指责我的意味，此时的他应该更难过吧？我按他的指令朝卧室走去，但在我就要走进卧室前，身后的人拉住了我。唐英豪在我耳边说："你能转过来让我好好看一看吗？一下就好！"

这就是唐英豪，总能用几句话将你打回原形，让你彻底清醒。

夜晚，无限蔓延的黑色渐渐溢满天空，而房间里，无声凝固的空气也令人窒息。唐英豪在那之后便没再和我说话，直到临睡前，他对我说了句："你去睡客房！"然后他转身走进了自己的卧室，"咔嗒"一声反锁了房门。我能理解他的焦躁不安，却摸不透他的阴晴不定，但后来的日子，我总结出来规律了，那就是他对我的态度变得好一些的时候，一定是我扮演唐英泓的时候，就像那次我们在半山别墅，他说他想念唐英泓的时候。

李玉还没回来，我自己进了客房。打开灯，满墙都是他们一家人到处旅行或者在一起游玩的合照，我顿时感到自己的脸上一阵燥热，这些照片无时无刻不在提醒我我和他们有多么格格不入。我坐到床边，看到放在床头的杂志就是我第一次看到唐家合照的那本，便更加觉得羞愧难安。我看见杂志下面有一沓报纸，便想用报纸盖住杂志以获得暂时的逃避，但我一抽出来便看到了报纸上偌大的标题：张大川谋杀案结案，系因分赃不均被高中男生所杀。我急忙阅读了文章，大概意思就是邪教首领之子万杰不仅涉黑，还因为和老大张大川分赃不均将其在家里杀害，后在赫伯亚入室偷盗时被业主遇到，在天台无处可逃，最后畏罪自杀。我气得浑身发抖，万杰和张大川的纠葛我不得而知，一直以来都是警方在破案，但万杰到唐英豪这里肯定不是入室偷窃，怎么报纸会这样报道？

"谁准你乱碰东西的？"我循着声音看过去，只见唐英豪站在门口，手里拿着一盘蛋糕。我朝他走了两步，对他说："你知道万杰根本不是入室偷盗，那天你明明也在现场！"

"我跟你说过，公众想看到什么，什么就是真相！他这种杀人犯，做出这种事情来一点儿都不会让人感到诧异。你跟这种垃圾走得那么近，应该清楚他的本性啊！"他说着，表情漠然。

"就算万杰真的是凶手，那他也已经死了，他已经偿还了他亏欠的！而且你根本就不了解万杰，为什么要这样污蔑他呢？"

"把蛋糕吃了！"他有些不耐烦地把盘子重重抵在我胸口上。

"我不饿！"我往后退了退，而这时，只见他松开手，盘子落到了地毯上，蛋糕撒在了地上和他的鞋上。

"吃掉！"他语气冷漠，但即使这样，也是命令。我难以置信地看着他。他见我不动，便俯身把鞋上那块蛋糕捡起来，走到我面前森然地看着我，干脆地说了句："张嘴！"

"唐英豪，你……"没等我说完，他已经极其不耐烦地用力掐住了我的下巴，并在我不得不张开嘴时把蛋糕塞进了我的嘴里。我的头撞到了墙上，一侧脸上传来剧烈的刺痛——我的皮肉被他的指甲抓破了一块。我一阵干呕，把蛋糕吐了出来。这时他身后传来另外一个声音："少爷，您休息吧，我来清理！"只见李玉站在门口，双手垂在身体两侧，低着头瑟瑟发抖。

唐英豪气急败坏地指了指我的脑门转身离开，没想到却被椅子绊了一下，这当即就点燃了他所有的怒火。他举起椅子朝我砸过来。我没来得及闪躲，椅子砸在我身上，接着他踢了一脚盘子，盘子撞到墙上，碎了一地。他最后说了句："孽种！"然后就离开了我的房间。我看着玻璃窗上倒映着的自己的模样——脸上有两道血痕，嘴角上有一些奶油。李玉刚往前一步，我就急忙跑上去挡在门口对他说："我没事！"说完我关上门，久久地坐在地上。

其实从他第一次打我开始，我就应该想到还会有第二次、第三次，他会无休止地进行下去，这是他血液里的东西，不可能有任何转变，但我似乎还是没办法接受这没有任何预兆的突如其来的暴力相向。我甚至有一瞬间怀疑，他之所以这样对我是因为知道了他妈妈自杀的真相，但是，我随即否定了这个念头，这是不可能的事，他不可能知道。

第二天一早，一阵在我脸上急促的拍打把我唤醒了。全隔光的窗帘让我辨识不了是白天还是黑夜，我急忙坐起身，打开灯，只见面前唐英豪的脸上挂着有些扭曲的笑容。"昨天你一天都没怎么吃东西，该起来吃早餐了，今天我带你出去转转！"他说完站起身，双手插到口袋里，又俯下身凑到我面前说，"三分钟后餐厅见，不然，哥哥来喂你吃蛋糕哦。"我条件反射般站了起来，急忙抓起衣服朝卫生间走去。

到餐厅时，餐桌上已经摆好了一块蛋糕和一杯热牛奶。我急忙坐下来。唐英豪抱着手臂看了看我说："吃吧！"我低下头看着眼前的蛋糕，想起了昨晚发生的一切。这时，我听见李玉清了清喉咙的声音，像是在提醒我什么。我急忙几口把蛋糕吞了下去。等我吃完抬起头时，唐英豪正诧异地看着我，又看了看他盘子里吃剩的蛋糕，把盘子推到我面前说："喜欢吃啊？那你把这个也吃了吧！"没等我说话，他就歪了歪头看着我，不耐烦地说："不吃吗？"我连忙伸手接过盘子把剩下的蛋糕也吃完了。唐英豪站起身看向露台，拿起一杯水漱了漱口说："李玉，这蛋糕怎么有一股馊味啊？"

"报告少爷，我亲自从厨房取的，刚出炉还不到半小时！"李玉急忙回答道。他的声音很大，似乎也像是在说给我听。

"噢？"唐英豪抽了张纸巾擦了擦嘴，扔到李玉手里说，"那估计是别的地方发出的味道吧！"

"走吧，出发！"唐英豪走到我身后把手放到我肩膀上。我急忙站起身跟在他身后。到大厅时，唐英豪转过身对李玉说："对了，去楼上给我拿一副太阳镜！"李玉："英豪少爷，车里已经准备了四副！"唐英豪："那些我不喜欢，去拿几副前几天商场送过来的！"李玉鞠躬，朝电梯方向跑去。

唐英豪接着对我说："去南门 B 出口等我，今天开我的车，我去取车，现在就去！"我按他吩咐的朝南门走去，有几个工作人员对我问候，我没理会，我想起第一天来赫伯亚的样子，他们也这样对我鞠躬问候，那时候我多想永远守护在唐英豪身边，无论暴风骤雨，永远不会离开。

南门 B 出口是唐英豪停放他私家车的出入口，平日里鲜少有人使用，我在那里等了很久都未见唐英豪的踪影。这时，我听到楼上传来一声巨大的尖叫，一抬头我就看到一个人正从楼上掉下来，不偏不倚，正好落在我的一侧，一片血红提醒我这里正是万杰当日跳楼的位置。我惊恐万分地朝身后跑去，刚转身就遇到了唐英豪。我条件反射地扑到他身上："哥！是万杰！万杰！"他看了看后，嘴角露出一丝微笑，气定神闲地对我说："什么万杰啊，这就是毛绒玩具，估计是哪个客人恶作剧，你回头看看！"我将信将疑地回过头一看，发现是一个跟真人大小比例一样的人偶，但做得太过逼真了，看到它身上血红一片还夹杂着玻璃碴的样子，就能想象得到做恶作剧的人有多煞费苦心，而当日万杰摔下来的场面可比这还要惨烈。我无法再待在这个地方，转身朝酒店内跑去。唐英豪悠然地跟在我身后，等我到大厅时，李玉已经站在那里等我们，见我惊魂未定的样子，他上前一步，似乎是想问我发生了什么，但看到唐英豪，便没有再开口。

后来还是李玉开的车，唐英豪说我这几天情绪不稳定，想带我在周围的海边转一转。他带我到海边时，海上起了一层海雾，无尽的苍白蔓延着，模糊了海天的边界。他让李玉在车里等候，然后带着我在海边走了许久。后来，天空渐渐聚满了乌云。他带着我朝一个方向走去。我跟在他身后，脑子里依然是来之前发生的场景。我们几乎全程没有说过一句话。最后，天空下起一阵小雨，他建议我们在公园躲会儿雨。我听从他的安排，跟在他身后。

我们停在一片小林子里，渐渐回笼的思绪让我反应过来，才发现这是日暮云公园，而我们走的方向正是那天我被逮捕时纵身跳下的下水道的位置。我往前挪了挪，看到几个身着警察制服的人正往我们的方向走来，我感觉到极度的不安，对唐英豪说："我们走吧！"唐英豪慢条斯理地说："哦？怎么啦？"警察越走越近。我转过身看到下水道口依然是年久失修的样子，呼吸开始急促起来。唐英豪则看上去有种莫名的兴奋感。他用一种令人百思不得其解的语气问我："小曦，你不舒服吗？"我侧过脸看到他一副对我体贴万分的样子，与此同时，警察从我们旁边安然地走过，在闲聊着什么。

"我不太舒服，我们回家吧！"说完，我自顾自地朝公园门口走去。唐英豪跟上来时我已经坐到了车里，他坐到我一侧，先是笑着打量着我，然后突然用一种特别担心但又似乎透露着些许得意的语气问我："小曦，你别吓我！你如果不舒服可一定要跟哥哥说，知道吗？"我急忙点头。

我们回到了赫伯亚，刚进门唐英豪就对李玉说："这几天你依然到夫人那里去，有任何情况第一时间向我汇报。"我看着李玉，第一次希望他能一直待在赫伯亚，他也看着我入了神。"看够没？"唐英豪看了看他，又看了看我，李玉急忙鞠了个躬后关上门转身离开了。唐英豪和我各自回到房间。

直至深夜，我才渐渐有了倦意，我感觉到自己的身体越来越轻，像是能飘浮到城市上空一样，我看到万杰跳楼时的决绝，也看到自己在公园纵身一跃时的情形，然后我们各自穿越黑暗，我到了地狱，他或许能上天堂……所有那些好不容易克服的恐惧和黑暗好像又全都回来了，我好像又掉到了那条下水道里。这时，我感觉到自己的手指被什么东西啃咬了几下，这个梦境太过真实，真实到我切切实实感觉到有东西在啃咬我。我一身冷汗，睁开眼，眼前除了深不可测的黑暗外没有任何线索，我喘息着坐起身，想着刚刚那场没有边际的梦。

可这还不是最糟糕的时刻，最糟糕的是第二天，唐英豪告诉我潘丢了。我难以置信地看着他，他对我意有所指地说："对啊！这个房子连只蚂蚁都出不去，它怎么跑了呢？唯一的可能就是那边吧，所以可能死了！"我顺着他指的方向，发现是露台上万杰跳楼的位置。我像被拔掉了插头的电视机，一片死寂，没有一点儿表情、一点儿声音。

有一天，我半夜醒来时发现自己正躺在客房里，唐英豪坐在一把椅子上朝我笑着说："好好睡一觉吧！明早我爸妈就来了，你还有很重要的事情要做呢！"我坐起身想离开这个房间。唐英豪脸色一沉，对我说："你总不能一直在客厅待着吧？你就按部就班完成这件事，之后你喜欢怎么样都可以。"说完，他站起身走出客房，关上房门时还回头对我说："乖！"

正午，经过上次那三个造型师的又一次乔装打扮后，我又成了万众期待的唐英泓。收拾好后，我按唐英豪的指令在门口准备迎接郑艺玲和唐建宁，唐英豪则一直坐在客厅的椅子上，在我身后审视着他期待已久的好戏。门铃响起时，唐英豪挪了挪椅子往前凑了凑，对我说："开门！"我上前开门，打开门的一瞬间，我便看见了郑艺玲和唐建宁，他们身后除了李玉和两位新的女看护外，还有唐建宁的一位男助理。

空气凝固了，只听得见此起彼伏的喘息声。在这一片安静里，似乎只差某个人投放一颗足以让所有人都炸得血肉模糊的原子弹，那么今天发生的一切都将会变得意义非凡，足以让所有人在日后都回味无穷。至少，在我的世界里，已经构建不出比和他们一家抱在一起更诡异的画面了。

郑艺玲今天是被精心打扮过的，她穿着一身红色套装，新剪的头发在精心护理后透出一种亚光丝质的精致感，脖颈处则盘旋着那条宝格丽 SERPENTI 系列的蛇形项链，它那双祖母绿宝石的双眼发出夺目的光芒。这身装扮再加上今天和她裙色完美搭配的口红，让她看起来更加光彩夺目。唐建宁则简单了许多，一身像午夜深海一样神秘的暗蓝色西装加上白色衬衣让他看起来年轻了许多，他那副当时在香港海港城倾力打造了三十三个月的眼镜没了踪迹，被一副有暗纹的金丝眼镜所替换，领带虽然换了颜色，但依然能看到上面是很多金丝暗纹缝制的 BOOST LOGO，那支常年放在西装胸口处的卡地亚蓝宝石钢笔也换成了万宝龙的致敬荷马系列钢笔，笔夹的形状来源于《伊利亚特》里阿喀琉斯的长矛。

唐建宁先是讶异地张大嘴，接着整个人不自然地往后退了退，他早就知道我在唐英豪这里，我的出现并不会让他惊讶，他惊讶的是唐英泓怎么回来了，或者说我怎么被打扮成了唐英泓的模样。他反反复复摸着他的金丝眼镜边框，并从西装内衬口袋里掏出一块丝巾，反复擦着额头上还没来得及渗出的细汗。唐英豪站起来走到我身后，轻轻用手指点了点我的背。我便按他要求的脱口喊了唐建宁一声"爸"，之后又朝郑艺玲喊了声"妈"。只见唐建宁吓得急忙伸出手扶住了一侧的助理，可能是因为他太久没听到我喊他爸，可能是因为我现在要成为唐英泓才会喊他爸，也可能是因为我范卓曦居然对着郑艺玲喊了"妈"，还可能是因为他根本反应不过来喊他爸的究竟是我还是唐英泓，但无论这之中任何一个假设，都跟拿 AK-47 自动步枪对着他太阳穴开了无数枪没有什么区别。如果这些假设都成立，那现在无异于是我、郑艺玲、唐英豪三个人拿着三把枪对着他进行着疯狂扫射。

唐建宁嘴里反复地发出各种不受控制的惊叹声，或许是疼痛，也或许是恶心，他用另外一只手捂着胸口。当现场只听得到他急促的呼吸声时，他焦躁地扯开领带，解开纽扣，仿佛步入这个家像要他上刀山爬剑树一般。

唐英豪打开门："欢迎大驾！唐总！"

唐建宁瞪了他一眼。郑艺玲开心地拥抱我，一直喊我宝贝儿，一直问我想不想妈妈，最后，她在我脸上端详了几秒后，突然伸出手把我脸上伤口结的痂撕掉说："这是什么呀？"我顿时感觉到脸上有什么流了下来。李玉直接上前对唐英豪说："英豪少爷，厨师马上就要送餐上来了，要不，先移步到餐厅吧？"他们一家三口看看彼此，便有说有笑地拉着我往餐桌方向走去。

入座后，唐英豪和我坐在一侧，郑艺玲和唐建宁坐在另一侧。李玉没经过唐英豪同意就直接往我脸上贴了块创可贴。我只感觉恍惚，眯着眼看了看他，听到他一声轻微的叹息。除了上菜的服务员，后来还进来了一支身着燕尾服的乐队，他们西装革履，气质优雅，停在客厅通往吧台的开阔区域，其中一位坐到了家里一直闲置的钢琴旁，另外几位也都拿出各自的乐器。

乐手们演奏起《帕萨卡利亚 VI》，唐建宁的视线一直落在我脸上，像是怜悯，又像是愧疚，总之，没有任何锐利和审视。上菜后，唐英豪先举起红酒杯："祝贺英泓回家，我们一家人重聚！"郑艺玲语带兴奋地说："以后再也不分开，除非、除非生死相隔！"我跟着举起酒杯，停在空中，然后我们三个人一起望向唐建宁。他的眉毛蹙在一起，看向唐英豪的视线里充满警告的意味。唐英豪晃了晃红酒杯重复郑艺玲的那一句："除非生死相隔！"唐建宁极不情愿地举起酒杯，轻轻碰了一下我们的酒杯后，一饮而尽。我第一次见到这么狼狈的父亲。

之后，唐英豪心满意足地一边用刀叉切下一块块牛小排放进嘴里，一边饶有兴致地跟着音乐哼起了小曲，他甚至晃动起了大腿。郑艺玲则可能是和唐英豪太心有灵犀的关系，一边若有所思地想着什么，一边"嘿嘿"地笑着。最后上甜点时，我一见到蛋糕便条件反射般趴上去立刻吃光，搞得衣服上、脸上、桌上和地毯上全是蛋糕碎末。我急忙蹲到地上把地毯上的碎末捡起来，即便是微乎其微的碎末我都往嘴里塞着。唐建宁看到后摘下眼镜，捂着眼叹着气。郑艺玲则"咯咯"笑着。唐英豪继续气定神闲地嚼着牛小排，喝着红酒，来了兴致会小声地说一句："孽种！"

音乐声中，李玉在唐英豪身后笔挺地站着，我看到他的腿在微微发颤，他的视线停在很远很远的海天相交处，海浪一层层涌过来，他的眼圈也慢慢变红。另外几个人则站在入门的门厅处，像没有看到这里发生的事情一样，他们永远都那样泰然自若，甚至连嘴角都永远保持着标准微笑的幅度，他们是唐家甄选的最好员工，因为他们是一群唐英豪口中最为接近机器人的自然人。

这时，屋里猛然响起一声闷响，只见郑艺玲用盘子托了块蛋糕扔在我面前的地上，她用一种似笑非笑的表情盯着我。唐建宁走到我身边一把把我拉了起来："够了！"接着，他转过身对唐英豪说："你妈现在精神状态有问题，难道你也病了？"

唐英豪拿起桌上的餐巾慢条斯理地擦了擦手，对唐建宁说："亏你还知道妈妈精神有问题。这个屋里，现在最可怜的人不是妈妈吗？"他说完转头看向我："蛋糕要我喂你吃吗？"我听到他的话后，就感觉身体一软往地上跪了下去，慌忙地上前捡蛋糕。

郑艺玲一看，整个人笑得上气不接下气，她从一旁的包里拿出一支烟和打火机，点着后一边抽一边随着音乐晃着手。然而，在我捡到蛋糕前，李玉已经抢先一步把蛋糕捡起来清理掉了。唐英豪瞪了眼李玉，没吱声，把手边最后一点儿红酒一饮而尽。最后几个音符响起时，郑艺玲和唐英豪站起身朝乐队鼓起掌来，郑艺玲嘴里叫着："BRAVO!"（好样的！）乐队朝他们鞠躬谢幕。

从那天开始，我便很难再入眠，或者说很难再敢入眠，有时我能莫名地听到水流声，有时我又像是听到了万杰对我的呼唤，我总觉得我附近埋伏着许多光怪陆离的猛兽和陷阱，它们试图捕捉我、伤害我、谋害我。

夜里，我坐在客厅里。唐英豪吹着口哨缓缓朝我走来。看着落地窗上他走过来的影子，我整个人开始失控地发起抖来。他像从前那样把下巴放在我肩膀上，看着玻璃上我们的影子朝我笑，在我耳边说："对了，忘记还你手机了，我看你妈找你很急，要不你回她个信息吧。"说完，他把手机放到了我手里。我手一哆嗦，手机掉在了地上。我闭上眼，那么，最近发生的这一切就都能说通了。

"对了，我不小心看到她在问候我妈和英泓，麻烦你帮我转达她一声，他们都很好，勿念！"说完，他把地上的手机捡起来，放到了我手里，并让我紧紧地攥着。

12

Chapter 12　如此漫长的别离

遇见是两个人的事，离开却是一个人的决定；遇见是一个开始，离开却是为了遇见下一个离开。这是一个流行离开的世界，但是我们都不擅长告别。

——米兰·昆德拉

车子行驶在前往唐家一年一度的媒体答谢会的路上。刚进入隧道，唐英豪便悠然地跷起腿，把手上几页报道着他们家慈善活动的报纸扔到一侧，转过头打量了我一阵后，对李玉说了句："隔帘！"李玉不自然地回头看了我们一眼，迟疑几秒后，在唐英豪抬起头的一瞬间按动按钮升起隔帘。

　　车后座里就我和唐英豪两个人，他朝我靠了靠，掏出他的手机递给我说："估计你也想你妈了吧？我刚好有些她最近的照片，你要不要看一看？"我一听，急忙从他手上夺过手机翻看，里面是妈妈在各个地方被偷拍的照片，有两张竟是在赫伯亚酒店楼下。

　　"你要干吗？"我急忙抬起头。

　　他夺回手机对我冷哼一声道："我没干吗啊，就是让你看看你妈。怎么，我现在为你做一点儿这样的事情都不可以吗？"接着他滑动起照片喃喃自语道："你放心，只要你不再见这个女人，我就能保证她的安全。"

　　"唐英豪，你到底想怎么样？"

　　"我想怎么样？应该是问问你和你妈想怎么样吧？哦，对了，你妈已经表述得很清楚了，她想成为我妈，然后让你成为我。可惜啊，你没遗传到她的野心，不然，说不定你们母子二人早就住进我们唐家来了。"说完，他贴近我耳边用更小的声音说道，"你不怕死我知道，那女人也不怕，可是上天可真有意思，偏偏让你害怕她死，就像她害怕你死一样。换言之，我如果想让她生不如死的话，让你生不如死就好了。你如果死了，那么她也就死了，所以，你是不敢死的噢？"

　　我瞪着他，气愤和害怕的双重作用让我的小腿微微颤抖起来。他抓着我的下巴摇了摇我的脸说："干吗？你不会还觉得委屈吧？我就喜欢看到你这副样子。"他又揉了揉我的后脑勺说："哎呀，你应该觉得荣幸了，你知道多少人想要坐在这个位置上吗？你不是也很享受被当成英泓吗？那么待会儿的晚宴，你可不要让大家觉得败兴啊。"说完，他重新坐回右侧靠窗的地方，按动按钮说了句："待会儿在正门停车，下车就接受采访，最近社会上风言风语很多，刚好用唐英泓的出现压制压制那些传闻。"

"是！完全了解，英豪少爷！"车厢后座的音箱里传来了李玉的声音。

自由发言的权利早已被剥夺，我只能将视线投向车外，但车窗却无情地映照出我此时饱含绝望的双眼。汽车依旧在平坦宽阔的大道上平稳滑行，载着运筹帷幄的唐英豪、沉默寡言的李玉以及形似神散的"唐英泓"，终要引领着名为"范卓曦"的小卒驶向未知却注定了的末路。

天色暗下来时，车停在了一栋巴洛克风格的建筑前面，周围是高尔夫球场。车外已经围了很多记者和摄影师。下车前，唐英豪对我说："虽然每年参与答谢会的媒体基本上都是发我们家给的通稿，但你还是要给我把戏演足。他们问的无非就那些问题，你就按我之前给你的稿子回答。你如果说错了，别怪我那些手下对你妈做出什么出格的事情。"说完后，他按动按钮，隔帘降了下来，他对李玉说："让礼宾人员开车门吧！"

车门一打开，闪烁的镁光灯就没再停过。唐英豪别有意味地回过头朝我笑，他故意咬紧牙关，鼓起脸上的咬合肌，对我发出警告。我也学着他，咬紧牙微笑着，跟他走下了车。媒体顿时蜂拥而上。他向大家挥手致意："弟弟刚回国就说今年的媒体答谢会他一定要参加，说是要好好感谢诸位过去对我们家的各种关照。这是英泓回来后第一次出席这样的场合，所以如果有什么答得不好的，还请各位多多担待啊，哈哈哈。"众人应和着笑了起来。

"唐英泓先生，请问过去这三年多你就读于美国的哪所学校？过着什么样的生活呢？"一位女记者对我提问。

我抬起眼，看着出现在这群记者身后、已经停好车、站在远处的李玉："过去三年多，得益于父亲早年在加州的投资，我才能在那边接受私人教育，但网上所盛传的一个学校只有我一个学生的传闻是子虚乌有的。我们班里有十一位同学，有几位是父亲资助的坦桑尼亚籍的学生，我们在一起成长，同时我也从他们身上学到了许多。长久以来，我们唐家都很注重在卫生和教育方面的慈善投入，接下来，我觉得我们应该在紧急救援和反贫困方面倾注更多精力，这也是我们的社会责任之一。过去的时间，如果问我主要做了什么事，那应该是倾听吧！"

"说得真好，你这么小就已经想到了做慈善，除了父母对你的教育外，是什么促使你有这样的想法呢？或者说是什么触动了你呢？"另外一个中年男士问我。

李玉眼神坚定地看着我。我吸了口气，笑了笑说："两年前，我在美国组织了一次前往西非地区抗击埃博拉病毒的活动。在那次活动中，我有幸见到了比尔·盖茨夫妇。比起之前想成为他们那样的有钱人的想法，我现在更想成为的是他们这样的人。如果说启发，那这个或许算是一个启发吧！"

这时，有个戴着黑框眼镜一身书卷气的男生打断了我的话，问了一个我之前没有准备的题："有人说你在美国其实是在隔离病房里治病，并不是像你刚刚说的那样，你是怎么看待这些传闻的呢？有想过公开一些你的生活情况消除传闻吗？"

我还没回答，唐英豪就把话接了过去："今天的我们不能再选择不做公众人物，这世界就是有这样那样的传闻，但今天大家都看到了，英泓一个这么健康的大男孩，哪里像是在隔离病房里接受深度治疗的病人？我看我们别在这里站着了，大家快入场吧！晚宴后，公司公关部会和大家详细讲解我们所设立的媒体奖励机制，相信大家都会很有兴趣，这也是我们唐家为推动媒体和新闻事业的发展所尽的一点儿绵薄之力。"说完唐英豪对我使了个眼色暗示我朝里走。

就在这时，一个记者突然挡在我们前面："最后一个问题！两位少爷！大家对你们的生活都充满了幻想，我只在这里问一句，你们现在觉得幸福吗？"唐英豪一听，哈哈大笑两声，看了看我，又看了看记者说："我们如果说不幸福，那会遭天谴的，而且我们一直很珍惜这样的生活，也因为这样，备感幸福！"

"那唐英泓先生呢？"那位记者突然把录音设备举到了我面前，身后有其他记者应和道："是啊！你说两句吧！"我的视线重新回到了李玉脸上。他的眼神避开我，看向海的方向。我想起第一天遇到唐英豪的情形，想起因为他我才敢纵身一跃的天台，想起那条我们渡过的冰冷的河，想起了半山别墅、NEVERLAND（永无乡），还有潘。

我想起我对唐英豪说："我可以依附你吗？"他说："当然！"

我愣住了，这个问题太难了。

"唐英泓先生？"

"您就说两句吧！"

"是啊，就说几句满足一下大家的好奇心吧！"

"是想到了什么吗？"

记者的提问声此起彼伏。唐英豪侧过脸对我笑着，他先是清了清喉咙暗示我，见我半天不说话，便压制着音量重重地在我耳边说："英泓？英泓！唐英泓！问你话呢！"

这时，那位书生气质浓重的男生直接把话筒摆到我前面，厉声问道："是因为您现在过得不幸吗？还是有什么难言之隐？"

不幸？什么叫不幸？是母亲无耻的贪婪伤害到我最爱的哥哥叫不幸，还是我终其一生都将为此事赎罪叫不幸？我愣愣地盯着那个男生，魂魄却仿佛游离。

几位保安见状急忙上来开道。唐英豪拉着我朝门厅走去，他越走越快，直至走到后侧的休息室里。刚进屋他就把一个摆有香槟和水果的玻璃圆桌给掀了，气急败坏地回过头对李玉喊："公关部的人呢？"他话音刚落，四个男人飞快跑了过来，他们统一站在唐英豪面前，低着头，手背在后边，像等待处刑的犯人。

"谁准这帮孙子问这些莫名其妙的问题的？不是都安排好了吗？谁负责这个活动的？"唐英豪说着扯起一个公关部经理的衣领重重推了一把，那人狠狠撞在了墙上。

"英豪少爷，是我们部署不利，之前都核对过问题了，不知道今天怎么回事……您放心，明天出来的一定是好看的报道！"其中一位不停鞠躬，甚至超过了九十度，再往下估计整个人就要低成尘埃了吧。

这时，一个保安经理跑进来对几位公关说："徐经理、张经理，门口有个疯女人说英泓少爷不是英泓少爷，是她儿子！还说她要见她儿子！"我一听急忙转过身想出去，唐英豪一把拉住我。其中一位公关眉毛蹙在一起，急忙小声对保安经理说："这种疯子你们怎么给放进来了？把她赶出去不就行了吗？"唐英豪扯了扯领带对几个经理说："现在把媒体人员带到宴会厅用晚宴，如果我看到一丁点儿负面报道，你们几个就给我滚！"等那几个人消失后，唐英豪指着保安经理说："那个谁，给我把那个女人带进来！"

"啊？"保安经理发出惊讶的声音。

"现在！李玉，你去和他把人带过来！"唐英豪指向保安经理，保安经理急忙和李玉飞快地跑出了房间。

"你妈可以啊！"唐英豪对我冷嘲热讽，捏住我胳膊的力气很重。我试图甩开他的手，却被他狠狠钳制住了。"烂到骨子里了！"我尽全力挣脱，但根本不是他的对手。他失去了耐性，借着力气把我重重地朝旁边一扔。我整个人撞到了茶几上。

"小曦！"我循着声音看过去，妈妈正在门口看着我，李玉跟在她身后。妈妈急忙朝我扑过来，但她在从唐英豪身边经过时，唐英豪一把将她推倒在地："你是活腻了吧！"我妈试图爬起来靠近我，唐英豪却狠狠钳制住她。我急忙上去拉住唐英豪："够了！你别这样，我求你，我都听你的！"那一刻，看到我妈的脸色因窒息充血而变红，我相信他能轻易杀死我妈。

"英豪少爷，外面可都是记者呢！"李玉只敢用委婉的话语劝阻。

唐英豪最后推了我妈一把，我妈又一次摔在地上。

"走啊！"我对妈妈喊着，"你快走啊！你来这里干什么？！"我急得想往前冲到我妈身边，但唐英豪根本不可能让我过去。

"小曦，你别怕他！该害怕的是他，现在是我们有他的把柄！他对你做了什么？"我妈继续骂骂咧咧。

"我求你！你走吧！"我受不了了，情绪到了崩溃的边缘，我朝她失控地哭喊着，"全都怪你！所有事情全都怪你，不然今天不会这样！你收手吧，我求求你！你走啊！为什么你现在明明就可以走你还不走啊？！"

我妈听得一愣一愣的，最后对我说："那行，你和我一起走！"我一听急得蹲到地上哭了起来，又站起来用最后一点点力气小声对她说："我走不了啊……"唐英豪得意地朝我妈冷笑着："满意吗？"

"小曦，他是不是打你了？"我妈上前两步，试图再次接近我。唐英豪一把把我拉到他的身边。我开始瑟瑟发抖。他轻轻"嘘"了一声，我便抿着嘴不敢再哭出声了。

"对，我打他，而且我不光打了他，还做了很多你想不到的事情！"唐英豪悠然地看着我妈，嘴角的笑意越来越浓。我妈看我发抖的样子，声音突然提高了八度："你疯了？唐英豪！不许打小曦！"

"不许？"唐英豪反问了一句后对她说，"你看好了！"他说完，一记耳光重重地打在我脸上，我只感觉脸颊一阵刺痛，继而变得滚烫，耳朵也一阵发闷，我突然没有了任何思考的能力，捂着脸只想离开这座地狱。唐英豪抓起我，在我另一侧脸上又打了一个响亮的耳光。我蹲到地上，没再站起来，最后跪下来对我妈说："你走吧，我求你！不然我还会挨打！还不够吗？我以后只会在哥哥身边，我不会再见你！"听完我的话，唐英豪揉了揉我的头发，悠闲地说："这就乖了嘛。"

我妈难以置信地看着我，她突然安静了下来，脸上的泪水和汗水混杂着，不知所措地左右看了看，身体瑟缩。她走到一角把倒了的桌子扶了起来，动作里难掩慌张，然后狼狈地朝门口走去，一转身消失在了我的视线里。我听到一声清脆的相机拍照发出的"咔嚓"声，唐英豪和李玉追了出去，房间里只剩下我一个人。

两人回来后，唐英豪把西装外套扔到沙发上，对李玉说："居然给跑了！你知道这件事的严重性，叫个司机先送我和小曦回去，你和其他人继续跟进，现在暂时禁止所有人出入会场！"

李玉握了握拳。我很少见到李玉这个样子，是因为恐惧，或者还有那么一点点愤怒吧。他对唐英豪鞠躬："是！请英豪少爷、英泓少爷现在往 B2 走！"说完，他恭敬地做了个"请"的姿势。唐英豪没多想，果断走到我面前，一把拉起我的手朝后门电梯方向走去。我跟着他："我妈呢？你不会把她怎么样吧？"

"你放心，今天我再放她一马，不过她如果再敢轻举妄动，我就保证不了了！"说完，电梯也到了，他把我拉了进去。李玉把我们送上车后，我和唐英豪就没再说话。我看着窗外，霓虹斑驳的光晕扭曲了我的视野，过去认为美丽的光线俨然变成张牙舞爪的怪物，顺着窗缝肆意流淌进车身，最终将我割裂、同化成如出一辙的异端，我不禁着想，曾经，我是可以那么轻易地死掉的。

那天回到酒店后，唐英豪就让李玉二十四小时监视着我，包括我的睡眠、饮食，甚至每天说了几个字，是的，几个字。我回到酒店后很少再和唐英豪交流，恨不得完全按他的指令去生活，因为这样他就不会愤怒，就不会打我，那么妈妈就会是安全的。我没有任何可能再突破这道精神枷锁，目睹过他几乎要痛下杀手的情景后，我相信如果他想要杀死妈妈就像弄死一只蚂蚁般简单，而他之所以还没这么做是因为他觉得现在这样的复仇能让我妈更加痛苦，而我现在也愿意付出一切去替妈妈赎罪，只要能保证妈妈的安全，承受再多我都愿意。想到这里，再想起曾经自以为可以对妈妈置之不理的决绝，我就觉得荒唐至极！

有天夜里，唐英豪举着酒瓶喝着酒，他把脚搭在茶几上，胸前解开两颗纽扣。他那段时间总这样，但很少会喝醉。我倒希望他能告诉我，其实他那些日子都是喝醉了，都只是在撒酒疯。将近午夜时，他突然接到一个电话，全程没发出一点儿声音，甚至是一个"喂"字，没人知道他在部署什么计划。他匆忙出了门，临走前反复叮嘱李玉要看着我，如果有任何差池，他唯李玉是问。李玉把他送到电梯，我则往露台方向走了过去。我站到露台上时，身后传来了李玉朝我急速跑过来的声音。他停在我身后，我看着远处，烟波浩渺的海面在月光下如银鳞一般闪闪发亮。不晓得多久前，也是在这样月色明朗的夜里，我越过唐英豪的脊背也看过这样的汪洋，那时候，我以为我们能熬过黑夜，等到微风里的正午阳光。李玉按动了一下手上的遥控器，露台亮起了夜灯。

其实人最可怜的不是生不如死，而是生无可恋。人最深的绝望不会让人窒息，但会让一些东西永远烂在心里。你明明还有柔软的心，对方也有温暖的体温，但你们永远不会再拥抱在一起。我这种人，既然已经生在了错误的位置，就不怕再走错方向，但现在我发现我唯一放不下的就是这一点点关于温暖的错觉。

我知道的，我永远失去了他。

天空开始飘起零星的雨滴，亿万水珠摇落成帘，逐渐掩住世界原有的模样。我往前走了一步，站到了那天万杰跳楼的位置。李玉急忙往前一步，我和他的距离近到他伸手便能一把抓住我。

　　"你以为我会死吗？"我转过头对李玉笑。他脸上没有表情，只是看着我。我深深吸了口气对他喃喃说道："我不敢死，也不能死啊！感觉自己错过了好几次可以死的机会。你看这些雨滴，万杰那时候跟我说死亡就像雨滴掉进大海那么简单，可我怎么觉得死亡像是要把海水倒进天空那么难呢？"

　　李玉依旧不吭声。我缓缓地对他说："这么多天了，难得有个人听我说话，已经足够了。你回屋吧，我就是想透口气，唐英豪在家的时候，我连来露台走走都不可能。"说完，我朝露台一侧走了过去，李玉则继续跟在我身后。我转过身看到他已经淋湿了，雨水打湿了他的头发，顺着细碎的刘海滑下来，滴落在他的白衬衣上。他被淋湿后我才注意到，除了凸起的肌肉块儿，他的身上还有一些瘀青，但这并不让我意外。

　　"你都淋湿了，回去吧！上次也是在这里，我让你陪我在这个露台度过黑夜，说第二天我一定就会好起来，当时你想也没想就离开了，怎么今天你反倒跟着我不走了？"

　　"我要确保您的安全！"他的语气跟这场不合时宜的雨水一样冷冰冰的。

　　"李玉，你和我讲话不需要这样的，之前你帮了我好几次，我都能看出来。"我轻声笑了笑对他继续说，"你还记得我刚来赫伯亚的时候吗？有一晚，我出来遇到你在这里喝酒，那天，我让你给我喝一口，你拒绝了，接着我抢了你的酒。那晚，我对你说，就一晚，你只要陪我在露台度过那个晚上，我就有复原的可能，我就可以好起来，结果你想也不想就离开了。还好那晚有潘，可惜现在潘也没了，你都还记得吗？"

　　他不置可否，我问他："所以，你要等我进屋休息了才可以休息对吧？那请你再给我十分钟的时间，我等会儿就进屋。"说完，我转过脸看着天边。

　　"我不累！"李玉突然对我说。我有些讶异，也没听清楚，便又问了一次："你说什么？"这时，他突然转身朝屋里跑去。只见他从门口拿了一把黑色雨伞跑了过来，他撑起雨伞对我说："待到你待够为止。"

虽然语气依旧冰冷，但这是我见过的最不寻常的李玉。

我不知该同他说些什么，两人便继续在这种奇怪的氛围里撑着伞伫立，一言不发。露台外雨滴细小却密不透风，氤氲出朦胧雾气，远处的五光十色也被隔绝成了另一个世界的喧嚣。我看了眼身侧皮肤苍白透明的李玉，突然发现自己找不到他与现世的关联。

"李玉！"我莫名其妙地喊了一声他的名字。

李玉侧过头看向我。我对他说道："你要是不想和我说话，那就听我说说我自己吧？"他看着我，反应了半天后居然对我说了个"是"。

我犹豫了一下，难以言喻的感觉袭上心头，像是心疼，又像是无奈，或许李玉没有童年吧？我想了想，对他说："你相信童话吗？我以前可会讲童话故事了，不是你想的那种老套的童话，有几个我给我妈、万杰，还有之前每次搬家前最好的小伙伴们都讲过的童话，比如说匹诺曹后来开了一家整鼻整形中心，第六年进入了福布斯排行榜。"李玉听到这儿就像开启了一扇新世界的大门一样，直愣愣地看着。我对他笑了笑："怎么，第一次听到这样的版本吧，是不是比原著更有意思？"李玉依然目不转睛地看着我，眼睛里好像有什么在闪动。我笑了起来："哎呀，李玉啊，故事不好笑，倒是你把我给逗乐了。多久了啊，我都没笑过了。虽然就一会儿，但还是谢谢你！"他急忙转过脸，吞了吞口水，装作没有听到的样子。

第二天夜里，我被几声轻轻的敲门声吵醒，急忙打开床头灯："谁？"门外没有人应答，只有持续的、轻轻的敲门声，我想起在半山别墅时，因为我害怕，唐英豪便在走廊敲我的门。我爬下床打开门，看到李玉站在门口，此时，他身穿一件宽松的耐克黑色T恤，头发全放了下来，柔软地挂在他的额头上，下身是一条普通的牛仔裤，甚至脚上穿着的也只是一双再简单不过的阿迪达斯黑色拖鞋。如果不是再三确认过他浓眉下那双明澈的眼睛，我不会相信这个人是李玉，我甚至能闻到他身上有一股清新的木质香气，估计他刚洗完澡或者刚从床上爬起来吧？

我急忙一把把他拉进客房，小声地问他："李玉，你怎么在这儿？"他睁大眼睛看着我，迟疑了几秒后，对我说："英豪少爷出去了，我想带你去个地方。"我更加讶异："唐英豪这么晚去哪儿？"他虽然站着，但居然倚在了门上。这种轻松的氛围也让我松了口气，我退后一步问他："你要带我去哪儿？唐英豪回来的话……"

"少爷回本家三部了，来回最少也要四个小时，你跟我去吧！"他语气像是恳求，完全不是平日里那个按程序设定出色完成所有任务的机器人。

我看了看自己，身上穿的是唐英豪的T恤和裤子，又看了看李玉随意的装束问他："走吧，我要换衣服吗？"他有些惊讶地看着我。我对他笑笑："怎么，你要害我吗？"他急忙摇摇头，他惊讶的是我甚至都不问他去哪儿，可是那些日子，就连离开那个房子半步对我来说都是奢望，所以，没错，对李玉的提议，我不假思索就答应了。

电梯停在了我们楼下一层，这倒是让我有些意外。李玉走在我前面，我跟在他身后，看着他现在这身柔软的装束，说真的，不看脸，我真不信这个类似日漫中男生的背影居然是李玉的。

"我以为你带我去什么特别的地方呢。"我在他身后说着，他没理我。这层楼有许多客房，他在一个房间门口停下，掏出一张卡扫了一下后对我说："进来吧。"我看了他一眼，有些不可思议，我们这是要干吗呢？

"喵——"房间里传来一声猫叫，这对我来说宛若一剂振奋剂，是潘！没错，真的是潘！我急忙朝屋里跑去，只见潘正躺在圆形的沙发上，四处都是它的玩具和猫粮。我急忙抱起潘，难以置信地看着李玉。他站在电视柜前，手垂着。我冲他笑，他难为情地抹了下鼻子，看着窗外。

我和潘玩了将近两个小时后，天也灰蒙蒙亮了，我恋恋不舍地放下它。潘是无辜的，它有着这些日子以来我见到过的最清澈的双眼，它肯定会没事的，这是这段时间我唯一等到的惊喜，唯一的好消息。我站起身，朝门口走去。李玉默契地跟在我身后。我和他上了电梯，回到了客厅，唐英豪依然没有回来。

"李玉，我再给你讲个故事吧！"我对他说。

他急忙坐到地上，支起头看着我，这个举动让他看上去像个小朋友一样，但接着，他猛然间意识到了什么，"嗖"的一下站直了身体。我被他这个突然的站立吓得退后了一步，对他说："没事，你可以坐！"他摇了摇头。

我看着他，心想现在弥补他的童年真的来得及吗？我清了清喉咙说："今天讲小美人鱼，小美人鱼最后不是变成了泡沫吗？其实那还不是最终结局，最终结局是她受到了泡沫的启发，开了一家肥皂厂，她还给肥皂厂起了个名字，叫什么来着我忘记了，还有还有，你想知道《哈尔的移动城堡》的真正结局吗……"

他背着手，听得很有兴致。我能看出来好几次他都在拼命憋笑。应该早一点儿这样和李玉打开心结的，应该早一点儿这样和他说话的，这些日子我等一个可以这样相处的人等得很辛苦，却没人在意，李玉已经等了许多许多年。

太阳终于摆脱黑夜的桎梏，从海的尽头缓缓燃起，金色华晖渐渐爬上李玉的脸，让他看上去像朝阳一样散发着灼灼生机。在万籁俱寂里等了许久，太阳啊，你终于出来了。

"天亮了，昨晚就当作没能来得及记住的一场梦吧！谢谢你！还有，晚安，李玉！"

"晚安！"

当一个人真正想要复仇的时候，他的对手会变弱，困难会变得简单，状况都为他让路，甚至连自然因素都能成为外援。真正的复仇是没有底线和目的地的，所以它必将是缓慢的如钝刀割肉的过程，只要复仇者足够聪明，他就永远不会败北。唐英豪显然是这一类的天才，你以为他要达到的完美复仇永远都在途中，只有过程才是永恒的。

当唐建宁带我走入这栋隐藏在松林翠柏中的私人医院时，我的步伐变得越来越不受控制。唐建宁跟在我身后："小曦，你冷静点儿！现在情况已经稳定了。"

"哪间房？"我颤抖的哭腔让唐建宁也变得越发焦急。

"每层只有一间病房，尽头就是！"

我跑得更快了，直至推开那扇柚木大门，看到正躺在病床上的妈妈。她输着液，护士在一旁给她测量血压和体温。

"妈！妈！"我俯下身抱着我妈。我妈虚弱地呼着气，朝我缓缓点了点头说："没事了，我不放心你，让你爸去把你先叫过来了。"

"怎么会没事？好端端的怎么会食物中毒？"

"小曦，现在妈妈已经没事了，你不要太担心了，一切体征都稳定了。"唐建宁在我身后说道。

我回头瞪了他一眼，继续问我妈："你吃了什么？是什么中毒？"我一边说一边确认我妈的体表有没有什么食物中毒的症状。这时，我注意到我妈胸口有一处新包扎的伤口还在隐隐渗着血，看样子伤口挺大，我一下便失去了理智，对一旁的护士喊道："我是家属，请把病历拿给我！"

护士抬头看了看唐建宁，为难地说："这个，我没有这个权限。"

我回头看着唐建宁。我妈虚弱地伸出手拉着我。我喊道："唐建宁！"

"给他！给他！"他说完转过身看着窗外。

护士朝一侧的房间走去，回来后递给我几页纸。我看到了结论：化学性食物中毒。而妈妈胸前的创口是三天前被利器损伤的，现在导致了血胸。我把病历握在手里，直接走向唐建宁。

"为什么会有利器损伤？"

护士离开了病房，轻轻把门带上。唐建宁把衣袖挽起来，看着窗外，不敢看我："前几天发生了一次高空坠物的意外，玻璃片不小心割伤了你妈妈。"

"那这次的化学性食物中毒，你又怎么解释？"我走到他的一侧，咄咄相逼。妈妈发出呻吟声后吃力地对我说："小曦，你这几天就别回去了。"

我听后心里一阵难过，都什么时候了，还想着我。在这个当口，食物中毒、高空坠物这两件事任意拿出一样来看都不像是偶然。

我深吸口气，声音颤抖："你是不是知道是谁做的？"

唐建宁背对着我一言不发。我看着妈妈躺在床上苍白无力的模样，双手也开始颤抖，愤怒、后怕席卷而来，就差一点儿，就差那么一点儿我是不是连她最后一面都见不到了？！我对唐建宁呵斥道："你不会到这个时候还要袒护唐英豪吧！他现在要杀我妈！我妈是错了，但罪不至死，你现在都不管管吗？"

唐建宁叹了口气，回过头一脸无奈地蹙着眉对我说："小曦啊，你还记得我之前说过送你们去新加坡……"

没等他说完，我斩钉截铁地回答："我们去！但我有三个条件！"

他有些吃惊，吃惊的或许是我很干脆就答应了他的要求，也或许是因为我居然能在这么短时间里想出三个要求，这说明我应该早就想过了。他看了看我妈，又看了看我："你要什么？"

"一、足够我们这辈子花的钱；二、你和我妈再也不可以有任何联络；三、我要带走李玉。"

"李玉？"他难以置信地重复了一遍，然后露出一个复杂的笑容，像惊讶，像疏离，也像讽刺。是啊，前两个条件根本不算是条件，那么我唯一的条件居然是带走一个他们唐家甚至都不会多看一眼的人，这算什么呢？明明准备好所有筹码和你较量，你要的竟然是一个我从未在意的东西，这种感觉真不好受。

"对！我要带走他！我不想他再过这种生活。"

他抬起头闭上眼无奈地笑了笑说："好！钱我给，李玉我给，至于我和你妈……"

"小曦，我和你爸……"我妈用恳求的眼神看着我。

我怒不可遏地看向我妈："这个男人究竟有什么让你放不下的？你现在还看不清楚吗？你们现在就必须表个态！"

"好！只要你妈不找我，我就不会再和你妈见面！"唐建宁说完跟跄了一步，就像他身上被卸下了巨大的负担，接着他走向我，伸出双手搭在我肩膀上，"总之，是我不对，就按你的意思去办吧！机票我来安排，你想哪天走？"我已经很久没这么近看他了，他的眼角细纹更多了，头发也白了许多，这才不到一年的光景，他老了。

"越快越好！"我往后退了一步，他的手落了空。

最后他用几乎恳求的语气喃喃说道:"那我可以……"

"不可以!我不会再见你!"我果断地回答他,他的手无力地垂下。

"唐建宁!"我叫他。他抬起眼下意识地回应:"嗯?"

"你走吧,还有事吗?"

"这一走就回不来了,我可不可以多陪你……"他唯唯诺诺地说着。我抬起头看了他一眼说:"不可以!"他低下头,我对他说:"这几天劳驾唐先生保证我妈安全,我现在得回去,不然李玉会有事。"说完我朝我妈走去:"稳定下来了一定要好好休息,有任何事情,联系不上我就报警!没有什么比你的命更重要!"

我妈想了想对我说道:"事情没到那步,这要是走了,我们就永远分开了。"我摇了摇头,转头对唐建宁说道:"我定好时间会联系你,你手机保持畅通。"说完,我离开了病房。在我走出房门时,唐建宁对我喊道:"我想送你。"

"不用,我自己叫车回去,以后没事请你不要到赫伯亚来找我。"说完,我离开了私人医院。在这个任何人经过都会以为是新建的某个植物园项目的郊外,等到了唯一一辆朝曜岛市中心行驶的公交车。

赫伯亚电梯到达顶层,门一打开,我就看到了站在电梯口焦急等待的李玉,即使表情镇定自若,他额头上那层细密的汗还是暴露了我这件事的确让他胆战心惊。我径直走进了房间。李玉关上门后挡到我前面,眼巴巴地看着我。

"我妈没事!"我对他说。他松了口气,对我点了点头。

"唐英豪没回来吧?"我一边问一边继续绕过他朝露台方向走去。李玉跟在后面说道:"少爷还没回来!"

我松了口气:"如果他今天在家,估计唐建宁都接不走我,情况会更不可预测。"我走到露台上时,看到了落日下波光粼粼的大海,猩红色的海水看起来就像是为落日浴血而准备的。李玉站在我的一侧,眼睛看向我看的方向。

"李玉,我有话和你说。"我看了看他,他的鼻尖在海水和天光的映照下闪闪发亮。他对我说了句:"是!"我看着被这身熟悉制服所包裹的他,再想起昨晚的一切,仿佛那真的是一场梦。

"我妈现在有危险，我已经没有选择，必须出国。"李玉听到这里，猛地回过头，脸上是惊愕的表情。

我继续说："如果我们不离开，我妈肯定会出事，之前我妈差点儿害死唐英豪的妈妈，还是两次，唐英豪肯定不会放过她，但是李玉，你不用觉得难过，因为我会带你一起走！我们一起去新加坡开始新的生活，你不用担心你的生活。"

这时李玉摸了摸蓝牙耳机急急忙忙对我说："大堂那边说少爷回来了，我得过去了。"说完，他朝屋内快步走去。我看着他的背影，无奈地跟在他身后，我走得很慢，我不想见到唐英豪，一点儿都不想！我回到了自己屋里，坐在床边，继续望着海洋。

门被推开的一瞬发出了刺耳的声音，落日的万丈光芒从远处的海面一直延伸，穿透玻璃照在我脸上还有我身后这个人的身上。他停在门口注视着我倒映在玻璃上的脸庞，脸上不知道从哪天开始就总带着一股说不上来的挑衅，即使现在他的嘴角有一丝微笑的幅度，也像是一种邪气的笑容，不易察觉但让人生厌。在确定我依旧在他的掌控范围内后，他放心了，缓缓朝我靠近，坐到我的一侧。我下意识站起身，他急忙拉住我的手不许我离开。我看着他的脸，能看到他肌肉微微绷紧的痕迹，现在这张漂亮的脸蛋已经不能再作为他完美的假面了。

我猛然用力，一下挣脱了他的手。他迅速站起身，举起手想打我，但这次他的手在离我很近的位置缓缓降了下去，他克制不住地笑了起来，此刻的他看上去就像我儿时被霸凌时遇见的那些流氓一般，他应该非常享受我对他的恐惧。

我对他冷冷说道："怎么不打了？不打下来，你现在的怒火怎么发泄啊？你知道吗，即使你这样笑着，我也看得到你现在有多憋屈！"说完我就看到他愣在了原地。我趁机绕过他朝门口走去，他突然站起来在我身后气急败坏地喊道："站住！"我停了下来，转过身不耐烦地对他说："一个控制狂突然失去了对周遭的所有控制，这种感觉一定很不爽吧？"

"你说什么？你这话什么意思？！"他急匆匆走上来，一把抓起我胸口的衣服把我扯到他面前。我仰起头对他说："就是说我以后再也不会害怕你！你对我已经不能再形成控制，loser！"说完，我用力扯下他的手。他气急败坏地瞪着我，我转身朝客厅走去。身后传来一阵物品轰然倒塌的声音，清脆的玻璃破碎声夹杂其中，接着一个咖啡杯从我耳边擦过，我回头一看，唐英豪正暴怒地瞪着我，他喘着粗气，握着拳。我朝他笑了笑："你退步了！"

夜里，月光倾洒在屋内，唐英豪在客厅里喝着烈酒，没有开灯，他的身体在黑色衬衣的包裹下被夜色剪出一个清挺消瘦的轮廓，每当他手上的钢化玻璃杯碰撞在玻璃茶几上时，就会发出与这安静夜色极不和谐的清脆的响声。上次他把咖啡杯砸向我已经是一周前了，在这一周里，他偶尔也会出门，但大多数时间里都在喝酒和睡觉。

我看了看手表，已经凌晨四点了，按约定，距离离开公寓的时间还有一个小时，前几日夜里两点前他准入睡，今天却久久不见他有要去睡觉的意思。按计划，为了确保我妈安全，唐建宁会亲自送我妈到机场，接着会有人来接我，我和我妈会在机场碰头。此刻，李玉已经按唐英豪吩咐回了卧室，客厅里就他一个人。我把收拾好的行李塞到床底下，既然他不能喝醉，就过去和他喝上一杯吧。

我拿起那盒放在床头柜里的不知道是之前谁落下的劳拉西泮朝吧台走去。唐英豪依然坐在客厅背对着我看着窗外。我把药用玻璃杯底碾成粉，倒进酒杯里。

当我把调好的酒递给他的时候，他并没打算接过去，只是抬起头审视着我，眼睛里像杂糅进了海边的沙砾，泛着红。一阵酒气从他的方向弥漫过来，看来他早就酩酊大醉了，现在缺的只是一剂安定而已。

"怎么，害怕我给你下药吗？"我和他较量着，酒杯继续举在他面前。他的视线缓缓降至酒杯的位置，打量起我手里的这杯酒，接着从我手中夺过酒，喝了一口对我说："你不害怕我吗？"

"如果说非要在我和你之间加一个词的话，应该是厌恶吧。"我说完，坐到他对面的沙发上。他笑着蹙眉，接着把整杯酒一饮而尽后对我说："那如果这样的话，你应该在这杯酒里放劳拉西泮之类的药物，然后等我大睡后去设备间给这个楼层断电。记住，放火时别留下痕迹。"说完，他盯着我的眼睛朝我点了两下头。

我笑了一下，因为太过震惊。我站起身朝他走了两步，抱着手臂看着眼前的这个人，这个完全让我看不穿、猜不透的人，他反复无常，永远不按常理出牌，致使本该继续的游戏会突然中断，致使亲密变成讨厌，然而现在你连讨厌他都开始变得困难了，因为讨厌里又有了可怜，这个人还是有弱点吧，不然复仇对他而言不是轻而易举的事情吗？

"那么放在我床头柜里的劳拉西泮就是准备这么使用的吗？"我先发制人，这次轮到他笑了。他试图站起身，但整个人失去了平衡，眼睛缓慢地眨了几下。

"不说这些没趣的了，"他尽全力坐直，"你不是想赎罪吗？今晚休战好不好？"然后他对我伸出手，"我想英泓。"

我盯着他，这个场景太过熟悉，那天在半山别墅他也喝了许多许多酒，然后也这么对我说："我想英泓。"我坐回到对面的沙发上，抱着手臂，跷着脚，冷冰冰地盯着眼前这个人。他失望地盯着我的脸，手缓缓落在身侧，身体往后仰倒倚在沙发上，偶尔发出的一两声轻笑渐渐变成了沉沉的鼻息声。我走到唐英豪面前，最后端详了他许久，我想好好记住这张脸，几个月的相处对于我来说还是太短，醒来后，不会难过太久吧。

我敲开李玉房门时，他穿着一件无袖 T 恤，下身是黑色短裤，他的头发有些乱，估计是睡到一半被我吵醒的。我推了他一把，进了他房间，把房门关上。"李玉，我们出发，现在就走！"我看了看表继续说，"我们只有十分钟的时间。我也是昨天确定我妈可以出院才急急忙忙做的决定，今天一天都没办法接近你，只能现在才告诉你。你快收拾一下，我去拿我的包。"

"现在？"李玉再次确认。

"对，现在！去新加坡！"我说完，看到他的表情又补充道，"唐英豪睡着了，估计直到明天晚上才会醒过来，你不用担心，你现在换衣服好吗？我边走边和你说。"

他不置可否，我对他点点头，然后回房拿东西。等我再回到走廊时，李玉已经换好了正装，我有些难以置信，但还是带着他朝门口走去。天色有些隐隐发亮，唐英豪睡梦中突然说了句："哥哥会保护你！"和那天的情景一模一样，那天我也是这样急匆匆离开了他的世界，只是这次，我不会再回来。李玉抬头看了我一眼，像是期待着什么，我对他摇了摇头说："不要相信他！"

说完，我们朝门口走去。坐上电梯时我才注意到李玉手上都没有行李，忍不住问他："你一件想带走的东西都没有吗？"他对我摇摇头。

电梯停在地下一层，按计划，车会在消防通道一侧接我。只是我们刚出电梯就遇到了三个保安，他们朝我们鞠了个躬后从我们一侧走了过去。我看了李玉一眼刚准备松口气时，其中一位突然对我们说："英泓少爷早安！少爷的用车都停在 G 楼，李秘书这是要送少爷去哪儿？"

"这可能是我这辈子唯一对你讲的一句话，毕竟像你这种人，我甚至都不会多看一眼，我的行踪不需要向你汇报。"我朝他说着，只觉得后背脊椎发凉。

"英豪少爷特别交代过不能放您单独出入，除非指定车辆送您出行，不然我们是不好交代的。"他说完，脸转向李玉。

"我就是按英豪少爷指示送英泓少爷出发的。你如果不信，可以去核实！"李玉说完，目光冰冷地盯着他的脸。

那个人突然来了兴致："那请二位稍等，我们这就上楼请示少爷。"说完，他们径直朝电梯走去，上了电梯。我急忙快步朝通道走去。李玉对我说："等我！你这样肯定走不了！"说完，他朝逃生通道跑去。我看着电梯上升的楼层，6，7，8……42，"轰"的一声电梯停在 42 楼不动了，接着整个地下一层所有的灯全灭了，世界陷入了一片黑暗中。正当我焦急万分时，一只手拉住了我："跑！"

黑暗里，我看不到李玉的脸，只听到他和我说："最多能坚持三分钟，出了安全门上车后，记住往消防后门走！"我停了下来，难以置信地问道："李玉，你说什么？这些话你等下不亲自和司机说吗？"

"快跑！"他又拉了我一下。

"不！你不走，我就不走了，说好一起走的！"

"我不会离开英豪少爷！为了家人，你什么都可以牺牲，但以后除了保护好你的家人，你也要保护好自己！"李玉说话的语速越来越快。这时突然所有的灯亮了起来，楼梯那边传来一阵响动声，有人说着："快！快追！所有进出限制启动，包括消防！"没等那边话音落下，五六个壮硕的保安已经出现在了我们身后，李玉呈"大"字形挡在他们前面，他们停了下来，其中一位对着对讲机说道："找到人了！"

"你再不走就没机会了！走啊！"李玉第一次对我用命令的语气。

"说了你不走，我就不走！唐英豪是什么样的人你比我还清楚，为这种人真的值得吗？"

"少爷他是我的家人！"李玉说完，我难以置信地看着他，他坚定的眼神告诉我他说的是真心话。他又对着我呵斥了一句："跑啊！"

说话期间，几个人早已摩拳擦掌，其中一位开口道："李秘书，失礼了！"我朝消防通道跑去，身后传来一阵混乱的打斗声。等我跑到通道门口时，前面来了七八个和刚才那些差不多身形的保安。神啊，如果今天不能离开，那也请你一定让我死在赫伯亚，给我个痛快吧！

他们停在我面前，没有动手的意思，只一齐对我鞠了个躬后，做了个"请"的手势。我听到汽车鸣笛的声音，在我退无可退时，保安身后传来了一阵急促的脚步声。

见到那个人时，我第一次觉得有了安全感。"唐！建！宁！"我不受控制地喊了他的名字，保安回头一看，急忙一齐大声喊道："唐总！"

"英泓，上车！"他对我喊道。

"李玉！"我说完回头看了看通道。唐建宁对身边一个人说："去看看！"

随后，李玉和那些人都过来了，李玉毫发无损，另外几个人则都不同程度地挂了彩。唐建宁朝他笑了笑："李玉啊李玉，难怪唐英豪非要你，你到底有什么魔力，让我两个儿子都要带着你，怎么样，走吗？"李玉对他鞠躬："唐总早安，我不走！"说完他垂下眼。唐建宁则继续说道："我知道了，这个魔力，是忠诚！"

"如果唐英豪知道，李玉就完了。"我急忙对唐建宁说。

"在过去的二十分钟里，停电后应急电源短路，电梯和监控都断电了，你们中的人，除了经理级别的当时都在四处检查，担心有客人困在楼道里，而经理级别的，要么在开应急会，要么今天休班了，"他提高了音量，"今天从来没有人见到过英泓少爷！我说的明白吗？"

"是！"众人回答。

"走吧！你不会还要我再拦住飞机吧？"唐建宁对我说道。这是我第二次见到这样的他，上一次是在他办公室，他软弱的那一面估计只有家人才可以看到吧。我回头看了李玉一眼，他的眼睛也缓缓抬了起来，我对他说："照顾好自己！"然后转身跟着唐建宁离开了。

车停在了快速通道口，唐建宁下车时嘱咐司机和助理："你们在车里，我送孩子就行。"接着，他把我送到安检口，对我说："工作人员会带你到贵宾室休息，你妈就在里面。这是已经开通了漫游服务的新加坡手机号，之前的手机就别用了。"说完他把手机递给我，我接过手机。

"我就不说再见这种话了，因为也不会再见了。"说完，我朝安检口走去。他追了两步说："如果可以的话，手机号就别换了，还有什么需要吗？我想再为你们做点儿什么。"

我转过脸定睛看着这个人："出轨的男人满大街都是，我恨你最主要是因为你的自私，你伤害了所有人，连我妈也差点儿因为你丧命！所以，如果你还想为我做些什么的话，那就带着这份愧疚和折磨，长命百岁地活下去吧！"

他说不出话来，我终于要离开曜岛了。

13

Chapter 13　瘀青

人最终喜爱的是自己的欲望，不是自己想要的东西！

——尼采

坐在飞机上往窗外看去，城市起了一层雾，但航班却意外地没有延误，这让我对这次的离开有了某种说不清楚的笃定。

妈妈的妆容显然是精心收拾过的，对啊，今天毕竟是和唐建宁的最后一次见面，她的情绪出乎意料地平静，虽然身体看上去还是有些虚弱，但气色明显比之前好了许多。飞机上响起了问候广播，我们需要在香港转机去新加坡，妈妈自顾自地盖上毯子："你说的那个李玉呢？唐英豪就这么放你走啦？那小子那么狠，不可能啊！"

"这些事跟你没关系了。"我深深吸了口气，闭上眼，咬牙切齿地对我妈说，"能不能以后都不提这些，彻底翻篇了？"

"行行行，我不提了！你爸有额外给你什么承诺吗？除了钱，比如将来给你什么遗产呀之类的，就算是暗示性的，你也和妈妈说说呀！"我妈一边说一边换上了拖鞋，脸上浮现出兴奋的神态。

"如果给你一笔钱让你把我卖了，你心里也会有个数字吧？如果唐建宁今天没有钱，你还会这样吗？"我对她说道，越来越不能理解她了。

她朝我翻了个白眼，因为被我顶了两句，有股气撒不出来，于是对正经过的空姐冷不丁说了句："给我一杯水！"说完，她侧过身背对着我，接着还是没忍住，回过头对我说："小曦，你是不了解你自己，其实你才是最爱钱的那一个，你以前为了钱连你爸家里祖传的手表都可以卖掉。你忘记你小时候的生日愿望了吗？你将来想成为的是比尔·盖茨那样的有钱人，你要做有钱人！你身上有唐建宁的血液，你基因里就是一个这样的人，你现在只是被自己的感情蒙蔽了双眼，如果要玩手段，耍阴招，没人会是你的对手。你仔细想想看，我们又没做错什么，向来只有唐建宁欠我们的，钱对他来说就只是个数字而已，我做这些是为了谁？"她越说音量越高，恨不得让整架飞机上的人都听到她的"大无畏"言论。我浑身不自在，转过脸对着窗外。

接着，等空姐把水端到我妈面前时，她说："没见我们在说话吗？端回去！"虽然没看到空姐的表情，但我也能想象到，妈妈是从什么时候开始变得这样不可理喻的？

她不肯罢休地晃了晃我："到底有没有？他没主动和你说过给你什么吗？不可能啊，我跟他谈好了的！"

我转过脸，白了她一眼："没有！他没给我任何东西！你到底有完没完？"我妈朝我冷笑一声，整个人看上去异常失落。我感觉她的思绪完全飞到了飞机外面，接着，她闭上眼躺回座位上，像是暗暗盘算着什么，没再吭声。

飞机在香港转机，我换了飞机后就继续戴上眼罩倒头大睡。这个本不舒适的觉却是我这些日子以来睡得最安稳的一个。飞机抵达新加坡樟宜机场的时候，我才从沉沉的梦境中醒来。

我醒来后发现噩梦依然没有结束——我妈不见了。我不停地向空姐询问我妈的去向，空姐完全摸不清状况，只告诉我飞机从香港起飞前我身边的女士就下机了。我急忙打开唐建宁给我的手机，信号满格。我刚安装上微信，我妈的留言便弹了出来："小曦，你等我几天，我和唐建宁还有事没处理完，他就是伪君子！我不会回家，所以很安全，你别回来找我，而且你也找不到我，你就直接到我给你订的酒店等我。记住，不要乱跑，在那儿等妈妈，我处理好一切就来找你。"

我看完后急忙给我妈发语音通话，但通话一直被挂断。我收到我妈的回复："我去给你讨你应得的东西。"

"他不是承诺给我们这辈子都花不完的钱了吗？你还要多少？"我回她。

我妈："三亿用不完，三十亿更用不完，但我就问你范卓曦，你要不要？"

我想起在半山别墅时问唐英豪的话："在你眼里，钱能解决一切？"他诧异地看着我："不能吗？"这不是借口，最真实的理由就是：我始终只是一个平凡的人类，没能经得住这样的诱惑。到了今天，你问我觉得羞耻吗，我依然不觉得羞耻，但如果你问我后悔吗，我会告诉你我后悔！我切切实实失去了比三十亿更重要的东西。

我哆嗦着手指回复我妈："那我到酒店等你，你有危险一定要联系我！"

我打车到了圣淘沙，在我妈预订的酒店住了下来。在新加坡的等待并不算漫长，我在过来之前就跟自己约定过，曜岛的一切我都不想再背负在身上，到这儿后的所有都是全新的。所以那些天，我做的事情就是购物、游玩、不分日夜地纵酒，在我的想象中，这一切都可以让我麻痹神经，甚至能彻底遗忘过去。

有天夜里，我在位于乌节路的一家酒吧喝着酒，意外地发现走廊里居然挂着一幅内容是赫伯亚的油画，只不过这花是黑色的。我像被启动发条的机器人一样，立刻失控地在酒吧里穿梭着找寻起唐英豪来。

我这时才知道，如果当"遗忘"变得旷日持久且异常艰难的时候，"记得"就会变得弥足珍贵起来。从那天起，那个酒吧便成了我几乎每天都会去的地方。在这个酒吧里，能遇到来自不同国家的形形色色的人，每次看到有人停在那幅油画前驻足观赏，我都会想他们是不是和我一样也有一段无法抹去的记忆：在一座白雪皑皑的山丘上，有那么一个在意你的人，寻遍漫山遍野，为的只是送你一株会流血的植物——赫伯亚。

和妈妈的联系很少，我不想催促她，她在做一件或许连我潜意识里都很希望她能做好的事情，而且能这么惬意地和自己相处一段时间，对我来说也未尝不好。

到了新加坡之后，唐英豪送我的手机一直没有动静，离开中国后它便失去了所有被联系上的可能。他一定联系过我吧，许多许多次，就像我们一次次中断联系后又一次次找寻彼此那样。

有一天，我刚给手机充上电，手机铃声就立马响了起来，屏幕上连续不断地弹出广告消息。我急忙给服务号打过去询问为什么可以在国外接到国内来电，那头的服务小姐非常不理解地说道："先生，新加坡属于我们国际漫游业务覆盖范围，没有问题的！"

"什么？我什么时候开的？"我的心顿时又悬了起来。

"我帮您看下，稍等……办理时间查询不到，但这就是刚刚生效的，一、一分钟前。"服务小姐顿了顿，估计她自己也第一次遇到这样的情况，这就像某天有人带着手机去问她"为什么我买了手机卡之后我的手机居然可以接电话了呢"一样荒唐。

我一下从床上坐起来问她："是谁开的？"

"啊？这肯定是您本人啊，先生。"

听到这儿，手机一下从我手里滑了下来。我挂断电话，心中涌现出无数个疑问，究竟他是通过谁、在什么情况下知道我出国了呢？唐英豪要查到我的去向一点儿都不难，但只要唐建宁不想让他查到，那他应该永远也查不到才对。是那边又发生了什么事情吗？妈妈没有意外吧？李玉没事吧？

突然，一阵急促的响铃从手机传来，我看到那个再熟悉不过的号码，急忙挂断了电话。那天后，我不敢再打开那部手机，每两三天就到前台确认一次自己的入住信息已经设定为保密入住。

有天夜里，我叫了客房服务，喝了许多酒，然后在酒店阳台上眺望着远处。许多过去的影像开始在我脑子里翻腾起来，我的视线仿佛可以穿过眼前这片海，越过南海、东海和黄海，看到在白雾横江的清晨里，江水中的我瑟瑟发着抖对唐英豪说："松手！"他语气坚定地对我说："不可能！做梦去吧，我不允许！"

我看到在森林里翻山越岭那次，唐英豪被困在山洞时朝我吃力地喊了句："对不起，我后悔了。我不是个好人！"

每每这些时候，我都会急忙打车前往乌节路的那个酒吧，在进入酒吧后，驻足在那幅赫伯亚的油画前许久许久。

暗夜滑过肌肤，一张张似乎熟悉又陌生的面孔掠过这繁忙整洁的大都会，一切都在向着一团混沌整齐地前进，我们的旅途永远不可能会停止，你终须在某一个线索或不可抗力的引领下前往你的下一站。而接下来出现的这个人，便是把我重新带回更加万劫不复的轨道的指路牌。

在我驻足欣赏画作的时候，他站在我身后对我说："赫伯亚，地狱冥花之一，万物凋零之时便是它的盛开之际，只有在最寒冷的地方遇上最合适的雾气，才会出现它的踪迹。他们说，那是地狱在哭泣。"这种花我从小到大只见过一次，而且在那次后才听说世界上还有这样神秘的物种，今天还是第一次听到有人如此细致地谈论它。

我循着声音回过头，看到一个单眼皮男孩正目光幽深地盯着这幅画，他的嘴唇微微张开，高挺的鼻梁上有一层浅浅的光泽，头发中长，刘海微微扬起，身上有股苦涩的香气，白皙的肌肤一看就不是东南亚华人，再辨认口音，一听就是实实在在的北方人，而如果我的判断没错的话，他应该也是曜岛的。

想到这儿，我屏气敛息地倾听着，不敢移动脚步，一团难以平静的情绪不受控制地涌上心头，那些已经久远的恐惧、猜疑、焦虑又开始狰狞地盘旋在我的脑海里。我尽可能平稳、缓慢地呼吸，这时，一群意大利人拥了过来，他们围绕在我们身边高谈阔论。在两个服务员端着鸡尾酒经过的瞬间，我急忙侧身走出酒吧进入电梯。

一进电梯，我便急忙按下电梯按钮，这时，那个男孩朝我缓缓走来，他一只手插在口袋里，另一只手轻轻顺了顺微微翘起的刘海，我不自觉往后退了两步。他扯了扯衬衣的领口，不缓不急地走到电梯门口，面无表情地看着我。电梯门关闭的瞬间，他嘴角微微一翘，黑色瞳仁幽深，令人恶寒的视线牢牢聚焦在我身上。我急忙从口袋掏出手机，以防有什么不测，但出乎我意料的是，他居然没有走进电梯，只由着电梯门关上了。

我从四十多楼急速降至一楼，一出大门就急忙钻进了一辆出租车。我总觉得刚刚那个人有种说不上来的熟悉感，而我对他产生如此大的恐惧的原因可能仅仅是他身上的让人说不清楚的不舒适的气质，那种类似反社会的精神病患者的气质。我在车里不停地回头看，直到进入圣淘沙看到身后一辆车也没有了之后才渐渐放松下来。

回到酒店，我在房间里反复想起那个人的脸孔，他到底是什么人？他说话的方式、语气，即使一句简单的对白也让人觉得不寒而栗、细思恐极。我走出房间，走进花园，看到月光下不停晃动的树影，便觉得更不安定，于是我走到酒店的健身房，想做些运动让自己放松下来。过了午夜，健身房已经没有了工作人员，我打开音乐，把跑步机调节到一个舒适的速度和坡度。不得不说，音乐和运动确实是最好的解压剂，我感觉自己的心情在逐渐平复。

突然，健身房的音乐停止了。我走回长廊重新把音乐打开，再次回到跑步机上，但音乐又停了下来，电灯也开始像电压不稳一样闪烁着。我急忙关了跑步机，重新回到长廊检查开关，但也没发现任何异常。我走进健身房浴室，准备冲个热水澡放松一下，但洗澡中途所有灯突然全灭了。我从来都不信鬼神之说，所以我不怕黑，但今天有些不太寻常，我的心开始渐渐打起鼓来。我摸索着朝门的方向走去，却发现自动门在停电后失去了开启的功能，湿区内也没有任何电话可以打到前台去。我不停地敲门，这个时间点在公用区域内出现这样的情况，如果没人察觉我很可能会被一直锁到明天。

一片黑暗里，我听到一阵类似软体物体蠕动的声音，我想起前两天在新加坡的一些店里看到的关于下水道防蛇管道的宣传，便急忙在墙上摸索是否有其他设施或者工具可以保护自己。接着，我居然在黑暗里听到了类似呼吸的声音，我安慰自己这一定是我的错觉，但等我再一次听清那个所谓蠕动的声音就是人赤脚走路的声音的时候，我确信我没有产生幻觉。我问他是谁，要干什么，声音有些颤抖和失控，但无论我说什么，那个人就是不吭声。我觉得毛骨悚然——我见鬼了。最后，当我蜷缩在一个角落后，所有的声音竟然全消失了。我开始怀疑我一直坚信的无神论。

在这座夜色浓重的孤岛中，我被锁在山丘上一间寂静阴森的浴室里，现在这里充斥着令人惶惶不安的气氛。我捂住耳朵，这会让我停止思考和猜测。许久后，我慢慢松开了手，隐约听到外面传来一些动静，同时感觉耳边有一阵微弱的风，我侧过脸感受着，难道浴室还有窗口或者其他出口？但很快我就感觉到这阵风是温热的。

"啪！"短促的响声过后，世界恢复了光亮，而也就在这么一瞬间，我被吓得跪在地上抱着头瑟瑟发抖。灯亮起的瞬间，我看到那张我今晚一直在躲避的脸孔——那个我在酒吧遇到的男孩就站在我眼前，脸上带着一种极度扭曲和狰狞的笑容。他只穿着一条泳裤，浑身布满了形形色色的疤痕，发达的肌肉和血管让人感觉他仿佛是某个魔鬼的转世或者化身，他一定是鬼！随即，他伸出一只手拉了我一把，我站起身退后两步，用失控颤抖的声音问他："你是谁？你要干什么？"

"你以后会知道的，你这么聪明，自己一步步探索不是更有意思吗？"他伸出舌头舔了舔手背上一道流血的伤口，接着说，"我游完泳过来洗个澡的工夫都能碰到你，看来这是上天让我早点儿提醒你一些事。"

"你想要什么？"我退无可退后，扶着墙壁问他。

"我想要什么？我想要的可比你想要的多太多了。你不用害怕我，我和你的敌人是一致的，我可能不是一个好人，但是一个好的搭档，这点你可以信任我。"他说完，脸上依旧是让人反感的笑容。

这时候，玻璃门开了，门口站着三个人，其中一个应该是大堂经理之类的，见到我们就急忙道歉，另外两个人递给我们浴袍和毛巾。我接过东西后趁机绕开那个男孩往电梯方向跑去，但进了电梯后却发现房卡被我忘在了洗手间，这时候，男孩再一次出现，这次他脸上没有了笑容。他进了电梯刷了卡，电梯门关了起来，他看着电梯镜子里的我，指了指我的头发："头发还在滴水。电梯里有闭路电视监控系统，我不会对你做什么。如果我要对你做什么，你觉得你还能来新加坡？"我看着镜子里的他，完全不知道接下来该怎么做。

"最近你不在曜岛，那边发生的事情完全乱了套，我不喜欢现在的发展。"说完，他嘴角又浮起那个变态诡异的笑容，同时，他如变魔术般又拿出一张卡刷了一下我的楼层，然后把卡递给我对我说，"你的房卡，一个人住顶楼不觉得恐怖吗？胆子倒是不小。"

"你到底是谁？！"我吓得已经几乎要失声。

"三件事：一、你妈有危险；二、唐英豪有危险，要救他就去南苑岛复兴四路化工厂；三、万杰让你回的树屋你该回去看看了。明早六点半就有直飞航班，你最好换上衣服赶快出发去机场吧。你带不走的东西我会帮你收好寄存在酒店前台，再不回去，你就无力回天了。还有，我这个人很低调，你遇到我的事我不希望第二个人知道。我不舍得伤害你，但谁知道了，我就要谁的命！"

他说完，电梯已经到了顶楼。他抓了抓我的头发说："还是垂下来好些。"电梯门刚一打开，刚才的酒店大堂经理又站在了电梯门口，他递给我一张写着我房间号的门卡说这是我刚遗忘在洗手间的房卡，我再看了一眼刚刚那个人递给我的房卡，上面也写着我的房号，我不寒而栗，把两张卡都收了起来。

他到底是谁？他到底怎么做到的？他说的三件事又到底和他有什么联系？

我一边想着一边急忙跑回房间，打开房门的一瞬间，上帝给我准备了另外一个惊吓，或者说是惊喜——李玉正西装革履地站在窗户前面！他双手垂在身体两侧，硬挺地站着，像每一个守卫领土安全的卫兵一样，看到我后，他的嘴角露出一丝令人难以察觉的笑容。在经历完刚刚的一切又见到李玉后，我失控地往他的方向跑过去给了他一个拥抱，直到我心跳差不多平复了才松开手。我问他："出事了？"

他点点头。我问："是我妈还是唐英豪？"

"英豪少爷需要你！"

李玉说完，递给我一部手机，手机上是今天一早的曜岛新闻，主持人报道了前些日子的张大川案有了新的进展，张大川身上发现了第二个利器留下的致命伤痕。现在警方正在调取那几天所有出入南苑岛的行车资料，目前只有一辆未登记过车牌的白色越野车联系不上，警方相信这是破案的关键，现在全市都在通缉这辆白色越野车的主人，但监控拍到的所有画面里都只能看到两个戴黑色口罩、鸭舌帽和墨镜的男子，并不能辨认他们的五官特征。我看完新闻后，看了李玉一眼，他垂下头，不置可否。

"你们是凶手吗？"我问李玉。

"不是！"

"需要我做什么？"比起震惊，我现在更需要理智。

"英豪少爷四处找不到你，变得很消极。"李玉说到这儿的时候难得表情有了起伏，很像他上次对我说唐英豪就是他的家人时的情形。

"你说唐英豪他……"我心里五味杂陈，难过、惊喜、害怕，以及一种说不清的开心，我继续对李玉确认，"他找我了？"

"是！全市都翻遍了，全日无休，夜不能寐！"

"所以找到新加坡了？"我究竟想要什么答案呢？

"不，这次是我自作主张过来的，抱歉！"

"李玉，你想我回去吗？"我问他这个问题时是带着期待的，现在唐英豪遇到这么大的事，本能已经帮我做了决定，但我还是需要一个肯定。

"你会回去吗？"李玉反问我。

"出发！六点半的飞机，我们应该能赶得上！"说完，我和李玉迅速离开了酒店，朝樟宜机场冲去。

再回到赫伯亚时，我看到唐英豪的公寓里满是乱扔的酒瓶、抱枕、杯子、椅子之类的东西。李玉关上大门，把我带到唐英豪卧室门口。他对我点了点头，我敲了敲门，见没动静，便推开了房门，房间里顿时传出一股酒气。紧闭的窗帘透进来异常微弱的光线，但还是能让我看清唐英豪正倒在落地窗前的地毯上，手边还有一个倒着的玻璃杯，他的头发蓬乱，脸颊上有一块清晰的瘀青，偶尔在睡梦中发出一两声呻吟。实在很难相信这是那个曾经不可一世、飞扬跋扈的唐英豪，我的心里隐隐作痛，唐英豪，你做坏人好像有些失败啊！

李玉替我关上门后，房间里只有我和唐英豪两个人。我走到他跟前时，衣柜里跑出来一只小东西。我一看，潘又长大了许多，它跑到唐英豪面前舔了舔唐英豪的鼻尖，唐英豪不自觉地伸手挠了挠。我把地上的酒瓶和酒杯捡起来放到他床尾的茶几上时，发现那里有一沓厚厚的信笺，上面写着我家的地址。我急忙往下翻了翻，看到除了前几页上是找寻我的一些线索之外，后面的纸上全写满了"范卓曦"。我把信笺扔回茶几上，找了本书盖在上面，却赫然发现书名叫《三十三天忘记一个人》，我眼里的唐英豪可从来不是会读这种三流读物的人，或许我真的没看明白他吧，他或许只是一个普通的、简单的、纯粹的大男孩吧。

这时，唐英豪那边传来了手机铃声，只见他大梦初醒般急急忙忙从口袋里掏出手机："找到小曦了吗？"不知道电话那边说了什么，没几秒他就把手机朝沙发上重重扔了过去，接着抱着头身体微微颤抖起来，微弱的光线里，他还没察觉到我的存在。接着他开始呜咽起来，最后失控地号啕大哭，听上去委屈至极，像个孩子一般。

我伸出手打开灯的一瞬间，他猛然抬起头看了看天花板，接着在侧过脸看到我时露出了难以置信的表情。他使劲儿揉了揉眼睛，再抬起头反复确认这不是幻象或是梦境后，急忙朝我扑过来，嘴里一直叫着我的名字："小曦，小曦，你回来了？"

他眼睛只看着我，慌忙中被床尾的茶几绊到，膝盖重重磕在茶几角上，但他就像失去了痛觉的人一样没有任何察觉，继续朝我扑过来，或者准确来说是爬过来，最后跪在地上一把把我拉过去："小曦，真的是你吗？你别走，不要走！"我感觉到他浑身在不自觉地发抖，接着他像是突然意识到什么一样急忙松开我，往后拉开了些距离，急急忙忙解释道："我不会打你，再也不会了！你别怕我……"我看着眼前这个人，不知道该说什么。他站起身时，我才注意到地上有了几块血迹，他的膝盖正在流血。

"小曦，我不报仇了，之前全都不算了，你怎么报复我都可以，只要你一直在我身边，我什么都接受！"他说这些话的时候手伸在我和他之间，就像我才是那个需要冷静下来的人。

他见我依然盯着他不为所动的样子，急忙一瘸一拐地走到沙发处拿起电话对我说："我现在就打电话给你妈，我发誓我不再报复了，还有，你要什么我都给你，全部！我是说全部！好吗，小曦？"他见我默不作声便急忙拨通了电话，对着电话急切地说："那、那个，小曦现在在我这里，我以后再也不会提以前的事，你让小曦不要离开我，这不是威胁，你帮我告诉他，好不好？我给你钱！我都给你！"说完，他小心地走近我，把电话递给我。我接过电话，电话那端传来我妈的声音："唐英豪？你是唐英豪吗？你怎么会有我电话？你编这个理由是什么居心？小曦怎么会在你那儿？"

我看着唐英豪："妈，是我。"他急忙朝我点头，又一瘸一拐地搬了把椅子小心翼翼放在我一侧。我看了椅子一眼，没坐下。

"小曦，唐英豪找到你了？没事，你别怕，我现在联系你爸！"妈妈依然一副要战斗到底的架势。

"够了！是我自己回来的，你现在在哪儿？你没事吧？"我问她。

"一切都很顺利，你好端端的怎么回来了？不是说让你等我的吗？你爸这边不光是钱，我还和他要了……"没等她说完，我把电话挂了递回给唐英豪。他急忙拉开窗帘，打开窗户对我说："不好意思，喝了点儿酒，房间有股酒味。"

他甚至拉了拉床单，然后又绕到我身后打开门对我祈求道："你如果不忙，可以和我坐会儿吗？"

我转过身朝露台走去，他跟了上来，估计他开始意识到了疼痛，嘴里不时发出"嘶"的声音。李玉那边好像察觉到了什么，急忙跑了过来。唐英豪对他喊道："不要过来！"李玉停了下来，接着唐英豪像是意识到了什么般降低了音量对李玉说："我先和小曦说会儿话，还有，是你把小曦找回来的吗？谢谢！"李玉惊讶地张大嘴，后来李玉告诉我，那是他第一次听到唐英豪对他说"谢谢"。

露台上，他走到离我很近的距离时，对我说："小曦啊，我们休战吧！我知道我做了不可原谅的事情，但是我当时也是因为我妈自杀了才失去了理智，我现在很后悔对你做过那些事，我不怕满世界找你，但真的很怕再也找不到你！我们停战，你给我弥补的机会可以吗？回到我们刚认识的那段时间，回到我们在半山别墅，在 NEVERLAND（永无乡）的日子。对了，潘没有丢也没有死，我之前是骗你的！可以吗？"我看到他鞋上的血渍变得更深了。

我往前一步走向外面的夜色，一时间不知道自己想要的到底是什么。唐英豪的情绪渐渐平复了些。"还记得当时你问我，在我这样的世界生活是什么感觉吗？我说是孤独，现在想想还真矫情，如果那时叫孤独，那你走后的日子得是什么啊？我甚至极端地想，我们就算彼此憎恨也好过没有任何交集！"他停顿了会儿，最后低声对我说，"幸好你回来了……"

午夜，我们坐在客厅，唐英豪的眼睛一直盯着我。李玉给唐英豪包扎好后，又把那件事和唐英豪汇报了一遍。

"车在哪儿？"我问唐英豪。

"什么车在哪儿？"他走了神，急忙仰起头问我。

"那辆白色越野车在哪儿？"

"你担心我被陷害吗？"他脸上突然露出难以抑制的笑。

"现在还有心情开玩笑吗？"我对他冷冷地说，"我不想李玉做了替罪羊。"

他抿着嘴，表示理解地点了点头："你为什么相信我们是清白的？"

"没有为什么，我了解你那点儿能耐，你干不了坏事。不过你如果再不告诉我，我就报警了，反正你们是清白的。"我威胁他。

他清了清喉咙，轻声说："那你答应我一个要求。"

"你现在是在和我谈条件吗？"

"不是，是请求！"他急忙改口。

"做不到！如果你觉得这件事你们能搞定，那我现在就走！"我站起身，他急忙跟着站起来说："我们当时把车扔在一个废铁回收地，不过我觉得那辆车早已经被偷走了。"

我突然想起在新加坡遇到的那个男孩对我说的那个地址，我问唐英豪："你说的那个地方在南苑岛复兴四路化工厂附近吗？"

他听得一知半解，问我："是南苑岛，但你说的这个地方我完全不知道。"

我说："跟我去一趟，现在酒店有其他车吗？不要用你们的车，最好是给酒店送货的车之类的，然后我们需要中途再换车，直到到那个地方为止。"说完我转头看向李玉："你快去准备！"李玉听完急忙出门准备。唐英豪问我："我不是要强迫你，但至少完事后，你不离开曜岛可以吗？或者，你想去哪儿我跟你去！"

我站起身朝门口走去，他跟了上来。到达目的地附近时已经暮色四合，四周没有任何人和车辆经过，只有附近零星分布的几个工厂里还有几处微弱的灯光，这是一座已经荒废多时的工厂。

我们翻墙进入化工厂后先四下观察了一下。经过以前的职工宿舍的时候，我敲开几个柜子，找了两套像样的工作服让他们穿上。兜兜转转一圈后，我们发现这如迷宫一样的化工厂一时半会儿根本转不完，便决定三个人分开行动，只要有问题便立刻互相告知，但分开走的时候唐英豪非要和我一起，他说怕我再跑了，我拿他没辙只好同意了。

午夜，手机铃声响起，我接起电话，李玉在那边说道："四号车间，找到了！"我们急忙往四号车间赶去。到达的时候，李玉正通过坏掉的车窗玻璃在车里摸索着什么。

"车钥匙呢？"我问李玉。

"肯定早没了啊，不过你放心，李玉搞得定。"身后传来唐英豪的声音，我回头瞪了他一眼，他朝我讪讪地笑了笑。

李玉打开车门，从口袋里掏出几个工具开始研究起打火来。唐英豪打开车后门对我说："上车吧！"

"你们准备怎么处理？"我问他。

"把车开出去毁掉，前门肯定是不行的，西门出去就是山崖，下面是海。"唐英豪说完模仿着福尔摩斯的神情朝我蹙起眉点点头，我和李玉对望一眼，面面相觑。

汽车启动后，李玉把车掉头直接往西门方向开。开到西门时，我们发现许多围墙都倒了，这个门形同虚设。车开到悬崖边后我们都下了车，我提出要一起帮忙推车，唐英豪却把我赶到后面把风。几分钟后，只听见"轰隆"一声巨响，汽车便消失得无影无踪了。

唐英豪走过来的时候手里拿着一把匕首。我看了一眼问他："这个，不会就是电视上说的第二件凶器吧？"他叹了口气："当时中了圈套，如果被那些人拿到了，肯定会回来要挟我们！"我们坐进李玉不知从哪弄来的车里，一路往市区开去。耀目的远光灯直刺刺地射进前方的黑暗里，窗外呼啸而过的树影如同张牙舞爪的鬼魅。唐英豪没几分钟就睡着了，他挨得我很近，甚至还把腿搭在我腿上，生怕我跑了。我看了看李玉，他的背影如往常般沉静稳重，但在此刻似乎又多了一些坚定和锐利，汽车在他的驾驶下全速前进着，有股一往无前的劲头。是啊，我们也只能全力前进了，只有这样，才能不被那些魑魅魍魉追上。

车刚刚进入市郊，附近就亮起了警灯，我着实吓了一跳，没等我叫醒唐英豪，警车就已经横在我们前面了。李玉走下车，警察敲了敲我们的车窗。唐英豪迷迷糊糊地睁开眼，他和我中间就是那把匕首！我急忙用胳膊顶了一下他，然后打开车门走出去。也就在这一瞬间，唐英豪把匕首塞进了座位一侧的置物筐里。下车后，警察绕着我们的车仔细转了一圈儿，对李玉说："明天到车管所办证拿车，你这车什么检标都没有啊。"

"兄弟，这大晚上的，我们急着送东西呢，我跟您保证，我们这车肯定年审了，各项检标也都办了，就是忘记贴上了。"唐英豪凑了上去，一边说一边从口袋里掏出皮夹。警察一看，急忙闪到一边说："你别这样啊，我胸前有监控，你们明天去把程序走完就行，前面不远处就可以打车。"

唐英豪无奈地往前走了几步。一个警察正准备上车再检查的时候，我想起了那把匕首，急忙走回车边对警察说："我手机落了！"就在我上车打算从车门置物筐里取走匕首的时候，警察过来好心地给我打了灯，我急忙反反复复捏了匕首柄好几次后，把匕首放回了原处，然后关上车门走到唐英豪和李玉身边。

等我们走远了，我对李玉说："没拿到，但至少现在上面留下了我的指纹！"

李玉和唐英豪几乎是同时停了下来，唐英豪扯着我的领口问："你疯了！范卓曦，你是无辜的！"我瞪了他一眼，他急忙松开手。

"你知道这样多危险吗？"唐英豪语气严厉地责问我。

我对他说："我知道自己在做什么，你少管我！"

"你就不怕死吗？"他额头浮出青筋。

"我怕什么不怕什么，你应该已经摸得很清楚了啊。"我对他反击。

"那你是怎么知道这个地方的？"他这才反应过来。李玉也极其诧异地问："是啊，怎么会？"

我想起那个如恶魔一样的男孩对我的那句警告："谁知道了，我就要谁的命！"他对我来说是一场无法解释的噩梦，虽然与他就接触了短短的时间，但我觉得对他来说，要人命这件事一点儿都不困难。

于是，我找了个借口说："我有个亲戚刚好是局里的。"

唐英豪听完，半信半疑地盯着我眼睛看了半天。"好吧，这个事情估计要处理几年了，这之前你可不能走了。"他想了想补充道，"毕竟现在你的指纹也在上面，我们是一条船上的人了。"

我没说话，朝前走去。唐英豪急忙用一只脚蹦着追了上来。

我们站在路口时，一阵清凉的风吹过，唐英豪身上单薄的衬衣抖动起来，他身后的杨柳枝条也随着凉风摇曳着，旁边的海湾传来阵阵海浪的声音。我看着他脸上那个浅淡的笑容，感到一切像是恢复到了从前的模样，就像什么都没有发生过一样。

"看够没？"我问。

"没有！"他笑。

Chapter 14　名为你的那个人

一定要小心挑选敌人，因为你会发现，你自己和敌人变得越来越像。

——泰戈尔

回到公寓，唐英豪急忙走到我前面，捡起沙发附近的几个酒瓶扔进垃圾桶里。李玉见势赶紧上前："少爷，我收拾就好。"唐英豪一边收拾一边对李玉说："赶紧让房务中心现在来彻底收拾一遍，地毯全都彻底清理，除尘加香，还有，小曦喜欢日料，叫师傅上来做吧！"

李玉："收拾房间没有问题，但地毯清理工和日料师傅现在都下班了。"

唐英豪把面前沙发上的一条毯子扔到一边对我说："小曦，先过来坐，我来安排就行。"说完他抓起茶几上的电话按了快速服务。我看了看墙上的时钟已经凌晨四点多了，便对李玉说："我先睡了！"我说完朝走廊走去，身后传来唐英豪挂电话的声音，他一瘸一拐地踮着脚，着急地走到卧室门口对我说："好好好，小曦，我们这就休息，你给哥哥十分钟，不，五分钟，我收拾好就来。"

"我睡客房。"我对他说。他讪讪地看着我，失落地应了一声。我经过他身边朝客房走去，突然他像意识到什么似的跟了上来。我打开客房的灯，发现里面的窗帘和床套等用品都被拆了。唐英豪诧异地发出一声"啊"之后，又急忙说："哦，估计房务中心拿去洗了，要不今晚你就先……"

"我睡沙发。"说完，我朝客厅走去。他跟在我身后。"客厅怎么睡啊？马上就天亮了。"他往前两步拉住我，"怕我害你吗？"

"不怕，就是不想而已。"我甩开他的手。

他的眼睛里急速闪过一些情绪，然后说："好，去英泓房间睡吧！"正在朝我们走过来的李玉听到后，顺势打开了在他一侧的唐英泓的房间。我扫了唐英豪一眼，朝房间走去，他跟在我后面："要不，今晚我过来跟你讲一下房间的功能？"我走进房间，挡在门口："唐英豪，如果你想和平相处，你要学会的第一件事就是不要强人所难。以后你的请求、你的问句，我的答案最多也就是不、不会、不用、不可以，所以，你就不要再自讨没趣了。"

李玉和他都愣愣地看着我，唐英豪的眼睛湿漉漉的，只是已经完全打动不了我了，关门前我对他说："第一次见面时你带我去的日料会所，明天晚上让李玉送我过去吧，你就不用去了。"唐英豪听我说完后，下巴微微颤抖了一下，像在思考一个他永远理解不了，或者说是有生以来第一次遇到的难题。

"不行吗？"我问。

"哦，哦，可以。"他连连回答，顿了顿之后，还是问了我一句，"你不会跑吧？你不是说你回答我的问题都是不、不用、不会之类的否定词吗？你回答啊。"我瞪了他一眼，关上门。

唐英泓的房间和这个公寓里任何一个房间的气质都不一样，只有柚木护墙板是介于灰色和驼色之间的颜色，其余的都是一系列黑色和银色的装饰。我经过上次拿过衣服的衣帽间和卫生间，想起那天唐英豪和三个造型师把我精心收拾成唐英泓模样的情景。我走进卧室，在准备按下开关时发现灯光模式居然有十六种，我随意按了一个模式，只见四下亮起角度不同的微弱光线，窗帘也徐徐关了起来。

我回头看到床头挂着一幅油画，画里是一个在沉睡的少年，这不是上次我在照片里看到的那幅约翰·威廉姆·沃特豪斯的《睡眠与死亡》吗？不过怎么画里只有一个少年呢？灰暗的房间里，风从没关紧的窗户缝隙里吹进来，"嘶嘶"作响，一种强烈的不适感猛然袭来。我急忙按动其他灯光模式，灯光缓缓变亮，窗帘上依次亮起一束束均匀的暖光光团。这时，我发现油画暗处的年轻死神的身影在亮光下逐渐显露出来，两个中古世纪的西方少年像死尸一样依偎在一起，这依旧是那幅画。

我注意到卧室角落有一扇门，门外是一座不长的连桥，我打开门，发现这座连桥的尽头是一面墙，而墙上挂着一幅巨大的油画。油画底色全黑，只有一个男孩的背影，他穿着一件白色的衣服，鲜明的颜色对比让人有一种压抑感。走近看让人觉得更加难受的是，这幅画里男生的身材比例和现实生活中的真人几乎没有差别，我甚至觉得这个男孩无论是身高还是轮廓都和我几乎一模一样，这画给人一种再往前走就将走进另外一个黑色隧道的感觉。

我回到房间，倒头躺在了床上，出神地看着天花板，唐英泓究竟是个什么样的人，能让这么多人在意、生畏又心疼？后来，我说不上来自己的情绪是什么样的了，我不快乐，也不悲伤，不怕失去什么，也不期望失而复得，我好像突然不会笑，也不会哭了。

第二天，除了李玉还有三位"助理"跟着我去了那家日料会所，唐英豪反复叮嘱他们一定要安全把我送回来，谁都明白，他就是怕我再离开他，事实上，我也确实会在一切都尘埃落定后与大家相忘于江湖，我到这家店里就是为了和妈妈确认她所做事情的进度。

我进屋时见到了久违的接待经理，还有那对身穿和服的双胞胎，她们对我鞠躬："英泓少爷！"接待经理对我说："客人刚到，已经在店里休息了。"我对众人说道："我有事要谈，想自己进去，这里只有一个出口，你们不放心可以守在门口。"说完我看了李玉一眼。李玉立刻说道："是，少爷！没有问题！"接着他询问："那餐点呢？"

"按你之前给我准备的吧，两位！"说完，我朝店里走去。一股潮湿的木头气味迎面扑来，长廊上是一幅连绵数米之长的手绘画《平城京》。平城京是当时奈良仿照长安城建立的都城，乍一看确实让人难以辨识。我想起今天一早我穿上唐英泓的衣服，按上次那三个造型师的方式完整复制唐英泓形象后，唐英豪见到我时那副百感交集的模样。我没有任何其他的意思，只是刚好需要换身衣服，而穿上衣服后又刚好想起上次在更衣室被强制变成唐英泓模样时的情形，便顺势按照那个方法给自己打理了一下头发，除掉了眉毛上的杂毛，刷了一点点不太明显的裸色眼影，再把肌肤变得白一些，他们不是都希望我成为这样的唐英泓吗？只是无论我再怎么模仿，我都只是平城京，而他才是长安城。

"小曦？"妈妈见到我后急忙站起来，脸上也露出讶异的神色。我朝她缓缓走过去坐了下来："嗯，喜欢这里吗？"

我妈见我坐下，也慢慢坐下来仔细端详着我问："你怎么收拾成这样了？"

"没衣服换了，怎么了？"我问她。

"不是，你这样，怎么感觉那么像唐英豪啊？"她说着，喝了口凉茶。

"谁？唐英豪？"

"嗯，你穿的是西装、衬衣，还有，总感觉你今天脸上不太对劲儿，你怎么了？"

我笑了笑，拿起一侧冰镇的毛巾擦了擦手："不奇怪，唐英泓本来就应该像唐英泓。我穿的是那些大牌每年都会给他们家送的衣服，在美国的唐英泓现在应该和我这个模样很像，是不是比我好看？气质也应该比我好才对。"

我妈目不转睛地看着我，眉毛微微蹙在一起。我甚至觉得她的眼睛红了一圈，突然她微微一笑，点了点头说："这就对了，你本来就是唐家的儿子，以后经常这样穿吧。"

"嗯。"我转过脸看了看一侧的枫树，上次和唐英豪来时的红枫叶已经没了踪迹，取而代之的樱花却正在盛放，一团一团，欲求不满般爬满整个枝头，我看得入了神。

"怎么办？好像动摇了，锦衣玉食，众星捧月，我也想这么活，就该像樱花这样，即使花期很短，也要穷极一生去绚烂。"

"你爸那边的事情办得差不多了，律师在改最后的合同，过几天，你签上字就尘埃落定了。"说完，我妈朝我笑了笑，饶有兴致地晃了晃手边的茶杯。

刺身端上来时，我妈露出吃惊的表情："青羽太、九绘鱼？"我低头看了一眼说："嗯，今天你生日，生日快乐！"她欣喜极了。我知道她喜欢日料，但确实不知道她最爱的是青羽太和九绘鱼。

这时，我放在一侧的手机上弹出来一条唐英豪的信息："还合口味吗？"

"妈，拿到钱后，我们就真的离开吧。走了以后，像我们这种卑鄙的人就苟且地、富贵地去活着吧，不要再和唐家任何一个人有任何一点儿瓜葛。如果您再越界，我都不知道要用什么赎罪。"

我妈叹了口气，那一声长长的叹息让我知道这件事对于她来说一点儿都不容易，最后她说："也许将来有那么一天、一个小时，或者一分钟、一秒钟，你能理解我吧。"

"小曦，你一直很坚强，但妈妈还想说，以后再坚强些，说不准将来哪天你需要面对更大的磨难、更艰难的选择。记住，除了你自己，对所有人都留个心眼，这个世界上，到最后你真正可以信任的人只有你自己。"我妈说完，服务员给我们上了两杯酒，我妈推了一杯给我，"小曦，和妈妈喝一杯？这是我们第一次一起喝酒呢。"她的眼睛这次真的开始泛红。我说了，所有的事情早有了端倪，只是这始终只是端倪，不够明朗，所以我才会说你如果问我我觉得羞耻吗，我说不羞耻，但我后悔了。

我对我妈说："你能答应我吗？真心地说一次，你可以不再和他见面吗？说实话，作为儿子的我这些日子一直在轻视您！心里一直在想，这种连没受过教育的人都可以说出来的陈词滥调，这种生而为人最基本的道德规范，您身上怎么就是没有呢？这让我很怨怒，对自己也是，仅仅是因为身上有您的血液。"说完，我碰了碰桌上她的酒杯，自己喝了一杯。

这时，她手边的手机有短信弹了出来："医院预约时间已确定。"我还没看到，她就急忙把手机翻了过去。我对她说道："唐建宁给的祝福吗？不意外！"

我妈拿起手边那杯酒喝了下去，笑了笑继续说："小曦啊，少对自己妈妈讲这种话吧，将来会后悔的。"她的眼神有种奇怪的威慑力，光是这么盯着我都让我感觉一种强势的气息袭来，而这种恐怖气氛也是之前很少有的。

临走前，我对我妈说道："这些天你还是小心些吧，唐英豪和我保证了他不会伤害你，但有人告诉我你有危险。我得回去了，下一次见面前，我会联系你。"说完，我站起身朝门口走去。我妈急忙站起来挽留我："也没什么急事，陪妈妈多坐会儿吧。"

"不了，我还有事，生日快乐！"我穿上鞋，我妈突然在身后说了句："妈妈爱你，小曦。"我有些惊讶，不就喝了两杯，这是怎么了？不过我也只是"嗯"了一声。

第二天一早我起床时，唐英豪正抱着个枕头躺在客厅的沙发上，他赤裸着上身睡得昏天黑地的，隐隐还散发着一股酒精的味道，想必昨晚又喝醉了。我拉开窗帘，阳光隔着纱帘照在他瓷实的肌肤上，我看到过他在各种光线下的样子，明亮阳光下的，银辉月光下的，柔和灯光下的，每一种都魅力非凡，而现在，我却觉得可惜。我问一旁的李玉："又喝多了？"李玉不置可否。我抓起一条毯子扔到他身上，对李玉说："我想出去一趟。"

这时，唐英豪微微睁开眼说："你又要去哪儿？"

"我说了，我不喜欢你监视我，"我朝西厨走去，自顾自地打开冰箱倒了杯果汁，"但我会带着李玉，你不用担心我跑了，我妈还在这儿，我哪儿也去不了。"

"那你收拾成这样？！你去见谁？"他有些气急败坏，坐起身穿上浴袍走到我旁边。

"这不是以前你让我收拾成的样子吗？我觉得挺好的。"我反驳的话让他有些语塞，他看上去委屈至极，于是我心里某个地方有一丝不易察觉的疼痛酥麻感快速地闪了过去，"我就是想出去转转，你不放心的话可以继续让你三个助理、保镖还是保安什么的跟着我，但我就是不想和你一起。"

"不行，我要和你一起去！大不了我不说话，不惹你生气！"说完，他气冲冲地跑回房间换了身衣服。我看着他孩子气的样子，觉得有些无奈又好笑。

"你这个人怎么这么不讲道理呢？说了之前的事情翻篇了，老抓着不放，我们怎么继续过日子啊，你懂不懂相处之道啊？"他换好衣服出来后，还在用一副理直气壮的样子继续说着，脸上甚至露出一种委屈的神情。

"所以你的相处之道就是无论你今天如何伤害别人，到明天都必须翻篇、归于原位，像什么也没发生过一样？"我咬唇反击。

他说不过我，对我说："带着我吧！不然我不让李玉去！"

这时，潘不安分地跳到唐英豪身上，它在唐英豪怀里就像一个备受爸爸关爱的婴儿一样，唐英豪的眼睛湿漉漉的，熠熠发光，干净纯真，潘也借机各种撒娇，发出那种平日里很少听到的娇嗲叫声，他俩一齐看向我，唐英豪说道："我们至少不要当着潘这样吵架吧？"

我想起第一次见到潘时的情形，在一个偏远小乡镇里，嗷嗷待哺的它第一次见到了我们三个不速之客，后来我们就这样组成了一个奇异的家庭，不知道它还记不记得它从哪儿来的。我又想起昨晚我妈和我说的话，我确实没有多少时间和唐英豪还有潘继续相处了。

"带着潘吧。"我对唐英豪说道。

他高兴至极地对我说："行！那要不我开车吧，李玉就不去了。"

"那要我去南门 B 口等你吗？"我想起上次那个从高空坠落的血淋淋的人偶，对唐英豪问道。

"那、那还是李玉开车吧！"他说着，朝门口走去。在李玉开门的一瞬间，门口刚好站着一个红色头发的人，他笑嘻嘻地递给唐英豪一个牛皮纸袋说："钱什么时候给我？"我总觉得在哪里见过这个人。唐英豪急忙挡在我面前抢过牛皮纸袋，并低声吼他："谁让你上来的？我说了会派人去拿，你赶紧走！"他饶有兴致地探头往屋内看了看说："行！我可是帮了你不少忙啊，英豪大少爷，零花钱就多给点儿呗！"

"知道了！滚！"唐英豪对他呵斥。

唐英豪朝我笑了笑，一瘸一拐地朝电梯走去。李玉接过牛皮纸袋。我看着纸袋的形状试探性地问了唐英豪一句："那把匕首？"

"嗯，李玉你收好了！"唐英豪说完，李玉就跑回屋里把袋子放了起来。

那天我一路都在想那个红发男人，如同有一团迷雾笼罩在心头，我总觉得在哪里见过这个人，可就是想不起来，难道是我最近太过敏感？还是说生活这团雾蓄积得太久了，要突然一下子拨散并不容易？唐英豪坐在我一侧抱着潘，一副单纯无害的样子。我看着车后视镜里的自己突然想到，已经习惯在迷雾里伪装的我们，未来还能接受阳光下自己本来的面目吗？

车经过日暮云公园时，我不自然地往唐英豪方向靠了靠，他像是察觉到什么一样对李玉说："开快些！"等车停在目的地时，唐英豪对李玉说了句"我来"，然后便快速下车把我这边的车门打开了。我走下车对他们说："你们在这等我吧。"

唐英豪看了看四周对我说："这不是万杰家吗？怎么来这里了？"

"我想去我们以前的树屋看看，我想一个人进去，放心，这里也没别的出口。万杰死前对我说，给我的礼物是换了玻璃的屋顶，我一直没机会来看看。"

潘试图挣脱他，他抱紧潘对我点点头说："知道了，我们在车里等你！"

树屋建在旧公寓和旧工厂交会的区域，工厂倒闭后，这块区域一直未被征用，才有了我和万杰的秘密基地。我顺着楼梯爬到树屋门口，这一路仿佛还能看到以前我和万杰追逐玩耍的影子。树屋的门依旧被那把白色的密码锁锁着，我输入只有我和万杰知道的密码，门便开了。我发现，除了万杰说的屋顶换了几块玻璃外，里面还多了两个小柜子，不过我几乎是在瞬间就感觉到不太对劲儿——小桌上还有杯没有喝完的红茶，这里分明在最近还有人来过。我提起那个茶包，是万杰最喜欢的格雷伯爵茶。我不信鬼神之说，但还是被吓了一跳。我打开其中一个柜子，发现了几个六芒星的图案和一本写着密密麻麻人名的名册。我看了看玻璃屋顶，只见在光线下，玻璃的棱角像是隐藏着一个阿拉伯数字"18"。我退后一步，脚踩到了一块松动的木板，低头一看，想起这是我和万杰小时候藏宝的地方，掀起木板便看到了一把钥匙和一张写给"范卓曦"的生日贺卡，我急忙撕开塑料纸，取出贺卡：

DANGER! HAPPY BIRTHDAY!（危险！生日快乐！）

这时，我身后传来一声："哇！你找到了？"我回头一看，是新加坡的那个怪人！我吓得急忙站起来往后退，直到贴紧墙壁无法动弹。他慢慢逼近我，从口袋里摸索着什么。"稍等！"接着，他从口袋里掏出一张花朵形状的贴纸贴到了我的胸口说，"奖励小红花一朵！"

"你要干吗？"我失控地朝他喊道。

他急忙举起手，笑着退了几步说："这是万杰留给你的，你拿回去好好看吧！贴纸后面有我的电子邮箱，你将来遇到解决不了的事情需要线索时就来问我。"

"你到底是谁？"

"我吗？我是斯坦福大学应用心理学博士学位毕业，在帝国理工完成认知神经学科的学习后，在德国 KSK 特种部队受训过一段时间，所以上次你看到我身上不是有很多伤口吗？特训的痕迹而已。我的兴趣是解剖、药理调配、非线性物理和变态心理学。所以，我应该不是你想的那种坏人，其他的以后有时间一起喝茶的时候我再详细说吧。"他说完打开身后的门，看似关切地催促我，"你现在肯定很害怕吧？快快快，你先回去，有事再联系我！"

我难以置信地看着眼前这个人，他见我不敢过去，便侧了侧身给我让路。

我拿着东西急忙跑了出去，他在我身后说了句："罗马数字。"我出去后，先把钥匙和贺卡塞进裤子口袋里，然后才回到了车上。唐英豪见我气喘吁吁的样子，放下潘问我："怎么了小曦？没事吧？"李玉也回过头看着我。我对他们说："我们快走吧，想起很多事让我很压抑。"

"开车开车！"唐英豪一边指挥李玉，一边赶忙拧开一瓶水递给我。我接过来把整瓶水都灌了下去。

回到赫伯亚后，我急急忙忙回了卧室。我拿着钥匙看了半天，这是一把老旧的门锁的钥匙，而且从钥匙大小来看，那把锁应该也不小，可是我没有任何线索。这是万杰留给我的，他是要我做什么呢？

深夜，一阵急促的手机铃声把我吵醒了，我摸索了半天也没找到手机，突然想起这个铃声是唐建宁给我的那部手机的，我找到电话接了起来："喂？"

只听见我妈在电话里气喘吁吁地对我说："我在酒店门口，就不进大堂了，你赶紧下来，地下一层消防通道口！"

我非常诧异，但还是赶忙换上衣服出了门。电梯往下降的时候，我的心里却悬起一块石头，妈妈这么晚这么急着找我，肯定是遇到了什么事。

如果有一天，我们的这些往事被搬上了银幕，那么你也许能预测到接下来会有多么巨大的磨难等待着我们，所谓的风平浪静只不过是疯狂杀戮前的养精蓄锐，因为作为观众的你此刻将会看到：在我刚出电梯的一瞬间，在四十四楼的唐英豪确定了我电梯停下的楼层后，走进了另外一部电梯里，按下了 B1 楼层。当我跑到消防通道口四处张望时，电梯里的唐英豪正一个人盯着电梯楼层的液晶屏。他表情冷漠，却不想对我失望，他依然抱着一丝丝期望，事情或许真的不是他预想的那样。他看着楼层数字如死亡倒计时一般变动着：7，6，5，4，3，M，G，B1。他走出电梯，在走到安全通道前犹豫了几秒，然后从一侧的另外一个口走了进去，他不想打草惊蛇，但当他从另外一个通道口走出来时，就看到了我正在和妈妈派来的律师说着什么的场景。

律师递给我电话，我看到了视频通话里的妈妈，她今天又化了妆，而且颈部也是那条宝格丽 SERPENTI 系列的蛇形项链，它那双祖母绿宝石的双眼发出的光芒比郑艺玲的那条更加璀璨。她语速极快地对我说："小曦，你快签字吧，妈妈现在还有点儿事，过不去。"律师把文件给我，我翻动着在关键条款处看了看，当我看到"赫伯亚产权"这几个字时吓得不轻，我对我妈说："你疯了？"

"快签字！别让唐英豪发现！"她正颜厉色地说完，往周围看了看，她应该在某个会所或者酒吧之类的地方。我问她："你和唐建宁在一起对吗？"她脸色一阵煞白，没否认。我对她说："这么多年来，你一直没注意到自己每次化妆都是去见他！还有你那条项链，在郑艺玲身上比在你身上好看多了。"

"我这么做是为了谁？你如果不签字，我保证不了会不会做出什么更出格的事情。"她又开始了，从未改变。

"你威胁我？"

"我没有选择，你签了字，我就再也不和他们有任何瓜葛，你也会有你想有的一切，这不光是钱，这也意味着尊严、安全感和自由，你有这笔财产你想干什么就干什么，想去哪儿就去哪儿。"她说的时候声泪俱下。我知道，她一定要我这么做。

我从律师手上拿过文件和笔，泪盈于睫，把文件翻到最后一页落款处："想去哪儿就去哪儿？呵呵，那行吧，我去地狱，因为在那才能见到妈妈！"我没看到的是，不远处的唐英豪正自言自语地说着："不会的，范卓曦，不会的。"这份文件他是在一个多小时前收到的，他当时还信誓旦旦、把握十足地认为我是绝对不会在这份文件上签字的。

在律师、我妈、唐英豪的目睹下，我签上了字。我刚签完字的一瞬间，律师"嗖"的一下抢过文件和笔塞进了公文袋里，然后对我妈说了句"完成"后挂断了电话。我记得我妈最后的表情，愕然的、愧疚的、悲伤的，却又欣喜的、绝望的。

我没见到的唐英豪的表情就简单多了，就是没有任何表情。他转过身沿着后门缓缓走进电梯里，他在电梯里打了个电话："我之前让你停止的事情重新启动，我要让那个女人死。"

一整夜我都没睡着，我想起了我和唐英豪第一次见面时的样子，雨水里，在漆黑一片间，盖在我脸上的衣服被掀开了，之后，雨过天晴，世界最后的余晖镂出他清挺的身影，他对我微微一笑。第二次见面，在我无路可逃的时候，他的头发在阳光下闪烁着熠熠光泽，他张开双臂对我说："我相信你！"躲在半山别墅时，他用敲门声告诉我他一直都在。在残阳里，我们望着没有边际的海岸线，我对他说："别再让我一个人吧！"在午夜月光的清辉里，他支着头问我："你做噩梦了吗？"

我走出房间，在走廊上徘徊，想到妈妈的所作所为，或许她真的不值得被救赎，所以任何人性都不能被测试。感应灯跟着我的步伐在膝盖处一盏盏亮起，又随即一盏盏熄灭，我停在那幅赫伯亚的画作前，想起唐英豪在初雪天送我的唯一一份生日礼物，嘴角便难以抑制地微微上扬。我伸出颤抖的手抚摩着这朵永远不会凋零的赫伯亚，内心也做了一个长久以来早该做的决定：贪婪地最后和唐英豪相处上一周，就彻底离开吧！离开前，把所有真相告诉唐英豪，把一切属于他的都还给他，让我妈没有任何反击的余地，让我们回到不曾相遇的那天。这一周，我只想诚实地面对唐英豪，不再这样拧巴和别扭。

我朝吧台走去，等我给自己倒满酒走到落地窗前的沙发时，才发现唐英豪又躺在了沙发上，即使房间里只反射进一点点微弱的霓虹光线，我依然能认出他。白天的冷峻已经退去，他棱角分明的脸依然无懈可击，宽阔的胸膛也随着规律的鼻息声起伏着。

我来来回回喝了两杯后，他那侧传来一句："失眠？"我泪眼婆娑地转向他，朝他笑着。他的表情没有任何起伏，继续枕着手侧躺在沙发上直愣愣看着我，问了句："你有话和我说？"我点点头："拜托从明天开始带我到半山别墅住一周吧！"他这次坐起来接过我手里的酒杯放到茶几上，俯着身子继续直勾勾地看着我问："别的呢？你还想和我说什么？只要你说，我都能原谅。"我想告诉他我妈所有的计划，我想告诉他一切，但我想要一周，就一周，这并不贪心，于是，我对他说："我想让你开心。"

他的头侧向窗外看了看霓虹，又看了看我，表情像是在笑，又像是失望，但之中还有欣喜，不过都不重要了，因为我犯了一个大错，没在这个最好的时机告诉他真相。他后来告诉我，只要我那晚说了实话，他会给我妈所有她想要的一切，只是这都是假如了。

最后他说："好，明天我们回半山别墅。"我站起身对他说："我睡了，明早见。"说完，我拿起茶几上的酒杯。他一把夺了过去："别喝了，伤胃！"我的手从杯子上缓缓滑落，有一种说不上来的失落，我以为我这样说他会很开心的。

第二天一早，唐英豪亲自开着车带我回别墅。他开车时，凌厉而张扬的性格发挥到了极致，显然地，也把这辆兰博基尼的速度发挥到了极致。这一路我看到了我们曾经路过的风景，回忆像电影默片一样反复上演着，最后，我们终于又回到了这栋见证过我们无数次命悬一线时刻的别墅里。

我看着我们上次修剪的树枝又冒出了新的枝丫，他说的那些德国人种的樱花全都盛开了，风一吹，花瓣如霏雪般纷纷扬扬。他没骗我，这一切生机盎然的景象，我都在过去的日子里憧憬过。他把车停到车库，走下车对我说："想走走吗？"

"去江边吗？看看我们当时是怎么死里逃生的？"我对他笑。

"就在花园走走吧！"他戴着墨镜，我看不见他的脸，但能觉察到他表情严肃，他今天出人意料地穿了一件纯黑色的休闲 T 恤，让我想起上次在杂志里看到的他硬照上的模样。他往前迈出几步后又转向我，边倒着走边对我说："你还记得我们第一次来这个园子的情形吗？第一天认识，你问我出多少钱，我说如果是你的话，除了全部的钱，我还有全部的关怀。"

"永远不会遗弃我，还有永远不会背叛我的忠诚，我都记得。"我把话抢过来接着说。

他微微点点头，仍然背着手倒着走，我们的脚踩在石子路上发出阵阵响声，在英国，他们说这种路是用来防盗用的，再对比我们现在的立场，倒也有几分讽刺意味。他说："你要多少钱你说吧，我给你一辈子都花不完的钱。没问题，或者你说个数。"

我朝他笑，一点儿都不觉得冤枉和委屈，我妈说的其实也没错，我本来就是这种人，只是或许连我自己都还没完全察觉到："你不怕给了第一次，我这种人就会缠着你家不放吗？"

"说起来很丢人，我以前最怕的是鬼，现在最怕的是找不到你，所以，让我花一笔钱把你买了吧。我知道你妈就是要钱，我给她，好吗？"他语气森然，说完朝我挑了挑眉毛。

我和他往花园深处走去，经过一片青翠的松柏时，我问他："那你要我做什么？"

"你忘记了？你说过的，我唐英豪如果足够有钱，你就会依附我，这就是我要的！"他说完，朝我点点头。

"你不怕我和我妈这种人拿了钱就跑了吗？我就问你一句，唐英豪，你相信我吗？"我说完，眼睛隐隐发胀。我发现我们已经走到了那次我翻墙进来营救他的后院，便停下来看着他，想起那次趴在墙头看到他时的那份无所畏惧。

他也停下来朝我走了一步，终于对我露出笑容，轻轻摇了摇头说："不相信！但这不重要，有了足够多的钱你就不会跑，我了解你。"我朝他粲然一笑，继续往前走，缓缓绕了好几圈后，一大片乌云黑沉沉地压了过来。

我们回到别墅内，闻到了那股再熟悉不过的气味。他按动了墙上的几个按钮，所有窗帘都徐徐升了上去，他摘下墨镜，看着我问道："你相信我吗？"我看着他，想起那个满室金黄的午后，他那句无心却真诚的"哥哥会保护你，范卓曦"曾引发我无数幻想，并点燃了我通往未来的信心。

"不相信！"我对他说道。他一听，饶有兴致地笑了："有意思！"

接下来的时日里，我们每天都早起晚睡，像没有发生过任何不愉快一样。夜里，他会轻轻敲击墙壁，伴随着那阵熟悉的"咚——咚咚咚——咚——咚咚咚"的敲击声，我想起那些在这里疗伤的日夜，在我不愿意见他时，他就这样夜夜守着我，我回应他，也敲了敲墙壁。每一个清晨，当我从卧室里走出来，总能看到唐英豪在厨房里一边用手机放着音乐，一边吹着口哨做早餐。他总是起得比我早，无论我起得多早，所以有时候我在想他是不是整夜都没有睡觉。

中午，他喜欢把所有窗帘打开，然后在那些阳光澄明的午后，穿着浅蓝色的水洗牛仔裤、随性的白衬衣带着我在花园里修剪各类植物。他常常用加压水枪斜对着天空"开火"，然后纷纷扬扬的水滴变成一阵雾气轻盈地飘散在整个花园里。天空出现一道短短的彩虹，彩虹那端，他冲我露出云淡风轻的笑容，让本来就舒适的午后更加如花似锦。

晚上，他希望我和他多喝几杯，兴致高涨的时候，我们会举着酒杯晃悠在花园或者别墅附近的森林里。那些时候，我总能感受到他发自内心的快乐，只是每次视线相交的刹那，他都会在略微迟疑后将眼神不自在地转移到某一个角落，然后整个人慢慢散发出一种异常失落或者说是愤怒的气场，那是一种很难用言语和文字描述的矛盾气场。

最后一天是一个阳光分外明艳的日子，花团锦簇，草长莺飞，整个别墅笼罩在一片五彩缤纷中。那是一个我这辈子都无法忘怀的日子，那天唐英豪没再随意穿着居家服，而是穿上了一套黑色正装，这让我变得非常不安，因为这像是某种正式的告别，类似葬礼。我不知道这只是巧合，还是冥冥之中注定这也是我该对他说出真相的日子，我不能再退缩，也无路可退。

中午在客厅里，他升起窗帘，打开窗户，天空下起了狐狸雨，明媚的阳光和急促的雨水混合在一起，如同泼向人间的油彩。他看着窗外对我说："明天我们就要离开了，在这儿却遇到一场这样的狐狸雨，你说会不会是上天的某种预兆啊？他们说狐狸到这个世界上找寻爱，却被人说是来吃人心脏的，可怜的狐狸被气哭了，它哭的时候天空就会下起雨。"

我听他说完，整个人像被无数子弹扫射了一遍。你可以说这是一个生活全新开始的预兆，我们会回到我们第一天认识之前，回到最初，就像什么都没有发生过一样。

唐英豪侧过头，似笑非笑地迎上我的视线。我却像被狠狠蜇到了一样迅速偏过头，眼神无处安放，我有些头晕目眩，太怪异，这些天其实都是这样。我急忙走到酒柜前拿出酒给自己倒了一大杯酒，然后整杯灌了下去，而当我把酒杯放到吧台上的一瞬间，它迅速地被另一个人夺了过去。我转身看到唐英豪，他对我微微一笑把酒杯填满，一饮而尽，这让我们即将到来的告别蒙上了一层决绝的诗意。

我们看着这场狐狸雨，不出所料，雨很快就停了下来，太阳的光芒霎时让天空无比通透。我对唐英豪说："有时间陪我走走吗？"他几乎想也没想就说："当然！"这让我一时间觉得似乎唐英豪一直在等我自投罗网一样，就像我问了唐英豪一句"我可以去死吗"，然后他想也没想会回答说"当然"一样。

我们走出别墅，朝再熟悉不过的花园小径走去，走到中途的时候我们停了下来，一股雨后泥土的芬芳迎面而来，水珠挂在树枝和花瓣上，映射出不同角度的美好的他。

乌云散去后的万丈金光投射在他身上，我突然想起第一次见到他的情形，那天，在世界最后的余晖下，他如今天一样嘴角呈现一丝近似微笑的幅度，我对他说了一句："请做我一天的朋友吧！你这样的生活，我也想过过看！"如果时光倒转，能再选择一次，我一定还是会开口说出这句话，因为唯有这样，我们的生命才能彼此交会。他往前一步，从我头发上摘下一片绿叶，对我点点头，似乎在鼓励我对他说些什么。

他细碎的刘海被急促的风吹起，不停地打在额头上，他伸手把头发撩起来，我感到自己的脉搏随着心跳在急剧加速着。又一阵大风刮过，一旁树枝上的水珠散落下来，打在我们的脸上、身上，轻薄的衣服很快就被染湿了一片，他又向前一步，我们之间的距离变得越来越近。混杂着花园的清新，我闻到那股再熟悉不过的他的气味，那股能给我安全感的熟悉气味。

"我妈早就让我收手了，是我不愿意，因为我爱钱。"我完全不知道自己说了什么，顷刻间失去了节奏。

"我刚刚对你说的狐狸雨的故事，你相信吗？狐狸是为了找寻爱，但别人说它是来吃人心脏的，你觉得狐狸是来找寻爱还是来吃人心脏的呢？"他还在给我机会，朝我靠近，我们之间的距离已经变得无法更近。

一些不知名的蝴蝶、飞虫轻盈地飞舞在花枝间，每一个闪躲和避让都异常娴熟，而雨后一阵阵的清冽空气则像疾驰而过的通往地狱的死亡列车一样碾轧在我们身上，呼啸而过。

他冷峻的表情散发着幽深的恐怖意味，他说的每一个字都像打在我耳膜上一样。我往后退了一步，白色石子路发出一阵不合时宜的摩擦声，就像给子弹上膛的声响，我对他说："狐狸就是狐狸，它是来吃人心脏的！所有人都知道的道理，只有你不肯相信。"

我刚说完，他就接着说："我唐英豪这辈子没有给过一个人这么多机会，我最后问你一次，范卓曦！这些时日以来，你对我这个哥哥究竟有没有……有没有过一次，仅仅一次……"

"你给我的钱够多的话，我就可以按你想听的告诉你答案，但你还没付钱……"我说完，自己先哭了出来。他已经一个箭步走到我面前，一只手捂着我的嘴，另外一只手扯住了我，然后凑在我耳边像念某种恐怖咒语一样对我说："你给我闭嘴！如果你非要说下去也行，我和你玩个游戏，你赢了就可以说。"说完，他伸手拉着我的胳膊往屋里走去。

我们刚进房间，他就把门反锁起来，然后把所有窗帘都放了下来，顿时房间里只有几个空调和播放器之类的信号灯发出亮光。我的眼前霎时漆黑一片，除了自己失控的呼吸声和抽泣声外，听不到任何动静。

唐英豪呢？

他做完这一切，就遁入了黑暗中，悄无声息。我茫然地瞪大眼睛，小心翼翼地环顾四周，每一个小小的信号灯都在我眼中放大数倍，直至被我具化成面目可憎、对我虎视眈眈的怪兽。

突然，厨房那边传来一声清脆的声响，所有信号灯都瞬间熄灭了，我急忙看了看手机，Wi-Fi已切断，手机信号为零。我听见自己不自然地微弱地呻吟了一声，接着又是那个再熟悉不过的打火机响动的声音。火光一闪间，我看到了唐英豪的脸，他点上一支蜡烛对我说："我们玩一个游戏，输了的人除了喝酒之外，还要吃一粒这个药片。"说完他从口袋里掏出一个黑色玻璃瓶，打开瓶盖倒了许多白色药片出来。

我看着他疯狂的样子，除了觉得恐惧之外，还有一丝奇怪的心疼。我对他点点头，他满意地笑了笑，游戏便开始了。规则是用"我从来没有……"开头，就是以前我和万杰玩过的"I NEVER"游戏，比如当他说出他从来没有过一个第三者的母亲，而我有的时候，那么我就喝一杯酒并吃下一粒药片。我想起唐英豪建议我给他下药并用火灾完美谋杀他的方式，呵呵，哥哥可千万要在今天杀了我啊。

他让我先开始，我看着他对他说："我从来没有想过我们可以相处这么长时间。"唐英豪冷笑一声，露出失望的表情对我说："我想过，而且，我想过更长的时间，我输了！"说完，他端起一杯酒，并往里面投了一粒药片，一饮而尽。

第二局，他看着我对我说："我从来没想过你会给我带来快乐和欣喜。"说完，他举起酒杯拿了粒药片望着我。我对他说："这个，我也没有想到过，但谢谢哥哥告诉我这个。"他听完，满意地晃动了一下酒杯说："都没想过，那我输了！"我对他说："酒你可以喝，药你给我。"他自顾自地把药放到嘴里，用酒吞服下去后对我说："怎么，你以为这是毒药吗？到你了。"说完，他抱着手臂等我说，他这种不可一世的态度更像是一种伪装，与他每一次为了我奋不顾身的模样形成强烈的对比。

我对他说："到今天为止，发生了这么多事情，我从来没有想过杀了你！"说完，我端起酒杯，拿了粒药片准备接受惩罚，因为在这一点上我相信，他和我是一样的，他肯定没有想过杀了我，但当我喝完酒的瞬间，我看到他也在喝酒，并塞了一粒药片到嘴里。我有些愣了神，这是什么意思？他一定是喝晕了，听不明白我刚刚说的是什么。

我抢过他的酒杯对他说："唐英豪，我说的是我从来没有想过杀了你，你如果也没想过杀了我，应该是我喝，你、你……"我有些不知道该怎么说，只觉得眼眶发胀。他看着我张大嘴巴发不出一点儿声响的模样，半响，对我"哦"了一声，轻描淡写地对我说："那就当我多喝了一杯好了，你要不要补上？"我一听，立马开心地咧嘴笑了出来，急忙给自己倒了一杯，吃了粒药片。

他脸上的表情因为我这个举动变得沉重起来，突然说道："我再插一句话，和游戏无关，范卓曦，你真的没有想过，我们有一天放下恩怨后，你能像唐英泓那样和我相处吗？"我的头靠在膝盖上，红着眼对他摇摇头。

他粲然一笑，伸出手拍了拍我的肩，红着眼深沉地对我说："那游戏继续，你知道吗，我们相处到现在，哥哥对你从来没有像对英泓那样。"

我听完朝他露出一个扭曲的让人难以理解的诡异笑容。我趴在地上，啼笑皆非地跪在他面前，颤颤巍巍地伸出手抓起一大把药片塞到自己嘴里。他一开始还面带微笑的脸突然变得狰狞万分，猛地扑向我，尽全力扒开我的嘴巴，冲我大吼："你给我吐出来！你要干什么范卓曦？！"而我则一口把药全吞了下去，并迅速抓起酒瓶往我的胃里灌了下去，然后酒洒了一地，蜡烛也倒了，世界又恢复了一片黑暗。

我带着哭腔大笑了几声后，在黑暗里奔跑了起来，我撞倒了许许多多的东西，也重重摔倒了许多许多下，有时候我感觉到一双手把我从地上抱起来，有时候我又重重推开那个人，继续失魂发狂地往楼上跑去。我躲在浴缸里，把沐浴乳挤了一地，空气中弥散着清新的香气，而我耳边回荡着的一直是那几句："范卓曦，范卓曦！你停下来，我求你！"而我继续像疯了一样在房间里各种奔跑、咆哮、哭闹，最后，我跑到了天台，一出门即是黑夜的景象让我捏了一把汗。月朗星稀的天空下面是一片宁静的森林，森林的最远处，是安静的海洋。此刻，我感到海洋深处正氤氲起稀薄的雾气，它们越聚越多，张牙舞爪地爬到半空，然后又迅速地以奔腾之姿汇聚成磅礴之势，呼啸着、裹挟着无数记忆碎片将我淹没，我想起他对我说他想念唐英泓的那一晚，我想起他对我说起唐英泓时那些真情流露的瞬间。

"范卓曦，你到底要干吗？"身后传来唐英豪的声音。我回过头对他说："哥哥，你能不能叫我英泓？我求求你！你现在这样对我不就是因为我长得像唐英泓吗？"他脸上露出难以理解的表情对我说："你给我吐出来！我没想让你死，你别这样，我们去医院！"我完全没有在意这个，对他说："我不想做范卓曦，一点儿都不想！我如果是唐英泓，就不会有这一切，一切就会变得很简单，你就是我哥哥，我永远不会失去的哥哥。我对你撒谎了，我想过无数个明天，今天，让我最后替你做一件事……"

说到这儿，我"扑通"一声跪在了他面前。他急忙抱着我，对我说："我知道，我都知道了！你醒醒！我带你去医院，范卓曦！"我倒在他肩膀上，只觉得整个头颅都失去了支撑力，我说话的速度变得异常缓慢，我对他说："唐英豪，你知道吗？即使到最后我们变成这样，我也从来没有后悔过，如果还能再回到我们相遇的那天，我还是会对你说出一样的话来，还有……"

我和他的手机几乎同时响了起来，他看了看自己的手机，没接电话，我发现我已经没有任何知觉，仿佛最后的心跳和呼吸都被我弄丢，我接着对他说："还有，就算和全世界为敌，我也会站你这边，我妈前些日子……让我签了一份文件，关于唐建宁的财产分配，她觉得那样能保护我，但我最后签上的……是你的、你的名字。我在意的，从来都只有哥哥你。"

我看到唐英豪突然张大了嘴巴，瞳孔涣散，似笑非笑地松开了手。我跌落在地上的一瞬间，他突然跪倒在我面前。他像失控的野兽一样大声咆哮起来，不停地呼喊我的名字，接着，他拨通电话大吼："现在马上去医院，我这就带范卓曦过去，所有计划全部停止！"电话那端，不知道对方说了什么，唐英豪像是突然散了骨架一般，趴在我身上号啕大哭了起来。

后来我就只记得耳边不停传来我和他的电话铃声，他一直在叫我的名字，我脑海中停留的最后一幕就是他抱着我一直往某个我认不清的地方跑去，他一直哭着、嘟囔着："对不起，小曦，对不起！哥哥一直在，你别这样，你一定要没事，一定没事，你和英泓对我都是一样的，一样重要，我想过杀了你，但我做不到……"

Chapter 15　即使这样 也不要哭太久

一个人不哭的那一天也就是他的心变硬的那一天，而不是他的心

充满欢乐的那一天。

——奥斯卡·王尔德

每一年 NEVERLAND（永无乡）总能迎来一场最纯澈的大雪，今年也不例外。初雪到来的那天，我穿上羊绒毛衣，走出 NEVERLAND（永无乡），在悬崖边上静静地看着雪花从天空翩翩而落的情形。这是每一年最好的季节，待白雪为屋顶、群山、悬崖披上银装后，所有破裂的痕迹似乎都将得到修复，新生开始孕育，而这个福音会由一株株只在雪后悬崖陡壁上盛放的赫伯亚传来，它们盛放后，万物变得清澈，遗憾似乎也得到了弥补。

"一个人还住得惯吗？"身后传来那个再熟悉不过的声音——那个让我们彼此灭亡后还能新生的声音；那个给我带来无限伤害，再让我在伤害里看到希望的声音；那个如火似冰，像冥王，似天神，是黑夜，也是天堂的声音。

"不祝我生日快乐吗？"我回过头朝他笑了笑，但见到他的一瞬间，眼睛里还是传来一阵细密的刺痛，像眼眶四周长出了许多冰晶一样，太过细微和锋利，不易察觉又隐隐作痛，他就是这圈让人防不胜防的细小冰晶。

我绝对认识他，但我好像忘记了和他的所有回忆，不过我并不觉得奇怪。他依旧没什么变化，还是当年那个帅气非凡的少年，身上黑色毛衣上的一层细致的雪花让他整个人看上去像在大雪里等待冒险的男主角，如果非要说出他有什么变化，那唯一变了的应该是他的眼神已经不再有往日的凛冽，取而代之的全是说不明的热切和关怀。他打量了我一阵，最后勉强挤出个笑容对我说："再送你一株赫伯亚？"

"好啊！"说完，我朝悬崖一边走去。真是个让人觉得亲切的陌生人，我们之前一定有过千丝万缕的联系，不然我不会这样轻易地就跟上他的步伐。他一边走一边若有所思，然后问我："还怨我呢？还不回去吗？"

我笑着对他摇了摇头："我已经不记得了，但我冥冥中知道这条路是我选的，就绝对不会怨你！第一次到 NEVERLAND（永无乡）的时候就想，我这辈子最大的梦想可能就是在此长居，现在这样不是很好吗？"

他轻轻叹了口气，陪我走了一段，在我们要往山谷方向走的时候，他停下来对我说："你回来吧！就算不能将一切从头来过，就算你责备我，怨恨我，那也是一条路，而你如果不回来，这条路就被你走死了。"

我听得一头雾水，讪讪地朝他笑笑，心却不由自主地隐隐作痛，看来以前心里确实留下过伤痕。我没理会他，继续往山谷方向走去。他追了上来，我们没再说话。我们走到第一次他给我摘下赫伯亚的地方时，两个似曾相识的男孩从不远处你追我赶地往我们相反的方向跑了过去。我和他走近那块巨大的岩石，不约而同地往他给我采摘过赫伯亚的位置看去，只见皑皑白雪上没有任何植物的影子。我对他说："看来太晚了，赫伯亚已经死了，不会再有任何逆转和新生的可能，我们又何必周旋在一件不可能再复原的事情上呢？"

　　接着，天空又纷纷扬扬飘下一阵白雪，而山上的白雪有些开始化成细小水流，这究竟是什么样的气候？他突然爬上那块巨大的岩石，拨开白雪后从岩石上取下一株被人折断后只剩下茎干的赫伯亚，它还在隐隐流血，按理说这就是刚刚发生的事情。我看着他微笑，有些不解。他对我说："这是我送你的那株赫伯亚，它刚刚被我取走了，刚刚那两个男孩你真的不认识吗？那是曾经的我和你。"

　　我听得更加疑惑，整个人恐惧地往后退了一步。他继续问我："你还记得日月星辰吗？"

　　"那是什么？"我被这个问题一下子给问住了。

　　"才这么短时间你就已经忘记日月星辰了？你快跟我回去吧！"他往前一步。我仔细想了想，突然觉得眼前的这个人确实是我唯一认识的人，我诧异地看着他问："你叫什么名字？"

　　他露出极其苦闷、万般无奈的表情朝我说："我如果说了，你更不会跟我回去了。"这时候一片乌云出现在天边，像滴入清水中的浓墨般迅速晕染开来，最后酝酿成灾，以排山倒海之势乌压压地朝我们涌来。我下意识地往山谷更深处走去，他急忙制止我说："不要！不要往那边走！"我看了他一眼，又看了看四周的环境，我根本没选择，只能继续往山谷方向走去。这时，他朝我喊了一句："范卓曦！"我回头看了他一眼，有些不知所措，不知道他在呼喊谁，而当我听到他喊了一声"皓"的时候，我的双脚居然无法移动。我转过身，不明所以地朝他跑了过去。他跑在我的前面，我便一直追着他。他带着我回到了

NEVERLAND（永无乡），我看到了一个异常熟悉的女人的面孔，她朝我温柔地微笑和挥手，对我说："跟着他一直往前跑，不要回头！你不用害怕，这里除了我，没人知道你的本名！"

我朝她点头微笑，继续跟着他往更远的地方跑去。我们跑到一条河流边的时候，我发现自己无法过河，而这时一个戴着口罩的男孩一言不发地拉了我一把，我跟着他过了河，然后我和一开始出现的男孩继续往山谷方向跑去。最后我们到了一条江边，他递给我绳子，我接过来，跟着他安全渡了江。我们走过沼泽、穿越森林，在一栋幽深的别墅里，他一次次滑动打火机让我一定不要跟丢了他。我们后来坐上了一辆的士，往一家城市里的 KTV 驶去，在这座几乎看不到人的城市，我们最终停在了一个巷子里。他带我跑进一家空无一人却一直在播放歌曲的 KTV，进了一间包厢，接着他指了指旁边一个窗户对我说："爬上去，你会看到我在我们第一次见面的路口等你！"没等我反应过来，他已经急急忙忙跑了出去。

等我爬上窗台后，发现这里变成了另一个巨大的露台，一个赤脚的男孩站在对面窗口，他朝我伸出手对我微笑，眼睛里满是泪水，我替他抹掉眼泪。这时凭空出现了一条路，而路的尽头是 NEVERLAND（永无乡）的景象。我刚准备走上去，男孩一把抓住我，递给我一支录音笔，他对我说："别去！尽快知道你的真名！这条路我替你走，你快去路口，然后再也别回头！"我讶异地看着他，远处的 NEVERLAND（永无乡）突然幻化成了一个似曾相识的树屋，他推了我一把，同时他从露台上坠落。

我急忙朝楼下跑去，跑出 KTV 时，地上放着的一个行李箱把我绊倒了，一个包滑了出来，包里全是手机和首饰。我扶起行李箱，看到行李箱标牌上写着"万杰"这个名字，我犹豫了两秒，猛然想起来刚才那个人是万杰。正当我准备转身的时候，前面有个人又喊了一声："皓！"我循着声音跑过去，看到一个斯文的中年男子，他急急忙忙把我推进一辆车。车子驶到一个十字路口停下来时，前座的男孩回过头对我说："安全抵达，你要不要给我一朵小红花？"我看到他身上有许多伤痕，这让我有些不适，我急忙打开车门下了车。我看到了大雨后光芒万丈的天空，最早在 NEVERLAND（永无乡）说送我赫伯亚的男生如约出现在了路口。

"你看！是大家把你送到了这里，故事开始的地方，已经没有时间了，现在就赶紧和我回去！"他说道。我抬头，突然发现好不容易才摆脱掉的乌云不知何时又在我们的上方积聚，铺天盖地的阴霾碾轧着光明，天际已然幻化成了巨大的阴阳阵，黑白双方追逐博弈，我们就站在那濒临崩溃的分界线下，看上去岌岌可危。

他看了看天空，急忙抓住我的手对我说："给我机会带你走！从头来过！"

"我需要知道你是谁，才可以跟你走！"我对他说道。

"我不能说！"电闪雷鸣间，我看到他蹙眉下的眼珠像火光里的黑色曜石。我甩开他的手说："那我不走，我要回 NEVERLAND（永无乡）。"

雨水倾泻而下打在我们身上，他的脸没有血色，是一片死寂的灰，暴风骤雨几乎要将整座城市吞没。他看上去更加焦急，伸手递给我一个打火机。我接了过来，眼睛开始莫名其妙地流泪。他又给了我一颗纽扣，我开始失声痛哭，但依然不明所以。最后他递给我一株枯萎的花，我拿着花猛然意识到他要么是我的仇人，要么是我的恩人，我要么杀了他，要么相信他，我对他只有这两种极端的情感。

"你到底是谁？"我冲他大吼。我们之间突然出现了大雾，城市彻底地变成了一座"雾城"，我们再也看不清楚彼此。大雾像有意识一样用它的"触手"迅速缠绕住我们的身体，并渐渐向上爬行，如潮水般漫延，遮蔽我的五感。我没有任何可以离开或者前行的线索，我好像迷路了，或者说彻底迷失了。这时，我听到一个方向传来一个如天籁一般的声音——"唐！英！豪！"也就那一瞬间，我的手猛然伸向那个方向，那个人急忙拉着我的手臂："我再也不会放开你！"

这时四周已经一片黑暗，我跟着他往无法确定的方向跑去，不知道怎么回事，只觉得浑身突然乏力无比，我猛地反应过来，我们好像到了水底，这不是雾，而是江水。

"别看四周，往上看！"他对我说。抬起头的瞬间，我们便看到两个少年，其中一个朝我们的方向无限下坠，另一个年龄稍长的急忙拉了他一把。我急忙朝他们游去，但这时那个稍长的男孩突然松开了手，我心里生出一阵莫名其妙的扭曲的疼痛。我回过头，看到我身边的男孩和松手的男孩长相完全一样，我诧异地看着他，试图甩开他的手，他急忙对我说："你继续看！这不是最后的结局！"我试图挣脱他，他钳制住我让我继续看下去，只见稍长的男孩猛然抱住下沉的男孩急忙往水面上游去。

即使这样，他还是松开过手。

这时，天空中一道白色的光一闪即逝，温度开始骤降，我们回到了那一天。

时空开始重叠了，我和那位被救活的男孩一齐对各自身边的男孩说道："松手！"

他俩一齐说："不可能！"

我俩："让我死！"

"做梦去吧，我不允许！"

这时远处的微弱光亮更加暗淡，对，他是唐英豪，我彻底想起来我们曾经的亲密感，但我还没想起来我们之前到底发生了什么，但这不重要，我要跟他离开。唐英豪的脸色则变得如死灰般苍白，他的嘴唇一直哆嗦着，眼睛则直勾勾地盯着我，没有一丝退让的意味。我们随着江水漂浮了一阵后，体温已经降到了身体能承受的极限，我感觉到自己的身体变得越发麻木。两个少年渐渐离开了我们的视野，突然，水流让我们急速往下坠了一下。

"太晚了！看来我们错过了时机，今天必须留下一个人在这里。小曦，你听我说，我第一天见到你时用手段欺骗了你，我对你说'哥哥会保护你，范卓曦'，这句话在之前都是谎言，但从今天起，它是誓言了。"我瑟瑟发着抖，只觉得连说话的力气都没有了。这时，他红着眼睛对我说了句："别放弃！"之后他竭力托着我朝水面游去，继续自顾自地说着："有一次，我没有力气过一条河，你也是这样托着我游了过去，我把你一个人留在那片荒野了，虽然只是一晚，但到今天我仍感到后悔。"

"那就好好去弥补！"突然一个熟悉的女人的声音传来，我回头一看，是刚刚说知道我本名的女人。这时一阵暖流将我们包围了起来，然后把我们缓缓地往更高的水面送去。那个女人对我们说："要留下来也该是我留下来！这一场故事里，你们的缘分才刚刚开始，永远记得今天！以前是小曦，今天是唐英豪，你们都这样彼此守护过！再也不要忘记！"

水变得更急，从女人身后涌过来，一些不知道是什么的东西砸在她身上，她身上开始急剧流出血来，她朝我笑，笑中带着泪，最后对我说："小曦，这是我们最后一次见面，今天以后你会彻底变成另外一个人，变成一个所向披靡、无所不能、让所有人恐惧万分的真正的强者，但在这之前，你还是会大哭一场，即使这样，也不要哭太久！"

我的意识开始变得越来越模糊，唐英豪把我抱得越发紧了，女人最后对我说的一句话是："妈妈爱你！"对，这个人是妈妈，我怎么到现在才想起来她是妈妈？一直以来，我对她颐指气使、冷眼相对，直到最后我甚至没有力气喊一声"妈"的时候才认出来，对啊，你是妈妈啊。

我们一直往上浮动着，没有止境……

"范卓曦！醒过来！"

……

"你能听见我说话吗？范卓曦！"

……

"出大事了！小曦！你快醒醒吧！"

……

"醒了醒了！小曦？范卓曦！你能听到吗？叫医生！"

"给我叫医生！"

"全部叫过来！"

……

再次见到这个世界的时候，我看到的第一个人是唐英豪，这种情形已经好几次了，第一次在下水道被救起后醒来看到的是他；陷入绝境，在沼泽逃生的那天，看到的也是他；而今，再一次从鬼门关闯过来后见到的人依然是他。

几个医生正在旁边，有的在给我测量血压，有的在记录着什么，有的则弄着我从未见过的各类仪器，一位女医生拉上了帘子，遮挡住了唐英豪那张神情急切的脸。我按医生要求的做完了全套的检查后，医生对我说："太久没吃东西了，暂时先吃流食，如果想上洗手间记得通知医生，另外还需要再取样做一些基本的检查，其他的就没问题了。对了，因为药物，头脑的昏涨感还需要一些时间才能消除，有什么不舒服记得找医生。"

我对他们点头，长长舒了一口气。医生还没离开，隔帘就被猛然拉开了，唐英豪着急地探头进来，他见到我脆弱苍白的样子，急忙握住我的手，把所有注意力全放在我身上。他有些不知所措，又是笑又是担心地重重握了握我的手，但估计怕弄疼我，又急忙把我的手放进被子里，语无伦次地说："哪儿还疼吗？饿吗？你吓死我了，小曦！你冷吗？要不要喝水？"

我看着他，百感交集，朝他摇了摇头，嘴角也渐渐扬起笑容。唐英豪啊，原谅我吧，虽然这招很险，虽然也这样骗了你，但不这样，我就会永远地失去你。那天，我看到药片的时候确实将计就计赌了一把，妈妈说我是急功近利的人，但其实除了这个，我还是一个不留退路的人。比起你对我的感受，我更加不能忍受的是失去你，你是我真正在意的哥哥，你能给我安全感，也愿意让我依附，我们永远在给彼此制造事端和麻烦，但别再让我嫉妒英泓，让我成为他那样的弟弟吧。命运就是：我们永远不能失去彼此。将来有一天，如果哥哥你知道真相，看到我这张脸，也请一定原谅我的鲁莽吧，这一切对于我和你来说，确实就是至关重要和无法让步的，我们的血液里有彼此的基因，我们是一种人，你也放开过我，伤害过我，羞辱过我，你也做过错事，到时就请用你的同理心体恤我吧。

我用有些沙哑的嗓音说道："我做了个梦，你把我带回来，说你再也不会离开我！"他听到后，急忙一个劲儿地点头，像个做错事的孩子。那个春日的下午，城市里刮着和风，和煦的阳光洒在白色的床单上，他朝我笑，然后趴在我床边，闭上眼，似乎终于可以睡一觉了，故事真该在这里结束的。这时他身后出现了一个身影，我顺着看了过去，看到了李玉，他急忙朝我走了两步，但好像又意识到了什么，便停了下来。他看着我，复杂的神色里有一丝欣喜。我对他点点头示意我没事了，但等我看仔细了，才发现他眼睛里布满了血丝，眼眶上还有瘀青，不知道他发生了什么事，但我实在觉得越发疲乏，还没开口问便又一次沉沉睡去……

夜里，唐英豪醒了过来，出去接了个电话后，他表情凝重垂头丧气地走了进来。他坐到我身边的椅子上，盯着我不说话，朦胧的月光透过玻璃照在他的脸上，柔软了他深邃的五官，也连带着削去了他平日里的意气风发和犀利的棱角。不知道是不是光线太过微弱的原因，我居然觉得自己从未见到过这样的唐英豪，他看上去让我觉得很心疼。

"我这不是没死吗？"我朝他笑笑，打趣他。

他先是摇了摇头，用双手扶着额头，沉默半天后，整个人开始微微颤抖起来。我听见了他抽泣的声音。我吃力地伸出手拉着他的袖口晃了晃说："我以后不走了，也不和你闹了，我这次吓到你了？"他一听更崩溃了，整个人趴在床一侧的被子上发出失控的呜咽声。我把手搭在他的肩膀上，想说些什么，但只觉得疲倦。

深夜，我摘下夹在手指上的监测器，看着身边正趴在床边睡觉的唐英豪。他听见我有动静便醒了过来，然后急忙站起身小心翼翼地问道："要喝水吗？冷吗？"我对他摇摇头，他却仍然拧开一小瓶水送到我嘴边。我按动按钮，让床立起来一些，对他说："我也算闯了回鬼门关的人。"

他没理会我的话，而是严肃地质问我："范卓曦！你不知道你只有一个肾吗？你要是再敢做这种事，我、我就……"他想了一圈也没说出来，估计想不到任何对我有威慑作用的词句。我看他那副无计可施又气急败坏的模样，有种说不出来的快感，然后装出一副特别善解人意的样子对他说："以后我和你好好生活吧，不玩了。"

唐英豪听完后满意地一个劲儿点头，然后我们俩之间就是一片安静，我清楚地看到这期间他嘴唇多次开开合合，好像要说些什么，但还没等发出声音又咽下去了，最后，他只是偏过头望着窗外的月亮，整个人像失了魂一样。我想，可能我这次的所作所为太过肆意，彻底吓坏他了，于是我变得越发愧疚。

他突然站起身来很不自在地在病房里走来走去。我对他说："你怎么一直心神不宁啊？是因为你妈那边吗？还是说我妈她又做了什么？"他越走越快，一直摇头，之后仿佛失控般朝我走过来，欲言又止地说："……算了，等你好些吧！"

"怎么了？你这样很吓人。"我说完，打开了台灯。他闭上眼睛，极力调整着自己的呼吸对我说："你休息吧，大半夜的先不说这些，再过两天你的指标恢复正常就可以出院了。"说完，他走回床边，把床降平，自己坐在沙发上，盯着我的眼睛。我看着他，突然不想再说一句话，我冲他笑了笑，他回以笑容，但我总觉得那个笑容太过勉强。我那天还不理解，而几天后我彻底明白了他那天的处境，也明白了他在我刚回到这个世界的时候对我说出接下来我要面对的真正的绝境该有多么为难！

最后，他站起身打开一扇窗，新鲜的空气扑了进来。我听到海浪的声音，也感受到了海风的气息，转过头对着他的背影问道："今天月色下的海洋有在半山别墅时我们看到的那么美吗？"

他黑色挺拔的背影看上去有些孤独，点头道："嗯，美！"

"那，今天月亮下的海洋有在 NEVERLAND（永无乡）看到的美吗？"

"嗯，一样美！"

"还有，这个月光下的海洋有在赫伯亚看到的美吗？"

"嗯！你在的时候，月色和海洋都一直这么美。"他微微侧过脸，寂静的月光抚摩着他深刻的轮廓，他光洁白皙的额头到弧度完美的下颌无一不被温柔洗礼，但轮廓侧影却落在我身上。

出院那天，李玉一大早就给我办了出院手续。我被他们带上了车，那一天我真的觉得我们好像实现了双赢，唐英豪和我似乎都得到了我们内心深处最渴望的东西。我们到达了赫伯亚公寓，李玉进屋后一直回避着我的眼神，他反复看向唐英豪，看上去和平日里有些不太一样。唐英豪帮我把行李拿进房间后，一个人朝露台走了过去，我跟上去坐到他身旁的长椅上对他说："李玉今天怎么了？虽然不知道什么事，但你是不是又对他动手了？"他不置可否，沉默了几秒后长长地叹了口气。

我转过脸看着海平面对他说："我是最近才发现，西装革履、训练有素、在你口中像机器人一样的李玉，其实是个有血有肉有温度的人，总是被轻易感动，他应该是善良柔软的人吧？人的品质是人之根本，但我想和你说的不光是他的品质，还有在这一切之前，在他之前，他考虑的永远是你。"

"小曦啊，你还有别的亲人吗？"唐英豪欲言又止。我转过脸看他时，他又很不自在地躲开了我的眼神，我当时完全会错了意，以为他在和我讨论的也是李玉，并未察觉到他另外意有所指。

"你啊！"我对他说道。他一听垂下头，双手抱着头挠了挠。

我继续说："李玉也算吧，所以拜托以后不要再对李玉那样。"

这时唐英豪的手机响了起来，他看了屏幕一眼便急忙跑到一侧接起来，接着他像突然魔怔了一样来来回回走了几趟，然后快步走到我面前神情复杂地说："我有点儿急事必须和李玉出去一趟，你哪儿也别去！"我正想问他出了什么事的时候，他就急匆匆地跑进了屋里。

我心想，难道上次关于张大川的事情又出了什么问题？难道我妈那边又在部署什么新的计划？我跑进屋内，发现已经没有了他们的踪迹，我急忙给我妈打了个电话，发现电话关机。妈妈平日里从来不会关机的，我越想越觉得不对劲儿。

我看了看时间，反复拨打几次依然未见接听后，便急忙换上一身便服，匆匆忙忙跑出酒店，在路边随便打了个车往家里赶去。一路上，我无论给我妈发短信、微信、LINE，还是拨打电话、FaceTime，都没有任何回复，我一边催促司机，一边又失控地重复着尝试各种联系方式。

我在小区门口下了车后就急匆匆朝家的方向跑去。这时，一个似曾相识的身影朝小区门口走来，在看清楚那个原本模糊的轮廓后我吓得停了下来，无法动弹。如果说前两次——一次是在新加坡的夜里，一次是在遮天蔽日的树屋里——我见了鬼，那今天这个"鬼"已经活生生出现在了白昼里，他正式来到了我的世界。他依然是那样不失礼貌地朝我笑了笑，甚至还点了点头，抿了抿嘴对我说："和你说了小红花背面有我的电子邮箱，你都不给我发邮件！"我诧异地看着他，往后退了两步，刚准备开口，他便露出一种类似失望至极的表情对我说："万杰给你准备了一份那么有诚意的礼物，你都不细心看看吗？这个给你！"说完他从口袋里掏出一支笔，直勾勾地瞪着我朝我走来。我退无可退，无法躲闪。他脸上的笑容渐渐消失，没有了任何表情，却透着无限的森然和恐怖，就像任由岁月蹉跎的人们也永远不会忘记的恶魔传说。

他把笔塞进我的裤子口袋里，接着伸出手从我肩膀上取下一根头发仔细端详了一番后对我说："这个就送给我吧！"然后他急促地用鼻子深深地吸了一口气说："橙花？悲伤的气味，去吧！"说完，他伸出手指着他身后，食指精确地对准了我家窗户的方向。我本来应该问他许多问题，但就在他食指停下来的一瞬间，我像离开手枪转轮的子弹，立刻朝家里飞奔而去。

我有许多的假设和想象，但这个结果是我无法想象也不敢相信的。我跑到家门口的时候发现门没锁，我急忙推开门，一股香火的气味扑面而来，我心想，妈妈这是又在家搞什么迷信活动吧。

你经历过人生突然黑屏的时刻吗，那种死机后所有操作全部失灵的时刻？我毕生无法忘记的那个时刻，那个人生黑屏死机的时刻，是在客厅里看到我妈的黑白遗像的时候，而当我盯着照片发不出一点儿声响做不出任何眼神游移的动作，仿佛成为一个死物的时候，一个巴掌打在了我的脸上，我这才从巨大的疑惑和悲伤中清醒过来。我看着父亲满眼通红地捶打我，听到他第一次用这样暴怒的语气呵斥我："你躲到哪儿去了？到底去哪儿了？还回来做什么？！就是你的这种自以为是、任意妄为才把你妈给害死的，你这个不孝子！"我捂住耳朵，蹲在地上，发现自己似乎看不清任何东西，听不进任何声音，只能失控地叫了起来，这一定是一场梦，我只是离开了几天，这不可能！

我发了疯一样问他："你说什么？我妈怎么了？我妈……我妈……她……"我说着急忙站起来像失心疯一样在家里四处找了起来。父亲站在客厅不动，无声地抹着眼泪，如果说这辈子有让我认为父亲有深深爱着母亲的时刻，那个午后便是其中之一。最后我"扑通"一下跪倒在地上，许久后，我发出了一声声来自胸口、好像整个人被扯碎无数次的嘶吼。配合着我失控的痛哭声，我人生悲剧的最高潮被奏响了。

他们说，能用文字描述的悲伤往往不是特别悲伤，它无非是用只言片语描述抽象无形的疼痛，而如果疼痛还能处理，那悔不当初的负罪感我这辈子可能都无法卸下了。

你知道的，我对我妈说的最后一句话，是在我妈问我以后想去哪儿时，我告诉她："我去地狱，因为在那儿才能见到妈妈！"

后来，我知道了整件事，原来那些日子她无来由的疼痛不是没有缘由的，是她一直瞒着我自己得了肝癌的事，去医院那次，在我离开体检中心后，她也没了期望，没再愿意做接下来的深度检查……

再然后我才明白，妈妈在最后的时日里，一直在尽全力给我的未来铺砌一条平坦大道，许多事情她没能预见到结局，但她那样做，无论是于她、于父亲，还是于我这个不折不扣的唐建宁的亲生儿子，或许，真的都不算过分吧……

最后，我还知道，我在医院昏睡时，或者说在我同样处于弥留之际的时候，妈妈死了，再或者说，像那个无法解释的梦境演绎的，妈妈替我死了吧。

妈妈是跳楼自杀的，监控录像记录了她上楼时神情恍惚的模样，还有她跳楼的整个过程。妈妈给我的遗言只有一句："纯属自愿！七七后，送我的骨灰回日本爱媛县，和先夫葬在一起。望吾子曦往前走，别回头，再无牵念。"

我签字后，她终于安心地放下我，不愿再给我增添任何麻烦。在最后时刻，妈妈也和我一样，终于明白了真正的心之所向吗？其实所有的事情都有线索，都有端倪，都有纠正的机会，只是我胆小怕事、自私自利。你知道啊，我这种心理扭曲的人一直这样活着，什么"正义""保护唐英豪""纠正父母的错误"等口号，都只是我利己的借口。如果那天我带着妈妈离开曙岛，或许一切也就有了转机，三亿、三十亿？羞耻吗？依然没觉得羞耻，后悔吗？后悔！所以啊，像蛆活在阴沟里一般其实是对我生活最好的比喻吧。

毫无意外地，我这样的男生失去了所有"最后一次"的资格，比如和我妈认真地告别、给我妈举行一个像样的葬礼，甚至只是能看一眼她的遗体，对她说句："妈，对不起……"

　　那一年夏天，曜岛的雨水多得出奇，城市上空整日布满阴云，层层叠叠。我离开赫伯亚，回到了家里住，我需要时间让自己沉淀。我没想死，没想闹，只想也停下来这么一次，好好整理一下自己惨淡的人生。我没和唐英豪提起我妈的事情，自始至终，当然，他从一开始就知道，所以在我醒过来之后他每一次的欲言又止都是因为他正处于两难的境地。如果卑鄙地说到妈妈离开的好处，那或许是我和唐英豪之间不再存在阻挠，先前想对唐英豪说的关于妈妈的一切也就不了了之了。在我离开赫伯亚那天，唐英豪没有再强迫我或者限制我，他看上去似乎比我还要悲伤，还要手足无措。我对他说："我走了。"他说："嗯。"

　　在给妈妈守七时，我和父亲见过几次，每次我们都不说话，他总是坐在我面前垂首念叨着他对不起妈妈，情到浓时甚至会说更加对不起我。如果之前我对他是深深的厌恶，那现在我则陷入了彻底的迷茫中，如果不是唐建宁的自私，妈妈或许不会走到这一步，但妈妈走后，这个人又偏偏成了我最后的至亲。我应该远离他的，却被往前推了一步，就这样，我又一次看不懂境况了。

　　每次雨后，从家里阳台上看出去，都能看到公园的郁郁葱葱里升起一团团氤氲雾气，宁午路的树叶开始褪去沉沉墨绿，整座城市像是一张被水泡过又揉皱的老相片，凭空生出几分萧索和阴冷，曜岛的气温也一下子降了下来。

　　我和唐英豪在我搬离赫伯亚后就没再见过面，但我见过李玉几次，他说唐英豪一直希望我回"家"，但也仅仅就是希望，他不会强迫我、难为我，他都听我的，所以，他会一直等我，等我彻底好起来，能和从前一样与他见面和相处。

　　有那么几次，唐英豪还是到过我家的，因为他会轻轻敲我家的门，"咚——咚咚咚——咚——咚咚咚"，这是我们的暗号，让我想起在半山别墅时他在夜里守在我门口时的情形，那时他也这样轻轻敲击木门，告诉我他一直在，别太难过，别哭太久。只是这一次的事情好像真的比以前要更难挨，虽然妈妈的死和唐英豪没有关系，但我又觉得如果我没有遇到过唐英豪，或许事情就不会这样。

我一个人坐在客厅，任由屋外的人怎么敲门也不起身去开，我知道，我需要些时间重新让自己变成一个"人"。

我想我妈，常常给我妈打电话，虽然电话已经永久关机了，但我还是有那么一些幻想，会不会在某一天，能再听到电话那端妈妈温柔地叫我一声"小曦"。

有时候，我会去我妈生前常去的教堂和公园走走，总觉得这些地方留下过一些我妈生前的痕迹和气息，可能人都是这样的吧，总要在失去之后才能瞬时长大并看到自己一直逃避的真相。每次经过赫伯亚，我都会看着那栋熠熠发光的黑色玻璃大厦发呆，眼睛总是不自觉地往最高层的大露台望去，不知道今天的唐英豪又在忙碌什么，李玉还会在夜里一个人去露台喝酒？而潘还会不会总是躲在沙发下面伸出小肉垫去够刚好经过的唐英豪，然后在被唐英豪抱起来放在肚子上后就立刻安分地一动不动呢？

我想了很久，我对唐英豪唯一的怨怼可能就是在我清醒后他没有立刻告诉我我妈去世的消息，但这种情绪很少出现，大多数的时间里，我都能清醒地告诉我自己，他当时只是在等一个合适的时机，再或者，妈妈都已经下葬了，不管什么时候和我说我都已经错过了见妈妈最后一面的机会。

和唐英豪的见面是一次纯粹的"偶然"。傍晚，在海滨长廊林荫大道上，橘色的光穿透树枝，变成一团团光斑落在路上。微风中，我走向海滩，光线变得越来越暗，接着星光开始璀璨起来。

星光里，海浪声中，我看到了那个再熟悉不过的背影，只是这次的他看起来很不一样，他穿着一件干净的纯色 T 恤、一条黑色牛仔裤，手里提着一双球鞋，他把裤脚卷起到膝盖的位置，海浪打在他的脚踝上，他不用香水，但那天的海风中却有一股加利罗的味道。

我走到他身后对他说："加利罗？花语是笑着告别。"他猛然转过脸，眼神依旧清澈明亮，先是眼珠转了一圈像在想着什么，接着朝我粲然一笑。

"我们不应该这样见面的。我如果告诉你这真的是偶遇，你相信吗？"说完他笑了起来，特别爽朗。这些字从他嘴里一个个蹦出来时，我感觉到一股难以言说的暖流迎面袭来。

"是吗？星辰、海洋、夏天的风、爽朗的笑声和精心的筹备，甚至连想说的话都用香气转达了，这样的偶遇可真是一点儿都不处心积虑呢。陪我走会儿？"我说完对他笑。他把手插在裤子口袋里无奈地笑着摇了摇头。

我们顺着海滨长廊走着，他先是低头不语，我甚至觉得他有些腼腆。那天的相处中，我们像是第一次见面的陌生人一样，是啊，发生了这么多事，现在大家也不知道从哪儿开始说起比较好了。接着我顿住了步伐，回头看他。他问我："今天就简单地陪你散步好吗，不说复杂的事情？"我朝他笑着猛地点点头，转过身继续往前走，对他说："人明明会死，却像从来不会死那样去活，人真的很可悲。"

他听完，神情恍惚地看了我一眼，似乎想对我说点儿什么。我接着说："人生这张考卷，包含了家庭、财富、幸福、健康、社会关系，没有人可以拿满分，但你告诉我怎么样可以拿高分？"唐英豪把手背在后面，眼睛一直盯着我看，说："没有什么高低分的人生，只有不一样的人生。"

"不是说今天就说最简单的吗？你能和我说一次实话吗，至少今晚？明天起我会忘记今天的对话，像今晚没有遇到你一样。"我对他说。

"那我也可以问你吗？"他反问。

"我妈已经死了，但你依然没离开我，你要的究竟是什么？"是啊，如果连复仇对象都没有了，我们之间现在的牵连又是为了什么？

他审视着我，除了海浪声、风声，只剩下我和他的呼吸声："你。"我看着他，好像再也没有不信任他的理由。

他接着问我："那你也说实话，从开始到现在，除了我是你哥这个理由让你靠近我之外，还有别的什么理由吗？"

理由？果然人还是要面临审判的，我明明曾经有路可退，但不退反进到底是为了什么？妈妈的死，我真的可以完全无耻地避开责任吗？我无法再直视他逼视着我的眼睛。哥，我是真的为唐建宁的资产动摇过，但每一次奋不顾身的原因真的只有你啊，今天，你这样审判我，是对我的信任依然在摇摆对吗？我侧过脸看着每到一个整点就像埃菲尔铁塔一样闪闪发亮的赫伯亚大厦。零点到了，我可以对哥说谎了吧？他在我身后发出催促声。我侧过头对他笑，笑到红了眼睛，说："钱！"

"钱？"他重复了一遍，脸上的表情五味杂陈，像是意料之内，又有些讶异，他就那么看着我，没再说出第二个字。

"对！"我没再躲开他的眼睛，反而坚定地对他点了点头，"我也是唐建宁的儿子，我是不是该拿回本应该属于我的东西？这种想法总是不自主地就冒出来。从道德层面上讲，做了第三者的妈妈就应该带着我这样的野种去死，但抛开这个，妈妈也是为唐建宁付出所有的女人，而我和你们一样是有血有肉有体温有欲望的真真切切的人。第一次看到杂志时，也没控制住自己，就那样去想了，被认成唐英泓时，获得无限关照时，我也心动了。和你在半山别墅、在NEVERLAND（永无乡）、在赫伯亚、在你的每一辆车里，甚至是看到你对李玉颐指气使时，我内心的天平都在摇摆着。所以，你不如放逐我，或者说，驱逐我吧，这样，我可以做个好男孩，你也没了后顾之忧。"

"非常好！"他带着笑意，脸上是疏离的表情，"你爱钱！我有钱！你要钱！我给你钱！"我和他面面相觑，最后，他轻轻叹了一口气说了句："起风了，回家吧！"

我们之间回到了近似从前的关系，说"近似"是因为他让我回到赫伯亚酒店和他住在了一起，我依然住在唐英泓的房间，只是开始了漫长的失眠。我常常打开他房间里连廊处的门，盯着那幅和真人比例差不多的油画，总觉得有些事情、有些人就像这幅油画一样，好像已经不可能再回头了。唐英豪对我倍加呵护，我能理解可能是他觉得我刚失去了母亲，所以才对我关爱有加，可是他太过热切的表达有时候会让我觉得不是很自在，甚至他只是盯着我，我都能感觉到他那种全然的付出和在意。我说一句："水！"他就立刻站起身来去给我倒水，他比我更加满足，那时我还不明白他这种夸张的付出里承载着深深的愧疚。我在海边说的话他真的就像彻底遗忘了一样，当然，我也只字不提，人和人其实应该保有这样的默契，不然，许多关系就无法继续下去，而我们在这方面可以说是天赋异禀。

一天夜里，我和他在露台上喝酒，他弄了两张巨大的沙发，我们面对面坐在沙发上平静地说起第一次见面，说起在别墅的种种。他听得非常入神，眼睛和月光下明亮的海洋一样闪闪动人，眼里全是热忱和美好，没有一点儿杂质。我们就那样喝了许多杯，不一会儿两个人就像两只醉酒的树懒一样蜷缩在沙发上，他打了个酒嗝对我笑笑，潘蹦到他怀里。

一阵猛烈的海风袭来，一片黑云拥抱住了月亮，远处的海平面上闪动着两道细长的闪电，海风撩动他的头发。他舔了舔嘴唇，懒洋洋地对我说："今晚有暴雨，我们淋一次雨吧！"我不置可否，这一切美好得像一场梦，但，这是真的。我情不自禁地笑了两声，接着，我告诉他为他送我的赫伯亚定制了一个全真空的树脂盒子。他坚持要我给他看，我站起身往我房间走去……

我可能真的喝多了，进了客厅开始，就感觉到自己的步伐明显变得轻快起来。客厅没开灯，整个家里黑洞洞的，李玉正站在窗帘旁，我和他对视了几秒后，他垂下头躲过我的眼神。这些日子里，看到这样的我，李玉一定也满是不理解，但，不重要了。

我继续欢快地往房间蹦去，我不喜欢黑暗，因为黑暗里我更难转移注意力，而且每当这种时候我就会特别想念我妈，我会想起我对我妈说的最后一句话："我去地狱，因为在那儿才能见到妈妈！"然后我又会想起我妈对我说，让我以后在面对更大困境的时候，再坚强些。

我伸出手摸着墙往前走着，当人在黑暗里时思维都是敏捷的，觉得自我被无限地放大，所以我不太理解为什么许多人向往光明，可能仅仅是因为光明是转瞬即逝的东西，而黑暗却是永恒的。我们终其一生追求着光明，期望它给我们带来希望和勇气，而最终我们从黑暗中来，到黑暗中去。黑暗说不定不是一个让人不寒而栗、充满恐惧的无底深渊，它其实也能够孕育出复原、觉醒和正义来。比如在许多人看来，今晚只不过是一场普通的电闪雷鸣的暴雨而已，然而大家不知道的是，这场暴雨会带来灾难性的积水，会造成许多老旧民居、厂房倒塌，会使这座美丽的海滨城市陷入一场浩劫，电视台每天都将播报各类死伤和失踪报道。事故夺去了许多人的生命，黑暗里，暴雨也在洗刷着遮挡真相的泥泞。有人说，当正义来迟时，它就不再是正义，这对我来说只不过是鄙陋之见，在我看来，迟到的正义更像是一种复仇！

然后，这场事故就这样来临了——当我发现赫伯亚的树脂盒子上出现了一道裂痕的时候，这可能就已经是某种预兆了。对我而言，我当然不想让唐英豪看到的是这个已经破裂的树脂盒，于是，我从裤子口袋里摸索出手机，想找几张之前盒子完好无损时拍的照片给他看。我打开我的手机相册翻找时，看到了几张我过去这一年在不同地方被偷拍的照片，基本都是远景照，这让我突然起了一身鸡皮疙瘩。在巨大的冲击下，我整个人立刻清醒了许多，我急忙滑动屏幕，然后看到了越来越多我在新加坡生活时的照片。

下意识地，我第一反应就是急忙打开飞行模式，切断一切连接和信息同步。我急忙关上门，仔细看了照片信息和照片来源，然后我看到了我"ieverknow"账号显示的是从另外一部手机设备同步过来的照片信息。我打开自己手机的"ieverknow"账户，发现一切正常，并没有任何外联设备。然后我锁上门，打开自己电脑，用我另外一部手机的个人热点给手机进行联机端口扫描、cookie数据获取。在进行了各项追踪和漏洞搜查后，那一连串的数据和信息表明，我的这部手机几乎能把我这些日子的所有信息都同步到其他设备上去，而让人最绝望的是，同时有十三部设备在监视我这部手机，可这是唐建宁给我的手机啊！

如果说是唐建宁所为，他要对付我和妈妈简直易如反掌，但他也不是这样不体面的人。如果是唐英豪的话，他是为了什么？有两张照片甚至是我和他一起都被偷拍了，如果他需要知道我的动向，那根本没有必要啊。如果不是他俩，那么就只有我在新加坡遇见的那个男孩了，但他又不可能是这么不谨慎的人。你知道从某种程度上讲，他真的是无所不能，他可以进入任何我认为极具私密性的空间，比如我的房间，甚至是桑拿间，而那天也这样漆黑一片！他轻易地出入我的每一个世界，包括树屋、我家；他给了我很多线索，还给我贴上一朵小红花，小红花后面有他的电子邮箱；他告诉我万杰送给我一份大礼……他究竟是谁？他到底知道多少？他要的到底是什么？我一边想着，一边下意识打开抽屉拿出那张万杰最后留给我的贺卡，我仔细端详着，但实在无法参透玄机，除了那句"DANGER! HAPPY BIRTHDAY!"（危险！生日快乐！）的祝福外，贺卡上真的没有什么异常。我仔细观察着，依然没发现有任何特别之处，这时，我想起那个怪人给我的那支笔。我急忙从行李箱里翻出那支笔，打开笔帽发现是一个类似迷你手电筒的装置，那么，如果没猜错，这应该是一个可以释放紫外线的装置。我急忙按动笔上的按钮，黑暗里，荧光的字开始雀跃在贺卡上，闪闪发亮，是一排镜像的网址。我走到镜子前，举起贺卡看到了"www. PieJesu.com"。

我看着镜子里发亮的字迹，也看到镜子里因为恐惧而在瑟瑟发抖的自己，显然，无论是唐英豪送我的手机还是唐建宁送我的手机，我都不可以再使用了，幸而去年妈妈曾送我一部我一直不愿意接受的手机。我想起那场梦，妈妈说："今天以后你会彻底变成另外一个人，变成一个所向披靡、无所不能、让所有人恐惧万分的真正的强者……"

我找到手机，输入网址，屏幕上跳转出一个需要输入密码的提示，五位数字的密码。万杰给过我数字提示吗？我最后一次见到和他有关的数字，就是他为我筑起的玻璃屋顶在光线折射下呈现的"18"，这是他生命终结的年岁，但这也仅仅是两位数字。他让我回树屋，那么那里一定有提示才对……等等，那天，我遇到了那个怪人，他在树屋对我说："罗马数字。"那么……我的食指颤抖着在黑暗里输入了 X-V-I-I-I。只见屏幕闪动了一下，跳出了许多动物头像，我点了眼镜蛇，接着是几何图案，我选了六芒星。

网页打开了，一个播放按钮弹了出来，我点开后发现是一个音频文件，名称是"FOR 小曦"。我急忙找出蓝牙耳机，点开播放按钮，耳机里传来了熟悉的万杰的声音："只要我找人在路口一起揍范卓曦一顿，你就可以把当时关于我爸的真相公布出来吗？"

唐英豪："我这种人和你这种人最大的区别就是：我们通常都是一诺千金的。但你要按我说的去做，我说的是揍到半死不活。"

万杰："半死不活？你要对他做什么？"

唐英豪："卖手枪的人会问顾客'你要买手枪干吗'这种话吗？想让你妈死得瞑目就按我说的去做。"

我瞬时感觉自己失去了支撑力，整个人重重坠在了地上，耳机里传来电流的声音。这时，有人开始敲我的门。范卓曦，得站起来啊。敲门声越来越急促，最后，我听到唐英豪在门口对李玉说："拿钥匙开门！"

我急忙把手机塞到自己的裤子口袋里，尽全力站了起来。门被打开的一瞬间，我急忙把头发扯下来盖在耳边，遮住了蓝牙耳机。唐英豪兴奋地朝我笑着说："嘿嘿，你小子不是挺能喝的吗，今天怎么回事啊？"

我看着他的眼睛，第一次觉得突然看不懂许多东西了，但冲击再大，我也需要克制好自己，不能轻举妄动。我往后退了一步，撞在墙上。

"小曦！"唐英豪急忙一把扶住我，关切至极。

"嗯，我没事。"我往后靠了靠，他拉了我一把对我说："下雨了，我们说好一起淋雨的。"

几乎在他说这句话的同时，窗外闪过几道巨大的闪电，我的大脑彻底陷入了死机的状态，我被他拉着东倒西歪地往露台走去。在我们走出房间前，我听到耳机里又传来了第二段对话。

万杰："我做不到，如果出了意外，小曦会死的。"

唐英豪："其实吧，医院收不收你妈，你妈都死定了，只是，如果我是你，我会让她死得舒服点儿，你想过给你妈一个高质量的死亡吗？"

万杰："你能让我妈进医院？"

唐英豪："不！是顶级的私人医院，一次只照顾一个病人的那种！"

我被唐英豪拖到了露台上。电闪雷鸣间，硕大的雨滴砸下来，他抬头望着天空，酒后的他额头上暴露着几根青筋，他看着黑墨一样的天空，从喉咙里发出一声呼吼，然后转过脸朝我笑。

万杰："我可以按你设计的去做，但是是在小曦没有生命危险的前提下。"

唐英豪："他如果死了，就是意外死亡，但我说了，我要的是他半死不活，生不如死，条件我已经给得很有诚意了，除了给你爸清白，还可以让你妈死得痛快。你如果不愿意，可以把你之前做的一切都告诉范卓曦，包括我是谁、我要对他做什么，但你会吗，万杰？你既然能和范卓曦做这么久的朋友，说明你们就是一类人，我知道你们这种人会怎么选，我数到三，你痛快点儿回答做不做！一……"

我先是听到万杰平静地说了一句："做！"接着我听见他呜咽的声音，然后他大吼了一句："我做！我按你说的做！"

大雨中，我们只能在一簇簇电闪雷鸣中看清彼此的脸，水柱从我们的脸庞上滑下去，眼泪得到了完美的掩盖。他靠近我抓起我的手臂对我说："小曦，我对不起你！"我看着他，突然泪腺止住了分泌眼泪，我看着他也渐渐红了的眼睛，第一次真正意义上见到了鳄鱼的眼泪，又是这一套吗？唐英豪，你不腻吗？不恶心吗？好歹我们也有血脉的牵连，你不应该就只是这个水平。你就应该像第一次见面时那样，用特别宠爱和关怀的语气骗我，对我说："哥哥会保护你……"你就应该像第二次见面那样，在世界最后的余晖下，用无邪、关切的眼神盯着我，对我说："我相信你……范卓曦！"还有像那次在警局那样，在我生死一线但你却说你身上没有录音笔证据时表现出的那种讶异和无辜。对了，最经典的应该是渡江时松开过我的那一回，我差点儿就溺死在了水里，那时你告诉我，你不允许我死！你当时那种就算葬送自己的性命也要救我，哪怕与世界为敌也要和我并肩、永不分离的架势，谁能说你不是天才演员？哥啊，那些时候，你的表演那样有格调，完全可以以情动人、以假乱真，我那么那么相信你，你今天怎么可以用这种下三烂的表演，哭红你的双眼对我说："小曦，我对不起你！"

比起你现在柔软的眼神，我更想念你那双曾经如黑色曜石一样的眼睛，特别是当它们发出那种足以颠覆世界、改写规则、吞噬宇宙的恐怖的自信光芒时。

我以前赞颂你是天神，也看到过你成为恶魔的样子，或许，你让我一直着迷的地方并不是这两者，而是你在这极端的两者间来回自由穿梭的模样，这便是你唐英豪的样子，你不可以像今天这样用万分愧疚或者已然认输的神情对我说："小曦，我对不起你！"别对不起我吧，唐英豪！

这时，唐英豪似乎察觉到了什么，他跟跄了两步，端详着我，伸出手摘下我耳朵里的蓝牙耳机看了看。我一把抢了过来，朝露台外扔了出去。他顺着我扔耳机的方向看了过去，又转过脸诧异地看着我："小曦啊！"

他伸出双手扶着我的双臂，一道闪电疾驰而下劈亮了天空。我失控地调动了全身所有的力气重重推了他一把，他被我推得撞在了护栏处，倒在了地上。我往前两步，觉得我会杀了他。这时候，李玉急忙朝我们跑了过来，上前扶起唐英豪。

我转身朝屋内跑去，身后是唐英豪嘶吼的声音："小曦！范卓曦！你去哪儿？你别走！"

屋里，没有灯，黑暗让人迷失，让我们忘记了眼前的景象和往昔的美好，除了自我，我们感知不到任何其他东西的存在，也是在这个时候，我们才能感觉到撕心裂肺的痛楚，我们才能看清自己，知道自己被如何捉弄。

我在黑暗的过去里沉睡了太久，今天惊醒后，已成了自己都无法预知的猛兽。

梦里的女人是我妈，她最后对我说："小曦，这是我们最后一次见面，今天以后你会彻底变成另外一个人，变成一个所向披靡、无所不能、让所有人恐惧万分的真正的强者，但在这之前，你还是会大哭一场，即使这样，也不要哭太久！"

Chapter 16　被遮住的天空

我在文明的暴行中学会同流合污，但也领悟了这精准的、同族间
亲密的复仇。

——谢默斯·希尼

清冷的月光照在一座座冷冰冰的大理石石碑上，四处传来飘忽不定的风吹动树叶的沙沙声，让榆林湾墓地更加阴冷诡异。凌晨两点，在暗色光晕里，我站在万杰的墓前，端详着墓碑上他的照片。

"你可真是个变态，大半夜的约我到这种地方来，来见鬼吗？"伴随着朝我走近的脚步声，新加坡遇到的那个变态朝我一边走一边说着。

我继续盯着万杰的墓碑，对他说："说吧，你要什么？！"

"我要什么？看来，你小子是已经拿到了万杰给你准备的大礼啊。"他说着，我感觉到我胸前被人用手指轻轻按了一下，他继续说，"还不错！给，第二朵小红花！"

我低头看了眼，冷笑一声，侧过头对他说："很得意吧？你应该有一个荒谬的动机吧？如果你问我我觉得你是怎么样的，我会告诉你，你是完全自我型的、危及他人甚至危及社会的、感情淡漠却又意志力非凡的、丧失或者全无自制力的、缺乏同理心的……"

"的什么？的变态？"说完他朝我笑了笑，像是受到了嘉奖一般，开始玩起了自己的手指。

"那么你说吧，你要什么？钱？房子？我的命？还是说，像你这种人，想要的是我自己用勺子挖一个我的眼球亲自递给你啊？"

"你可以说我是变态，但别把我说得跟那些所谓高智商犯罪的低级变态一样，那都是编剧和导演的自我意淫，真正能成为变态的，不是那样！"他说完，朝我笑着缓缓点了点头，眼神里有警告的意味。

"所以，你承认自己是个变态？"我看着他，与其说厌恶，不如说可怜。

"你不怕我吗？"他抿着嘴，憋住笑。

"我如果没有害怕失去的，就不会害怕你。"

他猛然捂住嘴笑了笑，急忙清了清喉咙："你知道，你很擅长故作镇定，特别是在唐英豪面前，但在我面前，皇帝的新衣，我真的觉得太滑稽了，不好意思！失态了！"

"你那么厉害，那你告诉我，我害怕失去什么？我也很好奇！"我继续和他较量着。

"唐英豪啊，我说了的！"他说完镇定地看着我，摊了摊手，"要么是你俯首称臣的对象，要么是你不共戴天的仇敌，要么是你的天神，要么是你的恶魔，你就是不能失去他，难道你不是这样想的吗？我要什么？你问出这句话来是要和我做交易吗？那么你要什么？"

我看着眼前这个人，真的有一种皇帝的新衣的感觉，这真的是我一直在否认却又无法否认的事实吗？我自始至终都不觉得自己是眼前这个人的对手，也无法和他拐弯抹角。我绝望地看着万杰的墓碑对一侧的怪物说道："虽然躺在里面的这个人当时是出于所谓的苦衷和唐英豪做了交易，但我不会原谅他。事后，他确实给了证据，但这依旧无法避免地把我推到了今天的境地。我当时和他说过，要他永远地带着愧疚去活，但他违背了誓言，那么今天，我想让他做鬼也要带着愧疚，我要帮他完成他最后的愿望，那个唐英豪答应过他却没有兑现的承诺。"

"可以，那你按我接下来说的去做吧。你完成了任务，我会给你奖励！证据不在我这里，在唐英豪手里，但我有办法让他心甘情愿地送给你！"他说完伸出手抓了抓我的头发说，"回去吧，好好洗个热水澡，你看你现在的样子，都不可爱了。"

"那你怎么联系我？"我挡住他的手。

他坚持把手伸过来抓着我一撮头发捏了捏，随即掏出一部手机递给我："最危险的就是最安全的，他们给你的手机都不靠谱，用这个吧！我不会监视你，因为我不需要，我会联系你的，好好睡个觉，下午起来等我消息，走吧，我送你回去！"

我盯着他，感觉自己其实并没有选择的可能和余地，我和魔鬼的交易一直都在进行着。墓园门口停着一辆黑色轿车，他打开后车门做出请我上车的手势，那副彬彬有礼的样子让人更加不寒而栗。我迟疑地坐进车里，接着他坐到我一侧对司机说："回曜岛！"

我注意到司机的不寻常——红色的头发，还有脚踝处不经意露出的金属部件。我猛然侧过脸发出诡异的气息声，怪人朝我笑着点点头："对了！忘记介绍了，他叫阿怪，你们不是第一次见面了。"

那个人转过脸朝我笑笑："你好！"

"你是……你在别墅里绑架过唐英豪！"我的心悬了起来，说不害怕是骗人的。

"嗯，我偶尔会找个兼职赚点儿小钱。"

"所以，那次绑架，如果我没猜错，是唐英豪雇用你们绑架他自己的，对吗？"我刚说完，一侧的怪人就对我鼓掌说道："很好！其实你当时就该想，他们还开着唐家 BOOST 集团的车去绑架，你不觉得这种此地无银三百两的做法太明显了吗？所以，唐英豪还是太单纯了。"

我看着后视镜里的自己的眼睛，看到了自己复杂的神情，失望、怨怒、愤恨和一丝不易察觉的轻视交杂在一起。唐英豪，不是你厉害，是我当时完完全全选择蒙蔽了自己的双眼，我输给你的地方仅仅是在感情上。

下车前，我对怪人说："无论以后是盟友还是对手，至少，你得告诉我你叫什么名字吧？"

他饶有兴致地叹了口气说："你如果想知道的话，那我就告诉你，我叫张寒彬，寒气逼人的寒，彬彬有礼的彬。"说完，他露出一丝古怪的笑意关上了车门。

第二天中午，我起床后按短信指示把自己精心收拾成了唐英泓的模样。我走出房间，看到唐英豪正在餐桌前试吃他精心烹饪的法国菜，餐桌上摆着三个餐盘，这是还有谁要加入吗？我坐到主位，拿起叉子开始吃了起来，他回头看到我先是愣了愣，接着兴奋地端起一盘松茸鹅肝放到我面前说："一定要试试这个！"

我注意到他一瘸一拐的样子，想起昨晚我把他重重推倒在露台上的情形，顺势接过他递给我的菜，一边吃一边对他说："你停车场里不是有一辆白色的宾利欧陆吗，那辆车牌尾号是 0000 的车？我等下想开那辆车出去兜风。你脚受伤了，就别去了。"

他迟疑了一下，看了看我说："那是英泓的车，要不，我让李玉开……"

"不！我想开那辆车，想自己兜兜风看看什么感觉。到时候，我如果喜欢那辆车，你就送我吧，不是说什么都可以给我吗？"我说完，李玉放了一杯冰水到我旁边。

"好，我给你买新的！"他说完讪讪地把一块整齐的餐巾小心翼翼地放到我一侧。

"不，我就要那辆。"

"那是英泓的。这样吧，要不我直接带你去看车，你要什么我都给你买，任何配置任何车型我都可以给你买。"他一边说着，一边坐到我身旁的椅子上。

我瞪了他一眼，叹了口气，意兴阑珊地抓起餐巾擦了擦嘴角和手后扔到餐桌上，对他说："从现在起，不再是只要你有，只要我要，规则已经变成了只要我要，只要你有，你就得给！如果做不到，我们就到此为止，你放我走！"他听完反应了几秒后，立刻对李玉说："李玉，去拿钥匙给小曦！"

唐英豪急忙从椅子上站起来，额头上有了一层细密的汗珠，他最后抓起我那杯还没来得及喝的冰水喝了一口，对我笑了笑说："别生气！你如果真的喜欢，我可以给你，我什么都可以给你，小曦！"

李玉愣住了，这次他的眼神停在我脸上。唐英豪刚回过头看了他一眼，他便急忙朝走廊小跑过去，唐英豪继续自顾自地对我说："还有，小曦啊，英泓这些衣服，我看不太适合你，我已经让人给你买了适合你的衣服，放在……"

"不！我很喜欢这样穿，以后也会这么穿！你让商场继续给我送这几个品牌的衣服就行！"说完，我走到走廊处。李玉走过来刚想把钥匙递给我，我便从他手里一把扯了过来。我不看他也知道他在看着我，那是一种无法理解的眼神，我不看他是因为我想告诉他，我或许不再需要他的理解了，以后就做独行的猛兽吧。

唐英豪的专属车库里，我刚发动汽车，一辆香槟色的劳斯莱斯就开进了车库。车窗缓缓降下，郑艺玲今天也穿了一身白色的裙装，几条瑰丽的项链错杂着交织在她的胸前，精致依然。她旁边坐着一位女看护，但今天的她看上去气色好多了。看来今天我们本来是要和这个女人一起吃午饭的，对此我并不意外。她先是张大嘴讶异地看着我，然后急忙打开车门朝我走过来："英泓！"

我踩了一脚油门，从她身边疾速驶过，全程面无表情。她急忙追了上来，我继续加速，很快，她消失在了我的后视镜里。我妈已经用生命偿还了她欠下的一切，从今天起，我对郑艺玲已经没有任何歉意，就像对唐英豪一样。

车驶出赫伯亚后，我从口袋里掏出手机，看到屏幕上有了最新的指示信息："到 GPS 定位的地方来。"我看到定位是海中央的连曜大桥后，便把手机扔到一边，急速向前驶去，然后在一个急拐弯后把车速慢了下来。果不其然，唐英豪的车很快就从急转口快速追了上来，我加速，他便加速，最后，我刻意放慢速度，等绿灯变成红灯时，我的车排在了路口第一位，唐英豪和我隔着两辆车，等红灯变绿时，我停着车没有动，后面的车开始对我鸣笛，我打开双闪，伪装车出了故障。我盯着后视镜，果然唐英豪从车里走了出来，他一个人一瘸一拐地朝我走过来，在他刚到我车尾附近的一瞬间，绿灯变成了黄灯，我把油门踩到底，汽车立刻像一颗子弹一样飞了出去。我绕了几圈重新回到这个路口时，唐英豪已经没有了踪迹。

我朝连曜大桥开去。一路上，我看到公路两侧和公交站的广告牌上都换上了唐家 BOOST 年会的广告，上面千篇一律都是身着红色西装的唐英豪，睿智万分，落落大方，与此同时，液晶屏闪动着"新主人、新起航、新世界"的标语，还有年会的举办时间和地点：本周六，海上花会展中心。唐建宁这是要做什么？之前网络上讨论的唐建宁暗自准备集团交接的新闻不都是子虚乌有的传闻吗？BOOST 的新主人到底是谁？这时，短信的提示音开始响个不停，我才反应过来我已经驱车上了桥。

张寒彬：降速，再降速。

我：我这样交警很快就会把我带走，你到底想怎么样？

张寒彬：车停到应急道上，打开双闪。

我按他的指示做，十分钟后，张寒彬的短信又过来了：准备加速，跟紧尾号是 1111 的黄色法拉利，中间不能隔着车，紧跟。

我刚看完信息的一瞬间，一阵轰鸣声就朝我的方向急速传来，还没来得及看清楚车牌，一辆黄色法拉利就已经迅速从我一侧驶离了，我急忙踩住油门跟了上去。我看着仪表盘的指针像秒表一样快速地转到了红色区域，继续加速！全速加速！这时，黄色法拉利好像察觉到了我的跟踪，刻意放慢了速度，接着，它一个急刹车停在了路上，我全力打转方向盘才避开他的车，但我没法即刻停下来，他很快就消失在了我身后。我把车速恢复到限制车速，抓起手机，短信提示：戴上耳机，打这个号码 +44092293828。

我找了个耳机戴上，拨通了号码，那边传来张寒彬的声音："他很快就要跟上来了，你先加速，让他追不上你！"

"什么？你到底是要我追他，还是他追我？"

"按我说的做！"

听到身后传来轰鸣声后，我看了看后视镜，黄色法拉利正全速向我靠近，我急忙踩下油门，它紧随其后，我看不清楚驾驶人的长相，只看到那人戴着一副墨镜，嘴里嚼着口香糖朝我笑着。在入收费站时，我被迫把速度降了下来，黄色法拉利依然紧紧跟在我车后面，响了几下喇叭，并不停地轰响着引擎。远处的车辆因为等得不耐烦也按动了几声喇叭，而附近几辆车却不敢发出一点儿动静，除了因为那是型号 FXX EVOLUZIONE 的法拉利外，还因为车牌上那一连串的"1"。旁边排队的车纷纷摇下车窗，许多人甚至还举起手机开始对我们拍起照来。

"你到底要我干吗？这个人又是谁？"我问电话那端的张寒彬。

"你现在按我说的做，只要你做了，今晚你期待已久的一份文件便会发到你的邮箱。"他平静地说着。

"你要我怎么样？！"

"你的车再往前一些。"

我按他指示，往前挪到了安全距离的极限位置。这时，我看到侧方一辆黑色的轿车里有个人影对我打了个手势，同时耳机里传来了最后的指令："往后倒！撞这辆法拉利！"

"你说什么？我做不到！"我对车窗里的张寒彬摇头说道。

"想象一下，开车的人是唐英豪！"那个声音幽然地说着。

我把手柄调到倒挡，快速地、轻轻地踩了一脚油门，紧接着一声巨大的撞击声从车尾部传来，我整个人也被剧烈地震荡了一下，蓝牙耳机里最后传来一声："完美！我看李玉就在附近，他很快就会替你解决掉麻烦。你完成任务了，凌晨记得查看邮件吧！"

"等等！我还有个条件！"我急忙说道。

"你跟我谈条件？"张寒彬有些气急败坏。

"那你当请求吧！周六 BOOST 年会，我有事情拜托你！"

"手机联络！"他说完，电话里传来了忙音。我摘下耳机，看着倒车镜里黄色法拉利的车门缓缓打开，一个身材高大的男生从车里走出来，他脸上是挑衅意味十足的笑容。他朝我走过来，用右手食指关节轻轻叩了叩我的车窗，我急忙往四周看了看，并没有看到李玉的身影。

他见我没打算开车门，便摘下眼镜，弯下腰朝我笑。我继续佯装没听到的样子，这时，他好像突然失去了耐性，用拳头猛砸了一下我的车窗。我深深吸了口气，打开车门，准备向他道歉，但没等我开口，他就先说话了："唐英泓，你可真是一点儿都没变啊！"听他这么一说，我有些不知所措起来。他将我从头到脚打量了一阵后，继续说："不对，变得更好看了，就是脾气还是那么极端！回国了也不通知我一声，怎么，真准备不来往了吗？"

我看着车窗里我们的倒影才反应过来，这人肯定把我认成唐英泓了，于是，我也顺着这个逻辑，对他笑笑说："这不是联系上了吗？是你吧，最近也不和我联系了。"

我说完，眼前的男生露出一种极为诧异的表情，他张嘴大笑了起来，接着挠了挠头更仔细地打量了我一番后，用一种难以置信的语气说道："我没听错吧？你这是脱胎换骨啊，唐英泓，以前的事情你都不记得了，还是说不计较了？"

我听完后，心想自己一定是踩了雷，但刚才他脸上那副不羁的笑容，让我想起了那次我偶然在唐英泓房间的床头柜里翻到的相册，他是那个出现在相册里很多次的男生，那个总是把手搭在唐英泓肩膀上爽朗大笑的大男孩。

那天，因为实在太过好奇，我还搜索过其中的照片，看到了一则关于他们的报道，他们初中的时候一起参加过一次夏威夷旅行，当时他们玩大了，让同行的游轮司机开着游艇反复撞击礁石直至沉船，然后逃生。原因很简单，他们想知道泰坦尼克号是如何沉入海底的。事后，当地媒体没被唐家控制，反而以"CRAZY RICH ASIANS"（疯狂的亚洲富豪）为题做了大篇幅报道。当时那条新闻下面的评论一面倒的都是仇富派，那件事甚至严重到网民们一致要求对两家人进行税务稽查。一周后，他们各自买了一艘游艇还给了游艇主人，主人没法再责怪他们，因为他简直乐开了花。

是他，照片里那个身着红色耐克·克里夫兰1号篮球衣的高个男生，那个嚣张地在镜头前面竖起中指、吐出舌头的男生，他现在就在我眼前。

"以前的事？我想我已经忘记了。"我继续咬牙硬装。

他走到我耳边轻描淡写地说："可我没忘，媒体没忘，大家也都没忘，你觉得你真的可以安全回到曜岛吗？不过你放心，现在除了你妈，没人再知道这个秘密了，我会替你保密！"

我的体内一阵热血翻腾而过，一方面是因为我现在绝对是踩了雷，另一方面是因为我感觉自己好像了解到了另外一个足以完全颠覆我所有认知的唐英泓。

"你过得好吗？"他的脸上依然是一副轻视的表情，但说这句话时，又让人感觉有一种难以说明的发自内心的关切。没等我回答，他又立刻收回了这句话："不说这些倒胃口的话了！"他抬起头朝我身后笑了笑说道："看来你还是没长大啊，每次惹了事，都让李玉给你处理。"我转过脸的一瞬间，李玉对我鞠了个躬："英泓少爷，您先回家休息吧，这里交给我处理就行。"

我听到自己说了声："嗯。"

眼前的男生幽幽叹了口气，用和着笑声的气息说道："本来想和你聊会儿呢，再约吧！"说完，他扫了一眼我的车说道："我的车我不心疼，但我送你的东西你这样不爱护，就有点儿说不过去了，唐英泓。"

我听到自己小声地说了声："嗯？"他抱着手臂，特别轻蔑地摆了摆手说："当我没说，车是你的，你爱怎么处置都可以。对了，我电话没换，你需要时记得联系我。"说完，他走回车里，一边按了几下喇叭，一边伸出胳膊朝周围的车子摆了几下手，只见车队长龙开始依次往后退，腾出空间。然后，一声轰鸣声后，男生就像驾驶着一辆 B-2 轰炸机一样，从我们一侧迅速滑入到车流里，往前开走了。

我汗流浃背地看了李玉一眼后说："他是谁？"

李玉急忙小声对我说："先上我的车，很多人在拍照呢，上车再说！"

我往周围一看，果然很多人正把手机举到车窗外拍摄着这惨不忍睹的车祸现场，我急忙跟着李玉坐进他停在应急车道的车里。

关上车门后，李玉把车汇入车流，不缓不急地递给我一瓶水，说道："他叫金瑛稻，早年家里在海外有座开矿的岛，所以大家都叫他'金银岛'，和唐家斗了这么多年的 EVERGREEN GROUP 就是他家的。"

"EVERGREEN GROUP？也就是说，刚竣工的那座 Diamond（钻石）酒店大厦就是他家建的？"我脑海中闪过赫伯亚对面的那座钢铁巨兽。

"嗯，金家是和唐家并驾齐驱的大家族，两家有很多子公司是相互依托也相互竞争的关系，就像金瑛稻和您的关系，"李玉说着顿了顿，道歉地说，"对不起，是英泓少爷，不是你。"

"这么说，是仇家啊，难怪这么恨我！"我说完，拧开瓶盖喝了一口，感觉上天又给我们送来了一把长手柄 STRIDER MANTRACK 切割匕首、一颗加装了 500 颗钢珠的 HG85 手榴弹，或者是一枚 2.5 万吨 TNT 核弹，然后给我们发来消息说：你们谁也逃脱不掉！人这种社会性动物，总会因为此起彼伏的喧嚣和躁动的新闻而变得亢奋不已。在这一点上，我们是一类人，包括你，我知道你很兴奋。

"金瑛稻和英豪少爷、英泓少爷可以说是一起长大的，后来和英泓少爷走得特别近。没人知道三年前究竟发生了什么，在那个夏天之后，他们就彼此疏远了，接着英泓少爷就因为身体不适到美国治病，至今未归。"说完后，李玉回过头看了我一眼，问道，"你没事吧？没受伤吧？"

我抬起眼睛和他对视了一眼摇了摇头。李玉转过身继续开车，并一直通过后视镜看着我，就那么眼巴巴地看着我，最后他说："小曦，英豪少爷真的挺在意你的。"

"隔帘！"我学着唐英豪的语气说，然后把头转到了一侧。李玉按动按钮，那段隔帘升起的时间变得异常漫长。

回到家时，唐英豪见到我就急忙站起来，一边检查着我，一边紧张地反复询问："你没事吧？都怪我，不应该让你一个人开车的！"我抬起眼冷淡地看着他，他像是察觉到什么，急忙说："不不不，我不是限制你，你现在没事就好，想吃什么和哥哥说，我给你做。"

我甩开他的手，他的手依然悬在空中，嘴微微张着，像期待着什么，见我冷漠的反应后，颤颤地说了句："你一天都没吃什么东西。"他的手又朝我的方向伸过来一些。我盯着他的手，他也跟着看了看自己的手掌后，急忙把手收了回去说："好，你饿了叫我！"我绕开他，朝唐英泓房间走去。进屋后，我开了一瓶迷你吧里的红酒，从抽屉里拿出一个酒杯。在给手机定好闹钟、喝完整瓶红酒后，我打开了卧室那扇通往连廊的门，盯着那幅油画上宛若真人的背影，心想，真迫不及待想看清楚唐英泓的真实模样。

手机响起的一瞬间，我的心就悬了起来，我走回房间，打开手机邮箱，上面显示一分钟前我收到一封名为"Concealed Truth"的邮件。我迫不及待地点开邮件，只见附件里有两个文件：一个是名为"AUTOPSY"的文档，另一个是名为"00：45"的音频文件。

我迟疑了许久，其实我大概也怀疑过，但看到这个文件名时，心里还是打战了，于是我先点开了音频文件。

陌生男子的声音："您这到底是要怎么玩？不是说不给了吗？那如果这样的话，我要上次双倍的价格！"

唐英豪："我给你三倍！我现在要那个女人在每一家医院的体检报告上都显示肝癌晚期！我以后都不会让她好过！"

我的手机滑落到了地上，接着，陌生男子尖锐的笑声从地上的手机里传来，尽管声音很小："哈哈哈，那估计这人不死也得吓个半死了！看来我以后可得悠着点儿，万一哪天不小心得罪了您，我可真是吃不了兜着走了。对了，上次我给您送过去的匕首指纹完整保留下来了吧？您知道这对我这种干粗活的人来说多难吗？"

我像是失去了支撑力一样，一下子跪倒在地上。我颤抖着抓起手机，点开了那份令我和唐英豪终于走到了穷途末路的尸检报告文档。我的眼睛在关键信息处快速扫描着，一一核对着，希望这不是妈妈，但姓名、性别、婚姻状态、职业、籍贯、父母姓名、身高、体重、衣着说明，均与妈妈符合。

接着到了关键部分。

生前身上疤痕或明显体征说明：右臂手腕内侧有五厘米长疤痕，右侧小腿有骨折康复迹象

重大疾病检测：血液相关检测为健康，无肿瘤体征，生前预断无重大疾病

死亡说明：非自然死亡 / 非蓄意谋杀 / 非未能判定死亡 / 认定为自杀死亡

最终死亡：自杀

简言之，就是唐英豪变相杀了我妈，他是凶手！此时的我出乎意料地平静，但这让我的自尊心瞬间崩溃了，没有良知吗？不会冲动了？你还是个人吗？我抬起眼，看着黑色落地窗上自己的倒影，眼前的这个人到底是谁？你真的变成唐英泓了吗？一年的光景，我已经变得让自己都觉得陌生和可怕，还有可悲。"敏感""扭曲""虚荣""自私"或许可以是我新的自我介绍里的关键词。眼前的这个人朝我苦苦笑了一下，他的眼睛里除了疲惫和无奈，没有一点儿眼泪，真讽刺。妈，我按你说的，你走后，我没有哭太久，黑暗的过去让我沉睡了太久，今天惊醒后，我会成为自己都无法预知的猛兽。请你一定保佑我，暂时赋予我无尽的力量，然后让我带着血淋淋的双手到地狱里去给唐英豪掘墓吧！

妈，我错了，我太自以为是，太自作聪明，我从来就不该相信唐英豪！我

后悔了，你别等我了，请你上天堂吧，请你永远不要再宽恕我，请让我更加仇恨、更加极端、更加不可理喻和难以捉摸，直至最后，也别让我死得痛快，我要记住所有这些滋味，然后一并还给唐英豪！

我把自己有些垂下来的头发重新撩了上去，范卓曦？不要！我要做唐英泓！我打开房门，客厅里空无一人，我看了看墙上的时钟，午夜才刚刚开始，唐英豪和李玉的房门都紧闭着，看来今天两人休息得很早。

我走到客厅，连接上那个前些日子在 GQ 网站上被炒得沸沸扬扬的PHANTOM 音箱，点播了那首让我这辈子都无法忘记的音乐《帕萨卡利亚VI》。那一天，就在这个位置，我跪在地上，唐英豪和郑艺玲给我扔了一块蛋糕，然后我像条狗一样爬过去吃。我比狗还难，因为无论我做得多好都没有奖励，只有羞辱，至死方休。我把音乐开到最大声，大到连黑色玻璃茶几上的水杯都开始剧烈地震荡着。我打开酒柜给自己倒了一杯香槟，然后走回客厅，坐到椅子上。

这时，走廊的一排灯迅速在我身后亮了起来，我通过落地窗看到朝我快速跑过来的李玉，还有踮着脚扶着墙急急忙忙跟在后面的唐英豪。李玉走到我身边停了下来，回过头看了看唐英豪，唐英豪拿起遥控把音量调低。

"小曦，你怎么了？"他一副关怀备至的样子盯着我。我自顾自地喝了一杯香槟后，缓缓转过脸，视线和他的目光交接在一起，我朝他冷笑一声："陪我喝一杯吧，像上次那样满的两大杯！"他有些不明所以，回头看了看李玉又看了看我说："小曦啊，你是不是遇到什么事了？"

"没有，我想庆祝！"我放下香槟酒杯继续对他说，"怎么，不能陪我喝一杯吗？嗯，不能吗？"

他转过头对李玉说："倒两杯满杯的红酒吧！"

"不！三杯，像上次一样！"我说完，他对李玉点点头默许。

三杯标准黑皮诺杯的红酒端上来时，我瞥了他一眼，他立刻像明白了我的意思一样说："好，上次你一个人喝了两杯，这次我会喝完三杯，你不要不开心啊小曦！"他说完急忙端起一杯像喝矿泉水一样"咕噜咕噜"几口喝完，还朝我讪讪笑了笑。我盯着他，看着他喝完三杯后，向李玉伸出手说："给我酒！"

李玉为难地看着我，头垂了下来。我听到他轻轻的叹气声，哪怕只有那么微弱的一声。我抬起头看着李玉说："你敢不敢把对唐英豪的真心分我一半？你对我好试试看，看看我会怎么对你？"

唐英豪急忙站起身说："我去拿！李玉，你回去休息吧！"

"不要！李玉去拿！如果今天是唐英泓对你发号施令呢？"

李玉听完，眼神和我碰撞在一起，他没有一丝怨怒和不满，只是那样笔挺地站着，像个做错事的小孩。

"去拿吧！"唐英豪轻声说了句。李玉踌躇着，他看了看唐英豪，眉头不自然地皱在一起。我看向唐英豪，他抬起眼看了看我，像是在等我做一个决断。我站起身，走到吧台，打开酒柜，开了一瓶新的红酒递给他说："整瓶喝了吧。"

李玉急忙上前一步："少爷，你不能这么喝，你忘记三年前你喝了很多这种酒后引发急性心肌病那次了吗？"

李玉刚想伸手拦下酒瓶，我就说道："你如果一开始就要忠于唐英豪，那就不要中途背叛他！"唐英豪视线飞快地停到李玉脸上，他诧异地看着李玉，李玉抿着嘴。

我对唐英豪说："嗯！李玉今天在未经你允许的情况下对我说过你很在意我，这也算背叛吧？我记得一开始见到李玉的时候，你说未经你允许，他一个字都不会多说的。怎么，难道你以为李玉背着你和我到露台喝酒、背着你带我去看潘、背着你在我离开赫伯亚去新加坡时护送我吗？这根本不可能啊！"

唐英豪接过我手里的红酒，自顾自喝完了整瓶后急忙往卫生间方向跑了过去。房间里只剩下我和李玉两个人，我目视着前方城市的夜景对他说："你不需要理解我。"

唐英豪从卫生间出来后，坐到我旁边对我尴尬地笑了笑说："太久不喝这么多了，有些退步了。"

"带我去吃日料吧，去那家日料会所，就算是他们下班了也得起来给我准备！"我对唐英豪说道。他愣了愣对李玉说："安排！"李玉应声出门。

我难以置信地冷笑了一声，继续说："我们成为永恒的关系吧，直至死亡才会分开的永恒关系！"唐英豪听得一知半解，他完全不明白我真正的意思，我的意思是，唐英豪，以后不是你死就是我亡吧！他朝我点点头。我觉得更加不可思议，对他说："唐英泓的车被我撞了，送我吧。"

他还没说话，一副左右为难的样子，我便对他说道："你杀人了吗？"

他吓得张大嘴诧异地看着我。我继续说："你现在很失常你知道吗？就像你对我的愧疚完全控制了你，就像你杀了我最至亲的人一样，你有吗？"

他的呼吸变得急促了起来，一下子蹲跪在地上，乞求地看着我，摇了摇头对我说："小曦啊，我不会失去你的对吗？"

"嗯。"我对他点点头笑了笑，伸出手拍了拍他的脸说，"我不会放开你！"

上车后，我对唐英豪说："我妈死了，爸爸一直都只是你和唐英泓的。这次，我想和唐英泓一样有一样的哥哥，所以，你对我能像对唐英泓那样好吗？"

唐英豪的脸色或许因为酒精，或许因为我的这句话变得一阵青一阵白，他对我讪讪地笑了笑，喃喃道："可以，我会对你好，像对英泓一样！"

"那如果比唐英泓还好呢？"我说完，审视着他。他眼神游移了一下，把手掌放在我手背上说："小曦啊……"

"我知道了，谢谢你！"我说完，转过脸看着窗外闭上了眼睛。

"你和英泓对我而言是一样的！"他语气诚恳地说。我继续闭着眼对他说："你不是右侧肩膀上有一个和唐英泓一样的文身吗？你也为我文一个在左侧肩膀吧！"

他没吭声。我睁开眼对他说："怎么，不行吗？不是说我们是一样的吗？"我转过脸看着他，他的眼睛躲开我，看着窗外，没有表情。

"让你这样的人在这个时间找个人到日料会所来给我们文身不算难事吧？你以前总问我我要什么，现在我会把我要的一一告诉你！"

他的视线回到我脸上说："小曦，如果你真的要的话……"

"嗯，吃完夜宵就文身！图案就是我手机里的赫伯亚的图片，就像左右臂、左右肩，以后，你对我们都得一样好！"说完，我从他手里抢过他的手机，自顾自地滑动屏幕，输入密码，打开通话本给他说，"打吧！李玉在开车，你应该还有很多各种各样的帮手吧？"

他接过手机，发起了短信，然后唯唯诺诺地朝我笑了笑说："好了。"我看到他额头上有一层汗珠，脸色越来越不好看。我对他颐指气使道："你别吐车里，要吐到会所再说！"他对我点点头。

日料会所里，郁郁葱葱的树影间穿透着轻柔的月光。柔柔的光团悠然地、错落有致地散落在小院里层层造景的沙丘上。夜色正浓，一阵清凉的风幽幽滑过，我出神地望着这片安然的"哲学"发着呆。唐英豪从卫生间里走出来，脸上还有刚洗完脸没擦干的水痕，他趔趄了几步后，坐到我对面，疲惫地对李玉说："给小曦点菜吧，我就要一杯冰水。"

"是！"李玉往一旁退了下去后，不一会儿，还是上次的那个女经理端着一杯冰水放到唐英豪面前说："英豪少爷！"接着她对我笑了笑，我白了她一眼说："英豪少爷是主，是少爷，我就不是吗？"

她吓了一跳，急忙跪向我："您好，英泓少爷！"

唐英豪幽幽地抬起眼看了我一眼，缓缓抓起水杯。我一把抢了过来，喝完后"啪"地砸在桌面上，对女经理呵斥道："这么多年来，你也好奇这世界上为什么有阶级吧？因为这世界上有我和你这样的人啊！"

她红着眼睛，嘴角微微颤抖了一下，整个人开始瑟瑟发抖起来。我对她说："你现在很期待我对你发号一个指令吧？那么，去倒水吧！"

她急忙拿盘子端水杯，面向我们一直鞠着躬退了下去。房间里只剩下我和唐英豪两个人，他和我对视着，脸上没有一丝表情，也没有对我愤怒或者生气的意思。我对他笑了笑："我这样会让你更想念唐英泓吧？不知道为什么，还没见到他，我就不喜欢他，他在我的想象里就是这样的人。"

刺身上来时，李玉对唐英豪说："师傅到了，在休息室等候。"唐英豪听完对他说了句："好，你出去吧，暂时别叫别人进来了。"李玉按吩咐离开。我盯着眼前的青羽太和九绘鱼，推到唐英豪面前说："你喝了很多酒，李玉又说得那么严重，你吃点儿东西吧。"

他的眼神垂到刺身上，抬起眼睛看了看我说："你希望我吃吗？"

我把芥末盘放到他面前，用筷子夹了最大的两块刺身伸到他面前。他无奈地看了看我，张开了嘴巴。他刚吞下去，我也来了兴致，用手抓起剩下的刺身捏着他的下巴塞进了他的嘴里。等他吃完整盘刺身后，我把没来得及食用的芥末送到他嘴里，他的眼睛霎时就红了，但他对我笑了笑说："辣得我钻心地疼！"

我把筷子放回面前，按了下桌上的按钮，李玉急忙跑了进来，我对他说："我吃完了，叫师傅进来吧！"李玉看着唐英豪说："英豪少爷，你怎么样？"

他对李玉摆摆手说："按小曦说的做。"李玉还想坚持的时候，唐英豪一拳捶在桌上。我补充说："我们文身，想要私人空间，今晚我和我哥在这边休息，明早再回赫伯亚，你可以回去了！"

"我在屋外等。"李玉说完，利落地离开了。

唐英豪的脸色开始发白，身子颤抖着，眼睛里都是红血丝。我走到他旁边，扯着他的衣领对他说："你喝多了，站起来，我帮你！"

他哆嗦着看着我，呼吸变得越来越急促，他吃力地撑起手站了起来，眼睛没有任何游移地看着我说："小曦，你说的规则是只要你要，只要我有，但我还是想对你说，规则其实依然是只要我有，只要你要！"

我解开他黑色衬衣最上面的两颗纽扣，看到他身上已经有了一层细密的汗水。我瞪了他一眼，铆足劲儿猛地撕开了他的衬衣。他低头看了看自己赤裸的上身，直射光下的唐英豪明明有着浑身发达的血脉和炙热的凹凸有致的肌肉，但此刻却有些失控地喘息着。

此时门口传来了敲门声，我应声："进来！"只见一个文有花臂的大汉走了进来，他见到我们此刻的情形，一下子张大了嘴，然后急忙朝我们鞠了个躬。我扫了他一眼说道："图案李玉已经给你了吧？我们要的是同一个位置，同样的图腾，你听说过图腾这个词吧？你记住了，我们要的是图腾，不是图案！先给我文吧！"

文身师傅连连点头，唐英豪的情况变得更加糟糕，他恍惚地发着抖，一直试图想和我说什么，却失控地踉跄了几步。我把他扶稳，文身师傅走到我身边说："你好，唐先生，我们可以开始了吗？"

我回头瞪了他一眼，脱了衬衣，唐英豪眼巴巴地看着我。我坐到地上，手支在地板上，唐英豪也缓缓坐了下来。没等我文身结束，他就趴在地上失去了意识。

凌晨三点，文身师傅离开后，只剩下唐英豪和我待在房间里，他新文身的地方是一朵血淋淋的赫伯亚，像极了家里走廊的那一朵，他身上其他地方则长出了很多疙瘩，中途我看着他气若游丝的样子，一度以为他会死在这里，于是，我调暗灯光，就这么静静地注视着可能会因为食物过敏或者食物中毒而意外死亡的唐英豪。

人真的是矛盾的奇怪动物，我一方面希望他死，另一方面又希望他活下来，他不能就这么轻易地死掉，我们期待已久的游戏在半山别墅、海边礁石上都不算开始，唯有像现在这样知己知彼，才算公平。所以，第二天一早，唐英豪平静地醒过来时，我趴在他一侧，对他笑："大灰狼，你醒了？"

他急忙坐起身，看着我身上的那个文身说道："这是什么？"我坐起身对他说："文身啊，你忘记了？"

"你右边肩膀上是……"唐英豪蹙起了眉毛。

"和你一样的文身啊！"我说完站起身开始穿衣服。

"不是说文赫伯亚吗？怎么你右边肩膀也文了我和英泓的文身？"他有些气急败坏，跟着站起身质问我。

我对他说道："我说了要和你文一样的文身，这才是一样的文身啊。"然后我伸出食指戳了一下他左边的胸肌说："我们肩膀左边的文身是赫伯亚，这才是离心脏最近的地方，这是天意，唐英豪。"说完，我从地上捡起他的黑色衬衣扔给他说："你以后可以吃刺身，你会过敏，但你不会死！"

我打开门，李玉站在离门口甚至不到五厘米的地方，他的眼神停在唐英豪那件还没来得及穿上的黑色衬衣上，然后又在我脸上快速打量了一眼。我抬起眉，对他命令道："去开车！我们回家！"

周六凌晨01：00，距离年会开始还有十九个小时。

我的手机屏幕上弹出了飞往法兰克福的单程机票确认信，我推门走进唐英豪房间，他正在迷你吧边倒着酒，看到我，急忙放下酒杯朝我走过来说："小曦，睡不着吗？"

　　"明天是个大日子，别喝那么多了吧，我是来问你那把匕首的。"我问他。

　　他回头指了指电视机下面的保险柜说："在呢，怎么了？"

　　"给我！"

　　"你要做什么？"他放下手里的酒杯。

　　"上面不是有我的指纹吗？我想清理掉，你不担心我受到牵连吗？"说完，我走到柜子旁边，看着他。

　　他转过脸看了看窗外，又看了看我，伸出手挠了挠额头说："你不相信我对吗？"

　　"不相信！"

　　他走到我面前继续问道："你觉得我会害你吗？"

　　"你不会吗？"

　　他和我僵持着，我朝他走了一步，伸出手。他俯下身打开保险柜，把里面的牛皮纸袋取出撕开后，露出前后端被固定在透明树脂盒里的匕首。我对他说："我这样保管着的是那株已经枯萎的赫伯亚，你保管的是当时我为了救你而印上指纹的匕首。唐英豪，在让人失望这一点上，你真的从来都不让人失望！"

　　"事情不是你想的那样！小曦，你别误会！"他说着，我俯身打开他保险柜上方的第二个抽屉，拿出那包当时在露台逃生通道里他用来擦我脸颊的湿巾，撕开后我闻到了那股熟悉的气息，类似丙酮或者酒精一样的刺鼻气味，那天他连打开门都要我在手柄上落下指纹，然后再消除掉他在我脸上、身上留下的指纹痕迹，而我怎么到今天才觉醒呢？或者说，才愿意觉醒呢？

　　我打开树脂盒拿出匕首，转身离开他房间。他急忙挡在我前面继续解释："我是想过害你，但到最后，我都做不到！我是没有办法原谅你妈妈所做的事情，但在这段相处的日子里，我真的把你当作我的亲弟弟，而且你本来就是我同父异母的弟弟。我害怕你有一天会真的离开。无论如何，我都希望还有留住你的可能。"

"比如呢？威胁我？"

"是，只要你可以留在我身边，只要我们还能做兄弟，什么条件我都可以答应。"他的眼眶开始泛红，我的心却平静异常，再也没有任何波澜。

"你放心！我说了，我和你以后是永恒的关系，直至死亡之前，我再也不会放开你！"我一把推开他，他跟跄两步试图拉住我，我一甩手，他整个人摔在地上。我走回了唐英泓的房间，身后传来他巨大的哀号声。

凌晨 04：00，距离年会开始还有十六个小时。

张寒彬给我传来了几张会展中心三楼休息室的图片，包括窗帘、桌椅、电源插座的位置，最后是地毯上的四条不易令人察觉的黑线标记。

我给他发了最后一条消息：你安排的四十家外媒里，我要求至少有二十家有视频报道，另外，一百二十个公众号和其他八十家自媒体平台必须都是平均阅读量十万以上的大号。

他还没回我消息，我拿着处理干净的匕首朝唐英豪房间走去。我轻轻打开门，房间里很安静，只有唐英豪均匀的呼吸声，我踮着脚缓缓靠近他，然后蹲下身，把匕首手柄反反复复放在他手掌上让他握了很多次。当我准备起身离开时，我发现唐英豪正用一双湿漉漉的眼睛看着我。我站起身，他打开灯对我说："方向错了。"

"你说什么？"我有些诧异。

"匕首捅人是这个方向才对。"说完他握着拳对我比画了一下，接着，他自己打开抽屉处理了匕首上的指纹，然后用右手反复捏了几次匕首，最后将其重新塞进树脂盒里递给我。

我一把抢过来，离开了他的房间。

凌晨 06：00，距离年会开始还有十四个小时。

我戴着鸭舌帽和口罩离开了赫伯亚，回到家里取回妈妈的骨灰盒还有遗照，切断家里所有的电源以及水源、煤气后，重新回到赫伯亚。

早晨 10：00，距离年会开始还有十个小时。

ATV WORLD 和 IQTV 已经率先开始直播 BOOST 年会会场的布置过程，它们预测，今晚 BOOST 会为曜岛再次带来全亚洲最值得期待的烟火秀，并且依然会由唐英豪点燃烟火，宣布"新主人、新起航、新世界"时代的到来！

我的手机里弹出一条来自"+44"开头号码的短信，这样的号码都是张寒彬的，信息上写着："ALL SET！"（搞定！）

下午 14：00，距离年会开始还有六个小时。

屋外传来交谈的声音，我打开门，只见两个人推着挂有一套红色西服的手推车朝唐英豪房间走来。李玉手扶在唐英豪的房门把手上正准备开门，他们见到我急忙鞠躬："英泓少爷午安！"我点了点头，经过他们走到餐厅。唐英豪正拿着餐刀往面包上抹黄油，他见到我急忙站起来对我说："小曦！醒了？再稍等一下，刚刚阿伯丁农场那边送来了新鲜的牛排，哥哥今天亲自给你煎！"我走到他面前，从他手里夺过面包撕了一片塞到嘴里，然后坐到他位子上。他讪讪地笑了一下，朝西厨方向走去。

下午 17：00，距离年会开始还有三个小时。

安可达平台传来了法兰克福罗克·福特肯尼迪别墅酒店大使套房的预订确认信息。我拿出准备好的纸盒，把匕首和充满电的九部手机放了进去，打上一个漂亮的结。

我走到窗前，看到赫伯亚酒店下面已经停满了礼宾车辆，看来唐建宁这次下了重注，今晚的年会在经过填海建造起来的海上花会展中心举办，而现在，通往那里的两座连桥已经开始严重拥堵。

傍晚 18：00，距离年会开始还有两个小时。

唐英豪身着红色西装从卧室走出来，天色渐暗，走廊灯还没来得及打开，他每走一步，墙壁下方就会有一盏感应灯亮起来，映照着他的宽肩窄腰大长腿，让他看上去像是要去参加高定时装秀的压轴模特。我穿着一身黑色西装在走廊尽头等他。他走到我面前，诧异地看着我："小曦，你要去年会吗？"

我放下香槟杯，对他说："这是我们家最重要的一次年会，我当然要去捧场！之前的媒体答谢会都让我必须在场，怎么今天这样的盛宴却不叫上我了？"

"你愿意去？"唐英豪脸上随即露出了兴奋的笑容。

"我必须去！"我对他斩钉截铁地说完，提起一个包装精美的纸盒，他看了看问："这是？"

"这是我送你的礼物！今晚，应该是你的大日子吧？"

他急忙伸手准备接过去，笑着说："小曦，你不生气了？"我躲开他的手说："我自己来就行！"这时传来了开门声，我们一看，李玉已经站在门口，他对唐英豪说："少爷，车到了！"

我们走进了电梯。电梯门关上后，李玉目视前方，没有聚焦点。我注视着唐英豪，他的嘴角依然保持着笑容，只是，眼睛骗不了人，他盯着我手上的礼盒，一副若有所思的样子，但当电梯发出"叮"一声到达的提示音时，他还是若无其事地转过脸朝我笑笑，替我挡着电梯门说："走吧！"

我们的车从正门驶入时，立刻被各路记者包围了起来。我看到了各家媒体：南方时代、联合早报、CBS TV、SOHU NEWS、TOM WORLD、澳门奥广卫星、民视新闻综合、EURO NEWS HD、东森新闻台、KCTV NEWS、JTV SBS、THE ASIA ECONOMY DAILY TV、香港 HKS、NHK TV、THREE TV、中天新闻 HD、NBC TV、NEWSY……我抬头看到会展中心四块巨大的液晶屏正直播着我们进入会场的进程。唐英豪冷淡地对李玉说："让保安开路，不要开门，直接开进隔离停车区。"我看着窗外一片晃眼的镁光灯，脑海里升腾起一个景象，想起我和唐英豪初遇的日子。那天，大雨初晴，日光从乌云边照射过来，穿过他的肩膀，剪出他硬挺的身影和深刻的轮廓，他冲我笑，我在满是金黄的午后对他说："请做我一天的朋友吧！你这样的生活，我也想过过看！"如果只是一天，我或许会带着最好的回忆过完余生，但牵绊至此，我们剩下的只有无尽的来不及和已失去，那么，今晚，就在这里告别吧！

穿过密集的车位后，车开入了由几个保安守着的隔离区，见到我们的车，他们急忙让开让我们通行，除了我们的车，有着将近二十个车位的停车区里只停着一辆唐建宁的车。我们坐上电梯通往了三楼休息室。

李玉替我们打开门后留在了门口，我和唐英豪进了休息室，他把西装外套脱了挂到衣柜里，随手抓了一瓶水递给我说："喝瓶水。"我抱着手臂看着窗外的夜景，海岛对面的中央商务区内所有的液晶大屏都在播放着 BOOST 的宣传短片，红色的主题色里循环往复地展示着唐英豪身着红色西装的照片。"新主人、新起航、新世界，BOOST！为世界丈量高度！"唐英豪走到我旁边把水放在我一侧的茶几上说："哥哥先去看一下会场流程，你等我！"

他走出房间前，我叫住他："唐英豪！"

他停下来回过头："嗯？"

"你后悔过吗？"

"我后悔对你造成的所有伤害，哪怕一点一滴！但，范卓曦，如果这样才能遇见你，那我只能告诉你，我不后悔！"说完，他朝我笑着点点头，离开了房间。我看到一辆香槟色的劳斯莱斯也缓缓进入了会场，唐家这是疯了吗？让精神失常的女主人出现在年会无异于带来了一颗定时炸弹，我看了看手表，离开始还有四十五分钟。

我赶紧反锁上房门，在地毯上找到了那四条很隐蔽的黑线标记，然后搬了一把椅子放到标记的位置坐下来，接着我拿出手机对照了一下图片，看到了棕黑色台灯和正对面墙上挂着的茶色木雕。我把茶几搬到了椅子正前面，确定没有问题后，按动遥控把窗帘合了起来，并拿出所有手机拨通了张寒彬给我的媒体电话后把手机藏在了茶几下面准备好的置物袋里。

我打开门，李玉侧过脸看了看我说："英豪少爷马上就会过来！"我对他说："给我杯威士忌，高级海格！"他想了想说："小曦，年会马上开始了，你还喝酒？"

"你这是在拒绝我吗？还有，请你注意下称呼！"

"这里没有高级海格。"李玉为难地解释道。

"我知道！所以去隔壁的 W 酒店给我找！郑艺玲来了，我有些焦虑，我必须喝一杯！"我辩解道。

他听完一副犹豫不决的样子。我继续对他说："你就不能像我在意你一样在意一次吗？"他看了看表，朝电梯方向跑了过去。紧接着我环绕了走廊一圈巡视，这本身就是一个小型的私密的休息室，估计唐建宁和郑艺玲用的都是二楼的 VIP 休息室。确认无误后，我回到房间，编辑好"开始行动！"的短信，等待唐英豪的出现。唐英豪再回来时，手里端着一杯酒递给我："高级海格，你喜欢的！"我有些讶异，怎么会？我不是为了支开李玉让李玉给我取酒去了吗，这里怎么会有这个酒？我接过酒喝了一口后递给他说："你喝剩下的！"

他朝我笑着点点头，接过去一口干了后对我说："我拿给你之前自己也喝了几杯！"

说完，他自顾自地坐到那把我准备的椅子上，把酒杯放到茶几上，抬起头看着我，若有所思地保持着微笑。我站在他一侧问他："就要成为 BOOST 的新主人了，有什么感想吗？"

他对我无奈地笑着摇了摇头说："你如果要，我都给你！"说完他抬起眼睛，眼神坚定地看着我。我继续说："我想要钱的话，之前签的那份合同够我花一辈子，如果你现在给我，我不会拒绝了！"

"这样你就可以不离开我了？"他微眯着双眼往后仰了一下，他这个样子让我想起他前两天醉酒时的模样。这时，我听到一声轻微的响声，应该是电梯停运了，那么按张寒彬提供的信息，逃生门全锁了，唯一的出口——电梯停运的话，这里就没有任何出入口了，除非从窗户爬进爬出。我掏出手机，点下手机的发送键，消息被发送了出去。

唐英豪看着我笑，我也笑了，我是觉得好笑，一切曾经来得那么困难，现在又变得如此容易，得不到时奋不顾身，送给你时拒之门外。这时，他伸手在身后的椅子上摸了摸，摸出来了那个窗帘的遥控器。他看了看身后的窗帘，按动了一下按钮，窗帘开始缓缓打开。他把遥控器放到茶几上，并没有察觉到现在在他身后，全曜岛所有液晶屏都在直播着他此刻坐在我面前的情形。我身后有六个摄像头在同时对着他，其实不光是曜岛，现在有的是人正拿着手机抑或是坐在电脑前用 YouTube 等平台观看这场盛世直播。

我把礼盒递给他说："唐英豪，这是我给你的礼物！"

他打开礼盒，掏出那把匕首端详着，然后神情复杂地看着我。我继续说道：

"从一开始就是一个局对吗？因为我是唐建宁和别的女人生的野种，所以你要报复我和我妈，我和你的第一次相遇不是偶然，是你和万杰串通好的对吗？找人揍我，然后再让我遇到你这个救世主？"

他点了点头，默认，对我说："对不起！"

"第一次遇见你之后，我离开了你，结果你不甘心。于是，你和万杰，还有KTV那个身份证尾号是0134的叫张锐的工作人员再次合谋，在KTV陷害我是小偷，并引导我从KTV三楼窗口跳到对面二楼平台上和你畏罪潜逃。你做出这些事，我一点儿都不吃惊，但我只想问你，那一次唐建宁也遇见了当时被扣留的我，那根本就是你的安排对不对？你想惩罚的不光是我！"

"小曦啊，我对不起你！"他说完，眼眶开始隐隐发红。

我也很想哭，但以后，我在你面前，只流血，不流泪。

"你就不怕出现意外吗，比如我坠楼了？还是说你想到过，然后像你和万杰说的，如果这样就当作意外坠楼死亡好了？"

他捂着脸，手架在茶几上。我看到对面最大的屏幕画面此时切到了会场下面的两座连桥，只见许多人自发地开始往会场方向拥来，他们手上的手机亮晶晶地汇集成一条正义的银河。

"接着你带我到了半山别墅，你说带我去日暮云公园见我妈，结果，那天我们遇到了警察。后来你第二次带我去了日暮云公园，当时你带我逃跑，那么复杂的线路，你轻车熟路就找到了我被迫跳入的下水道井口，那其实也是你计划的一部分吧。我只是不明白，你为什么会知道我妈那天会报警？"我强忍着情绪，尽量让自己呼吸平稳。

"如果你妈没报警，那天，我也会报警。"他放下手，脸上都是泪水。

我对他冷笑一声，躲开他的眼神往窗外看，眼前依然都是唐英豪此刻正在被直播的脸。

"再回到别墅，你为什么要找人绑架我们？"

"因为我要带你去一个没有任何人可以找到我们的地方！"

"NEVERLAND（永无乡）？渡江前，你故意留下手机然后佯装成唐建宁发消息，是因为你笃定我会在渡江时自杀对吗？"

"不对！我没想让你死！"他急忙辩解道，甚至重重捶了一下茶几。

"那你为什么在我自杀时松了一下手呢？"我的心扭曲地疼痛着，好像又体会到了当时快被溺死的感觉。

"但最后，我还是拉住了你！因为我做不到！"他开始激动起来。

"做不到？你曾经试图在露台逃生通道里让我意外死亡，你明知道我妈是第三者还不停给我制造心理恐惧。你打我，你禁锢我。我对万杰的死放不下，你就高空抛物把人偶摔得满身是血反复刺激我。接着，你遇到了事情，需要替死鬼，你就让李玉把我从新加坡接回来，到复兴四路化工厂和你们一起销毁车辆证据，然后利用我对你的愧疚，对你的感情，让桌上这把印有你指纹的匕首沾上我的指纹，嫁祸给我，而这把匕首正是给张大川造成第二个致命伤口的凶器，这些你怎么解释？"

他的下巴微微地颤抖，有些语无伦次地说："小曦啊，你别走！你给哥哥一次机会，我对不起你！我欠你的我全部偿还！"他身后的窗户外突然坠下两根黑绳，我听到有人在屋顶发出指令。

"你怎么偿还？"我继续问他。

他激动地站起身，盯着我，指了指他身后说："像这样偿还当然不够！但只有你在我身边，我才有办法去继续偿还！"

说完，他坐回椅子上。我跟跄了一步，有些诧异，唐英豪知道我在直播？这时两个人突然顺着绳子降落到玻璃上，唐英豪回头看了一眼后，急忙伸手锁住了窗户，对我催促道："还有什么，小曦？！"

"万杰和你做交易的筹码就是万能的清白，那么，那一次就是意外，凶手并不是万能，对不对？"我提高声音。

"对！但我也是到后来查这件事才知道的，当时整件事是张大川操纵了舆论导向！"

"为什么是张大川？幼儿园和那间发生意外的工厂都是郑艺玲公司旗下的子公司，你能保证这件事和郑艺玲没有任何关系吗？"这确实是我原本没准备要问的问题，他被难住了。这时，我们一侧传来巨大的敲击玻璃的声音。唐英豪急忙一把抱住我，我把他推回座位上。与此同时，楼下传来警笛声，我看到下面已经被包围得水泄不通了。

"我妈的死，是你找人换了体检报告证明她患有肝癌，导致她厌世自杀的，是不是？"

这一次，他的脸一下子变得煞白，浑身开始发起抖来，他盯着我，眼睛里都是哀求："小曦啊……"

"是，还是不是？！"我握着拳，咬着牙，逼视着他。

突然间，会展中心断电了，窗外的液晶屏也瞬时变得一片漆黑，唐英豪拉着我走出房门，我们刚走出去，逃生门就已经被攻破了，我甩开他的手朝他吼："是不是？！"

这时，几个唐家的保镖未经我们任何人允许说了句"少爷！必须走了！"后就带着唐英豪朝一楼跑去。我追了上去，他一直回头喊我："小曦！"进地下楼层入口时，突然从地下停车场出来了很多人，他们用手机的手电筒照着我们，挡在那些保镖前面，大声地质问唐英豪："你回答啊！是还是不是？！"

保镖挡住他们，其中两个保镖拉着唐英豪往相反方向跑。我继续追在后面，最后，在会场正门前微弱的逃生灯光下，我看到了那个熟悉的身影——唐建宁。他正背着手看着我们，唐英豪经过时，他一耳光狠狠抽在唐英豪脸上，然后用警告的眼光盯着我。他对两个保镖呵斥道："松开他！"保镖退到了一边。

唐建宁对我说："你想对我儿子怎么样？"

"爸！"唐英豪朝他声嘶力竭地吼了一声，心疼地看了我一眼。我在很长时间里都想不出来该怎么回答，是因为唐建宁这句话我真的没听懂，没听明白，我只感觉到彻骨的寒意从心脏蔓延至全身。

我朝他靠近两步瞪着他，指了指自己说："是你要你儿子怎么样？！"

这时，门外传来众人捶打大门和推搡的声音。唐建宁绕开我冷静地对唐英豪说："你先去警局！"唐英豪眼巴巴地看着我问了句："你要我出去吗？"

我没看他，顺势伸出手放在反锁的大门手柄上对他说："我说了，我不会放开你！法律部分的结束了，我和你灵魂里的还没算清！我会等你出来！"说完，我打开锁扣，门霎时就被推开了，我躲在门口注视着他，记住他给我留下的最后的印象。

那一晚，哥哥冲我开心地笑了，他已经很多日子没这样对我笑过，他问我："你会等我吗？"没等他往前走，记者就全挤了进来，虽然今晚没有电，但此刻无数的人都开着手机手电筒对着他质问："是还是不是？你是不是害死了别人的妈妈？你倒是说话啊！"

"唐英豪，前段时间传出的郑艺玲精神状况不稳定是因为这件事吗？"

"万能背负了这么多年的骂名，现在他一家三口都死了，你有什么想说的吗？"

"你会下跪谢罪吗？"

"直播中和你对话的人为什么不露脸？是因为有什么隐情吗？"

"这是你个人的行为还是背后有人唆使你这么做的？"

"看你一直在配合神秘人的提问做直播，请问你是有什么把柄在别人手里吗？"

"我们平台观看量已经破了三千万，网民们现在要求你下跪认错！你有什么表示吗？"

"现在多个热搜都挂着和你相关的信息，今天又是你们 BOOST 最盛大的年会，这是对方处心积虑的报复吗？"

"对法律预判有自己的预估吗？会退出候选人名单吗？"

"这件事和 EVERGREEN 有关系吗？他们的 Diamond（钻石）酒店会是赫伯亚最大的竞争对手吗？"

……

这时，我身后传来唐建宁助理的声音："唐总，股东们都到齐了！"我转过身，对在暗处的唐建宁说了句："走吧！"

他打量了我一眼，我快步跑回三楼，打开衣柜，找出唐英豪的红色西装穿到身上。此时，各大液晶屏已经恢复了 BOOST 的广告，一切都没变，只是没了唐英豪的照片，黑色的人形图片上打着一个问号，广告语依旧是"新主人、新起航、新世界，BOOST！为世界丈量高度！"BOOST的公关永远不让人失望！我往楼下看，只见手机灯光的海洋里，大家齐声喊着：下跪！下跪！下跪！下跪……正义只会迟到，但从不缺席！

两个警察钳制住唐英豪，把他推进了警车里。

我回到一楼，往会场走去时，听到两侧传来发电机巨大的声响。我走进会场，唐建宁正站在台上做着激昂的演讲，他见到我后眼神停在我身上继续说着："现在，你的个头也已经超过爸爸了，每次看到日渐成熟的你表现出的自信、胆识、毅力和坚韧，我都自愧不如，我想，我已经做好准备做你坚强的后盾！我也相信，对世界永葆好奇、对探索永远积极的你，能带着BOOST做到像集团品牌的寓意一样，厚积薄发！现在我隆重介绍未来BOOST的继承人给大家，我儿子——"说完，他朝我伸出手掌，露出慈爱的笑容，这一天，我等了十八年！等你唐建宁开口，将我以你儿子的身份介绍给众人，我等了十八年！

聚光灯打在我身上，我朝舞台中央走去，四处都是掌声和欢腾的声音。我走上台，站在他身边才看清整个会场座无虚席，这才是一个被隔离的新世界！唐建宁看着我笑，然后举起话筒说："再次把掌声送给我最爱的儿子——唐！英！泓！"

是啊，你的儿子——唐英豪，你最爱的儿子——唐英泓！我多久没喊过你爸爸了，你也理所当然不会把我当你儿子。主持人从一侧递给我话筒。我接过，缓缓举起来说："谢谢父亲的精心栽培，也感谢今天到场的各位股东支持！过去四年，我在美国学到了许多，让我得以重新思量我的人生。特别是过去一年，我真正有了征服星辰大海的欲望，BOOST就是我最好的平台，没人比我更加了解BOOST。从小父亲就给我讲希波战争等各类历史和经典故事，我到现在都记得父亲给我讲的伊利亚特的故事，比起阿喀琉斯，我的偶像是在特洛伊战争中英勇善战、维护集体利益的赫克托耳。那么，今后我会成为像他一样守护诸位利益的英雄，只希望我被阿喀琉斯杀死的那天，作为老国王的父亲能赎回我的尸体！"说完，全场传来高谈阔论声、掌声、笑声，甚至口哨声。

我和父亲走下台，掌声雷鸣，我对他小声说道："一年的光景可以发生这么多事，请你打起精神，特洛伊战争可是整整十年呢！"郑艺玲迎上来拥抱我，亲吻我的脸颊。我对她笑，然后把她的手搭在唐建宁的手上，独自走出了会场。

我走出会场的同时，警车终于从被强制疏散的人流中开出了会展中心，唐英豪依然回头望着会议厅正门入口，但他最终没等到他期望见到的。

很久很久后，我偶然问过他，当时从会展中心到警局的这一路，他想了些什么。他告诉我，我应该问他，从我离开他去新加坡开始到他被警车带走的那一段时间，他想了些什么，因为他会告诉我他没日没夜想的都是相同的事情——我们过去一年的所有回忆、牵绊、遗憾和悔恨。

他想起第一次看到我照片时的情形，那是一个秋雨绵绵的午后，在精神卫生中心诊疗室的门口，他冷漠地盯着我和我妈的照片，身后的病房里传来郑艺玲那令人毛骨悚然的、歇斯底里的哭声。他反反复复打量着照片里的我和我妈，那一天，他只想做一件事，就是要让我妈失去我，就像他妈失去至亲至爱的人一样，并且他会让我坠入深渊，命运就此因他而改变。

他想起他第一次见到我那天，在我被那群他安排的人暴揍完之后，他没有见到他预期中的我的样子。他见到的是一个被大雨淋得湿漉漉的我，一个抱着腿瑟瑟发着抖、睁着眼睛害怕地望着他的我，这根本不是他想象中的样子，于是，他急忙一把钳制住我往他车里送去，他不愿多看这样的我。

他想起我第一次喊他哥哥时的情形，那一刻一种难以言表的感觉和情绪向他袭来。他不明白他为什么会有一种奇怪的成就感和开心的情绪，为什么心脏会开始怦然跳动，他想，一定只是因为我太像唐英泓，仅此而已。他咬着牙，竭力控制自己，但他还是不自然地回答我："嗯！嗯啊！乖！"

他想起在KTV逃亡那次，在世界最后的余晖下，我看着他，眼神异常坚定，他只是那样举起手，我就没有任何犹豫地朝他的方向纵身跃去，然后在我脚踝传来清脆的声响时，还冲他笑，他从来没想过一个人可以对另外一个人建立如此纯粹的信任。

他想起在半山别墅的夜晚，在我夜不能寐时他也失了眠，只能整夜在走廊里踱来踱去，他想起我从下水道获救后痛不欲生的样子，这难道不是一直以来他想要的吗？这时，他听到从我房里传来的呜咽的声音，急忙伸出手轻轻地叩响我的门，就我和他当时的立场而言，他有太多话不能说也不敢说，于是只能用这种方式告诉我那些似乎只可意会无法言说的感觉和感情。终于，在喝了许多酒的夜晚，他想到我们或许能换一种立场和沟通的方式，于是，他对我说："我想英泓。"他以为这样一来，所有的事情就可以变得理所当然。他以为我会拒绝他，但我却张开双臂拥抱了他，而这让一切计划都乱了套。

他想起在唐建宁追查到半山别墅前时他找人制造的那场绑架案，他笃定我会回去救他，即使险阻重重，果然，我没让他失望。在我们按他计划逃往NEVERLAND（永无乡）的路上，为了让我彻底厌恶唐建宁，为了切断任何我会主动联系唐建宁的可能，他伪装成唐建宁给自己的手机发了那条短信，只不过我在看完短信后万念俱灰，最后甚至在渡江时选择自杀，这件事是他意料之外的。在我即将溺水时，他竭尽所有力气往水下游去，他奋力抓住我，在看到我已经渐渐失去意识时，他迟疑了，害怕了，不是应该他控制我才对吗？怎么现在他却被我牢牢牵制住了？那一刻他只要松开手，他最初想要的就可以轻而易举地获得，并且不用负任何责任，于是他动摇了，但在放开手的一瞬，他明明大脑都是空白的，身体却不受控制地更加竭力地游向我，一把把我托出了水面。他现在明白了，那天我苏醒后对他说我想死时，他坚定地对我说的"不可能！做梦去吧，我不允许！"也是他的心在对他自己说的。

如果说在我们的前半段关系里，他是处于反复动摇中的话，那真正出现转机是在我们爬山去NEVERLAND（永无乡）途中时他被困在山洞那次，因为那场意外真的不是他的计划，完全出乎意料。结果，我对他偏执的守护和全然的忠诚让他觉得不知所措，这就像你处心积虑、机关算尽地想要谋害一个人时，那个人却在竭尽全力为你磨刀擦枪挡子弹一样，所以，他听到了自己一直想说但不敢说的那一句："对不起，我后悔了。我不是个好人！"

在 NEVERLAND（永无乡）的日子，是自从唐英泓去了美国后他最开心的一段时光，我们从早到晚都在一起，这里只有晨曦黄昏、白昼黑夜，没有时间和数字；这里只有真情实意、纯然守护，没有钩心斗角。所以，他贪心了，他开始尽最大可能延长我们在 NEVERLAND（永无乡）的时间，这就让真相迟迟不能得到揭示。他虽然不问，但心里明白我也希望如此，这其实也是我和他最大的默契之一。我生日那天，他为我摘下赫伯亚，这辈子他只为唐英泓摘过，意义不言而喻，然后他准备把整件事，从一开始的动机和目的到后面环环相扣的设计，全部都对我坦白。他深信我一定会原谅他，然后他就是我十八岁最好的生日礼物。只是命运不允许我们越界，当他话到嘴边时，李玉打断了我们，告诉他郑艺玲自杀未遂正在抢救的事情，他怒火中烧地回到曜岛，看到了仍在昏迷中的郑艺玲。接着他偶然看到了郑艺玲手机里我妈发过去的那条再次开启我们波折命运的短信，他想到我妈，就想起了我的样子，只觉得一阵恶心，恶心的地方在于他曾经想对我好。于是，他发誓我们之间以后只有嚼穿龈血和不共戴天的血海深仇，简单来说就是，你死我亡。

让他觉得最讽刺的是，他第一次在露台上没杀死我后，在警局里，我不但对他没有任何怀疑，反而替他解释为他那是对我的救治，我甚至在他不提供录音笔证据时，依然没对他产生怀疑。他让我装作唐英泓帮助郑艺玲解思儿之苦是他到目前为止觉得办得最错的一件事，因为这无疑让事情变得更加复杂。每次他动摇了，就会用极端的方式报复我，这样他心里才能平衡。

在郑艺玲第二次自杀未遂后，他开始无所不用其极地折磨我。他打我、羞辱我，让我再次经历万杰的死亡，甚至带我重回到日暮云公园，带我重走我的"死亡之路"。但这依然不能让他疏解仇恨，于是，他叫来了郑艺玲和唐建宁，因为那天他想折磨的除了我，还有罪魁祸首唐建宁。后来，他连我妈也准备一起对付，在知道我妈在医院反复做着体检等一个确诊结果时，他想到了一个主意。而这时，我突然离开了他，逃去了新加坡，这是他意想不到的，他甚至想过我死，却从没想过我会离开他。

他想起我消失后的日子，他每天发了疯一样满世界找我，他被自己的反应吓到了，在很后面的今天才知道我的存在对他的意义。手段和伎俩只用脑子就能进行，但心却无法控制，他是了解我的，知道如何让我回到他的身边，他彻底觉醒或者说彻底堕落了。他从来没有像再见到我时那么高兴过，除了因为我终于回到了他身边，还因为只要他唐英豪有危难，我便愿意付出所有去挽救他。他决心以后全心对我好，像对他真正的亲弟弟那样，除了他需要被救赎外，更多是因为我值得他这样对待。可最后，我在停车场偷偷摸摸签下了合同，一切仿佛又打了他的脸，我回来不是为了他，这只是我和我妈里应外合处心积虑的计划。他知道，对我他早已经缴械投降，他没处撒气，怒气难消，于是重新启动了对我妈的报复计划，就算不杀死那个女人，也该吓吓她，挫挫她嚣张跋扈的锐气。

可是，一切都没能按他的计划进行，我妈在拿到被调换的体检报告后，在确保我已经签字获得了部分继承权后便再也没有了牵挂，她从来就不会顺应命运，这次也是，她毫无眷恋地跳楼死了。他知道我妈自杀的那一刻，正是我对他坦白我在合同上签署的是他的名字的时刻，这是唐英豪完全没想到的，因为这一次，我妈完全不是他想象中那个自私自利、贪生怕死的女人，而我在最后一次选择里，在他和我妈之间，我选择了他。

所以，他甘愿接受一切审判，他甘愿配合我的一切计划，甚至用他的生命冒险也在所不惜，因为，他又何尝不是差点儿就杀死过我呢？后来，他知道我会从匕首着手对他报复，年会前夜也有会展中心的工作人员秘密向他透露有人在他的休息室做了手脚的事情，所以，他决心用我对他的毁灭来救赎我。一切终于走到了今天。

那晚，警车最后停在了警局门口，久违的王警官面色铁青地对刚刚从警车里被带出来的唐英豪说："唐英豪，我说过，不要让我有一天以逮捕你的方式和你在警局相见！"

唐英豪在循环闪动的警示灯下对王警官笑了笑，他回过头注视着赫伯亚，刻意地找寻着他房间所在的楼层，但那里只有一片黑色的死寂，他用嘴形无声地说道："你等我！"但这一切我都没有看到。

年会结束后，我走到地下停车场，突然，李玉把车开到我身边，等候多时的他打开车门对我说："小曦，我不知道你经历了这么多事情，对不起！"我看到他车后座上放着一瓶高级海格，我坐上车对他说："走吧！送我回家！"

李玉把车开出会展中心，在十字路口有些踌躇地问我："小曦，你说的回家是回哪儿？""你觉得我该回哪儿？"我反问他。

他没回答，只是往右车道一转，将车开向了赫伯亚。下车前我拿起酒对李玉说："要跟我喝一杯吗？"他对我喃喃了句："英豪少爷那边……我还得过去一趟。"我朝他点点头："嗯，不意外。"关上门前，我对李玉说："李玉，送你一句亨·科尔的话，'无知是忠诚之母'，再见啦！"

说完我关上车门，拿着那瓶战利品往电梯走去，刚进大堂，工作人员就向我九十度鞠躬并且没有再抬起头。我看着大堂吧台区的电视新闻里我穿着唐英豪的红色西装外套装成唐英泓站在唐建宁身边演说的样子，还不赖！

我走进电梯，盯着光面玻璃里的自己：你，到底是谁？！

而这时我不知道的是，李玉的车被两辆黑色奥迪拦停在出口前。李玉急忙走下车和他们交涉，但其中一辆车门打开后走下来的却是郑艺玲，她没用自己的车，另一辆车里则走出两个身着黑色西装的保镖，李玉知道他遇到了麻烦。

郑艺玲走到他面前，对他笑了笑说道："李玉，我跟你做个交易！"李玉冷静地看着她，看到精神状态如此良好的郑艺玲，其实并不意外，他说道："夫人，交易不敢谈，有什么吩咐，您请讲！"

"我要交易！这样，我们彼此才能成为盟友，这才是最安全的关系！"她刚说完，李玉电话就响了起来，他急忙随机应变道："少爷那边我得赶紧先过去，那么，夫人，失礼了！"说完，李玉对她鞠了个躬，镇定地朝灯火通明的酒店大堂走去。

郑艺玲在后面对他冷笑一声说道："你不想知道你是谁吗？"

李玉顿了顿。郑艺玲继续说："比如，你出生在哪儿？你父母是谁？"李玉一听，再也迈不开脚步了。

人心毕竟是太过敏感、连绵和柔软的东西，对于许多人而言，亲情能照亮一个人的一生，但对于少部分人而言，这道光却是一道寒冷的黑暗之光，它非但不能照亮前行的道路，反倒还会成为他们人生的阴影和阻碍。如果说李玉还不至于彻底被桎梏于亲情的牢笼里，那么，或许张寒彬此刻的境遇能让你看到新的启示，毕竟他在所有人眼里是无所不能也无所不用其极的精密怪物。此刻，在城市边缘的陈旧房屋里，张寒彬正跪在地上向眼前身高还不足一米五的七旬老太闪烁其词地解释着什么。老太身体已经佝偻，但精神却异常矍铄。张寒彬还没说完，老太就已经不耐烦地从佝偻的身后拿出一根红色铜芯电线对他说道："脱掉外套！"张寒彬低下头，颤颤巍巍地发着抖，缓缓解开外套，霎时，这些年他身上被这条红色铜芯电线抽打后留下的疤痕展露无遗。老太刚举起手，张寒彬就因为恐惧而失控地发出了一声哀号。

　　四十四楼的电梯门打开，我打开房门，脱下外套，潘朝我跑过来，我蹲下身伸出手，它却绕过我朝我一侧走过去。我径直走到吧台，开了瓶酒给自己庆祝，喝了两杯后，送机司机的电话打了进来："您好！我还有十分钟到赫伯亚酒店大堂，您方便的话可以开始退房了！"

　　"好的。"

　　"对了！请问先生贵姓？我怎么称呼您？"司机问道。

　　"我？我姓唐！"

　　说完，我放下酒杯，往唐英泓卧室走去，我拿起行李，准备离开。这时，几道银色的光从对面大厦照进来，我侧过脸一看，新建的第一高楼 Diamond（钻石）酒店居然不早不晚，就这么凑巧地在 BOOST 年会这一天发布起航了，它如耀眼钻石一般亮了起来。我放下行李，走到窗边，只见整栋大厦外围都是 LED 屏幕，璀璨至极，现在它毫无悬念地超越了赫伯亚，成了全市最抢镜的一座大厦。只见 LED 屏幕上出现了几道绿色的光，和此时其他无数被 BOOST 红色 LOGO 霸屏的屏幕形成了鲜明的对比，屏幕上急速闪过几个巨大的英文字母：E-V-E-R-G-R-E-E-N。接着大楼的每一面都浮现出了一个男生的照片，他身着黑色西装，脸色森然，眼睛正平视着我所在的赫伯亚大厦，却仿佛轻视着整座城，这不是那个开黄色法拉利的男生吗？没等我细想，屏幕上又迅速闪动出广告语："EVERGREEN，EVERYOUNG，EVERBRIGHT，为世界制定高度！"这和此刻周围所有大屏里展播着的BOOST的广告标语"新主人、新起航、新世界，BOOST！为世界丈量高度！"形成了极具戏剧性的对比。

而这时，海上花会展中心突然升腾起漂亮的烟火。一簇簇烟火直冲云霄，数不胜数，争奇斗艳，瞬间把人们的视线拉回到了BOOST的烟火秀上。看来，没人能阻止BOOST的发展和繁荣，只是它最后到底属于谁？

我打开连廊的门，饶有兴致地欣赏起了这场难得一见的神仙打架。烟火秀结束时，酒精的作用已经让我感觉疲惫不堪。等唐英豪出来时，我一定会回来接他，带着他下地狱。我会给他在每一层地狱掘一座墓，每一层地狱，他都要再死一次！暗夜中，我最后看了看连廊尽头那幅巨大的背影画，这或许便是我下地狱时的情形吧。

你见过鬼吗？他们说人死前就会见到鬼。你听说过"过阴"吗？就是你能穿越到阴间，问命运，查阳寿，你会遇到你的鬼魂，它能蛊惑你，也能轻易杀了你！

零点整，我真的见了鬼！在我准备转身离开连廊时，大厦四周透出的那一点点最后的灯光突然全灭了，大厦停电了。完全断电意味着所有的电子设备都失去了工作的可能，比如摄像头，比如电子监控系统，比如预警功能。

我看到连廊尽头的背影画在风中轻轻晃动了一下，我屏住呼吸往前走了两步，这时，只见背影像又动了一下，没等我来得及反应，那真人比例的背影便回过头来。他目光凌厉，嘴角带着似曾相识的笑容，暗夜让他的肤色更加白皙，而他的五官比照片里要更加精致。他不怒自威，气势非凡，也透着一股盛气凌人、来者不善的气势，他对我微微一笑："你好！"

如果说仇恨和报复是自捅千刀的开始，那我身上的伤痕早就已经像鱼鳞一样密，但我会继续对自己凌迟，让伤口常新。我已经忘记了我原本的模样，因为，良知太过苦涩，复仇也比隐忍更加痛快。我的宿命注定以毁灭收场，无论命运拒绝我，还是实现了我的愿望，我都将万劫不复。

"你会放开我吗？"

"我不会放开你！更加不会放过你！"

邪恶不能压倒正义 永恒的胜利才是胜利

THE MIST

沈肯尼 著